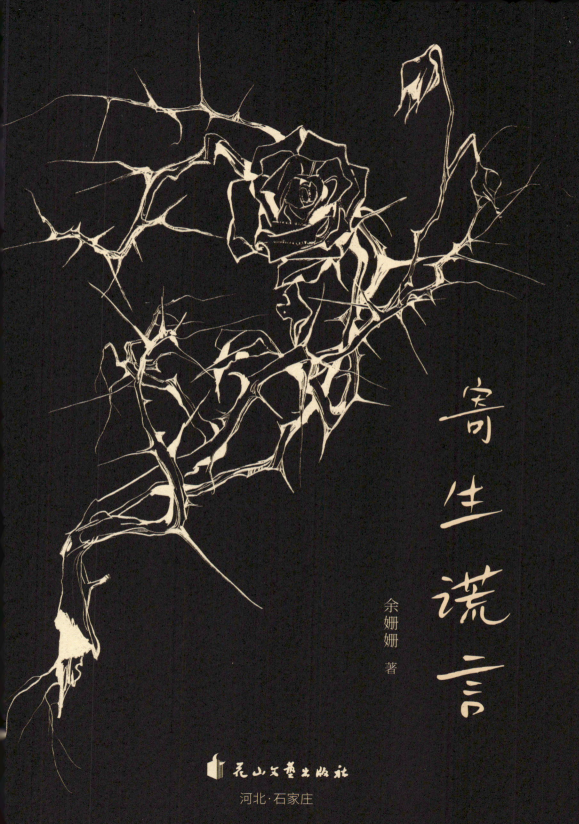

寄生谎言

余姗姗 著

花山文艺出版社

河北·石家庄

漫长的黑暗中，你是我唯一的光。

C O N T E N T S

目 录

人跟树是一样的,越是向往高处的阳光,

它的根就越要伸向黑暗的地底。

——尼采

Chapter 1

陈宇非挟持人质案

轰的一声，火舌汹涌而上，照亮了夜空。正在燃烧的民宅发生二度爆炸，火光四射，灼人的温度焦烤着通红的房梁。

烈焰之外，站着几名民警。为首的约莫四十岁，站在原地盯着现场。照这情况，里面如果有人，应该已经烧成炭末儿了。消防车赶来了，开始奋力救火。水花喷涌进火场，很快就化掉了，大地一阵剧烈的震荡，断壁在众人面前倾颓而下。

刑警队长徐海震眉头紧皱，手里捏着一支烟，听着旁边两名围观群众小声交谈。

"听说这户人家住着一对父女，当爹的酗酒，还赌钱。"

"可不，前阵子还说要把女儿当赌本，这都什么人啊！"

"唉，也不知道这父女俩逃没逃出来。"

"那种男人烧死才好！就是可惜了小姑娘，才十六岁……"

这时，一名年轻民警搀扶着一个十六七岁的女孩儿走过来："徐队，这是住在这里的小姑娘，叫杜瞳，她刚才说，她爸还在火场里……"

女孩儿身材纤细瘦弱，面色憔悴，嘴唇开裂，站在火光前瑟瑟发抖，年轻民警见女孩儿都抖成筛糠了，便帮她把身上的军大衣紧了紧。

女孩儿看向徐海震，声腔抖动："叔叔，我爸……救出来了吗？……"她的眼眸被火光照得晶亮，某种隐忍的情绪在瞳孔里晃动。

徐海震将烟在嘴里嘬了一口，深沉精明的眼睛眯了眯，眼周的纹路微微浮现，每一道都透着老练。女孩儿和徐海震的眼睛刚刚对上，就垂了下去，嘴里发出啜泣声。

围观民众和年轻片警都投来同情的目光。唯有徐海震，一言不发地审视女孩儿，嘴里的烟一口接一口，仿佛估量着什么。不一会儿，救护车来了，女孩儿被送上车。

民警刘春来到徐海震旁边："徐队，我已经问过了，那女孩儿晚上的时候出去买了趟东西，回来之前家里就爆炸了，她爸当时就在屋里。初步怀疑，是煤气泄漏引起的爆炸。"

徐海震将吸干净的烟屁股扔到地上，用脚尖踩了两下："不对。"

刘春问："那徐队怎么看？"

徐海震道："这爆炸点和火势都不对，一般的煤气爆炸没有这么大破坏力，去年那次居民区的煤气爆炸你还记得吗？有今天这一半的威力吗，什么煤气这么大劲儿？"

刘春跟着徐海震的思路想，不是煤气爆炸，那还能是什么？难道屋里除了煤气泄漏，还有其他危险助燃物？

徐海震抬起手指向天空，火势已经被扑灭大半，空气里的浓烟呛得人眼泪鼻涕一起流："还有这味儿，你觉得对吗？敢情这姓杜的酒鬼住的是化学工厂，喝醉了就拿自己搞化学实验？还有刚才那女孩儿，你留意到没……"

刘春搭茬儿："留意到了，人都吓傻了。"

徐海震皱起眉头，嘴上却没声了。

不，不是吓傻了。那个女孩儿的确身体发抖，可那抖动也可以解释成兴奋，尤其是她的眼睛里哪有半分害怕、畏惧！她甚至没有哭。当然，人处于过度受惊时也会哭不出来，可徐海震并不认为这个女孩儿是受惊过度。还有她那句"我爸，救出来了吗"，与其说是担心她爸的安危，倒不如说更像是在确认她爸的死讯。

但这些想法，徐海震没有和任何人说，起码不能现在就先入为主。火势还没扑灭，起火原因和起火点需要进一步确认，那具烧焦的尸体哪怕已经炭化成末儿，也要把末儿带回去化验。

最重要的是，那个女孩儿只有十六岁啊。十六岁的心智，十六岁的定力和判断力，一双骨瘦如柴的手，纸片一样的小身板，会和眼前这场爆炸挂钩吗？可能吗？

徐海震正在沉思，忽然被刘春打断："对了徐队，我听说小烁进医院了，他怎么了？"小烁就是徐海震的儿子，是个混世魔王，从出生到现在就没消停过。

徐海震说："前阵子学校组织身体检查，他的体检报告有点儿问题，我给他送去再彻底查一次。"

刘春一愣："哎，放心吧，他壮得跟牛犊子似的，不会有事的。"

徐海震没应，再度看向已经坍塌的杜家老宅。空气中弥漫着令人窒息的气味，原本还在围观的街坊四邻早已散去，火势渐消，浓烟被风卷走。那味道一路滚向百米外的小山坡……

夜空下，坡上的树密密实实地挨着，枝叶随风摆动，黑压压的一片。最陡峭的外围竖着生锈的铁栅栏，以免路过的人不慎踩空。栅栏里站着两道人影，一高一矮，身形却同样的瘦。两人身上穿着单薄的衣衫，细软的发在风中浮动，衣服上沾着淡淡的化学药剂味儿。

见杜瞳上了救护车，立在栅栏前的女孩儿呼出一口气，原本握着铁栅栏的手松开了，虎口和掌心因为用力过猛而又酸又麻，还被金属物硌出清晰的印子。她下意识地将手搭向旁边男孩儿的手臂，却听男孩儿从鼻腔里发出一声闷哼。

女孩儿一怔，拿出手机一照，这才发现男孩儿的手肘已经被化学药剂腐蚀烫伤，但因为刚才神经一直处于紧绷状态，男孩儿并不觉得疼。她拿出包里的矿泉水，给男孩儿冲洗伤口。

男孩儿眉头微蹙，嗓音沙哑："我没事。"

女孩儿的神色同样疲倦，声音却无比冷静："会留疤的。"

一瓶矿泉水倒干净了，女孩儿将瓶子扔在地上，用手绢将男孩儿的手肘包上，眼皮抬起，对上男孩儿深邃的眼窝："留了这种'证据'，大家都跑不掉。"

男孩儿的眸光在女孩儿脸上转了一圈，开口时声音平稳："那就把这块'证据'挖掉。"

话落，男孩儿站直身子，一手拉过女孩儿，他走在前，让女孩儿走在后，脚下不紧不慢地下了山坡。

一路上两人都没有说话，朦胧的月色洒在地上、脚下，耳边嘶嘶响着消防车、警车和救护车的鸣笛，还有那些断壁残垣在烈火中燃烧的声音，噼里啪啦。

两次爆炸的瞬间，连大地都在颤抖，树影婆娑，烈焰吞吐出火舌，那一刻，他们的心里都无比畅快，却也为之震动。他们的灵魂，仿佛也在不知不觉间，被那团火一起卷向了地狱深渊。

十年后，历城。

华灯初上，名为"紫晶宫"的豪华夜总会外，倏地响起一阵急促的刹车声，眨眼的瞬间，一辆路虎甩着屁股横在当间儿。车门开了，正主儿跳下来，是个男人，一双大长腿嚣张地戳在那儿，霓虹灯光影交错，勾勒出那一身挺拔结实的身材。

门童上前打量，一时窥不透此人来历，但这么明目张胆地把座驾停在大门口的，一年到头也见不到几个，要么就是不知道紫晶宫背景的二愣子，要么就是纯傻。

门童迎上这位身材很好看的"二愣子"，刚要开口，男人就把车钥匙甩到他手上。门童眼疾手快地立刻攥好，来不及眨眼，手心里就多了一张烫金名片，待门童定睛看清上面的字，立刻汗毛竖起，低头哈腰地把人迎进门。

男人抬起细长的手指，把墨镜扒拉下来，镜腿戳在屁兜里，薄唇微翘，蹦出四个字："我找老金。"

老金是谁，正是紫晶宫幕后大老板，人称"金爷"。外头的人只知道紫晶宫是金爷开的，至于全名，这位金爷从哪个犄角旮旯蹦出来的，敢在这个地界开这么一家招眼的营生，这些就不得而知了，就连紫晶宫里的伙计也都在暗暗揣测其背景来历。

金爷平日里不怎么出现，就算来视察业务一年也最多两三趟，好像这座宫殿扔在这里是死是活也不在意，他一直都是神龙见首不见尾，就算有人慕名来拜会也只能扑空。可今天，金爷还真在。

门童心里一紧，看不透男人来历，也不敢怠慢，很快领着男人进门，把名片塞给里面的保安，并小声嘀咕了几句。保安面色严肃，扫了一眼立在光影中的陌生男人，见那男人明明唇角笑着，眼窝却透着冰冷，立体深邃的五官在昏暗中若隐若现，人虽高瘦，却精悍，丝质衬衫绷出两臂的腱子肉，平白透出一股匪气。

陌生男人来闯山门，还递上一张烫金名片，这消息一路递了进去，却没有直接落入正在三楼休息的金爷手里，而是在半道儿就被紫晶宫的负责人张翔拦住了。傍晚的时候，金爷还嘱咐过张翔，他休息两个小时就走，任何访客一律不见。

这话刚落不到半小时，一张名片就递了进来，名片上斗大三个字——徐海清。

徐海清，张翔自然认得。这张名片有多烫手，他心里也有数，否则也不会进退维谷，早就喊人把那闯山门的浑蛋扔出去了。张翔心里打着鼓，眼珠子转了一圈，就让保镖把人领到二楼的包厢。

保镖将陌生男人往楼上请，还问了声："请问您贵姓？"

男人只一个字，淡而清晰："徐。"

"徐先生，这边请。"

徐烁一路拾级而上，穿过二楼昏暗的走廊，来到一间门扉虚掩的包厢前。门从里面打开了，又走出来两名保镖，就钉在门口。

徐烁睐了一眼，跨进门槛，迎上坐在沙发里的张翔。

张翔站起身，和徐烁对视一眼，心里没来由地一凛，这气场、这眉眼之间的煞气，绝非善类，问道："徐先生，你我这应该是初次见面吧？不知你和徐老大的关系是……"

徐烁没等张翔请，就一屁股坐进沙发里，仿佛看不见这一屋子保镖齐刷刷的目光，自顾自从兜里拿出一个优盘，放在玻璃茶几上。

张翔一时不懂他唱的哪出戏，问："这是什么意思？"

徐烁慢条斯理地说："你自己看。等你看完了，再决定要不要交给老金，由谁来跟我做这笔买卖。"

张翔犹豫了两秒，想想那张名片的分量，又琢磨着此人的胆量和底气，很快就叫手下拿来一个笔记本电脑，当着徐烁的面插上优盘。优盘里只有一个文件夹，里面的文件都是关系紫晶宫的，别人不懂，张翔一看心就凉了半截。他定了定神，二话不说，让所有保镖离开包厢，同时在桌下按了两下，切断包厢里的通信和监视设备。

瞅着这一连串的动作，徐烁不由得勾起唇角。

包厢门紧闭，屋内一片烟雾缭绕，混合着酒精味儿，却没让张翔感受到半分醉生梦死的气息，只有冷和悬在半空的胆战。他努力压下心头的忐忑和背脊上蹿起的战栗，这才小心翼翼地看向跷着二郎腿坐在沙发里、十指交叉的徐烁。

"敢问徐先生，这个优盘是什么意思？"

徐烁扬了扬下巴："你说是什么意思，就是什么意思。"

张翔仿佛被人掐住了脖子，字儿是蹦出来的："还请您，指教。"

徐烁扫了一眼张翔，把话摞出来："老金做这摊生意是见不得光的，他自己不能出面接触黑道，只能找人来做，无论是黑还是白，只要是生意，在这里滚一遍，出了这个门就干净了。你被老金找来看着这摊生意，既是他的财库，也是他的退路，可见他对你的信任之深。老金怎么也不会想到这阳奉阴违的事就发生在眼皮子底下，你拿着老金给你的资源，牟你自己的利，背着他大肆敛财，黑白通吃，这么多年也吃得够撑了。"

那优盘里不是别的，正是张翔利用紫晶宫牟利洗钱的账目证据。先不说偷税漏税的事，就只说这些见不得光的金钱交易，要是到了纸包不住火的那天，张翔真是宁可捅到经侦手里，也不希望让老金知道。依法办理，他还有命坐牢，可要是按照老金的规矩，那就……

张翔脑子里嗡的一声，瞬间有点儿慌，可他到底是混过来的，大小阵仗也都见过，呆坐在那里沉淀片刻，脑子里就捋出来两条路：一条生路，就是跟这个姓徐的男人做笔买卖，拿钱收买他手里的证据，堵住他这张嘴；至于另一条，当然就是死路，只不过不是他张翔死。

张翔稳定了情绪，问道："您刚才说要跟我做笔买卖，不知道这笔买卖您打算怎么个做法？愿闻其详。"

徐烁扬了扬眉："张先生怕是记错了，我刚才说的是，等你看完这里面的东西，再决定要不要交给老金，由谁来跟我做这笔买卖。"

换句话说，张翔要是不想痛快，看到这些东西的就会是老金本人。

"您说笑了，这些东西，哪能劳烦金爷呢，他还不得扒了我的皮啊……"

"你倒是狡猾，心眼儿也比别人多长了一个。"徐烁颇为好笑地看着张翔，"要是刚才你拿着名片直接把我带去三楼见姓金的老东西，这会儿恐怕你正在绞尽脑汁跟他解释这些账目的由来。"

徐烁放下二郎腿，双肘撑在大腿上，拿起茶几上的烟盒，从里面抽出一支烟，在指尖把玩着："既然你已经给自己选了这条路，那我也说说我的玩儿法——很简单，要么，你拿钱拿消息买你的命，我保你一年之内没事，只要这一年内你听我的话，此后也无须为此提心吊胆；要么，你就拿命来还，要是姓金的觉得一条命不够，还有你的妻儿老母填利息。"平铺直叙的语气，没啥起伏，但吐出来的每一个字都像是淬了毒的刀，一刀刀割在张翔心口。

徐烁将手里的那支烟稳稳当当地插在烟灰缸里，烟头朝上竖起，点着了，连烟灰缸一起推到张翔面前，仿佛坟头一炷香。张翔的两条腿仿佛已经站在了悬崖边上，心里咯噔咯噔的，脑子里捋出来的第二条路也越发清晰：这个姓徐的男人是自己来的，这间屋里也没第三双耳朵，就算他身上带着通信和录音设备，也会被装在这几个包厢里的信号屏蔽设备隔绝在外，刚才的对话根本漏不出去。

张翔问："不知道徐先生刚才说的拿钱拿消息买命，是怎么个买法？难道我出了钱，您就能闭上嘴？照您这么玩儿，我后半辈子的命岂不是被你抓在手里，直接拿我当提款机了？"

徐烁微微一笑，一双狭长的眸子勾起内双的眼尾，转而就开始认认真真地给张翔讲解起来："这个洞既然能挖，也能填，只要你我达成一致，我自然会介绍一家可靠的会计师事务所来帮你盘账，有多少漏洞，是填上划算还是不填划算，填多少才能平事，到时候都有人手把手教你。有些钱只要还给税务局就能了事，何必给自己惹麻烦呢？至于你那些见不得人的利益往来，我想你自有办法择清，留下的不义之财要是觉得烫手，也可以拿去做做慈善，我这里也有几家慈善机构介绍，捐出去了就是给自己积福报，保证一年之后，你这摊污水比漂白水还白。"

张翔越听越愣："您所说的买卖就是帮我洗钱？"他早就听说那些非富即贵的大人物都有自己一套洗钱的门路，比如在历城混迹多年的徐海清。这个女人可不简单，年过四十，使得一手好手段，什么门路都涉足过，年轻时也有过前科，但都只是小勾当，自从她起家，就一路平步青云，没栽过跟头，营生做得稳当、干净。

但说到生意，不管白道还是黑道，真有一清二白的吗？外头的人都在传，徐海清是有高人指点，贵人相助，还有聪明人帮她洗白身家，像是她这样专业团队打磨的"经营模式"，可不是有钱就能效法的。

说起来，张翔刚出道时也受过徐海清的恩惠，此后多年再没照过面，可是张翔心里却记着，想着将来得势了必然得还，只是不知道到时候徐海清还记不记得有他这一号人物。

所以今天这个姓徐的男人突然出现，才会叫张翔如此吃惊，他心里很快升起一个荒谬的念头——难道这个姓徐的就是外面传言的帮徐海清洗白身家的"业务员"之一？如果是的话，那这姓徐的跑这里来干吗？徐海清有那么大一摊生意要照看，他还有闲心光顾他的小买卖？

这和中介在门口塞小字条有啥区别？是不是太跌份儿了！还是说，这年头业务难做，洗钱行业也遭遇寒冬，大家都不景气了？张翔一时间云里雾里，比刚才更糊涂了。

张翔这话一问出，徐烁笑了："误会，我可是守法公民，刚才我只是本着合作立场为张经理提供一些法律意见。"他又拿出一张名片，搁在桌上，白底黑字。"徐烁"二字印在上头，旁边两个小字标注职业——律师。

张翔拿着名片，不敢置信地确认再三，又看了看徐烁。

张翔问："你是律师？"

徐烁答："正是。"

张翔又问："你不负责洗钱业务？"

徐烁那表情仿佛看到了智障："才说过的这么快就忘了。我可是守法公民，那些见不得光的东西你只管按照自己的规矩处理，不需要让我知道。不过，要是你需要询问其他法律意见，可以随时打给我，我是按天计费的。"

张翔心里飘起脏话，随即把手上的名片揉成一团，扔在茶几上，拍案而起。方才的虚惊都退去了，眼下只剩愤怒和委屈。合着不是洗钱业务专员，就是个狗屁小律师！穷疯了吧！

张翔："找人盘账，老子还用你教，你几句废话也叫法律意见，老子没有律师吗？就你这道行还勒索老子，还敢收费，我先废了你个守法公民！"

张翔边说边抄起一个酒瓶子，啪啦一声磕在茶几上，瓶子碎了一半，露出参差不齐的玻璃碴儿。

但即便如此，张翔仍是没有喊保镖进来，他不傻，也没忘记徐烁是拿着徐海清的名片进来的。

张翔将尖锐的破瓶身指向徐烁，利刃对着他的脖颈，顶进肉里，手上却控制着力道，打算先把这王八蛋吓尿。

徐烁却坐在那儿不闪不躲，只是慢悠悠地笑，顶上昏黄的光洒下来，映出那如刀削的下颌线条，顺着脖颈线条，连接着锁骨，一路蜿蜒而下顺进微微敞开的衬衫领口。

这个男人不仅瘦，而且瘦得没有一丝赘肉，每一道筋骨都是硬挺的，却又暗藏着韧劲儿。

徐烁转过头，抬起眼皮看向站在高处的张翔，这个动作原本没什么，皮肉却偏偏滑过酒瓶上的玻璃碴儿，登时划出一道口。

"啊——"

徐烁薄唇微启，煞有介事地叫了一声，眉头却没动，只是瞅着张翔浅笑。

"流血了。"

他慢悠悠地吐出这几个字，一副正中下怀的模样。

张翔一愣，却没有把瓶子撤开。

徐烁陈述道："刑法规定，凡是对正在进行行凶、杀人、抢劫、强奸、绑架以及其他严重危及人身安全的暴力犯罪，而采取防卫行为，都属于正当防卫。"

徐烁边说边用指尖抹了把脖子，那里原本是一道看不见的狭长口子，没几秒钟就变成了一条红线，眼下红线里已经开始渗血，顺着他的脖颈线条流进领口。

张翔嘴里喷出火来："你也不看看这是哪里！别以为你拿着徐海清的名片，老子就不敢对你怎么样，我这间屋子可以屏蔽所有信号，就算我给你个机会报警，你也是叫天天不应！"

徐烁认同地点点头，转而将茶几上的笔记本转了个圈，屏幕对着张翔的方向。

"信号屏蔽啊，真是厉害。我忘了告诉你，优盘里有远程操作程序，刚才你这么一插进去，你的电脑就被我的人黑了，这信号，好像也没屏蔽住啊……来，看镜头。"

这一幕让张翔有点儿傻眼，但见笔记本屏幕上很快弹出一个小窗口，里面赫然就是他刚才用酒瓶子指着徐烁的回放，不仅有声有话，而且还照了正脸，他手里握着凶器，凶器上还沾着"被害者"的血……

张翔一愣，赶快上前盖上笔记本的盖子，死死攥着酒瓶子对着徐烁。

"你到底想怎么样？"

徐烁露出一抹安抚的笑意："我只是想和张经理做笔买卖——本着诚信交易的原则，我不要你一毛钱，只需要你在必要的时候为我提供我需要的消息即可。你也有一年的时间给自己善后，这些证据自然不会流到姓金的手里，如何？"

这话摆在桌面上，明码实价，张翔不亏。

这个徐烁不要钱、不要利，只要消息，乍一听是不错，可是张翔心里却不敢相信，这个浑蛋连一滴油水都不榨，可见那些消息会有多烫手。

张翔心里顿时升起不好的预感，该不会是冲着……

不行！

张翔的脑子转了一转，就想到第三条路，不管了，横竖今天先应下来，等把这些要挟他的证据拿回来，再做掉这王八蛋！

谁知主意刚一生成，张翔就感觉到从手腕到虎口一阵剧烈的麻，他根本没看清徐烁的动作，就被手刀劈中。

五指不自觉地松开，酒瓶子却在下落的过程中被一只刚劲有力的手接住。

徐烁站起身，稳稳地拿着瓶口，在手里颠了两下，尖锐的末端就转向张翔的脖颈，声音更是冰冷。

"当然，对张经理来说，或许还有更好的办法对付我，你可以叫人进来把我大卸八块，再把尸体扔进什么垃圾粉碎机里处理，或者你打算今天先口头上答应我的条件，日后再想办法做掉我。不好意思，这样一来你涉嫌的就是故意杀人罪，加上偷税漏税、不当经营、非法交易，以及组织、领导、参加黑社会性质组织罪。"

张翔震惊地看向徐烁，这才发现这个男人长得真高，而且还挡光。那阴影压下来，透着一双迫人的眸子，方才进门时令张翔顿觉熟悉的感觉一时间又蹿了上来。

张翔眨了一下眼，瞪圆了眼珠子，记忆中忽然闪过一个人影——那是个中年男人，叼着烟，老辣的目光藏在烟雾中，却能精准地将人盯死在审讯室里。

然而就在这时，包厢门外忽然响起"笃笃"两声。

张翔醒过神儿，喊道："谁啊？"

包厢门开了，一名保镖行色有异地冲了进来："老大！"

张翔一愣，就听保镖附耳小声道："章爷带着人把紫晶宫包了。"

什么！

张翔立刻看向徐烁。

徐烁仍是那不紧不慢的模样，将半截酒瓶子扔到地上，啪啦一声碎了。

章爷，那可是徐海清手下最得力的骨干和智囊，只有徐海清的事能指使动他。

只是眼下这唱的哪出，章爷竟然亲自带人来了？

张翔忙问："章爷人呢？"

保镖说："到门口了，要不要……"

张翔心里一咯噔："不，先别惊动金爷！"

话音落地，张翔就率先走出包厢。

只是刚走到走廊，就见一中年男人款步走来，他身后还跟着几个神色肃穆的打手。

张翔面色一整，立刻笑着迎上前。

"章爷啊，真是大驾光临，是什么风儿把您老吹过来了？是不是有什么好买卖想要关照一下小老弟啊？"

章爷摸了摸光秃秃的头顶，叹了一声："哎呀，我也想在家享几天清福啊，可是小辈们不省心啊，这不……我有个大侄子放着家里的生意不做，非要自己出来蹚业务，也不知道怎么就蹚到你这块宝地了，我就跟进来看看。"

大侄子？

蹚业务？

张翔身后走上来一道人影。

徐烁双手插袋地立在两人面前："章叔。"

章爷乐了："哎，这就是我那大侄子。我说，小烁啊，你这业务办得咋样了，你姑姑还问你几点回去吃饭呢，家里做了一大桌子的菜，就等你了。"

徐烁眼尾一扫："张经理不仅耳聪目明，见多识广，而且一点就透。我们已经谈妥了，这就回。"

章爷笑呵呵地拍拍徐烁的肩膀，二话不说就把人接走了。

张翔哪儿敢拦啊，只能一路屁颠地跟出去，跟到门口的时候还是有点儿不甘心，几句话在嘴里咂巴了半响，还是问了。

"这个，章爷……烦劳您回去帮我给徐姐带个好？我这多年前受了她的恩惠，她大概是不记得了，可我心里一直念着呢，总想着找个机会报答她。"

章爷半条腿已经迈进车，里面稳稳当当地坐着徐烁。

"说什么报答……海清的事儿，你只管问小烁，好歹也是亲姑侄。"

啥？亲姑侄？

张翔的膝盖立刻软了半截，透过缝隙窥探坐在里面的徐烁。

这位大爷也刚好扫过来，眼睛弯了弯，像是正在对张翔打招呼。

"张经理，以后请多关照。"

"不敢，不敢……"

车门砰的一声关上了。

徐烁脸上浮现出一丝无奈："章叔，不是说好了这次的事我自己料理吗？"

章爷笑出了一脸褶子："哎呀，你看看今天多危险啊，要不是我及时带人过来，谁知道那姓张的浑蛋能干出什么……"

章爷话音还没落，这才后知后觉地看到徐烁脖颈上的伤口："你看我说什么来着，这是不是那王八蛋干的，我把他剁了下酒！"

徐烁原本没什么表情，一听这话，咳嗽两声。

他将领子立高，转而道："今天的事，先别告诉姑姑，我回头自己跟她说。"

章爷一声长叹，想说什么，却终于忍住了。

再看徐烁，已经合上眼。

章爷很快拿出手机，发了两条微信出去。

——找到小烁了，他去单挑了张翔的场子。

——我赶去的时候，他们已经谈妥了条件，具体谈了什么，没问出来。

另一边，灯火通明的徐家大宅内，摆在开放式厨房案台上的手机亮了，正在厨房里拌肉馅的徐海清摘掉手套，拿起手机一看，脸上的浅笑立马隐去。

徐海清径自走出厨房，并对在里面看火的阿姨说："王嫂，肉馅差不多了，可以捏丸子。小烁还有半个小时就回来了，准备开饭。"

王嫂应了。

徐海清已经走向客厅。

宽敞的屋子笼罩在柔和的灯光下，一室温馨。这房子的装修非常讲究，复古的中式风，不张扬，但是明眼人一看就知道价格不菲，随便一张深色的实木椅子都要六位数。

在王嫂的记忆里，这栋房子的女主人徐海清很少笑。

徐海清这人，生活既讲究，也糙，她自己的事处理起来都糙，但是对待侄子徐烁，无一不精细，否则也养不出徐烁那性子。

王嫂没见过徐烁的父母，听说早就没了，只觉得那个孩子的做派像极了徐海清，表面上看是十足的公子哥儿，一身雅痞气质，实际上内里是脱缰的野马，有智商、有目标、有勇有谋、够果断，只是干出来的事也时常让人心惊胆战。

徐海清来到落地窗前，玻璃上映出一个中性休闲装打扮的女人，一头利落的短发没有一点儿柔和气息，犀利轻薄。

她一手拿着手机，一手拿出一支烟，熟练地点上，深深吸了一口，吐出来时烟雾一股脑儿地打在玻璃上。徐海清的手指在微信上迟疑片刻，最终只是发了四个字："找到就好。"

没隔几秒，章爷回了："我总觉得，小烁是留不住了。咱们要不要做点儿事？"

徐海清盯着这行字半晌，缓慢地敲下一行字："不用，他想做的事，没人拦得住。"

同一时间，江城。

顾瑶一觉醒来，身上的睡衣已经湿透了。

她出了不少汗，靠着床头顺了会儿气，眼睛并没有因为刚睡醒而呆滞，反而颇为精神地盯着床尾一角。

梦里的场景大部分内容已经消解，顾瑶只隐约抓到了几个画面，然而再努力去想，连那几个画面也溜得差不多了。

顾瑶抬手蹭掉额头上的湿漉，快速到浴室冲了个澡。

出来时，手机响了。

顾瑶按下免提，就听到心理诊所的同事秦松说："顾瑶，来案子了，机会难得，要不要一起去？"

顾瑶的本能反应远比脑子更快。

"给我地址。"

秦松快速报了街道名，距离顾瑶家不远，驱车过去不过十分钟。

顾瑶没废话，捡起前一天被她扔在床尾的衬衫和长裤，一边穿一边走出卧室。

接下来所有事都是在车上完成的。

湿漉的头发被顾瑶随便扒拉两下，落在肩上，让它自然吹干。肚子已经发出抗议，幸好她会在手套箱里放点儿小面包，随便拆开一个放进嘴里。

车子开到一半，进来一个电话。

顾瑶看了一眼来电显示，是她的母亲李慧茹。

李慧茹是个典型的居家小女人，这辈子在感情上摔过跟头，但日子不算太苦，不少吃不少穿，年逾中年，头顶是一片乌黑浓密，全然没有因岁月无情而显得稀薄。

顾瑶按下通话键，很快就听到如同少女一般的声腔："女儿啊，你在哪里呢？今天要不要来看看妈妈啊，妈妈新学了几个菜，老师都在夸我，做得可好了！都是你爱吃的！"

顾瑶心里没来由地涌上一阵烦躁，但她的理智很快就钻出来，将那些莫名其妙的"厌恶"安置妥当。

"妈，我有点儿事要办，晚点儿再联系你。"

李慧茹的语气难掩失望："奇怪了，你这两天不是放假吗，怎么也不知道爱惜自己，你要好好休息啊，没事就要回来看看妈，咱们住得又不远，你爸昨天还问起你呢……"

顾瑶目不斜视地盯着前方，见几百米外围着不少人，人群中间还拉起了警戒线，警车和消防车都到了。

顾瑶飞快地撂下话："先不说了，妈。"

不等李慧茹反应，顾瑶直接切断电话，将手机设置为静音。

顾瑶一下车就看到秦松。

秦松快跑上来，递给顾瑶一个挂牌，两人箭步冲向现场。

顾瑶问："什么情况？"

秦松说："现在正和警方对峙的是一名男子，三十岁上下，江城人，姓陈。他挟持的女子二十五岁，就在顶层。他说要见自己的妻子和女儿，否则就带着人质一起跳下去。消防气垫准备好了，楼上有警察和谈判专家在和他交涉。"

顾瑶脚下走得很快。

她很急切，也很兴奋，手心已经开始出汗，但她知道那不是因为紧张。

顾瑶踩上台阶，甚至快了秦松一步，一步就是两级台阶。

其实顾瑶的身体很难支撑这样的剧烈运动，尤其她跑得又快，气还没倒上来就又迈上两级台阶，等上到四楼半，顾瑶已经有些眩晕，她站在原地静了两秒，又一鼓作气地上了顶楼。

这种老式住宅没有电梯，天台的门敞开着，楼道阴凉且潮湿，还有一股发霉的味道。

从天台门透进来的光显得分外刺目，顾瑶不由得眯了眯眼，眼瞅着就要迈出去。

这时，秦松一把拉住她的手。

顾瑶下意识地回头，秦松却被顾瑶手心的汗和冰凉吓了一跳。

顾瑶不动声色地抽回手。

秦松小声且快速地说道："你先听我说，待会儿不要紧张，也不要随意接茬儿，咱们只管看着，你别忘了，你是来观摩学习的，不是来谈判的。"

顾瑶没有为"其实这是兴奋不是紧张"解释半句，只是透过那个小门盯着天台上的警察和那位所谓的谈判专家。

漫长的黑暗中，你是我唯一的光。

只隔了一道门，门外是白，门内是黑，一明一暗，光影交错在她身上、脸上，她身材纤细，脸色不够红润，皮肤却很亮，仿佛能透出细微的光。

秦松看她的注意力都在门外，仿佛不在意他的话，便又一次捏住顾瑶的手。

"我知道，王盟驳回了你的请求，你心里有气，可是今天的事关乎两条人命，你可不要把私人恩怨掺杂进来。"

顾瑶的注意力这才从门外被拉回来。

"那个谈判专家就是王盟？"

秦松还来不及说什么，顾瑶就又开口了，同时她还反手握住秦松的掌心表示安抚。

"放心，我一向公私分明。我也知道，以我现在的情况，申请参加警队的特殊行动，被批准的概率也不高，今天这样的机会实属难得，我会珍惜的。"

秦松这才松了口气，和顾瑶一起跨上天台。

天台上，谈判专家王盟正在和挟持人质的陈宇非交谈。

两人已经聊了半个多小时，从最开始的剑拔弩张，发展到现在气氛已经逐渐轻松起来，甚至还能说笑两句。

可即便建立了短暂的"轻松氛围"，陈宇非依然没有在放开人质这件事情上吐口，他将那个名叫刘雨的女人绑在护栏外。

刘雨有严重的恐高症，因为站在檐边，早已六神无主，甚至还小便失禁，双手软麻根本攥不住任何东西，就在王盟和陈宇非交涉的半个小时里，刘雨还当场晕倒过一次。

正对着刘雨的地面上是消防队员充好的安全气垫，但按照眼下的情况，即便刘雨能落在气垫上，也不可能百分之百没事，她连保护自己的本能都被吓没了。

也不知道陈宇非是不是早就知道此事，一开始就把刘雨架出护栏外，还用绳索将刘雨的手臂和护栏捆绑在一起。

那根绑住刘雨的绳索并不粗，就是常见的缠绕式尼龙绳，而且陈宇非还系了个活结，他的手一直就搭在尼龙绳边上。

这时，王盟已经和陈宇非聊到了他的前妻。

秦松和几名在现场等待行动的警察一起竖起耳朵，时刻寻找着救人的机会。

顾瑶和另外一名负责联络场外和记录的女警站在后方，顾瑶手里拿着女警刚速记下来的资料，粗略地看了一眼。

陈宇非，离婚不到一个月，刚刚失去女儿的抚养权，不仅如此还生意失败，前妻离婚后已经找到了男朋友，正准备结婚。

前妻这么快就有了下家，不排除有婚内出轨的可能。

这上面还提到陈宇非的儿时经历。

陈宇非是跟着姥姥、母亲长大的，但由于陈宇非的爷爷和父亲都有家暴倾向，所以姥姥和母亲一直认为他也继承了这一点，从小就像防贼一样对待他，不与之亲近，甚至是在精神上对其进行冷暴力。

那边，陈宇非正在念念叨叨地说他母亲和姥姥的事。

顾瑶竖着耳朵听着，同时看完资料，心里已经有了初步判断。

两个关键词——"阉割""阳痿"。

陈宇非在生理上绝对正常，自小因环境而形成的过度自卑，长大后就会慢慢转化成过度自大，自尊心尤其脆弱，只要有人稍一不小心触动"开关"，后果可能不堪设想。

陈宇非在生理上是个男人，但在心理上，他早已被姥姥和母亲做了"阉割手术"，而后又因为自身婚姻的遭遇而精神"阳痿"。

顾瑶甚至怀疑他能否有正常的两性生活……

与此同时，秦松也靠了过来，小声问："感觉怎么样？"

顾瑶以只有她和秦松，以及旁边女警能听到的音量说："我怀疑陈宇非现在还不想死。"

秦松一怔，接过顾瑶手里的资料快速看了几眼。

顾瑶："你看陈宇非的动作。"

秦松抬头一看，恰好见到陈宇非正在拨弄头发，好像发梢沾了什么脏东西。

顾瑶："你再看他的着装，尤其是脚上那双鞋，这种球鞋的白边不仅宽而且容易脏，江城的环境不好，这两天风又大，可是你看，他把鞋子打理得很干净，说明他对此很在意，或者有轻微的洁癖。"

秦松："也许是新买的。"

顾瑶："这双鞋是去年出的，限量，早就断市了。"

简而言之，一个已经做好寻死准备的人，怎么还会在意自己的头发和鞋子是不是脏了呢？

秦松原本是来旁观的，顺便带顾瑶重新熟悉这些环境。

一年前顾瑶出了一场意外，脑部受到撞击，醒来后大部分记忆都消失了，连心理专家的工作也是这几个月才拾起来的。

秦松一听顾瑶的分析，不由得心里一紧，仿佛又看到她一年前的模样，但凡是涉及专业的事，她就像是变了个人，说到兴奋处脸上会带着一点儿粉光，双眼晶亮有神，从骨子里流露出某种摄人心魄的神采。

若说唯一有些变化的，那大概就是在遭遇意外之后，她的体质远不如从前，不仅皮肤有些苍白，连气血也不足。

可是到了现场，顾瑶却丝毫没有受到身体的局限，思路打开得很快，分析也跟得上，就连刚才的喘不上气也因为此刻的兴奋而被她抛在脑后。

秦松还记得曾有一位业内前辈这样评价过："顾瑶啊，她在研究犯罪心理学上是有天分的，她专攻社会，辅修犯罪，真是可惜了。"

秦松在心里暗叹一声，听到顾瑶在自言自语。

"这个陈宇非，该不会以为女儿不是他亲生的吧？"

秦松一怔，刚要说话，顾瑶已经先一步转向他："陈宇非的姥姥和母亲，长年对他进行精神虐待。我假设她们二人是给陈宇非造成女性阴影的两个罪魁祸首，那么陈宇非的前妻又扮演着什么角色，是最后一根稻草、帮凶，还是……"

就在这时，旁边女警的通信器响了几声。

顾瑶话音一顿，听到这样一句："陈宇非的前妻已经到楼下了？好，我通知张队。"

顾瑶来不及想太多，双腿已经做了第一判断，直接跑到距离自己最近的围栏前，双手撑着围栏，俯身向下看。

秦松立刻跟上去。

顾瑶一把拉住秦松，指给他看："那个就是陈宇非的前妻。"

楼下，一个穿着鲜艳的女人正在两名警察的陪同下走进楼门。

顾瑶只一瞥，但还是抓住了几点关键信息，心里也跟着升起不好的预感，下意识地看向对面的陈宇非。

王盟仍在和陈宇非聊天，但陈宇非的注意力已经被顾瑶刚才的举动吸引了一部分，对王盟的话也不是那么在意了，甚至一改刚才的轻松调侃，肢体流露出些许紧绷。

也许，陈宇非刚才也看到了前妻。

顾瑶和陈宇非的目光隔空撞到一起。

顾瑶神色不变，眼眸却渐渐眯起，她是为了更仔细地看清陈宇非。与此同时，她的脑海中也飞快地闪过一些画面，快得抓不住，但是很熟悉，好像类似的场景在过去发生过。

而陈宇非则因为这次对视，不再理会王盟，只是直勾勾地盯住二十米外的顾瑶。

一股既陌生又熟悉的感觉突然涌上陈宇非心头。

是共鸣。

她站在那里，挂着工作牌，好像是来考察或是学习现场经验的，乍一看没什么特别，可是站在一堆劝他放开人质的人中间，却愣是显得不同。

艳阳高照，陈宇非却觉得很冷，那是一种即便身处闹市也感受不到一丝温暖的冰冷，而那个女人在一瞬间吸引了他的注意力。

她的头发蓬乱，还有些潮湿，穿着是干练的工作套装，丝质的蓝色衬衫，黑色的套装裤和外套，衣服有些皱，皮肤有些苍白。

尽管她身边站着一个雷同装束的同事，两人身上都透出精英气息，但这个女人却和整个环境格格不入。

陈宇非愣了几秒，脑子里忽然钻出一个念头——不，她不应该站在那边，她应该来他这里啊！

由于陈宇非对王盟的彻底忽视，王盟的节奏很快就被打乱了。

旁边几位民警也发现了这一点，纷纷看向身后。

顾瑶已经撤离视线，脚下一转就往天台门口走去，比起留在这里观摩现场，她有更重要的事情要做。

但就在这时，陈宇非忽然喊道："让她跟我谈！"

只有五个字，有些沙哑，却也清晰，声腔里是难以压抑的兴奋，震惊了王盟和民警，也成功留住了顾瑶的脚步。

顾瑶转过头，那边所有人都看着她。

陈宇非激动地补充："我只跟她谈！"

顾瑶只停顿一秒就做出决定，她回身抓住秦松，小声道："不管用什么办法，阻止陈宇非前妻上来，不能让他们现在见面，否则后果不堪设想！"

话落，顾瑶径自走向陈宇非。

顾瑶一路往前走，越过那几位民警，经过王盟，站在比所有人都更靠近陈宇非的地方。

头顶的阳光越发刺眼，温度也渐渐升高，顾瑶眯着眼，这才看清陈宇非的样貌和神情。

这一刻的她无比冷静。

在犯罪心理学上有一种说法——和罪犯达成心理共鸣。大概意思就是说理解罪犯所思所想，将他们视为棋友，知己知彼。

无论是国内还是国外，每年都会出现一些所谓扎实的心理学研究，乍一看非常有理，深入追究才发现那些都是不懂犯罪心理的人撰写的。

这些人理解的只是自己脑海中的世界，是否能达到"共鸣"二字没人知道。

就好比说这个王盟，他或许在学术上有些研究，利用理论也很娴熟，但是为什么长达半个小时的交流却始终没有突破陈宇非的心理防线，甚至有那么几个时刻，王盟在被陈宇非带节奏？

问题就出现在"共鸣"二字。

而且每当王盟开始抛书包的时候，陈宇非就会踮脚，那是一种不耐烦的表现，要么就是他听不进去，要么就是他觉得王盟在班门弄斧。

顾瑶并没有用"我是来帮你的"这样的套话作为开场白，她吸了口气，决定先将问题抛给陈宇非。

"陈宇非，你想和我谈什么？"

此言一出，王盟皱起眉，看向顾瑶的背影——顾瑶的行为太不合规矩了。

陈宇非却倏地笑了，顾瑶用词不礼貌，语气也很冷硬，可这却是他挟持人质以来听到的最顺耳的一句话。

陈宇非："我喜欢你。"

顾瑶挑了挑眉。

陈宇非一针见血："你没有装腔作势的礼貌，自以为高学历和高人一等的优越感。"

顾瑶自然知道陈宇非指的是什么。

像王盟这样的心理专家，大多西装革履、高学历加身、挂着专业精英的头衔，这些东西会自然而然形成一种骄傲、自大，一种优越感。

可在面对患者或罪犯时，这种优越感就会成为刺，它们会直接刺激对方，也会成为建立信任关系的阻碍。

这对很多精英专家来说，几乎是无法解决的，因为他们根本不认为这是自己的问题——难道我靠着我的优秀和专业帮你，是我错了吗？

是的，站在对方的角度，你表现出来优秀就是错。

顾瑶仅仅通过短短三句话的交谈，就可以进一步确定，这个陈宇非的智商非常高，他不仅话里有话，而且很懂心理学，甚至很清楚自己在做什么。

那么，被判定的犯罪性质就变了，陈宇非不仅携带犯罪基因，也属于精神病罪犯，先天加上后天遭遇，要实行犯罪的概率几乎是百分之百。

接下来，顾瑶和陈宇非的对谈非常快。

"陈宇非，你的名字是谁起的？"

"我父亲，他死很久了。"

"死因呢？"

"心脏病发。"

"你和他关系如何？"

"我对他没什么印象，他死得早。"

"你是本地人？"

"不是，我是后来定居的。"

"你一个人过来的？"

"对。"

"那你来这里之后，有回过老家吗？"

"那种地方，回去干吗？"

提到"老家"，陈宇非眼里闪过不屑，顾瑶却隐隐有了笑意。

王盟此时向顾瑶迈了一步，小声道："不要东拉西扯，不管他要和你谈什么，这次行动的目的都是救人质。"

顾瑶皱了下眉，那是厌恶。

因为王盟的打断，顾瑶和陈宇非的对话也停了片刻。

陈宇非催促道："你是不是还有问题？我想听。"

顾瑶一个字一个字地问："你的母亲，她现在还好吗？"

安静了几秒，陈宇非咯咯笑起来，那笑声里带着沙哑，透着阴森，即便太阳快要升到头顶了，仍让人觉得寒毛直竖。

也正是这番诡异的笑声，令王盟意识到什么，回过身对民警说："能不能查一查，陈宇非的母亲是否还在世？"

民警："这需要一点儿时间。"

王盟又走回到顾瑶身后："警方会立刻调查陈宇非老家的情况，你尽量稳住他。"

直到撂下这话，王盟才觉得自己稳了。

在王盟看来，顾瑶来之前这里一直都是他的主场，他已经和陈宇非唠了半个小时，基本上掌控了局面，谁知正待收网顾瑶却突然行动，搅乱了他的步调。

紧接着，顾瑶就成了主控。

王盟心里不甘，也知道顾瑶现在的情况，所以他有义务和责任成为顾瑶和警方之间的桥梁。

他相信在场的民警们也都会明白，顾瑶只是前锋，真正的指挥者依然是他王盟。

但就在王盟动心思的时候，顾瑶却完全未在他的掌控。

顾瑶问："陈宇非，你早上吃了什么？"

场内其他人都是一怔。

陈宇非说："两个煮鸡蛋，一杯咖啡。你呢？"

"一块小面包，到现在都没喝水。"

"你在减肥？"

"不是，我本来也可以吃两个煮鸡蛋和一杯咖啡的，但因为你，我没顾上。"

"你的意思是，我欠你一顿饭？"

顾瑶笑了："如果你不介意的话，我想现在吃点儿东西。"

陈宇非安静了一秒："好。"

顾瑶也没跟他客气，回身看向王盟："给我点儿吃的和水。"

王盟不好当场发作，只好从包里拿出来一个三明治和一瓶水，这原本是他准备的"道具"。

某些时候，当着谈判对象运用这些道具，会让对方暴露弱点，但今天王盟还没用上，没想到顾瑶几分钟就提出要求。

几位民警面面相觑。

顾瑶拿过三明治，打开包装纸的时候，听到王盟咬牙切齿地说："你不要本末倒置，咱们的目的是救人质。"

顾瑶咬了一口三明治，细细咀嚼，同时示意王盟把瓶盖子拧开。

王盟忍着气照办了，直到顾瑶喝了一口水，这才抬起眼皮，目光冰冷地看着他。

"你的意思是，陈宇非的死活不用管，只救人质？"

顾瑶语速很慢，吐字清晰，而且没有压着音量，足以让几位民警都听到。

王盟一噎："我不是这个意思！"

顾瑶却已经挪开目光。

同一时间，秦松也在五楼成功拦截了陈宇非的前妻和护送她的民警。

秦松把天台上的情况简单说了一遍："现在那边情绪不稳，为了人质安全，避免进一步刺激陈宇非，能不能先请你们在这里等几分钟？"

两位民警互看一眼，有些为难。

秦松见状，说："或者，让我递一个通信器进去，你们可以和谈判专家直接联系，再决定是不是要把人带出去？"

两位民警商量了一下，又和负责联络的女警通了话，得到天台上领队的首肯。

很快，秦松就拿着一个通信器回到天台，他和场内的民警打了招呼，正想将通信器递给顾瑶，没想到王盟一把拿走通信器。

秦松想要拿回来。

王盟却说："你别忘了，我才是这场行动的谈判负责人，你们负不起这个责任。"

秦松不可能因为一个通信器而与他起争执，这会影响整个行动，但他也不打算对王盟妥协，所以二话不说就走到顾瑶身后，没有一句话，只是拿出蓝牙耳机，挂到顾瑶的耳朵上。

顾瑶正在吃三明治，她看了秦松一眼，微微笑了。

秦松拍拍她的肩，又看了一眼陈宇非，很快回到五楼。

秦松回到五楼，很快联通蓝牙，问顾瑶："你有没有什么想问的，陈宇非的前妻就在我旁边。"

顾瑶略低头，低声道："两个问题：一是她知不知道陈宇非和母亲的关系很糟糕，知道得有多详细？二是为什么和陈宇非离婚？"

秦松很快将问题复述给现场两位民警。

两位民警知道时间不等人，便临时展开询问环节。

陈宇非的前妻起先还闪闪躲躲、支支吾吾，但很快就在民警有技巧的问询下吐露了一些事。

陈宇非和母亲的关系不仅糟糕，而且已经断绝往来，甚至于他母亲还多次"提醒"陈宇非的前妻，要小心他。

除此以外，陈宇非的母亲还经常提到陈宇非父亲的那些家暴行为，以及陈宇非小时候虐杀过小动物。

至于离婚原因，自然不言而喻，没有女人可以忍受和有暴力倾向的男人生活。

秦松得到答案，很快告诉顾瑶。

顾瑶的三明治已经吃了一大半，她将包装纸封好，扔到脚边，又喝了几口水，这才看向一直在对面等候的陈宇非。

陈宇非没有因为顾瑶的"细嚼慢咽"以及拖延时间而感到焦虑、恼怒，他好像并不在乎这一点儿时间，也十分享受和顾瑶的互动，他不仅展现出非同一般罪犯的"涵养"，甚至很"关心"顾瑶的感受。

陈宇非问："那个三明治怎么样？"

顾瑶一脸嫌弃："相当难吃。里面加的鸡蛋酱不新鲜，火腿肉的口感也不够顺滑。"

"可你还是吃了一半。"

"我没有别的选择。幸好我还有一瓶水，能把这些恶心的东西咽下去，顺便增加饱腹感。"

陈宇非幸灾乐祸地说："什么狗屁专家，吃的就是这个？"

他指的是王盟。

两人的对话全然不顾及旁人的感受，王盟脸上一阵热。

陈宇非却像是交到了一个朋友，露出像小孩子一样的笑容："你是不是很讨厌他，我是说这种自诩精英，其实骨子里就是个蠢货的家伙。"

顾瑶挑了下眉："说实话，这是我这一年来第一次见他，但我猜在一年前，我和这个人就打过很多交道，而且很不愉快，所以就算我现在失去了一部分记忆，在生理上还是掩饰不了对这个人的厌恶——你说得对，他骨子里就是个蠢货。"

王盟涨红了脸，龇牙咧嘴地警告顾瑶："我必须提醒你，被罪犯带节奏是很危险的！"

顾瑶却看都没看王盟，笑意嘲讽地问陈宇非："看，他急了。不好意思，因为工作关系，现在我不得不问你几个敏感问题。"

顾瑶话音落地，场内陷入了一阵沉默，一时间只有风声。

陈宇非的笑容渐渐收敛，但他却没有一丝紧张，他连坐姿都换了，还跷起二郎腿。

王盟和民警们纷纷进入戒备状态，很怕因为顾瑶一时失言刺激到陈宇非。

被陈宇非挟持的人质刘雨已经昏厥过去，半个身子在屋檐外，仅靠一根尼龙绳将她的手和围栏捆在一起，那尼龙绳上已经渗出血。

下面的消防员也在等待，随时准备救助刘雨。

恐怕场内还能感受到一点儿轻松的，就只有陈宇非和顾瑶了。

陈宇非突然开口："你太贪心了。"

除了顾瑶，没有人明白这句话的意思。

顾瑶却只是笑了笑。

陈宇非继续戳穿："你想通过几个敏感问题，就对我的人生进行一次画像，我凭什么要回答你？"

顾瑶仿佛很同意陈宇非的话："你说得对，或者咱们可以做一次交换。"

"怎么做？"

"我先说出我的猜测，有不对的地方请你指正，但是你要有足够的理由来说服我，让我知道我错在哪里。"

顾瑶这话听蒙了王盟，怎么全然是一副"请教"的口吻，她当陈宇非是什么，他就是一个疯子，一个罪犯！

但王盟还没提出反对意见，陈宇非已经开口："你的意思是，学术交流？"

顾瑶点头："对，学术交流，共同成长。"

陈宇非笑出声："你要拿我当研究项目，准备写成论文？"

顾瑶皱皱鼻子："嗯……这方面我还没想过，我现在在恢复期，除了偶尔上上课，就是留在诊所里接待一些患者，你不如反过来想，或许我也可以帮你解答一些问题，帮你找到答案？"

陈宇非开始对顾瑶的建议产生兴趣，这就像是某种挑战，他已经很久没这么兴奋了。

陈宇非问："好，你对我的初步画像是什么？"

顾瑶说："大概有三点。"

顾瑶故意停顿了几秒，见陈宇非不耐地踮踮脚，这才继续道："第一，我猜你学过社会心理学或是犯罪心理学，而且很注重实践。不过你是野路子出身，不是科班，所以一般的心理谈判技巧在你这里会显得很可笑。就像刚才，你表面上和他聊得投机，有问必答，但实际上你很不屑，甚至是鄙视。你把他看得很透，而且没有让对方发现端倪。"

这个"他"指的就是王盟。

王盟粗喘了几口气，简直快气炸了，因为顾瑶不仅是在羞辱他，而且是当着这么多人的面。

今天的事回去一定要写报告的，警方要写，心理专家也要写，这些羞辱都会被记录在案，顾瑶根本就是故意的！

一时间，场内所有人的注意力都被顾瑶和陈宇非的对谈吸引过去，没有人注意到上空的隐蔽位置，出现了一架小型无人机，无声，高性能。

陈宇非说："我在很小的时候就注意到自己心理上的问题，我想过自救，但我不懂怎么做，我的母亲认为我天生就是个疯子，她认定我总有一天会杀人，会进监狱或是精神病院，还说我这种人渣只配在那里。所以我十几岁开始就自学心理学，也做过相关工作，在这样的团体里去理解他人，借由那些理论和案例来解读自己。我的学历不高，但我的学习力很强，连那些博士毕业的心理专家都剖析不了我。"

顾瑶哦了一声："那么，你觉得监狱和精神病院可以帮到你吗？"

陈宇非很不屑："怎么可能！"

"所以，你也不认为和心理专家聊天，可以让你变得好受点儿？"

"那些人都带着攻击性，出发点就错了。"

"我很好奇，为什么你觉得那些心理专家无法剖析你？"

沉默了几秒，陈宇非忽然反问："你是专家，这个答案不是应该由你回答吗？"

顾瑶笑了："我的回答就是我的第二点。"

陈宇非："是什么？"

"共鸣性心理疾病。"

陈宇非沉默了，但他脸上的惊讶却许久没有消散。

顾瑶开始讲述案例："人们对PTSD的理解是'创伤后应激障碍'，这种心理问题在美国很常见，尤其它很普遍地出现在那些常年待在战地的士兵身上。美国政府为了治疗这些士兵就派了大量的心理医生过去帮忙，结果呢，那些医生在一遍又一遍地听士兵吐露他们战地经历后，纷纷出现了共鸣性心理疾病。《时代周刊》对此的观点是，与PTSD患者待在一起的家属和心理医生，他们将遭遇的是比这些患者更严重的'二次创伤'，甚至是'四次创伤'。有些心理医生还会因此成为罪犯。"

陈宇非："你的意思是，我母亲对我的精神虐待，是因为她有这个问题，起因是我父亲的家暴行为。至于那些帮助过我的心理专家，要不就是无法和我产生共鸣，要不就是被我影响，遭到二次创伤？"

陈宇非一时有些困惑。

顾瑶淡淡道："不，陈宇非，有共鸣性心理疾病的人，是你。而且，你不止二次创伤。"

一瞬间，陈宇非愣住了，他的肩膀有下垂的趋势，坐姿也不如刚才那样轻松，整个人好像遭受剧烈打击，有些颓。

顾瑶眯了眯眼，抓住这个时机把第三点说出来："你的父亲有家暴行为，你的母亲常年遭受精神和肉体上的虐待，她认定你是你父亲的化身，所以即便你当时还只是一个小孩子，你还是日复一日地遭受精神虐待，因为她认定，等你长大到有足够的能力，你就会对女人施暴。

"你经常会想到你父亲，幻想他是不是有同样虐待他的母亲，而且你父亲小时候多半遭到过家暴，才会从一个家暴的受害者变成施暴者。你甚至想过，如果你父亲不是因为过早地死于心脏病发作，那么他总有一天会杀掉你的母亲，这样你或许就得救了。你还去找过证据，你怀疑他根本不是死于心脏病发作，甚至你母亲也说过这样的话——'要不是你父亲死得早，他一定会去坐牢或是进精神病院'。

"但很可惜，你无法证明父亲的死因，你能做的只是弄清楚自己的心理问题，比如你是不是遗传了暴力基因，这种基因会在后天让你付诸行动吗？也因如此，你很小就开始尝试虐杀小动物，你想证明自己不好这一口。但意外的是，在这样虐杀的过程中，你竟然感受到一丝安慰和快感，你在它们面前不再弱小，甚至成为主宰，这是你唯一能找到的发泄方式。你将你遭到的创伤转嫁给其他生命，自卑会得到安慰，自尊心会得到修复，可是随着年龄的增长，你的欲望和施暴的能力越来越强，虐杀小动物已经无法满足你了。"

陈宇非完全沉浸在顾瑶的讲述中，在整个现场，除了顾瑶的声音就再无其他，风也在这时停止了。

顾瑶的讲述几乎精准到细节上，尽管和陈宇非的真实经历稍有出入，却是他涉足这个领域之后遇到的第一个"了解"他的人。

这就如同一个人去算命，大部分算命师用的都是套话、好话，同时根据对求问人当时的神情、状态进行修饰。

那些话乍一听很对，仔细一想好像可以套用在很多人身上。

但如果这个人算出的东西很精准呢，甚至精准到具体时间、事件以及人物呢？

那么，前来求问的人自然会生成一种"你很厉害，你很会解读"的心态，甚至会不停地发问，希望尽快得到解决办法。

陈宇非此刻就是这种心态。

就连陈宇非自己都没想到，顾瑶仅仅通过他和王盟的对谈，以及她开始问的他那些无关痛痒的问题，就将如同散沙的细节串联到一起，勾勒出近乎正确的"画像"。

这边，民警们一边听着，一边密切关注陈宇非的动作。

陈宇非的手已经离开了绑住刘雨的尼龙绳，他跷起的腿也放了下来，身体向前倾，双肘就架在膝盖上，非常专注。

这时，王盟又一次上前，将顾瑶打断："我警告过你，不要刺激他！"

顾瑶刚要说点儿什么，对面的陈宇非突然吼道："你闭嘴，让她说完！"

王盟被民警拉到后面。

顾瑶看向陈宇非，捕捉到他那一瞬间流露出的爆发性愤怒。

比如，他的眉毛压低且皱起，上眼睑骤然睁开，下眼睑陷入紧绷，面颊肌肉紧缩，鼻翼扩张，嘴角下压，下颌靠前伸展，牙齿强力咬合，咬肌清晰浮现，头部压低，身体更加前倾，肌肉紧绷，甚至双手握拳。

尽管这一系列动作是在短短的两三秒内发生的，但是在那个时刻，陈宇非却做出了雄狮即将扑咬羚羊的姿态。

几乎是同一时刻，顾瑶喊出声："陈宇非！"

陈宇非一愣，慢慢地安静下来。

隔了几秒，他吐出三个字："请继续。"

顾瑶继续道："我不知道你杀了几个人，但我猜都是女性。你第一个杀的人是你母亲，这对你来说就像是某种自我救赎的仪式。只有启动，才能解脱。但这种仪式是把'双刃剑'，能让你解脱，也会成为枷锁。自从你杀了你母亲，情况就变得一发不可收拾，就像你虐杀小动物一样，开关打开了，你开始渴望杀害其他目标。但是完成那些目标，远没有你杀害母亲的成就感，你不知道该怎么办，你只能一个一个找下去，哪怕那些女人和你的母亲只是发型一致，音调雷同……这就是为什么我一开始问你，'你的母亲，她现在还好吗'。"

负责联络的场外女警，借由前面民警的身体遮挡，飞快地将情况上报给局里。

眼下的情况已经不是他们可以解决的，如果陈宇非真如顾瑶分析的那样有"杀人"历史，他们就需要配枪警察前来支援！

就在这时，身在五楼的秦松，也在向陈宇非的前妻提问："你知不知道陈宇非母亲的情况？"

陈宇非的前妻只是茫然地说："前两年我们还有联系，后来我听说，他妈又改嫁了，还跟那个男人去了外埠，临走前和他大吵了一架，说断绝母子关系……"

"你就没觉得这里面有问题，没有给他母亲打过电话？"

"我打过，但那个号码注销了。"

两人的对话传进顾瑶的耳朵，抬眼间，顾瑶话锋一转："陈宇非，你是不是已经找到下一个目标了？"

陈宇非没说话。

所有人都很安静，直勾勾地看着他。

顾瑶补充道："你甚至坚信，那足以取代你第一次杀人的成就感，但要证实这一点，只能靠实践。"

几乎是同一时间，远在历城的徐烁，也从手机屏幕中看到这段直播。

顾瑶的特写和她说出的话，一帧不差地被无人机捕捉完整。

手机屏幕上还出现另一个画面窗口，那里面有一个黑眼圈很重、皮肤很白的男人，年纪比徐烁略小几岁。

黑眼圈男人问："怎么样，哥，精彩吧？"

徐烁的目光落在顾瑶身上："你觉不觉得她哪里不太对？"

"你指的是什么，长得还行、身材也不错、嘴皮子也利落……"

"一年前那场意外给她的身体造成重创，她恢复了一年但远不如从前，她现在的体质很弱，远离一线工作长达一年，可是突然面对罪犯却表现得过分冷静和专业，比刚才那个男人更精准。"

"嘻，这女人就是心理专家啊，表现专业不是应该的吗？"

徐烁果决道："不对。"

她和陈宇非的交流太和谐了。而这种和谐，绝不是专业赋予她的。

就他所知，顾瑶这还是一年来第一次参加一线行动，而且纯属巧合，若不是陈宇非突然点名，这一幕他也不会看到。

至于一年以前，顾瑶的行事也很低调，即便有案件也只是作为幕后专家提供辅助意见。

再看王盟的神情，他的表现就像是一面镜子，无论是震惊、忌妒，还是忌惮，都足以说明顾瑶今日的表现实属罕见，甚至一反她一年前的风格。

王盟驳回顾瑶要求参与一线行动的报告也可以理解，放着这样一个人在，她若是一直低调，给同行一个喘息空间倒还好，可她日后若是还像这样表现，王盟不可能容得下她。

徐烁敲了敲手指，目光深沉，直到黑眼圈男人叫了两声他的名字，他才从沉思中醒过神，抬眼间，眼里锋芒渐敛，语调一如既往地平淡。

"这个叫王盟的足以称得上'专业'，可他用了半个小时，连陈宇非竖起的'防火墙'漏洞都没有找到一个。其实陈宇非已经给了不少关键信息，只不过王盟忽视了。但顾瑶从来到现场，到接手任务，再到画像，前后不过二十分钟，她已经基本完成了一线心理专家应该做的所有事，快狠准。"

黑眼圈男人接茬儿道："哥，你的意思是，顾瑶的专业能力在王盟之上？可是这一年，她最多也就是在心理诊所接待几个患者。"

徐烁说："学历和学力完全是两回事，同样，职位也不能证明工作能力。"

隔了一秒，他又道："我的意思指的也不是她的专业能力。"

黑眼圈男人："那是什么？"

是啊，是什么呢？

徐烁安静片刻，在脑海中思索着合适的形容词——共鸣、同理心、设身处地？

不，这些词都不算精准。

徐烁忽然问："小川，我问你，你在计算机领域的学历并不高，甚至被学校和单位开除过，但是你的实际操作能力却是我见过最惊艳的，你认为这种能力叫什么？"

小川眨了一下眼，眼袋上的青黑也跟着动了动："我这是天赋啊！哥！"

对，就是天赋！

小川拍了一下大腿："你的意思是，这个女人靠的是天赋？！哦，当然，光有天赋还不够，还需要后天知识的累积啊、培养啊……"

这世上有一种人，经验即直觉。比如经验老到的交通警察，隔着一二百米的距离，都能在车队里发现有哪辆车用了套牌。

有一种人，学以致用，比如王盟，他比其他同行更加刻苦努力钻研，面对一般罪犯也得心应手，可是遇到陈宇非这样的特例，角色和立场就会发生逆转。

当然还有一种人，是靠天吃饭的，他们天生就有洞察人心的能力，无论善良，还是邪恶，他们看事通透，看人精准，对人和社会的悟性以及阅读理解的能力异于常人，再通过后天知识的积累和启发，就会发生爆炸性的威力。

毫无疑问，顾瑶归类为第三种。

小川说："哥，你的意思是，她能在这么短的时间内就切中要害，是因为她对研究犯罪心理学和剖析罪犯有异于常人的天赋？呃，那这对咱们接下来要做的事，会不会有影响啊……"

徐烁笑了："无论是记忆受损还是天赋，两者都是把'双刃剑'，只要用对方法，她会成为一把利器。"

同一时间，案发现场。

顾瑶已经问出关键性的问题："陈宇非，你是不是已经找到了下一个目标？"

陈宇非直勾勾地瞪着顾瑶，就在众人屏息之际，他露出了诡异的笑容。

"聊了这么久，我还不知道你叫什么？"

此言一出，王盟立刻有些焦虑，他很想知道后面的答案。而已经请求配枪警察支援的民警也不由得屏息，手里攥着警械戒备着。

唯有顾瑶，没有被陈宇非打乱节奏："我叫顾瑶。"

"顾瑶。"陈宇非喃喃念叨她的名字，"我十五分钟以前好像看到我的前妻进来了，她是不是在五楼？"

"是。"

"按照约定，你们应该让我见她，否则我不会放刘雨。"

顾瑶眯了眯眼，从半个小时前见到挂在屋檐边的刘雨，她就有一种奇怪的感觉。

陈宇非手里没有任何武器，被他作为人质的刘雨正下方地面上还有消防气垫，如果是一般情况掉下去，会有骨折、脑震荡甚至死亡的危险，当然更大的可能是活下来。

这些陈宇非应该都知道，可他为什么还要选择这种方式作为和警方交涉的筹码呢？

答案恐怕只有一个——刘雨的恐高症非常严重，因为恐高甚至会出现濒死状态，她甚至有心脏问题。

顾瑶侧过头，第一次将视线离开陈宇非，问身后的王盟："刘雨的恐高症有多严重？有没有心脏病史，或是家族性遗传心脏病。"

王盟答道："有，她的奶奶和父亲都有心脏病。"

空气几乎凝住了。

顾瑶瞪住王盟："这么重要的信息，你居然现在才说。"

王盟刚要反驳，顾瑶已经回过头，脸色瞬间切换成平静。

"陈宇非，你的目标不是刘雨，如果刘雨因为你的行为而心脏病发作，你也无法从中获得任何虐杀的快感。你是聪明人，这样的无用功你不觉得太侮辱自己的智商了吗？"

顾瑶只字不提法律即将会对陈宇非的宣判，也没有提让他放下屠刀，可以在法官那里争取一点儿分数，她的所有分析角度都是站在陈宇非的立场上说的。

陈宇非虽然学历不高，但是因为自学的知识储备足够丰富，从某种方面来说非常自负、自大，像这样的罪犯到了一定境界追求的就不再是"杀人"这个动作而已，在乎的也不是量刑和几条命，他们的犯罪过程也会在实践当中不断升级，他们甚至将其视为作品。

陈宇非对自己的作品有一定的强迫心理，力求完美，自然不会允许有污点存在，顾瑶的话无疑戳中了他在意的东西。

陈宇非下意识地看了刘雨一眼，她的脸上已经毫无血色，呼吸几乎感觉不到起伏。

陈宇非探出一只手，摸向刘雨的颈部，脉搏微弱，加上刚才两次昏厥，她的心脏负荷已经超标了。

陈宇非厌恶地抽离视线："我的条件很简单，我要见我前妻，亲口问她几个问题，到时候我自然会放刘雨。"

顾瑶几乎没有思考："不行，你要先放刘雨。"

王盟顿时急了："刘雨情况危急，你不能再拖延时间了，要是人质出了任何生命危险，你负得起责任吗？"

王盟二话不说，用手里的通信器联系五楼的民警："快把陈宇非的前妻带过来……"

可是这话还没说完，王盟就觉得眼前一黑，身体不受控制地向后栽倒。

等他反应过来，屁股已经撞在地上，眼前冒着金星，脑子里嗡嗡作响。

又过了几秒，王盟才觉得鼻子上一阵剧痛，疼得他龇牙咧嘴，说不出一句话，只能勉强从眯开的一道缝隙里，看到居高临下站在前面的顾瑶。

她正甩着自己的手，一脸冷漠地鄙视他。

王盟这才明白发生了什么事——他被顾瑶一拳打中鼻梁！

旁边的民警也是猝不及防，但反应很快，已经第一时间扶住王盟，否则他会摔得更惨。

其中一位民警还在察看王盟的伤势，鼻骨没有断，但也肯定有碎裂。

所有人都很震惊这个看似瘦弱、脸色苍白的女人，会在一瞬间迸发出来令男人都畏惧的攻击性。

可即便是那一刻，她也没有丝毫的愤怒，她的目的仅仅是让王盟闭嘴。

顾瑶朝着已经红肿起来的手背关节呼了呼气。

但她还没忘记重要的事。

顾瑶对准蓝牙耳机，说："不要带……"

一位民警上前阻止顾瑶："这次任务事关重要，你的一个决定很有可能会让人质的生命受到威胁，让陈宇非和前妻对话是现在唯一的突破口。你和我们都不知道人质还能支撑多久，要是在那之前她出了意外，这样的后果没有人承担得起。"

这位民警是这个片区派出所的副队，姓方。

他是现场几个民警当中第一个意识到形势的人，也是暗中下令女警尽快联络外援的人。

顾瑶看了看方副队，又看了看天台门口，秦松、陈宇非的前妻和两位民警的身影若隐若现，显然正在等待最终指示。

顾瑶安静几秒，在僵持不下的两种选择中快速做了个决定。

按照她的分析，她不赞成陈宇非的前妻露面，正如前面的分析所说，陈宇非的前妻就是引爆"陈宇非"的开关，是陈宇非的下一个目标。

陈宇非和前妻离婚后，他的前妻一定是躲起来了，陈宇非只能用这种方法，用警方的力量把她挖出来。

在和王盟交涉的过程中，陈宇非一直扮演着一个懦弱的男人，令王盟完全没有发现他潜在的嗜血，这才会通知警方将陈宇非的前妻带到现场。

这一切都是陈宇非的圈套。

可是方副队的话也在理——无论和陈宇非交涉多久借此来拖延时间，顾瑶都能做到，只要配枪支援一到，陈宇非就失去话语权，但是刘雨能不能支撑到那一刻呢？

顾瑶低声对方副队说："在此之前，有一件事希望大家能明白，陈宇非的目标就是他的前妻。我不知道陈宇非用什么办法下手，但是照现在的形势看，他一定做了准备，所以我建议让他的前妻站在我身后，以我为盾牌，希望能多争取一点儿营救人质的时间。"

方副队："你有把握吗？如果以你为盾牌，这样我们也很被动。"

顾瑶说："陈宇非的目标很明确，多连累一条性命不是他的本意，他也不是在激情犯罪，否则他大可以拿着刀跑到人群里，捅死几个算几个。而且就刚才的交涉来看，陈宇非和我的交流还有些意犹未尽，他绝对不希望我死。"

方副队犹豫了几秒，又看了一眼屋檐那边的刘雨，他知道时间不等人，他必须尽快做决定。

现在的形势是，场内外三个女人的性命绑在了一根绳子上，陈宇非的前妻、刘雨和顾瑶。

刘雨已经昏厥，陈宇非的前妻恐惧万分，两人都是砧板上的肉，那么与其把赌注押在陈宇非和前妻的交涉上，还不如押在顾瑶身上，起码刚才有好几次都是顾瑶成功压制了陈宇非的情绪。

方副队郑重地点了下头，嘱咐道："无论如何，要先保证自己的安全，一旦发现陈宇非有攻击性行为，必须立刻停止。"

顾瑶："好。"

就在这时，通信器里传来消息，配枪救援已经抵达现场！

在消防队的帮助下，两名配枪警察来到住在五楼的一户人家，打算通过窗口顺着外面墙壁抵达天台，绕到陈宇非的后方，这样一来既能接应摇摇欲坠的刘雨，也方便在关键时刻制服陈宇非。

而另外几名配枪警察也来到天台门口，可以从正面转移陈宇非的注意力。

只是这样的行动部署是需要一点儿时间的，那两名从窗口出来的配枪刑警，在保证自己生命安全的前提下，成功抵达行动点，需要十分钟。

方副队很快告知顾瑶："你需要拖延十分钟，做得到吗？"

顾瑶点头。

接着，民警带着陈宇非的前妻出现了。

陈宇非前妻的神色非常紧张、焦虑，脸都白了，她不敢看陈宇非的方向，就一直低着头，畏畏缩缩地被民警搀扶到人堆里。

她一出现，陈宇非的脸色也瞬间变了，目光试图穿过前面的遮挡，锁住前妻。

陈宇非的前妻来到顾瑶面前，顾瑶侧身将她的大半个身体藏在身后，转而看向陈宇非。

顾瑶率先开口："陈宇非，因为考虑到你前妻现在的精神状态很不稳，所以你接下来有什么问题，可以向我发问，再由她把答案告诉我，由我转告给你。"

陈宇非："凭什么？"

顾瑶也很干脆："你可以当作在接受心理辅导，你和你前妻有些矛盾需要解决，我不仅可以帮你传话，还可以顺带提供一些专业意见，这也是学术交流的一种方式，如何？"

陈宇非沉思片刻，有些事，他也想听听顾瑶怎么说。

接下来的三人对话，进行得非常快。

陈宇非说："我要问的第一个问题是，她是不是有新欢了，准备结婚？"

顾瑶微微侧头，对身后的女人道："你听到问题了吗？"

陈宇非前妻瑟瑟缩缩："听到了。"

"答案？"

"有……但……没这么快结……"

顾瑶转向陈宇非："的确有其他人出现，但还没到谈婚论嫁的地步。"

陈宇非冷笑着："这个其他人，是在和我离婚前出现的，还是离婚后？"

顾瑶如法炮制。

陈宇非前妻解释道："离婚前……就认识……但那时只是……朋友。"

顾瑶对陈宇非道："你的前妻没有出轨。"

陈宇非吼出来："我是问，他是离婚前认识的还是离婚后！"

顾瑶吸了口气："离婚前。"

陈宇非瞪大了双眼，目眦欲裂："那女儿是我的吗？"

这次没等顾瑶转述，陈宇非的前妻就一下子抬起头，非常激动地叫道："当然是你的！"

也是这一刻，陈宇非前妻露出了另外半个身子，非常迫切地想自证清白。

顾瑶飞快地把人拉回来，同时张开双臂，警惕地看着陈宇非。

果然，陈宇非又一次做出了狮子扑食羚羊的姿态。

顾瑶呵斥道："陈宇非，你的女儿是亲生的！这完全可以靠 DNA 检测得出结果，而不是凭空瞎猜。请你先收起你的恶意，那些恶意的来由非常愚蠢，简直是侮辱了你的智商！"

陈宇非深吸了几口气："她看不起我。"

这次他的谈话对象是顾瑶，而且是陈述句。

隔了一秒，陈宇非又纠正自己的"口误"："不，那是羞辱。"

顾瑶再度证实自己的最初判断没有错。

即便陈宇非在生理上是个正常男人，可他无法享受正常的夫妻生活。

他在精神上早已被他的母亲阉割，他和早亡的父亲有精神共鸣，所以在婚姻里他一直扮演着和他父亲一样的角色，靠暴力和控制力掌握大局。

可是当他的妻子与他离婚，甚至被他查到有出轨的嫌疑时，他在心里建设起来的堡垒便瞬间崩塌，露出包在里面那个"阳痿"的自己。

顾瑶背过一只手，在身后摆了摆，意思是把陈宇非前妻带走。

方副队看到了，很快抓住陈宇非前妻的手肘，示意她缓慢移动。

与此同时，顾瑶问陈宇非："羞辱？就像你母亲对你一样？"

陈宇非笑了，那笑容里非常悲伤："她们说，像我这种禽兽，不配活着，不配结婚，不配有下一代。"

"她们？你的意思是，第一个和你说这话的人是你母亲，然后是你前妻？"

陈宇非没说话，只是别开脸，好像在强行忍受那些回忆。

顾瑶又在心里否定了自己的话。

不，陈宇非的前妻应该没有说过这句话，否则现在已经是一具尸骨了。

或者这里面还有别的女人。

顾瑶将重点转移："当你母亲说出这句话，你无法控制自己，你希望她消失，你希望获得解脱，于是，你就杀了她。"

陈宇非又一次笑了，比哭还难看："你有没有听过一句话——一想到为人父母不需要考试，就觉得毛骨悚然。"

顾瑶头皮阵阵发麻，有那么一瞬间，她脑海中浮现的是母亲李慧茹的模样，但很快就消失了。

陈宇非喃喃自语："不负责任的生养，等于谋杀。我是杀了她，可是在那之前，她已经杀死我一百次了。她自己就是个奴隶，一辈子都被我父亲的暴行和她自己的精神问题囚禁着，她唯一能拉的垫背就是我，她用她自己的方式对我进行宣判，我只有杀了她，才能获得自由……真正不配有下一代的人是她！"

现场所有人都屏住呼吸，直勾勾地看向陈宇非。

陈宇非却全然不为所动，他一边说话，一边缓慢地离开了他坐了很久的围栏，站起身，看向顾瑶。

他的脸上浮现出诡异的笑。

"我知道你们在做什么。"

顾瑶一惊，比所有人都先意识到将要发生的事。

遭到阉割且已经被激活开关的陈宇非，有着可怕的执行能力！

顾瑶大声喊道："把人带走！"

就在这时，陈宇非已经快速跑向他的前妻，他的行动力非常之强，爆发力是惊人的，他不仅敏捷而且力气大，事情又发生得太突然，现场的任何人都没把握可以立刻把他制服。

那一瞬间，顾瑶的身体比她的大脑更快，在几名民警全力保护陈宇非前妻的刹那，配枪警察也冲上天台，试图挽救局面。

　　可是现场的人太多了，他们不能贸然开枪。

　　就在这时，顾瑶扑了出去，挡住陈宇非的路。

　　陈宇非的行动被阻截了。

　　千钧一发的时刻，陈宇非和顾瑶近距离的目光相交。

　　下一秒，顾瑶的眼皮子底下就晃过一道白光，陈宇非手里多了一根削尖了的长铁钉。这就是他藏起来的凶器，以他的力气，只要揪住目标几秒钟，那铁钉就会插进目标的颈部要害。

　　顾瑶明白的瞬间，陈宇非已经将她反手抓住，以她为盾牌，一手固定住她的身体，一手掐住她颌骨下方的软骨。

　　顾瑶瞬间喘不上气，两眼发黑。

　　很快地，她就感受到所谓的"濒死"状态。

　　与此同时，秦松、王盟和陈宇非的前妻也被民警带到后方保护起来。

　　另一边五楼窗户外的警察即将爬上楼顶，准备营救刘雨，另有三名配枪警察来到陈宇非和顾瑶的前方，拿枪对准目标。

　　秦松在后面大喊道："陈宇非，她快不能呼吸了！"

　　配枪警察也注意到了，很快和陈宇非交涉，让他先放松人质。

　　顾瑶听不太清他们的对话，只觉得脖颈上的力道好像渐渐松了一点儿，她的听力和视力也渐渐恢复，空气涌入气管。

　　顾瑶听到耳边有人说："我有个朋友，他在坐牢，他和我一样需要找人聊聊，你愿意帮他吗？"

　　顾瑶很轻地点了下头。

　　"你要保证不告诉任何人。"

　　随即陈宇非快速说了一个名字。

　　顾瑶又一次点头。

　　时间紧迫，后方的刘雨已经获救，陈宇非的后背完全曝光。

　　陈宇非却没有要自保的意思，他只是笑着。

　　"我今天来原本也是答应了一个人的要求，那时我还没有想死的念头。但现在，我突然改变主意了……"

答应了一个人？

什么人？

只是顾瑶刚听清这句话，就感觉到钳制自己的力量撤销了。

陈宇非在她的背脊上推了一下，让她重重地倒向地面。

紧接着，耳边就响起两声巨响，是枪声。

顾瑶下意识地回身，震惊地看到这样一幕。

陈宇非的脖子上喷涌出鲜红的血，他手里的铁钉已经结实地扎了进去，只留一个头，他被子弹击中了手部和腿部，那是警方为了瓦解他的攻击力，可还是晚了一步。

顾瑶瞪着陈宇非的面孔，一眨不眨，仿佛看到那样紧绷的一张脸渐渐放松下来，他的唇角甚至有些翘起。

陈宇非，终于解脱了。

以他自己的方式。

Chapter 2

江城风波

"陈宇非事件"结束了。

可是对于警队来说，当日陈宇非在天台上吐露的话，却直接将他们引向其他几桩案件。

陈宇非杀了自己的母亲，除此以外还有其他女人，都是谁、以什么样的手法、什么时间。

警队很快围绕着这几个疑问展开调查，并将过去几年失踪女性的宗卷调出来对比。

此后几日，警队多次对顾瑶进行问话，希望她能继续协助破案。

顾瑶一五一十地道出她对陈宇非之说做的其他画像，但有些事她也不敢肯定。

警队很快就展开一连串行动，先后确定因陈宇非而被害的女性三人，这些受害者恰好都已为人母。

新闻上也对此展开追踪报道，引起广大市民的关注。

网络上铺天盖地地卷起一阵谩骂，网友们纷纷站出来谴责凶徒陈宇非。

幸而警队方面没有将顾瑶的名字透露出去，外人并不知道她当日的参与。

反倒是王盟接受了几次电视新闻采访，当记者询问他鼻梁上的伤口时，他还巧妙地误导记者，说是凶徒对他施暴而成。

网友们在对陈宇非进行谴责之后，又对王盟这样冲在一线不顾个人安危的行为纷纷点赞，更有传媒公司联系王盟，希望将这次的事件进行一次"复刻"，将来或许有望搬上大荧幕。

直到警队方面联系并"警告"王盟，自那天起，王盟开始拒绝一切访问。

顾瑶对于连日来发生的一切表现得很淡定，甚至展现出一种让秦松匪夷所思的平静，秦松很担心。

自从顾瑶一年前遭遇意外，这一年来秦松一直担任她的心理咨询师。

秦松还记得，一年前顾瑶刚醒来后的那段时间，她有多么焦虑、彷徨，她虽然记忆受损，却对意外发生瞬间的一些恐怖画面记忆犹新。

她害怕听到巨响，稍有个风吹草动就会吓到她。

那时候她经常躲在床和桌子底下，怎么劝都不出来，她不相信任何人，也不认识任何人，她不敢睡觉，因为睡着了就会做噩梦。

那段时间也多亏了她的男朋友祝盛西放下手里的一切事务，专心陪她度过最艰难的时期，也只有祝盛西能将顾瑶从桌子底下骗出来，哄她和秦松聊一会儿。

根据秦松当时做的诊断，像是顾瑶这样的情况，恢复期会很漫长，无论是她的亲属还是她自己都需要做好一个长期准备，甚至于这种PTSD的后遗症可能会伴随她一生。

顾瑶的父母和祝盛西看到报告之后，商量了很久，他们一致认为顾瑶不应该再接触任何一线工作，如果她仍对心理学感兴趣，留在诊所里处理一些简单工作是可以的。

这个决定他们是瞒着顾瑶定下的，只让秦松将一般的小案子交给顾瑶处理，并且密切观察顾瑶是否受到客户的情绪影响。

这个过程顾瑶历经了八个月。

顾瑶有多难，秦松最明白，顾瑶坚持想去接触一线工作有多迫切，秦松也最了解，然而在帮顾瑶递交申请的刹那，秦松还是在心里期盼申请不要获准。

所有人都做好了要"雪藏"顾瑶三五年甚至更久的准备，直到"陈宇非事件"的突发。

直到现在秦松都说不清楚，当时他为什么不将顾瑶拉走，如果非要他挤出来一个理由，大概是因为那一刻顾瑶的表现更加优胜于一年前吧。

什么PTSD，仿佛在那一刻都消失了，她不仅冷静，而且遇强则强，所有能力都被陈宇非这个"开关"激活，甚至可以站在那里谈笑风生。

因为"陈宇非事件"，顾瑶被迫放了长假，但她需要按时到心理诊所复诊。

顾瑶和秦松做了两次心理辅导，这两次他们聊的都是当日的情形，以及顾瑶的感受。

到了第三次，秦松决定再深一步——聊善后。

秦松先将一份文件递给顾瑶，顾瑶拿起来扫了眼，不由得挑起眉。

这是一份由心理咨询师协会正式下发的通知，请顾瑶尽快过去接受问话。

顾瑶问："王盟把我告了？"

秦松："理由有二：一是告你当时擅自行动，打乱团队配合，妨碍他的工作；二是你当场对他的施暴行为——王盟去医院检查过，鼻骨弯曲骨裂，要做个小手术修复。"

顾瑶冷笑："有本事就去法院告我，顺便自己亲口告诉媒体，他鼻梁上的勋章不是被歹徒所伤，而是用他的无能换来的。"

秦松有些无奈："等到了协会那边，你这些话可不能说。"

"王盟有什么条件？"

"赔偿他的医药费。"

"好，我赔。"

"还有，写一份检讨书交给协会备案，并当着协会所有领导的面跟他道歉。"

"我拒绝。"

翌日，顾瑶还是被秦松带去了心理咨询师协会。

小型会议室里在座的都是协会骨干，上首坐着陈主席和两位副主席。

王盟带着伤，脸色阴沉地坐在当间儿。

顾瑶和秦松进来后不久，会议就开始了。

第一个环节是王盟陈述，他拿出了诊断报告，请求主席批准让顾瑶给他道歉。

在这十分钟之内，王盟用尽了刻薄的词语用来形容顾瑶的行为。

秦松听着好几次皱起眉头，同时密切观察顾瑶的反应，生怕她掀桌。

可顾瑶不仅稳如泰山，而且平静得可怕，待听到某几个词语，例如"粗暴""无礼""无法无天"时，还露出一点儿微笑。

主席批准顾瑶开始申述，第一个问题就是，当日顾瑶为什么要对王盟施暴。

顾瑶站起身，环顾一周，视线最终落在王盟的鼻子上。

"如果当时有其他办法比打断他的鼻梁骨更能直接、有效、快速地让他闭嘴，我一定不会一拳打过去。"

陈主席："……"

秦松："……"

众人："……"

王盟："什么……你……大家听见没有，她承认了，她就是故意的！顾瑶，你还有没有一点儿组织纪律性，反了你了！"

陈主席咳嗽两声，对顾瑶说："据王盟所说，你之前曾经递交过申请，要求参与一线工作，不过被驳回了。"

顾瑶眼里闪过一丝戏谑："所以大家认为我是因为记恨，趁机报复？"

陈主席说："我们希望你能做一份书面解释，并且给王盟道歉，这次的事就算了结了。小顾啊，这也是为你好，将来如果你再想申请一线工作，还是有机会的。"

顾瑶瞅了一眼王盟，又看向陈主席，平淡极了。

"关于王盟对我那份申请的驳回，我很认同。"

此言一出，在座众人纷纷一愣。

顾瑶："以我现在的能力，的确不适合参与一线行动，经过这次事件，我自己也有一点儿清晰的认识。这样的行动讲究组织性、纪律性和团队配合，虽然我并不认为王盟有能力保下陈宇非前妻的命，不过我也得承认，我当时的确做得不够好。所以，我不会再提出任何申请。"

会议室里一阵沉默。

王盟拍案而起："我警告你顾瑶，别这么猖狂，你以为你是谁，你凭什么质疑我的能力！就你现在这样，连在心理诊所的工作都是你父母和你那个男朋友用钱换来的，要不然那个心理诊所会接受你吗，一个 PTSD 患者！"

陈主席立刻呵斥："王盟！"

王盟一怔，这才意识到自己说漏了什么。

但来不及了。

顾瑶的目光直勾勾地锁在他脸上。

下一秒，顾瑶就离开座位，径自朝王盟走去。

所有人都是一愣，王盟更是害怕。

但他转念一想，上次被打是他没设防，他就不信顾瑶敢当着这么多人的面，对他做什么！

王盟强迫自己不要离开座位。

顾瑶来到他跟前，微微一笑，却笑得他心里毛骨悚然。

王盟咽了一下口水。

顾瑶问："你刚才的话，是什么意思？"

王盟结结巴巴吐不出一个字，下意识地看向秦松，用眼神示意。

秦松走上前，试图劝阻："顾瑶，现场有录像……"

顾瑶却抬起手，示意秦松不要说话。

然后，她提出一个问题："王盟，你知道比犯罪更可怕的是什么吗？"

王盟一噎。

顾瑶说："是愚昧。"

王盟脸上登时烧了起来："你，你什么意思？！"

"你不是希望我道歉吗，好，我给你——我顾瑶，因为一时冲动而令王盟先生鼻梁骨受伤，那是我为了避免王盟先生进一步刺激陈宇非，情急之下做出的本能反应，这绝对是我的失误。"

秦松已经别开了脸。

陈主席："……"

王盟："……"

众人："……"

顾瑶："请王盟先生相信，如果还有下一次，我一定不会采取这种方法，等我回去也会做深刻的自我检讨，写一篇《论比起拳头还有什么办法可以让人闭嘴》的学术论文，到时候再让大家传阅共勉。"

话落，顾瑶越过王盟，来到陈主席面前。

就见顾瑶从兜里拿出一个白信封，放在他面前的桌上，继而云淡风轻地笑了。

"为了不再给协会带来困扰，这是我的退会申请，请批准。"

众人："……"

顾瑶申请退会的当日傍晚，就获得审批。

同一天，某新闻频道内部刚刚撰写好"陈宇非事件"的头条报道，负责相关事务的副主编就接到了线人的消息，称就在江城，不久之前发生了一件非常劲爆的事。

副主编问是什么事，线人很快就把初步到手的资料发了过去，总结来说就是"某企业高管因服食药物过量身亡，疑似死前和目击者正在进行卖淫嫖娼活动"。

副主编看过资料，原本升起来的情绪又瞬间降了下去，因为这件事表面看来爆点并不充分。

疑似进行卖淫嫖娼活动中的女性并不是未成年人，男性死者服食的也不是什么违禁药物，整体来看完全不如"陈宇非事件"带来的社会影响力大，普通百姓们才不会关心那些事，他们更关心的是身边随时会发生的危机，比如陈宇非挟持的人质刘雨就是个普通人，只是因为倒霉和有严重的恐高症就被选为目标。

副主编最终只同意将它放在"陈宇非事件"后面报道，除非这里面还能挖出更大的料。

结果没过多久，线人就把更大的料发过来了。

副主编看了一遍就发出惊叹。

副主编即刻下令，改换头版，将"陈宇非事件"往后放。

所有人都是一惊，接着就马不停蹄地忙活起来。

那个时候距离新闻播出，只剩下十分钟。

线人提供的图像资料相当有限，而且模糊不清，如今只能靠传播学技巧来模糊视听了，将图像运用到极致，将大众的好奇心挑起来，给他们一种纪录片实拍的神秘悬疑气息。

十分钟后，新闻如期播出，短短两分钟口播，搭配一些颇具暗示性的画面，很快就在江城投下数枚重磅炸弹。

——新闻里指的某企业高管，正是近几年声名鹊起的"江城基因"的主管之一。

——他服食过量致死的药物也不是蓝色小药丸，而是疑似"江城基因"研发的某种新药。

——至于和死者在一起进行卖淫活动的女人，更加不是所谓的"妓女"，经过身份证实竟然是江城数一数二律师事务所的律师助理！

消息一经播出，其他竞争新闻频道的内部顿时乱成一锅粥，所有主编、副主编以及制片人都疯了。

"这消息是哪儿来的？为什么被他们抢先了？为什么我们没有？快去跟踪调查啊！"

"等等，这个线人是谁？他一定还有料！快，必须把这个人找出来，给他三倍的钱，我要买断后面所有的信息！"

几乎同一时间，其他新闻频道的主管都在办公室里跳脚，捶胸顿足，而后纷纷派出所有一线采访部队，势要将江城掘地三尺！

而守在电视机和网络面前坐等"陈宇非事件"后续报道的吃瓜群众，也都惊呆了，很快就在网上展开自发性的人肉搜索，雪球越滚越大。

历城，徐家宅邸。

这天晚上，徐烁非常忙。

他在跑步机上折腾了两个小时，身上的衣服早已湿透。

不过他全然不在意指数，直接把手机架在上面看小视频。

小川黑进了心理咨询师协会的内网，把会议记录扒了过来。

徐烁看着起劲儿，有两段还来回看了好几遍，还在百忙之中截了图。

直到一条微信插了进来，打断了徐烁的恶趣味。

"线人已经把消息递过去了，我把资料发给你看看。"

很快，微信上又多了一个文档。

徐烁扫了一遍，脸上的笑意瞬间消失，浓眉皱了皱，拨通对方电话。

"徐先生。"对面是一个女人的声音。

徐烁将跑步机切换成走路模式："力度不够，得加料。"

女人："你的意思是……"

徐烁："Who, What, Why."

女人："好，我明白了。"

通话切断，女人手里掌握的猛料，也悄无声息地通过线人的嘴流了出去。

——Who, What, Why.

Who，死者和生者都是谁。如果只是指向模糊的企业高管和"妓女"，这样的身份毫无关注点，在媒体眼中就等于路人甲和路人乙。

但如果是备受市民关注的"江城基因"的高管和某律师事务所的助理，那就不一样了。

What，发生了什么。过量服食药物？什么药？恐怕这些加起来，都比不上一种曾被媒体大肆宣传可以改写人类基因的"良药"吧？

Why，这件事为什么发生？为什么是这两个人一起发生的，而不是其他人，还有为什么要服食这种药？

三条重点，前两条会引起广泛讨论，而广大群众的好奇心甚至比媒体更厉害，他们的人肉能力也相当彪悍。

至于第三条，在挖掘的过程中自然会有人去分析证实。

数分钟后，徐烁从跑步机上下来。

他脱掉了身上的背心，在脸上抹了一把。

窗外一声巨响，电闪雷鸣，暴雨将至。

这时，手机响起。

小川发了一条信息进来："哥，看新闻了吗？嘿嘿，江城变天了！"

徐烁："嗯，准备一下，去江城。"

一夜的疾风骤雨。

翌日，云开日出，历城的天空恢复蔚蓝，那一大块积雨云正在向江城移动。

徐烁一早就进入厨房重地。

一阵丁零当啷的响声之后，一直躲在房间里的王嫂终于忍无可忍，跑出来制止徐烁拆家。

"少爷啊，那个，要不还是我来吧！"

王嫂刚一开口，就被徐烁严肃的脸色吓了一跳。

今天的徐烁有点儿反常。

宽厚的背立在案台前，细长的十指被掺了水的面粉纠缠着，身上和脸上也是一块块白，乍一看有点儿荒诞，可那隐藏在面粉后面的表情，却仿佛酝酿着一场大风暴。

徐烁声音倒是平静："这个我做过，待会儿就能吃了。"

王嫂看看和得乱七八糟的面，看看还没处理过的韭菜和猪肉，又看看徐烁，直到身后响起一声轻咳。

王嫂回头一看，是徐海清。

徐海清扬了扬下巴示意王嫂，王嫂只好三步一回头地离开厨房。

徐海清走进厨房，将韭菜分出来，慢条斯理地择着。

过了一会儿，徐海清又将肉馅喂好，盖上盖，转而拿出一瓶红酒和两个杯子，倒了两杯，一杯自己喝了一口，另一杯就放在徐烁手边。

徐烁无声地端起酒杯，一股脑儿喝了，又继续和面团搏斗。

徐海清靠着案台，目光从那个被揉得七荤八素的面团上移动到徐烁身上，不由得想起她第一次见到他的时候。

那是十年前，徐海清在历城的事业刚刚做出点儿成绩，不过家里除了大哥徐海震之外全都死光了，没有人能跟着她享福，又因为她捞偏门的事，在江城做刑警的徐海震也和她断绝了关系。

徐海震最后跟她说的话是："有生之年，你都不要回来江城，否则犯了事，我一定会亲手抓你。"

徐海清也回了一句："江城的水有多深，你还是小心你自己吧，为人民服务也得有这个命！"

那之后没多久，徐海清就见到徐烁，是在历城的一个边缘小镇。

徐海清到那里办事，顺便想买一套房子度假用。

那个小镇的风水好，空气好，那里的人都很长寿。

徐海清想着以后金盆洗手，就搬到这里来住。

结果，她巧遇了一个脾气火暴的毛头小子，还因为几句话杠上了。

那小子口气很冲，眉毛竖着，眼睛瞪着，浑身蛮劲儿，身上的戾气比混道上的还重，一看就不是小镇上的人。

最主要的是，那小子很像徐海震年轻的时候。

徐海清本能升起莫名其妙的亲切和厌恶，十分矛盾，也不知道怎么想的，在那小子被她的几个手下打趴在地上之后，她竟然还蹲下去，递给他一块手绢。

那小子接过来，在脸上抹了一把。

徐海清问他是哪里人，家里人呢，怎么放他一个人在镇上逞凶，那小子很快就顶了回来，说关她屁事。

徐海清又问他，敢这么和她说话，不怕被打死？

那小子说，反正老子快死了，怕谁啊？

徐海清觉得他很有趣，便当场和他聊起来。

一问之下，才知道那小子来自江城，刚被检查出肺癌，情况十分严重，几乎已经到了不做手术连三个月都活不了的地步。

那小子当时就被他老爸架着去了医院，还安排了几天后的手术，他害怕，就连夜就从医院逃跑，在朋友的帮助下借了点儿钱跑到历城来。

听说这里有个镇人人都很长寿，空气好、水好，他往这个犄角旮旯一猫就是一个月，到现在也没死，呼吸顺畅，还能和人干架。

他说，准是医院那边的检查出了问题，还好跑得快，不然就要挨刀子了，还要做什么狗屁化疗！等回去一定要教训那些庸医！

他一张嘴就是一连串的脏话。

直到临走前，徐海清随口一问："对了，你叫什么？"

那小子就盘腿坐在地上，身上还挂着彩："还想约架？好，你记好了，老子行不更名坐不改姓，姓徐名烁！"

徐海清差点儿被他从武侠小说里学会的大言不惭呛着，脑子里嗡的一声，仿佛有根筋断了。

徐海清问："哪个徐，哪个烁？"

"双人徐，火乐烁。"

这之后就是一场别扭至极的姑侄相认，两人都非常不情愿。

徐海清也找人去江城打听过，得知徐海震早就有了徐烁的消息，但他手里刚好有个大案子走不开，再一看徐烁也没干什么惊天动地的事，不过就是认怂猫起来了，也不再坚持把他绑回去做手术。

徐海震在历城的朋友也经常带消息回去，说徐烁能蹦能跳，能打能闹，哪像有病的样儿，而且个头儿蹿了一大截，人也壮实了，肯定是医院那边误诊。

徐海震跑了几趟医院，医院都说报告没拿错，但他们又说，像是徐烁这个年纪，恢复能力是惊人的，兴许在空气清新的地方，放下心理负担养一养，还真的会有奇迹出现。

徐海震帮徐烁办了一年的休学手续，同一时间徐烁也被徐海清逼着读了将近两个月的书。

等徐烁看完了徐海清运过来的所有书，做完了所有习题，人也捂白了一圈，准备回江城参加考试。

可就在回江城的前一天，他差点儿把厨房给炸掉。

听到动静，徐海清急忙奔过去一看，徐烁当时正在和面团搏斗。

他说要在临走前给她做一顿韭菜猪肉馅饼，是他老爸徐海震说的，他姑姑小时候最爱吃大哥做的这口。

徐海清抬手胡噜了徐烁一把，让徐烁站到一边，看着她做，等学会了再回江城做给他爸看，吓死他！

这话说完，两人都乐了。

谁知，徐烁回到江城后再见到徐海震时，徐海震已经变成了黑白照片。

一晃，十年过去了。

十年后的今天，徐烁又差点儿炸掉厨房。

徐海清知道，这孩子是留不住了。

姑侄俩合力完成了一大锅韭菜猪肉馅饼，坐在餐桌前，喝着小酒，吃得死撑。

徐海清瞅着一桌的残羹剩饭，问："我听说，你在江城那边租了一间办公室？"

徐烁给徐海清满上酒，微微一笑："真是什么都瞒不过您的法眼。"

现在的徐烁已经不是十六七岁时那个愣头青了，他的体魄原本就不错，智商也高，只是当年太年轻，不会运用。现在不仅火候儿够了，而且越发深不可测，有时候连徐海清都猜不透，在这副似笑非笑的面容下藏着多少弯弯绕绕。

徐海清叹道："你当年没有考警校，我还觉得惋惜，有点儿对不起你爸。"

徐烁挑了挑眉："我要是考了警校，姑姑你怎么办？"

"我？"

"我可不想靠抓自己的亲姑姑立功升职。"徐烁的笑容里有着不加掩饰的戏谑，"还是当律师好，睁着眼睛说瞎话，不管你有多黑，我都能说成白的。"

徐海清赏给他一个白眼："你姑我早就是守法公民了！我现在只做善事，回馈社会，服务有需要的人！"

徐烁："是的是的，我就是开个玩笑。"

隔了半晌，徐海清决定还是言归正传。

"既然你已经决定回去，我这里能帮的尽量帮。"

徐烁倒是很平淡："姑姑打算怎么帮？是这里能用的人都拉过去组个新帮会，挑了那边的几股势力，还是趁机把你名下的钱都过户给我，投到江城富人区，看看能听见几个响？"

徐海清："你这个小王八蛋，又拿我开涮是吧？"

徐烁笑容渐敛："行了姑姑，我什么都不需要，强龙难压地头蛇，江城不是你的地界，带再多的人和钱过去也是拳头打在棉花上，放心，我自有我的办法，能靠智取的绝不会浪费力气。"

徐海清也知道多说无用。

她叹了口气，忽然冒出这样一句："你爸的案子都过了十年了——为什么你会选择现在回去，是不是找到了什么突破口？"

徐烁垂下眼皮："姑姑不是已经知道了吗？"

徐海清："我不明白，一个主管吃药吃死的新闻，能帮你什么？这案子怎么会和你爸的事扯上关系？"

徐烁："有关系的可不只这个，它只是冰山一角，我要切断的是整条关系链。而在那之前我需要找到一个引子，让他们牵一发而动全身。"

徐海清一怔。

徐烁："现在，我已经找到她了。"

江城，暴雨将至。

窗外的天空灰蒙蒙的，天气预报提醒市民做好防汛措施。

顾瑶看完一早的时事新闻，第一时间给祝盛西拨了电话。

只是电话刚接通，她就挂断了。

这个时间，"江城基因"里一定天翻地覆，有主管吃药吃死了，外界早就传得风言风语，说"江城基因"研究的不是治病救人改写基因的良药，而是性药和毒品。

身为总经理的祝盛西责无旁贷，哪还有时间接电话？

思及此，顾瑶又改成微信。

然而一句话还没打完，祝盛西就把电话打回来了。

顾瑶是秒接的："喂，你怎么样？"

祝盛西的声音透着疲倦，隐约还有点儿沙哑："忙得连喝水的时间都没有。"

顾瑶心里一软："还是要注意休息，出了这么大的事也不是一朝一夕处理得好的，一步一步来。"

祝盛西笑了："好。"

顾瑶又问："现在你们打算怎么办？"

祝盛西："公关部已经在做事了，我也和那家律师事务所达成共识，今天上午我们一起派人过去找那个女助理谈话，所有法务上的费用都由我们一力承担，但她好像不信任我们，拒绝通过我们聘请任何律师，还说要自己辩护。"

这事现在是明摆着的，死者是"江城基因"的高管，当时和他在一起的是律师事务所的女助理，连同他们背后的"江城基因"和律师事务所，大家都同坐一条船，绝不能在这个时候发生分歧，务必要站到一条战线上，共同渡过难关。

可在这个节骨眼儿，那律师助理也不知道听信了谁的话，竟然要和"江城基因"以及任职的律师事务所划清界限。

祝盛西叹道："我猜，她大概是误以为我们会栽赃她一个故意杀人罪，以为我们会借此告诉外界，药没有问题，这次的事不是意外，而是人为。"

顾瑶："这件事我总觉得有人在背后做文章……不过事情闹到这一步，你有没有想过其他解决办法？"

祝盛西："该想的都想过了。有人做文章是一定的，'江城基因'这几年发展得太快，眼红的人很多。不过没关系，不管翻出再大的水花，只要我们照规矩办事，拿证据说话，就不用怕。我已经找人安排时间，今天下午我会亲自和那个女助理谈一谈，相信她会改变主意。"

听到祝盛西胸有成竹的语气，顾瑶这才慢慢踏实下来，他的工作能力有目共睹，"江城基因"能做到今天的成绩靠的绝不只是运气。

顾瑶轻叹一声："希望下午有好消息。"

祝盛西："一定会有。"

转眼到了中午，外面的空气越发沉闷了。

顾瑶下午有两堂课，她很快捯饬好自己出了门。

还有一个多月就要中考和高考了，现在各大初、高中院校的三年级都处于积极备考的状态，所有有经验的心理咨询师也都忙活起来，全国各地四处奔走，为学生们做考前心理辅导。

顾瑶摆脱了协会的事务，就有更多时间去处理公事，秦松原本还在替她可惜，说她出意外之前很重视协会，还通过协会捐了不少钱。

顾瑶是知道此事的，她这里有汇款记录。

她只是觉得奇怪，那样一个见钱眼开的协会为什么会被她如此看重。

秦松只说："你出事之后就很少去协会了，过去给协会的那些赞助啊也都停了。"

至于她为何看重协会，连秦松都不知道。

"陈宇非事件"过后，顾瑶花了几天时间写了长达五万字的心理分析报告，还配了一些媒体的照片和新闻报道。

但她没有给任何人看，只是放在心理分析的卷宗里，同时还不忘拿出几条重点作为备课笔记。

今天下午，顾瑶在某大学有一堂犯罪心理学选修课。

前几个月客串过两场，反响不错，到了本学期学校就特意聘请她单独开一门。

开始选这门课的学生并不多，她这门课给的学分太少，很少有学生愿意浪费这个时间。

直到顾瑶连续讲了三堂之后，这门课成了学期大热，原本只能容下三十人的小教室一下子就挤进来五十人，连走道都坐满了，挤不进来的学生就搬着椅子堵在门口听，还有好多人录音，一出门就被其他班的学生借走。

顾瑶如此受欢迎，连校方都没想到。

这天中午顾瑶来到学校，上课前被主任办叫去商量了一件事，说希望顾瑶帮忙出一份心理分析的考卷，作为他们学校未来录取学生的考试门槛之一。

顾瑶觉得很奇怪，便问为什么。

主任办的人说，一年前有个心理系的学生因为精神压力过大而爬上六楼要死要活，连劝带哄六个小时才下来，后来这个学生被送去医院做了检查，专家评估说是心理问题。

校方不想再发生类似事件，更怕以后闹出人命，索性设置一套心理分析的考试问卷，凡是心理健康分数不达标的，就不予录取，以免招进来以后，还没学好心理学自己就先心理变态了。

顾瑶一阵无语，随即对主任办的人说："如果是一般专业，您的这套办法或许有效，可是针对心理学专业来说，这就有些自相矛盾了——凡是在心理学上有点儿天分的学生，都不可以以一般心理健康标准来衡量。在我们这行，健康的庸才是没有任何价值的。相反，小小的心理问题可以靠科学和知识的手段进行管理，如果那些有天分的孩子真的有这方面的困扰，就更不应该将他们拒之门外，而是要用系统性的教育对他们进行疏导，您看，最近发生的'陈宇非事件'就是一个典型案例。"

等顾瑶来到教室，幻灯设备已经准备好。

教室里座无虚席，挤得水泄不通。

顾瑶一踏进前门，教室里的议论声瞬间平息。

顾瑶微微一笑，下面的一片小男生都看直了眼。

直到她神色微敛，开门见山地说："我刚才进来的时候听到有人在议论'陈宇非事件'，那好，今天的问题第一个就是——五种罪犯分类，陈宇非属于哪一种？"

五种罪犯分类，依次是：天生犯罪人、精神病犯罪人、激情作案犯罪人、惯犯，以及偶发性犯罪人。

很快有学生作答："我认为是激情作案。"

有学生补充："好像也可以归类为精神病犯罪人和天生犯罪人。"

顾瑶将做好的幻灯片资料放给大家看，随即说道："首先毫无疑问，陈宇非有天生犯罪人的潜质，他后天的经历也在精神上对他进行二度、三度甚至是四度创伤。至于激情作案，这一点我也不反对。那么再看后两者——惯犯以及偶发性犯罪人。陈宇非在这次绑架人质事件之前还做下过其他几个案子，惯犯这一点也吻合，那偶发性犯罪人呢？"

学生们沉默了。

顾瑶安静地看着下面一张张认真的面孔，心里想的却是，这一屋子超过五十名学生，按照概率学来说，将来会出现几个轻重不一的犯罪人？

有学生回答："偶发性犯罪人又叫机会犯罪人，通常在作案之前并没有明确动机，主观恶性不强烈，犯罪心理结构不稳定，我认为陈宇非不属于这一种。"

顾瑶反问："那么，陈宇非的自杀行为，该如何定义呢？"

同学们纷纷一愣，面面相觑，议论声四起。

"自杀也算犯法啊？"

顾瑶又切换到下一张幻灯片："在一些西方国家对'自杀罪'有明确定义，指的是具有责任能力达到责任年龄的人故意毁灭自身的行为。在英国普通法中，自杀曾是谋杀罪的一种。古典医学认为，自杀是一种疯癫的表现。到了近代，人们开始发现除了疯癫，抑郁也会导致自杀。到了18世纪和19世纪，英国社会各个阶层对'自杀者'才开始宽容。后来，大多数国家都对自杀'去犯罪化'，并且呼吁大众关怀有自杀倾向人们的心理健康。而在我国，也有这样的条文出现，比如：生命权是公民的权利，公民不享有自杀的权利。"

自杀到底是不是犯罪？

不同的年代有不同的理解和解释，如果是18世纪以前的英国，无疑是的，前基督教时代遗留下来的野蛮习俗，甚至认定自杀者的尸体应当被损毁。

但如果是到了未来，比如 23 世纪呢，或许对"自杀"又会有不同的法律定义。

学生们安静下来。

顾瑶说："为什么我们总说，罪犯自杀是带有一定的偶然性和偶发性的？试想一下，如果陈宇非没有找到刘雨这个患有严重恐高症的人质，那么他用刘雨作为威胁，这件事还会成立吗？如果陈宇非没有碍于当时的突发情况而选择终结自己的生命，那么他现在是不是正在坐牢，或者在精神病院接受治疗？其实罪犯的性质是可以多元的，而且随时在变，绝不可以用单一的划分对其进行研究，那会在理论阶段就将自己带入误区。"

学生们神色各异，很快就交头接耳起来，直到有人举手说："顾老师，网上大家都在骂陈宇非，可是我们几个同学看了他的事件报道，觉得他挺可怜的……"

顾瑶挑了挑眉，双手撑在讲台上："哦？说说看？"

"他的遭遇如果能早点儿引起重视，其实是可以避免的，起码不会闹到现在的地步，还害死了那么多人……甚至，死后还被媒体拿来二次消费。"

顾瑶笑了一下："你们同情他吗？"

有人说："其实他也是受害者。"

有人说："这种人有什么好同情的，他只是把自己的痛苦强加给别人。"

有人说："唉，这就是社会的悲剧啊！"

还有人说："行了吧，现在已经进步很多了，你看现在犯罪心理学已经被重视了，咱们国家的犯罪率是世界公认最低的，这种概率是不可能为零的。"

等学生们表达完，顾瑶又问："那么，你们同情'陈宇非事件'里的那些受害者吗？"

这回意见比较统一，大部分人都认为，那些受害者是生命，任何人都没有权利剥夺，就算她们的确没有扮演好一个母亲的角色，也不应该以私刑的方式进行宣判。

直到有学生把问题抛回来："顾老师，你认为呢？"

顾瑶再次环顾了一圈，脸上的表情无比平静。

"这就是我今天要给你们讲的第一个知识点，它没有写在任何课本上，却是相关从业者必须遵循的原则：无论是对加害者还是受害者，站在大众的角度上你们可以直抒己见，发表自己的观点，任意运用你们的同情心和社会关怀。但是如果那天站在天台上谈判的人是你们其中一个，或是你们将来有机会为陈宇非或其他罪犯做心理辅导——请记住，同情心绝对是影响你们专业判断的绊脚石，被同情心所误导而做出错误判断，只会让你们沦为这场悲剧的帮凶。"

窗外一阵巨响，电闪雷鸣间，大雨倾盆而下。

顾瑶下午的课结束了，有的学生跑到讲台前提问题，有的学生冒雨跑回宿舍，有的同学到别的空教室上自习。

十分钟后，学生们都走光了，只留下顾瑶。

顾瑶收拾教案的工夫，放在旁边的手机亮了一下。

她拿起一看，笑了。

是祝盛西发来的消息："我已经见过那位律师助理，她同意接受我们和律师事务所提供的律师团队。"

顾瑶松了口气，终于有一个好消息了。

"那接下来就有一场硬仗要打了。"

祝盛西："不用担心，我会处理好。"

顾瑶合上手机，拿起教案准备离开教室。

临走之前她又检查了一遍幻灯设备，已经关好了，设备箱的自动门也合上了。

可是顾瑶刚走到门口，吊在天花板上的幻灯设备就跟着闪了两下。

顾瑶余光瞄到，又侧头看去。

这回，设备上的灯不仅闪了，而且从红灯切换成绿灯。

顾瑶下意识地回到讲台上，去检查那个设备。

谁知她刚抬起手，设备箱的智能自动门就自己开启了……

顾瑶看着自动门半晌，想着大概是刚才没把它关好，或者是系统故障？

她放下教案，将电脑主机重新开机，让幻灯幕布重新放下。

然而，就在顾瑶准备再次关机的时候，屏幕上的光标却突然不听使唤了。

那个光标缓慢地移向桌面上的一个文件夹。

顾瑶握着鼠标在桌上快速移动摩擦，但光标像是有自己的生命，非常执着地点开一个分区硬盘里的文件夹，里面只有一张图片。

顾瑶第一反应就是这台电脑被黑了。

她没别的办法，只好选择粗暴地关机，便用手去够冷关机键，想着稍后得联系机房,让他们杀毒。

因为顾瑶蹲下的姿势,她的脸挨着显示器很近。

幻灯幕布已经完全降了下来,清晰地映出显示器上的画面。

光标点开了图片,从小图变成大图,就在顾瑶眼前。

顾瑶刚刚摸到关机按键的手也因此顿住。

那是一张照片,照片里的主角不是别人,正是她最熟悉的那个男人——祝盛西。

照片里的祝盛西好像是在一间酒吧,他坐在椅子上,双腿交叠着,手里有一杯酒,却没喝,只是拿着放在膝盖上,那平静冷漠的目光看着远处,又好像没有落在任何实物上,淡色的唇微微抿着,不带一丝温度。

祝盛西旁边还有一个女人,年纪不大,最多二十四五岁,一身白领套装包裹着姣好的身段。

她的一只手轻轻搭在祝盛西的手臂上,另一只手托着腮,睁着一双明眸,微笑着望着他的侧脸。

女人眼里盛满了爱慕,但祝盛西并没有看她。

可即便如此,顾瑶仍是皱起眉,打从心底涌上来一股不舒服的感觉。

如果说只是妹有情郎无意,那么两人怎么会一起坐在酒吧里喝酒?

祝盛西平日为人不仅高傲而且冷漠,也不怎么爱笑,处理公事的时候都是雷厉风行,即便是最得力的助手出了错,也会公事公办,因此被很多人视为不解风情的工作机器。

顾瑶缓慢地站起身,回头看向幻灯幕布。

这张照片打在幕布上,画面放大了,很多细节也看得更清楚。

顾瑶不放过任何一个死角,看得非常仔细,但很可惜,两人周围的画面都是一片模糊,唯有桌上有个卡片,卡片上印着几个小字,写着"Jeane 吧"。

这家酒吧她没什么印象。

然后,她才想起看了这么久,都没有拿手机拍下来,随即抓起讲台上的手机,打开拍照模式。

与此同时,显示器上的光标又开始移动了,它关掉了图片,还将它放到回收站,点了清空键。

顾瑶立刻握住鼠标想要阻止,却无能为力。

回收站被清空了，那个光标还没有停止动作，甚至直接格式化了文件夹指向的硬盘。

一次、两次、三次、四次。

顾瑶束手无策地看着这一幕。

紧接着，光标就移动到关机键，顾瑶身后的幻灯幕布也缓缓上升，关机后设备的自动门自行关上，吊在天花板上投影仪的绿灯也变成了红色。

所有的一切都在自行运转，透着诡秘。

顾瑶一动不动地站在原地，瞪着已经合上盖子的设备。

她忍着对着空气骂脏话的冲动，半晌过去才走到讲台前，穿好她的外套，然后拿起教案和手机，走出教室。

顾瑶一路走出教学区，撑着伞来到地面停车场。

风很大，雨倾盆而下，重重地砸在伞上、车上，等顾瑶来到车前，裤腿已经湿到了膝盖。

顾瑶费力地钻进驾驶座，将教案放到旁边，拿过纸巾盒开始擦拭自己。

她的动作是机械性的，一边擦一边走神儿，听着雨水拍打车身的响动，脑海中浮现的是祝盛西和那个陌生女人在酒吧里的画面。

当最初的震惊过去之后，她的理智和分析能力也开始回炉。

照片是抓拍的，而且只有一张，所以她看到的"事实"只是女人将手搭在祝盛西手臂上的那个瞬间，之前之后都发生了什么她不知道。

以祝盛西的性格，他如果对那个女人有意，就不会"无视"她的存在。

所以很有可能，在女人主动示好之后，祝盛西直接起身走人，或者躲开女人的碰触。

顾瑶眨了一下眼，将用完的纸巾装到塑料袋里，准备驱车回家。

这场暴雨来得太快，不少路面都淹了水，还有一些排水措施堪忧的小区和高架桥下的低洼地带也成了小湖。

桥上拥堵的汽车谁也不让谁，都着急回家。

各个片区的民警、消防队员和城市救援部队已经出动，纷纷赶向堵水最严重的几个地带进行疏导和营救。

顾瑶原本准备开上高架桥，临上桥前却接到秦松的电话。

秦松先问顾瑶在不在外面，如果不在，就在家里老实待着，别叫外卖。

现在是全城瘫痪，如果在外面就千万别上主干道和高架桥，刚才新闻播报了，上面的车起码要堵四到七个小时。

顾瑶立刻掉转方向。

但别的路也好不到哪里去，车子行驶的速度还没有人走的速度快。

顾瑶好不容易在路边找了个停车的空隙，就坐在驾驶座里望着窗外出神。

电台里播放着实时报道，几乎所有频道都在聊路况信息，还有的频道在说"陈宇非事件"以及今天掀起轩然大波的"江城基因"。

顾瑶有一搭没一搭地听着，脑海中反复在思考两个问题。

黑了教室电脑的那个人是谁？

他到底是什么目的？

显然，那个人是来挑事儿的，让她质疑祝盛西的私生活。

换作其他女人，这个时候大概已经一个电话拨给祝盛西了，不管是质问还是逼问。

但顾瑶没有打，她拿着自己的手机，刷开里面常用的几个 App，又看了看摄像头的位置，她甚至怀疑自己的手机是不是也被人监听了。

而且背后那人选择现在这个时间点，利用这种方式来挑拨她和祝盛西之间的关系，这件事和"江城基因"会不会有关？

顾瑶拿起手机，在脑海中过滤了一遍名单——爸、妈、祝盛西、秦松。

最后她还是选择把电话打给秦松。

电话很快接通，秦松："喂，顾瑶，怎么了？"

背景音里还有新闻主播的声音。

顾瑶说道："今天，我身上发生了一件奇怪的事。"

秦松："哦，什么事？和你男朋友那个'江城基因'有关？"

"大概有关。"顾瑶的眉头不自觉地皱了起来，"我被人跟踪了。"

秦松一噎："什么？！"

秦松将电视声音调小，随即就听到顾瑶说："我下午上完课，教室里的投影仪和电脑就被人黑了，有人在暗中操作，让我看到一张照片，不过我来不及拍下来，那个人就把照片删除了。"

秦松听得头皮发麻，脑子里嗡嗡的，这也太刺激了吧？！

"什么照片？"

"是盛西和一个女人。"

"出轨？"

"不是，只是一张抓拍，两人在酒吧，坐在同一桌，盛西看着别处，女人看着他，把一只手搭在他身上。"

秦松沉吟两秒："这也不能说明什么啊，会不会是祝盛西的爱慕者特意给你看的？"

顾瑶似笑非笑说："如果是的话，那可真是够处心积虑的，不仅知道我的上课时间，连我上课的学校电脑都能黑进去，还特意选在没有其他人在的时候，让我独自欣赏。这个爱慕者是高科技人才啊。"

一阵沉默。

秦松说："所以你怀疑和'江城基因'有关？"

顾瑶："我是有这个直觉，但问题也出在这里，如果说无关，时机未免抓得太巧合，所有安排都严丝合缝，如果说有关，那理由又有点儿牵强。这个人的目的是什么呢？就算我因为一张照片和盛西闹掰了，这对'江城基因'又有什么影响？我很少过问盛西工作上的事，我知道的还不如那些媒体记者多，从我这里下手没意义啊。"

秦松再开口时有些支吾："或许，哦，我是说或许啊……就是假设……"

顾瑶："你想到什么就说，不用措辞。"

秦松："或许，你的确是知道'江城基因'的事，又或者是躲在暗处的那个人认为你知道呢？当然，这一年来你是和'江城基因'没什么接触，可是一年前呢？"

顾瑶："一年前的事我很多都不记得了，你是知道的。"

秦松："可外人未必知道啊，就算外人知道，也未必相信啊。"

顾瑶："好，就当我的确知道一些事好了，那么他用一张照片刺激我又能从我嘴里得到什么？"

秦松："那我就不知道了，可能他连你的手机也一起黑了，他以为你会给祝盛西打电话，顺便吐出来点儿不为人知的猛料？"

说完这话，秦松自己都愣了。

"不会吧……"

另一边，徐烁和小川于下午抵达江城。

临近傍晚，两人参观完新租赁的办公室，尚算满意，家具和文具都齐全，环境明亮通风，绿色植物也多。

小川叼着棒棒糖，往沙发上盘腿一坐，就拿出笔记本电脑开始工作。

徐烁径自走到最里面的办公室，推开门，只扫了两眼四周的摆设，便来到和办公室相连的小门前。

门里是一间密闭的休息室，没有窗户，门板也几乎不留缝，如果不开灯，屋里就会漆黑一片，非常适合休息。

徐烁打了个哈欠，连衣服都没换，灯也没开，直接长腿一迈跨上床，爬进被窝儿。

外面疾风骤雨，交通瘫痪，城市淹水。

十年前，徐烁回到江城的那天也是同样的鬼天气，只不过当时的江城没有现在这么发达，科技和医疗还没有步入智能化。

现在江城的人已经不再用买车来衡量身份，而是房子和医疗那些。

徐烁的睡梦中，缓慢响起了哀乐。

庄严肃穆的灵堂上，摆放着一张中年男人的黑白照片。

男人穿着警察制服，微笑着，脸上纹路很深，每一条都像是多年破案经验累积下来的功勋章。

徐海震躺在棺材里，闭上眼的他看上去比平日慈祥很多，他的四周有警队的其他同事，正在向他行礼。

徐烁走得很慢很慢，他小心翼翼地靠近棺材，看着徐海震的面容一点儿一点儿地浮现在眼前。

徐烁一动不动，一言不发，和周围肃穆且哀戚的氛围格格不入，有人在哭，有人在劝，有人在唉声叹气，但只有徐烁，他就直挺挺地站在棺材前，盯着徐海震。

音乐声越来越大。

忽然咣当一声，门开了，一阵小风灌了进来。

深陷在床褥里的徐烁一下子惊醒，翻身瞪着立在门口的小川。

"哥，上套了……"

休息室里一片漆黑，小川身后的办公室却是灯火通明，他背着光，将徐烁脸上的表情看得一清二楚。

小川："呃，你怎么……又做噩梦……了？"

徐烁的脸色很阴沉，他的鬓角和额头都有些湿，一双眼睛里布满血丝，简直像是阴间回来的使者。

两人大眼瞪小眼几秒，徐烁闭了闭眼，吸了口气，开口时声音沙哑至极："你再这么吓我，我就剁了你！"

小川尴尬地嘿嘿两声。

徐烁走下床，一边胡噜着头发一边往外走，同时问："顾瑶上套了？"

小川立刻巴巴跟上："是啊，那张照片都把她吓傻了！刚才还跟秦松通电话……"

徐烁和小川一起来到外间。

小川口沫横飞地夸了自己一番，将刚才通过车内的监听器录到的声音放给徐烁听。

徐烁听了，沉默半晌。

片刻后，徐烁问："明天那个投资人协会的颁奖典礼，顾承文会不会去？"

小川："去，今天傍晚他的秘书才跟他确认过。不过这老东西的心理素质也够强的，他未来女婿的公司才刚出了事，他就要在公开场合亮相，想证明什么，祝盛西的'江城基因'没有问题？"

徐烁打了个哈欠，一手撑着头，看似慵懒，眼睛里却透出精光。

"'江城基因'能在几年之内异军突起，靠的不仅是几个投资人的支持，还有媒体包装，医疗技术的加持，以及民众对于基因研究的盲目期盼，这才形成如今的利益集团。但是一荣俱荣，一损俱损，这条食物链牵扯的人越多，风险就越大，一旦断裂后果不堪设想。这个道理顾承文比任何人都清楚，所以在这个节骨眼儿，他绝对不会允许'江城基因'出任何纰漏。"

小川："但是哥，听顾瑶的意思她现在好像什么都不知道，咱们还要针对她下手吗？"

徐烁眯了眯眼："当然，她不知道，我就帮她知道。"

翌日的江城终于雨过天晴。

早间新闻播报的依然是围绕着"江城基因"新药的种种揣测，而"陈宇非事件"只在后面捎带提了两句。

在某个现场访谈节目里，专家们当场连线跟踪报道的记者，得知律师事务所和"江城基因"已经为本案的当事人组建了金牌律师团队。

接下来，"江城基因"必须尽快着手准备相关文件，比如药物研发和实验资料，又如死亡的高管和女助理的身体检查报告，再如现场找到的药物残渣是否就是出自"江城基因"，会不会被人偷梁换柱，等等。

顾瑶看完早间新闻，就坐在沙发里发呆。

从昨天晚上到今天上午，祝盛西一直没有消息。

顾瑶想到了几个疑点。

第一，在那个高管出事之后，女助理做了什么？报警？还是联系任职的律师事务所？

按照一个律师的思维来说，一旦自己牵扯进命案，第一件要做的事不会是报警。

律师都有多疑的职业病，有时候连证据都会说谎，又怎么会放心把自己交给警方？所以女助理第一个联络的人一定懂法而且是她最信任的人。

第二，如果女助理求助了他人来帮忙，他们一定是找到了万全的办法将此事择清，才有可能去联系警方。

那么现场的消息又是如何透露给媒体的？难道是女助理求助的对象有问题？

第三，现在外面都在说高管在临死前服食的药物来自"江城基因"，这一点经过证实了吗？是谁证实的？就算警方已经做过样本比对了，又怎么可能把消息透露给媒体？

顾瑶闭上眼，脑海中忽然又出现昨天看到的那张照片。

也不知道坐了多久，顾瑶忽然睁开眼，拿起车钥匙和手机出了门。

她心里已经有了答案。

车子开到半路，顾瑶拨通了秦松的电话。

秦松："喂。"

顾瑶没耽误时间，一股脑儿地将自己刚才的分析告知秦松。

秦松说："整件事的疑点的确很多，要说这出大戏背后没有人写剧本，谁信啊？但幕后黑手是谁，是竞争公司？他的目的是什么，准备一次性击垮'江城基因'？"

秦松话音一顿："哦，不过我倒是打听到一点儿消息——你知道在事发之后，第一个赶到现场的人是谁吗？"

顾瑶一怔："是谁？"

第一个赶到现场的，就是女助理第一个求助对象。

秦松："嘿，这事儿可太邪门儿了，她没跟自己工作的律师事务所求助，反而找的是立坤律师事务所的公关律师，让他们来做危机处理。都说同行相忌，她怎么不按照套路来啊？"

没找自己人，反而请求外援？

秦松："依我看啊，这个女助理对自己工作的律师事务所也不是很信任。"

顾瑶："也就是说，将消息泄露给媒体的人，很有可能是立坤律师事务所的人？"

秦松："如果真是立坤自己人干的，这种操作也是绝了！这不是跟自己过不去吗，刚接到烫手山芋，第一件要做的事就是尽可能地把事情压下来啊，等做足准备再劳烦媒体。现在倒好，这么快就把消息泄露出去，这不是搬石头砸自己的脚吗……"

顾瑶打断秦松的吐槽："还有另一种可能。"

"是什么？"

"也许，立坤的目的就是要利用媒体扩散消息呢？目的就在于出其不意，拉'江城基因'下水。"

秦松："……"

顾瑶一边开车一边整理思路，开始从其他角度出发。

通常来说，当一个问题想不通时，问题多半是出现在想问题的角度上，因为每个人在思考问题的时候都是站在自己的角度，角度的限定会局限思考者的眼界，看到的便只是整个事情的一个面。

那么，如果角度切换成他人呢？比如女助理、死去的高管，或是那个幕后黑手……

顾瑶的车子来到一个大十字路口。

红绿灯切换，有车子不遵守交通规则，闯了灯，惹来好几辆车的鸣笛声。

电话那头的秦松听到了，问："你出门了？你今天没课吗？"

顾瑶："我去我爸妈那边，晚上有一个投资协会的颁奖典礼。"

秦松愣了："等等，你爸要出面？你也要跟着去？"

顾瑶："嗯。"

秦松震惊了："天哪，这是什么节骨眼儿啊，你怎么还自己找事儿啊？"

顾瑶觉得好笑："找事儿的人是我吗？"

秦松一噎，隔了几秒才说："我知道你是被动的，你也没招谁惹谁就被人盯上了……可正是因为如此，你才更应该小心啊，人多的地方就少去，出风头的场合就不参加，一切都要谨慎、低调——你之前还说不打算参加那个颁奖典礼，还说什么就是作秀，一群庸脂俗粉比谁的衣服好看，比谁的爹有权势。现在倒好，还真跑去拼爹了，你这不是给黑你的那个人找素材吗？"

顾瑶的车已经来到她父母住的小区地下停车场，直到将车停稳，才将他打断。

"秦松，你不如换个角度想，如果你是那个黑我的人，你现在第一件要做的事是什么？"

秦松："找机会再黑你一次。"

"所以啊，我现在就给他提供机会。"

秦松愣了几秒，忽然反应过来："等等，你的意思是，你要引蛇出洞？我的天啊，姑奶奶，你电影看多了吧，你有自保的能力吗？"

顾瑶反问："你觉得，对方会因为我手无缚鸡之力就放过我吗？就算我不给他机会，他也会创造机会，玩到这一步了他不会收手的，但我还有权利选择是不是主动出击。一个是主动一个是被动，前者好过后者。"

到此，顾瑶话锋一转："你想想，一个连环杀人案件出现了，这时候警方正在搜集证据，市民们忧心忡忡，作为心理专家，最大的压力是什么？"

秦松说："就是'心理矛盾'，既不希望再有被害人出现，又希望凶手继续犯案，因为只有他做得越多，露出的破绽越多，咱们能获得的分析素材就越多，抓到他的机会才越大。"

顾瑶："所以，我现在就是给他露出破绽的机会。"

虽然顾瑶如此说，秦松还是很担心。

"可是顾瑶啊，那个人连学校电脑都能黑，要是连你的手机也黑了，或者给你车里装了什么窃听器，那咱俩的对话不是……"

话还没说完，秦松就自动闭嘴了。

就怕好的不灵坏的灵，呸呸呸！

就听顾瑶冷笑一声："听到了最好，这就当作我对他下的战书了，这么好的机会要是不抓住，也就只配躲在幕后做缩头乌龟。"

另一边，明烁律师事务所。

徐烁和小川正赖在沙发上听"现场"。

小川嘴里嚼着巧克力，坐没坐相，穿着帽衫和破洞牛仔裤，一身邋遢。

徐烁倒是衣冠楚楚，西装革履，还人模狗样地跷着二郎腿。

两人听得津津有味、聚精会神，不知道的人还以为他们在欣赏什么神剧，直到视频里轻慢地落下一句话。

"……这么好的机会要是不抓住，也就只配躲在幕后做缩头乌龟。"

两个男人一同沉默了。

顾瑶已经离开车子。

砰的一声，车门合上了，监听器陷入安静。

小川眨眨眼，愣愣道："哥，她说你是乌龟！"

徐烁眼神凉凉地斜了小川一眼，有些嫌弃地扫过他脸上的痴呆震惊，以及挂在嘴角的棕褐色残渣："你怎么像吃了屎一样。"

小川抹了把嘴："呃，那你现在打算怎么办，要接战书吗？"

徐烁径自站起身，理了理西装外套的对襟，随即居高临下地问："我这身怎么样？"

白日里办公室的光线分外充足，阳光从百叶窗透进来，被筛成一条一条的，打在徐烁身上，这样的光影变换却丝毫没有淹没那深邃的五官，一身剪裁修身的西装恰到好处地勾勒出精悍的线条，仪表堂堂大概也不外如是了。

小川："一个字——帅！"

徐烁的唇角抽了抽。

小川忽然问："哥，你还真打算去参加那个颁奖典礼啊？要是人家问你干吗来的，你怎么说？"

"哦，明烁律师事务所初登江城，人生地不熟，刚好借此机会拉拉业务……"徐烁的语气很淡，"顺便，去会会那只小兔子。"

小川一愣，盯着徐烁走远的背影，宽肩窄腰大长腿。

"拉业务……就这身装扮，这气质，别人会不会想歪啊……"

顾瑶来到她父母顾承文和李慧茹住的楼层。

这里是高级公寓住宅，一层只有一户，有保安门禁防盗系统和绝对的私密空间，一平方米十七万，房屋户型最小的是二百八十平方米。

顾瑶很少过来，每次来都会忘记密码，次次都要翻出手机里的聊天记录，这一次也不例外。

顾瑶翻出李慧茹第一次告诉她的密码组合，照着按下。

门锁开了，发出悦耳的音乐声，顾瑶进屋换好拖鞋，就见李慧茹从厨房里出来。

李慧茹见到顾瑶很诧异："你怎么突然过来了，吃饭了吗？"

顾瑶："吃了一点儿，爸呢？"

李慧茹小声说："你爸啊一大早进暗房洗片了，到现在连口水都没喝，你待会儿给他送进去，把他哄出来休息，他准听你的。"

顾瑶抿嘴笑了笑，洗了手，接过李慧茹端过来的两杯水，一杯她自己喝了几口，放下，另一杯正准备拿去暗房。

李慧茹不知道想到什么，又拉住顾瑶，一脸的欲言又止。

顾瑶："妈，你是不是想问我盛西的事？"

李慧茹这才说："是啊，也不知道盛西公司的事处理得怎么样了，反正你爸这两天的脸色不太好。我问他，他说不要让我在这个时候找你和盛西，等过阵子你们忙完了自然会回家报平安的。"

顾瑶仍是笑，和顾承文是统一口径："爸说得也没错，妈，你只管把心放在肚子里，没事的，盛西会处理好。"

母女俩说话间，暗房的门也应声开启，顾承文出来了。

顾承文比李慧茹大个两三岁，不过表面却像是差了七八岁，一身的气派无论穿什么都透着成功商人的气质。

顾承文见到顾瑶，紧绷的神情瞬间软化："瑶瑶回来了！"

顾瑶笑着迎上："爸，我来陪你去参加晚上的颁奖典礼。"

顾承文一顿："你也去？"

顾瑶将水递给顾承文，说："我知道这场仗有多难打，也知道外面的人怎么看，现在我家里两个男人都被牵扯进去了，我哪能袖手旁观呢？"

顾承文喝了口水，看向顾瑶的眼神里也透出骄傲和自豪："好，虎父无犬女。"

…………

转眼，到了晚上。

江城投资圈的大人物今晚都会在新落成的会议中心聚首。

会议中心外灯火通明，门外豪车络绎不绝，来客气度非凡，每个人物都代表了一组天文数字和雄厚的背景。

嘉宾抵达会场是有讲究的，来得越早分量越低，早来一会儿就是为了有机会能围堵后面的大佬扒资源、攀交情，还有各大媒体的记者也削尖了脑袋想扎进来。

人人都知道，越是这种富人扎堆的场合，人际关系越混乱，比如某某富商的前妻离婚后改嫁另一富商，两位富商既是竞争对手又有合作往来，又如某富商父子分别迎娶了一对表姐妹，再如某富商来参加典礼，身边的女人为了争取当女伴的权利争相斗艳……

当然这些消息加起来都比不上这两天的热门新闻。

——被誉为天使投资人的顾承文和他一手扶植的"江城基因"的老板祝盛西，表面上是利益合作关系，实际上却是未来岳父和准女婿。

现在祝盛西的"江城基因"出事了，顾承文又刚好要来领取今年的杰出投资人奖，那么顾承文会不会来呢？

要是他来了，就势必要面对众人的好奇心，应付大家的八卦欲，也不知道对于"江城基因"的事他会怎么看？

媒体焦灼地等待着，已经到场的富人们也正借由品香槟寒暄的工夫交头接耳，还有无聊的当场打起赌来。

直到会场大门外出现一个女人的身影，不少人的注意力都被吸引过去。

女人一身职业装，齐耳的短发梳得一丝不苟，没有名贵的首饰，简单到了极致。

这个女人不是别人，正是顾承文最得力的特别行政助理——杜瞳。

外界对于杜瞳的认知不多，就连记者们也只是挖到一点儿镀金过后的料。

杜瞳是孤儿，因缘际会得到顾承文的赏识，将她送到国外深造，先后进修了法律、投资和工商管理，回国就一直帮着顾承文打理事业王国，现在顾承文的法务团队就是杜瞳一手操持的。

很多人都在说，顾承文家里养着老公主，身边有个年轻的女强人，膝下还有个玩心理学的女儿，这样的女人关系可不是一般男人玩得转的。

杜瞳一出场，《财经消息》的记者就围了上去。

"杜特助，你好，请问你今天是不是代表顾先生前来领奖的，顾先生是不是改变行程了？"

"还是说，顾先生随后就到？"

"关于近日'江城基因'的消息你怎么看？"

"请问，你们是否后悔投资'江城基因'？"

问题一股脑儿地喷涌而出，杜瞳始终保持着微笑，随即抬抬手，示意大家安静。

等记者们安静下来，她才说："我知道你们想问什么，你们也知道我不会说，但是看大家这么辛苦，我也不希望你们白跑一趟，不如我一次性回答？"

记者们纷纷竖起耳朵。

杜瞳一边说一边竖起两根手指："第一，顾先生有点儿事耽搁了，不过他今天一定会来亲自领奖。第二，'江城基因'的问题，顾先生一定会给政府、传媒朋友和广大民众一个满意的交代，他非常相信自己的眼光，也绝对没有看错人。而且这件事到目前为止还处于调查阶段，希望大家不要在问题明朗化之前做无端的揣测，失去传媒的公信力。谢谢。"

投资人协会创办的颁奖典礼即将开始。

徐烁原本准备用小川做的电子邀请函入场，谁知来到入口前十几步远，就见到有些宾客被拦在门口。

原来除了电子邀请函还需要出示一张磁片邀请卡。

守在门口的有一个主管打扮的男人，遇到脸熟的宾客，会直接笑着打招呼，免去磁片邀请卡。

徐烁见状脚下一顿，面无表情地往台阶下走。

蓝牙耳机里传来小川的声音："哥，你怎么突然掉头了？"

徐烁只是说："我先去找个倒霉蛋。"

话音落地，徐烁就找到了目标。

他来到台阶下，以身高和肩宽的优势，故意和迎面而来的两个女人碰了一下。

两个女人正在聊天，其中一个正说到待会儿如何制造机会去接近某公司的老总，为了今天她可是好不容易弄到邀请卡的。

谁知在她们笑得花枝乱颤之际，冷不防就被人碰到了手肘，穿红色礼服的女人脚下不稳，鞋跟一歪，不仅晚宴包从手里溜了出去，人也差点儿摔倒。

关键时刻，女人的手肘被一只有力的大手托住了，晚宴包也恰到好处地落在来人的另一只手里。

女人惊魂初定，一边拍着胸口一边准备道谢，只是一照面便愣住了。

徐烁的唇角微微翘着："对不起，小姐，是我不小心，有没有受伤？"

那双眸子又黑又沉，里面好像一潭深水，像是能把人吸进去。

两个女人都是一个恍惚，徐烁将晚宴包还给红衣女人，她有些不好意思地接过，没有一点儿生气，反而还笑着跟徐烁道谢。

徐烁礼貌地比了个手势，示意两个女人先走。

两个女人一路窃窃私语，还三步一回头。

红衣女人说："他好帅啊，也不知道是哪家公子，真有礼貌……"

黑衣女人说："你可别太掉以轻心了，别忘了今晚的目标。再说，这么帅的，很有可能是咱们同行。"

徐烁隔了几步跟上两人。

三人一前一后地来到门前，门卫主管示意出示磁卡。

红衣女人翻开手包，打开的瞬间笑容却僵住了，那张磁卡已经不翼而飞了！

"糟了，我的卡呢？！"

黑衣女人也是一惊："天哪，会不会你忘记带出来了？"

"不可能啊，我记得我明明装……"

门卫主管只扫了一眼两个女人的装束，就估计出她们的职业背景，料想她们原本就想浑水摸鱼，正准备请人离开。

这时，两个神色慌张的女人中间突然伸出一只手，那只手五指细长，骨节分明，指甲修剪得干干净净，从袖口到虎口处隐约可见名表的表带。

"不好意思，她们是和我一起的。"

两个女人同时一惊，回过头，与徐烁的目光对上。

门卫主管见多识广，一见到徐烁态度就变了，上下打量，但见他肩膀宽阔身材修长挺拔，五官棱角分明，一身西装行头均为高定。

门卫主管不敢怠慢，接过磁卡刷过，又还给徐烁，同时问："这位先生眼生得很，以前好像没见过您。请问怎么称呼？"

"徐。"

徐烁随手将卡揣进兜里，拾级而上，来到两个女人中间，双手插袋的手臂刚好留出两个空当，仿佛在召唤什么。

原本还在愣神儿的两个女人反应过来，不约而同地挽住徐烁的手肘。

门卫主管应道："原来是徐先生，这两位小姐是您的女伴？"

徐烁却摇了摇头："不是。"

在场几人都愣了。

"我初到江城，人生地不熟，急需两位向导，所以特别邀请她们二人陪同。"

徐烁笑了一下，但那笑容并不愉悦，仿佛很不喜欢被门卫主管如此调查盘问。

门卫主管心里一紧，揣度此人来历必然深不见底，绝不能贸然得罪，随即恭敬地让开门口。

"原来如此，希望徐先生有一个愉快的夜晚，这边请。"

徐烁云淡风轻地领着两个女人进了场。

宴会厅里位子已经坐得七七八八，只有上首那一桌还留了几个空位。

角落里，徐烁已经收回了借出去的手臂，双手环胸，靠墙而立，一副生人勿近的模样。

黑衣女人一早就去找寻目标了，红衣女人却还恋恋不舍，一双眼忽闪着看着徐烁，但他却好像对她没兴趣，一直盯在前面几桌。

红衣女人悄悄靠过去："我说，徐先生，既然你是初到江城的，那要不要我帮你开拓一下人脉？前面那桌有位老板和我可是朋友。"

徐烁波澜不惊地收回目光，话里带着几分戏谑："哪种朋友？"

红衣女人打了他一下："讨厌，明知故问。"

隔了一秒，红衣女人又道："如果你愿意，你和我也可以成为那种朋友的。"

徐烁极轻地扬了扬眉。

红衣女人继续努力："今晚……我可以不收费……怎么样？"

徐烁却似笑非笑道："我可是收费的。"

红衣女人一惊："你……你和我还真是同行啊？"

徐烁没应，只淡淡移开视线。

红衣女人咬了咬牙，顿时羞恼，直到黑衣女人折回来把她拉走，说那边坐着好几条大鱼，让她赶紧去，红衣女人这才不甘心地被拽走了。

女人走开后，徐烁便双手插袋，不紧不慢地越过后面的席位，径自朝主桌走去。

蓝牙里，小川调侃道："哥，艳福不浅啊！"

"少废话，主桌空了几个位子，速查。"

说话间，徐烁已经来到桌前，扫过桌上的几个姓名牌，告知小川。

小川已经黑进了会场的内网，说道："查到了，江城银行的程总行程有变，过不来了。"

徐烁便直接在放着"程耀辉"姓名牌的位子上坐下。

主桌在座的其他人纷纷看来，没有人认识徐烁。

会场主管老远就看到这一幕，很快迎上来，不敢闹太大动静，只是在徐烁身后附耳小声提醒："不好意思，先生，这个位子是给江城银行的……"

可他话还没说完，就被徐烁抬手打断："程总今天行程有变，让我代他出席，先不要声张。"

会场主管一愣，虽然应了，却还是半信半疑，离开时连忙用耳麦联系主办方，得知程耀辉的确改了行程，这才释疑。

坐在徐烁左手边的男人见到这番动静，主动跟徐烁攀谈。

"这位先生，请问怎么称呼？"

"徐。程总的助理。"

"原来是徐特助，久仰。我是代表'江城基因'祝总过来参会的，敝人陈枫。"

"哦，原来是祝总的门下，失敬。近日，'江城基因'可是风头正盛啊。"

徐烁的语气里有着调侃，眼神却无比真诚，还透着关怀。

陈枫尴尬道："多谢关心，唉，我们最近可是忙得焦头烂额啊，幸好一直受到程总这边的照顾，有机会咱们也多走动走动？"

"一定。"

寒暄片刻，司仪上台开始走流程，回顾过去一年江城金融圈的成绩，再展望一下美好未来，等好听的套话说完，就轮到投资协会主席上台讲话。

灯光暗下来，只有一束聚光灯落在主席和身后的幻灯片上。

幸好主席知道自己不是今天的主角，没有把谈话时间拉得太长，不到十分钟就换司仪上台宣布颁奖流程。

台下放着"顾承文"姓名牌的位子还是空着的。

司仪上台，笑着宣布道："各位来宾，大家都知道，江城投资协会每年都会颁发一个特别奖项，奖励上一年度最有投资眼光、最果断、最有创意的同行。今晚的得奖者很特别，在过去几年他的呼声最高，同时也曾先后三次拿过这个奖项，好，现在就让我们以热烈的掌声欢迎——顾承文先生！"

掌声热烈响起，众人翘首以盼。

顾承文不知何时已经站在台下，当聚光灯打过来时，他正从侧面走上台阶，从容不迫地来到颁奖台上。

下面的掌声越来越热烈，那些等候多时的财经记者也像是打了鸡血，将镜头对准台上。

谁都没想到，顾承文会在最后一刻出现，他根本就没上过主桌，就连什么时候到的会场都没人知道。

所有人的目光都集中在台上。

台下黑压压的一片，自然不会有人注意到，坐在主桌的徐烁，面沉似水地盯着顾承文。

也就是在顾承文接过话筒和司仪展开一问一答环节的时候，下面过道上突然出现一个身着晚礼服的女人。

女人的礼服是裸色的，剪裁很服帖，走路时裙尾款款摇曳。

女人来到主桌，一手微微撩起裙摆，露出一截光洁的小腿，坐到写着"顾承文"名字的位子上。

这个位子刚好正对着颁奖台，她这么一坐，将左手边正盯着颁奖台的徐烁遮挡了一半。

徐烁只觉得眼前一花，出现了大片的裸色。与此同时，一抹淡香钻进鼻息。

徐烁眼皮微抬，一小片白皙的背就在他前方。

女人随着众人一起鼓掌，动作带动了耳垂上的珍珠耳坠，一晃一晃的，直到徐烁另一边的陈枫突然开口。

"请问，是顾小姐吗？"

女人回过头，带笑的眉眼刚好掠过半个主桌，最后落在陈枫身上，随即挑了下眉。

陈枫立刻说道："顾小姐，你好，不知道你还记不记得我，我是'江城基因'的陈枫。"

主桌另一头两位老总小声交谈起来。

其中一个问："哪个顾小姐？"

另一个答："就是顾承文的女儿。"

"那个心理专家？"

"嗯。"

这边，顾瑶接过陈枫递过来的名片，随手收到包里，只笑着点了下头，并没有多谈的意思。

那笑容礼貌而疏离，可台下灯光比较暗，光影交错，却越发衬托出不一样的意味，加上陈枫实在太兴奋，着急要和顾承文最亲近的人拉交情，也顾不上别的了，直接"隔空"攀谈起来。

"顾小姐，我有个亲戚家的孩子，曾经在学校里听过你的一堂课，他回来之后就一直夸你，说你特别专业，是他的偶像，他将来要和你一样……"

顾瑶原本已经转过头继续听顾承文讲话，听到这话，却又不得不转回来应付。

"是吗，那请你叫他好好努力。"

"一定一定。哦，对了，我们祝总也经常提起你……"

陈枫的本意是让顾瑶记住他的名字，不管是在顾承文还是祝盛西面前提上两句，对他都是提携。

只是这话也到了主桌其他几位的耳朵里，他们不约而同地看向顾瑶。

顾瑶顿觉陈枫的话实在太多了，抬手在唇边比了个"嘘"的手势。

陈枫立刻闭嘴。

也因如此，顾瑶的视线不经意地掠过一直坐在她和陈枫中间的男人。

这个男人实在太安静了，甚至连姿势都没挪动过，方才她只是用余光瞄到，跟个石膏像一样，双手环胸，跷着二郎腿。

这回，两人的目光撞个正着。

见顾瑶看过来，徐烁先有了动作。

他朝她挑了下眉，透着轻佻和揶揄，那似笑非笑的姿态仿佛看了她许久，一身纨绔气质，简直没正形到家了。

顾瑶的眼皮子跟着一跳，直接转过头，用背对着徐烁。

这时，台上的顾承文已经接过奖杯，对着话筒发表感言。

"江城，作为这十年来全国经济发展最快的城市，一直受到社会肯定，这也直接影响到我们江城的年轻人，他们对金融、经济、投资等行业的关注，时常会让我们老一辈人感到紧张，作为他们的表率不敢有丝毫懈怠。去年，江城的经济再度创造新纪录，这是我们江城投资人的骄傲，也是江城的光荣。"

说到这里，顾承文话音一顿，朝台下笑了一下。

周遭响起稀稀拉拉的掌声。

直到顾承文继续道："我们这一代人在这片土地上奋斗了三十多年，见证了改革开放之后江城的巨大改变，也有幸参与其中，奉献我们的汗水和泪水，为这片土地鞠躬尽瘁，可以说每一个瞬间都是难忘的。但最让我铭刻于心的，还要数当我看到年轻一代的企业家成长起来，从我们手中接过交接棒的那一刻，就比如'江城基因'的创始人祝盛西先生。"

顾承文又是一顿。

台下闪光灯此起彼伏，所有人都跟着竖起耳朵，想不到一向行事低调的顾承文，竟然会选择商界人物云集的场合，公开提到"江城基因"和祝盛西。

"这几年来，我是亲眼见到'江城基因'的崛起，也亲眼看到和它一起成长起来的一批年轻人如何兢兢业业，他们付出了努力，为社会，为民众，也为医疗科技的未来，这样一个良心企业是应该得到鼓励的。当然，这里面也会存在一些个别分子，被名利所驱动，试图瓦解一个良心企业的根基。对于这样的'暴力'行为，我们所要做的就是将其孤立，与之斗争，保持自己的思考能力，不被任何别有用心的舆论所影响。所以我也要借这个机会，向大家宣告，我，顾承文以及'江城基因'的其他投资人，我们会继续秉持自己的信念，捍卫江城。"

顾承文话音落地，台下顿时掌声如雷。

顾瑶笑着站起身，一边鼓掌一边看着台上。

她又看向身后，见到几乎所有人都站了起来，每个人都很激动地鼓掌叫好。

顾瑶心里顿时安定了，她坚定地认为，关于"江城基因"的所有负面消息最终都会不攻自破，谣言止于智者。

但顾瑶刚想到这里，就被一道高大的黑影挡住视线。

这人不仅高，而且挺拔，足足高了顾瑶半个头，就直挺挺地立在她的视线范围内，挡住了后面的一片人。

顾瑶笑容微敛，下意识地看向这个自始至终都没有鼓掌，只是双手插袋站起身，神情无比讥诮的男人。

他已经收起了那副没正形的样子，目光冷冷地盯住台上的顾承文，像是正在看一出大戏。

半晌，又垂下眼皮，落在顾瑶脸上。

四目相交，他勾了勾唇，朝她微微点头，随即转身走出人群。

顾瑶没有任何表示，只是盯着他的背影。

她没有看错，刚才那眼神里充满了幸灾乐祸。

颁奖典礼过后，媒体记者被安排离场，许多宾客迎向顾承文。

所有人都知道，"顾承文"这三个字将会在接下来几天出现在财经消息的头版，他又一次成为江城的代表。

所有的资源和利益关系都会自觉向顾承文涌去，人人都争着和顾承文牵扯点儿关系，年轻人期望得到他的青睐，竞争者也会希望从他手里分拨点儿资源，反倒是暗中和顾承文较劲儿的敌人们，又要继续忍气吞声了。

见顾承文被人群包围，顾瑶没有第一时间加入，而是往反方向走。

可就算她没有主动和任何人打招呼，这一路走出去，仍是避无可避地被人塞了一沓名片。

她将那些名片拿在手里，直到离开会场，在外面记者采访专区看到了一群人。

外围都是记者，将里面围堵得水泄不通，而且一个个问题犀利，恨不得将那人回答的问题一个字一个字分开来解读。

被记者们围住的不是别人，正是杜瞳。

人人都知道，但凡是顾承文不愿出席的采访，都会让杜瞳当代言人。

这个女人频繁出现在顾承文的身边，所谓的"师徒"关系早已被传得乱七八糟，反倒是顾承文的妻女几乎很少在媒体前露面。

顾瑶经过外围去了洗手间。

出来时，刚好媒体记者已经采访过一轮，被工作人员安排去休息室，杜瞳也从人群中脱身。

顾瑶无意和杜瞳正面接触，正准备离开，没想到身后却快速跟上来一阵高跟鞋的脚步声。

杜瞳清冷的声音传进耳里："顾小姐，好久不见，我还以为你今天不会过来。"

顾瑶只好转身，微笑。

杜瞳一反刚才面对记者时的面无表情。

"听说顾小姐刚刚被心理咨询师协会开了，还是因为暴力事件，没想到今天还会有闲情逸致过来凑热闹。"

顾瑶依然在笑："不是被开了，是我自动请退。"

杜瞳："暴力事件的事是真的了？我还以为心理咨询师是靠一张嘴来做事的，没想到嘴皮子不够用，还得靠拳头辅助啊。"

顾瑶跟着点头："是我的基本功开始没练到家，要是我能有杜特助的三寸不烂之舌，也不会闹得这么大了。"

见顾瑶没有丝毫恼火，更没有被她的话刺激到，杜瞳不由得沉默了。

这就是顾瑶要的效果，她又笑了笑，准备走人。

杜瞳突然开口："你一拳打断王盟鼻梁的事，顾总也知道了。"

顾瑶一怔。

从她回到家里，和顾承文、李慧茹吃了一顿午饭，傍晚又和顾承文一起来会议厅，从头到尾顾承文都没提过。

杜瞳："想不想知道顾总是怎么评价的？"

顾瑶看向杜瞳，安静了几秒，平静得出奇。

"我想，以我爸的性格和他对我的关心，他只会在乎我在这件事里有没有受伤。当他知道吃亏的人不是我，他就不会再多说一个字，更不会将自己的观感告诉一个助理。这毕竟是我们的家务事，杜特助，太沉迷工作很容易走火入魔的，不如尝试将一部分时间分配给自己的私生活，这对你有好处。"

顾瑶轻描淡写地将窗户纸捅破，却又给杜瞳留了面子，这是她在用她的礼貌、教养和自制力来警告外人。

杜瞳没有说话，只是望着顾瑶。

那双眼睛里流过一些顾瑶看不懂的东西。

但下一秒，杜瞳的手机响了起来，她很快走到一边去接电话。

顾瑶转身回到会场，却不见顾承文。

会场主管这时迎上来，说："顾小姐，顾总已经去了我们后面安排的商务吧休息，同去的还有几位公司的老总。"

顾瑶："好，谢谢。"

聚会过后就是商业人士们开小会的时间，谈得来的，或是有生意往来的老板们会聚在一起，谈谈风花雪月和商业操作。

顾瑶对这些没兴趣，留在这里又不知道能做些什么。

场内这些阔太太她几乎都不认识，又不可能上前和她们攀交情，本来是打算过来亮个相，用实际行动证明谣言纯属诬蔑，但过来之后才发现自己一点儿忙都帮不上。

那些塞名片给她的人也只是因为她是顾承文的女儿，大家心里都很清楚，顾承文的宝贝女儿无心商业，从她这里下手非常愚蠢，还不如找杜瞳，那才是顾承文最器重的猛将。

想到这里，顾瑶方才面对杜瞳时竖起来的刺，又一根根塌了下去，她有些无力、挫败，比起心理学，这完全是一个她不擅长应对的场合。

顾瑶在会场里逗留了几分钟，就准备离开，这时手机上传来一条消息，是杜瞳发来的。

"顾先生吩咐我让司机先把顾小姐送回去，十分钟后车会停到门口。"

顾瑶合上手机，心情更差了。

她索性拉紧披肩，走出会场，一路走下楼梯，提前站在下面红地毯上等车，顺便透透气。

说起杜瞳的阴阳怪气，其实一年前顾瑶醒来后第一次见到她时，就清楚地感受到一股强烈的排斥。

杜瞳虽然是顾承文的助理，却并不喜欢顾瑶，每次私下见面都是夹枪带棍的。

那时候，顾瑶还在恢复期，她每天要记下来的事情有很多，要努力接受自己的身份、背景，父母是谁，男朋友是谁，职业、家庭和生活环境，等等，自然无暇顾及杜瞳的古怪。

后来顾瑶重新拾起专业，又在新闻里看到杜瞳面对记者们对答如流的访问，看着她眼神里透着骄傲，仿佛身为顾承文的代言人是光宗耀祖的事。

顾承文是一手将杜瞳培养起来的伯乐，杜瞳无父无母，便将顾承文当作自己的父亲，她努力工作也是为了博得顾承文的肯定，毕竟顾承文的一句表扬代表着整个江城投资圈最大的殊荣。

也因如此，杜瞳必然会对顾承文这个丝毫没有商业眼光和投资触觉，却享有顾承文所有关爱的女儿忌妒万分。

当顾瑶看明白这一层时，她就决定不再跟杜瞳计较。

没有子女可以选择父母和出身，也没有任何一条法律规定，子女一定要继承父业，接不住就是无能。

可惜这两件事，很多人都看不开。

顾瑶盯着前方的地面。

灯光洒下来，将她的影子清晰地投射在地上，有风吹过，裙摆被撩了起来，发丝也乱了。

顾瑶紧了紧披肩，看了眼手机上的时间，还有五分钟。

这时，身后的台阶上响起一阵低沉的脚步声，随即有一道修长的影子落下来。

顾瑶回头一看。

来人不是别人，正是刚才坐在"程耀辉"位子上那个眼光讽刺，笑容幸灾乐祸的男人。

男人也看到了她。

顾瑶转过头，再度看了一眼手机，希望时间快一点儿。

但天不遂人愿……

她身后倏地响起微凉的嗓音："想不到江城金融大亨顾承文的女儿，竟然会在这里遭受冷落。"

顾瑶充耳不闻，只是盯着地面上的两道影子。

直到比较高大的那个缓缓移动到她旁边，站住了。

那道影子侧过头，看着她，又是一阵风吹过，她的裙摆和这个男人的西装下摆都被卷起。

顾瑶忍了忍，终于转过头迎上男人的目光。

徐烁的嘴唇抿着，弧度极淡，看似礼貌却又讥诮。

——他在看她的笑话。

可他们不认识啊。

顾瑶没有忘记，方才会场里，他身上散发出来的恶意很明显是冲着顾承文。

难道是竞争对手？

顾瑶忽然开口："请问先生怎么称呼？"

徐烁淡淡道："徐。"

"哪个徐？"

"双人徐。"

"你是江城银行程总的助理？"

如果她没记错的话，在男人离开会议厅后，陈枫是这么告诉她的。

徐烁："不是。"

"不是？"顾瑶一怔，"那你怎么会坐在程总的位子上？"

"哦，我只是一个小律师，初到江城，人脉匮乏，就混进来发发名片，刚好看到程总的位子空着……"

话音一顿，徐烁笑了："省得浪费。"

"……"

这个男人的说辞顾瑶一个字都不信，但像是这种滚刀肉式的对答，又很难让人找到突破口。

顾瑶安静地打量他。

在商业上，她或许是门外汉，可是面对人性、人心，这可是她的主场。

只是徐烁对她的视线一点儿都不在意，还当着她的面上下摸着身上的几个口袋，终于翻出来一张皱巴巴的名片，递给她。

"Sorry，最后一张。"

"……"

顾瑶觉得这张名片的设计有点儿眼熟，可是这种感觉很快就被突如其来的荒谬所掩盖。

她盯着那上面的名字和头衔，一个字一个字地念了出来。

"啤酒辣妹 No.1，林、美、美？"

空气凝结了两秒。

徐烁奪眼一看，笑了："不好意思，这是别人给我的。"

顾瑶没说话，只是看着徐烁又从身上翻出一支笔，将名片翻了一面，然后在上面快速写了一行字。

徐烁收好笔，又将名片递给她。

顾瑶没接，她看着背面的那行字，苍劲有力，龙飞凤舞。

——徐烁，明烁律师事务所，东华写字楼 A 座，手机号 138×××××××。

徐烁挑了下眉："嫌不够正式？那就扫个微信二维码吧。"

顾瑶安静了一秒，将名片接过，塞进手包里，她也不知道怎么想的，只是直觉认为这张名片比她先前收到的那些都更重要。

顾瑶将包扣好，一边将挡住视线的碎发拨开，一边问："徐先生一直都是这么看人的？"

徐烁："我怎么看人了？"

"我以前认识你？"

"不会吧，我怎么不知道？"

"你和我父亲是旧相识？"

"我都没印象的事，顾小姐是怎么想到的？"

顾瑶沉默了几秒。

这个徐烁一直在以问答问，他要不就是深谙谈判技巧，要不就是准备充分。

顾瑶忽然笑了："既然不认识，徐先生为什么突然来跟我搭话？"

徐烁仿佛很诧异，路灯的光洒下来，落在他脸上，在眼窝处留下一抹幽深。

"因为我看顾小姐一个人待在这里，很奇怪里面那些人竟然会把你冷落，所以过来关心两句。"

"原来你是看我可怜。"

"客气，日行一善罢了。"

真是滴水不漏。

而且对话的时间太短，顾瑶完全抓不到任何有用的线索。

顾瑶正准备再度出击，这时就听到"嘀嘀"两声。

司机已经将车开了过来。

徐烁扬了扬下巴，笑得非常没正形："哦，南瓜车来接你了。"

"……"

顾瑶没理他，转身走向车子。

开门坐进去，顾瑶又透过贴着黑膜的车窗看向外面。

徐烁没有逗留，径自越过车道走向停车场。

顾瑶随手打开手包，翻出里面那沓名片，一张张都非常讲究，有的是经过艺术设计的，有的是镶了金边的。

唯独一张皱皱巴巴，上面好像还沾过水。

顾瑶将它拎出来，就着微弱的灯光再度看了一眼，先是背面，再是正面。

似乎没什么出奇，多半是这个叫徐烁的男人，曾经去光顾过那个叫林美美的啤酒妹……

然而下一秒，顾瑶目光一顿，好像被什么东西劈中了。

就在林美美的名字下面还有一行小字，写着酒吧的地址和名字——"Jeane 吧"。

"Jeane 吧"，不就是祝盛西被抓拍照片的地方？

这个徐烁也有那里的卡片？

这是巧合，还是……

顾瑶吸了口气，很快将徐烁写下的手机号输入到微信添加好友里，搜到一个名叫阿烁的微信号。

顾瑶直接在添加好友请求里写下自己的名字。

好友申请很快通过，但顾瑶没有将朋友圈对他开放。

徐烁很快发来一个小表情，是个"婊里婊气"的啤酒妹正在扭着腰推销啤酒。

顾瑶没回，直接点开徐烁的朋友圈。

第一条就是他拍的"Jeane 吧"的照片，而且角度就和祝盛西那张照片里的一模一样，同样的桌子，同样的吧台背景，只是桌前没有人。

这下顾瑶已经可以肯定，这张名片上的"Jeane 吧"就是祝盛西去的那家。

那么问题来了，照片会不会就是徐烁拍的？

他不是律师吗，怎么还干起狗仔的工作了？

顾瑶正想到这里，微信响了。

顾瑶一看，还是徐烁。

"不好意思顾小姐，我要开车了，晚点儿聊。"

顾瑶还是没回，又点回他的朋友圈，想再找出点儿什么。

谁知这次点回去，徐烁的朋友圈已经空空如也。

——他也把她屏蔽了。

顾瑶回到家的第一件事，就是打开工商网站搜索徐烁和明烁律师事务所的资讯。

她很快就搜到了。

这家律师事务所是刚登记成立的，地址就和林美美名片背后写的一样，法定代表人也的确叫徐烁，所有信息都吻合，这个男人没有说谎。

那么那张祝盛西在"Jeane 吧"的照片呢，和他有关吗？

不知道为什么，顾瑶有种预感，她很快就会有答案了……

转眼到了第二天。

顾瑶一如既往地在家里看早间新闻。

今天的媒体已经整齐划一地掉转风向，不再针对"江城基因"的内幕，还对江城投资圈的未来表达了溢美之词。

显然，顾承文前一天晚上在颁奖典礼上公开力挺祝盛西，已经达到了给所有媒体敲警钟的效果。

这些年顾承文赞助的媒体资源不在少数，很多报社和杂志社这些面临网络新媒体冲击的传统媒体，都在倚仗顾承文的鼻息生存，就连几大电视台的高管也都是他的球友。

记者们如今异口同声地改变态度，恐怕也是受到上面的施压。

顾瑶又上了一会儿网，见原本那些人肉"江城基因"和祝盛西的帖子也被删了一大半，留下的都是语言模糊，没什么看头的。

也不知道为什么，顾瑶忽然有一种错觉，好像在一夕之间风波就要结束了，有点儿雷声大雨点儿小的感觉。

她父亲只是跺了一下脚，这桩人命官司就被抹平了？

同样的事要是发生在别人身上，她一定会觉得反感，明知道舆论是任人打扮的小姑娘，被有权力的人来回摆布，又不能做点儿什么，心里难免窝火。

但今天的事是发生在她最关心的两个男人身上，顾瑶也只能皱皱眉。

她对自己说，无论如何，只要他们没事就好。

直到中午，顾瑶洗过澡出来看到手机上多了一条祝盛西发来的微信。

"这两天要出差，可能没时间见面，等我回来。"

顾瑶随手将电视机打开，正准备回复祝盛西，没想到就在新闻里看到他。

电视机里的祝盛西一身休闲装，他被一群孩子包围着，背景是立心孤儿院，旁边还有几位立心的工作人员。

他们正在给孩子们派发礼物，孩子们很开心，一个个咧着嘴，争相展示自己的学习单。

顾瑶的视线掠过每一个人的面孔，最终落在祝盛西身上。

平日对待外人，他都是冷冷淡淡的，即便需要应酬也只是商务式的应对，当那些客户被他的周到安排伺候得服服帖帖时，便会以为这是一个非常上道的企业经营者。

但是这么多年了，却没有一个人能真的拉近和他的距离，他把人分得很清楚，合作再愉快的伙伴也只是利益捆绑，不会成为他的朋友。

可在立心孤儿院，祝盛西会难得地露出笑容，放下戒备，孩子们争先恐后地要和他一起玩，他从不拒绝，每次离开都要弄得一身脏。

立心孤儿院，那毕竟是他长大的地方，他对立心是真诚的。

如果是以前看到这条新闻，顾瑶只会笑着看完，可是在这个节骨眼儿上祝盛西去了立心孤儿院，还被媒体高调播了出来，她真是一点儿都笑不出来。

顾瑶放下手机，转而拿起座机电话，给祝盛西拨了过去。

祝盛西接了。

"怎么了，突然打给我？"

顾瑶话到嘴边又不知道怎么说。

几秒的停顿，祝盛西仿佛明白了她的意思，索性替她说出来："是不是担心我？"

顾瑶："嗯。"

祝盛西："听说昨晚你和顾先生一起去了颁奖典礼。"

"嗯，后来我先走的。"

祝盛西到底是了解她的，只问了两个问题，就懂了："今天早上，所有新闻都不再攻击'江城基因'，顾先生的确用他的权力帮'江城基因'化解了危机，可这并不是包庇。这次明显是一个局，有人在挖坑设陷阱，我们不能上当，'江城基因'是无辜的。"

顾瑶叹了口气，补充道："你今天上午还去了一趟孤儿院。"

祝盛西："我这样做，或许在一些有心人士看来只是在作秀，以及在媒体面前给自己争取分数，挽回形象。但你知道立心对于我的意义，那是我的家。"

是啊，立心孤儿院承载了祝盛西近二十多年的感情，它是特别的。

顾瑶将电视机关上，终于说出自己的担心："这里面的缘由我自然明白，可是别人不会明白。我爸前脚帮你的公司说了话，你第二天就被媒体报道去孤儿院献爱心，外面那些'黑子'只会觉得'江城基因'是在心虚，在转移公众视线，故意模糊重点，这里面肯定有事，否则根本不需要做这些事来洗白。"

祝盛西声音的温度冷了下去："外人的看法我从不在乎。"

顾瑶："你可以不在乎，但'江城基因'在乎，没有任何一个企业可以毫不在乎外界的看法而健康运转。"

祝盛西沉默了。

就像过去每一次，当他们有意见分歧时，他都是沉默。

顾瑶也意识到自己刚才的语气急了点儿，于是将语速放缓："这次虽然是有人在暗中布局，可是如果能反过来将其利用，趁此机会对外面的人证明，'江城基因'的所有研究都是正常的，没有问题，背后的人也不能怎么样。但是现在，'江城基因'什么解释工作都没做，只是急急忙忙地控制舆论风向，这样明显的欲盖弥彰，别人不会信服的。"

电话彼端又是一阵沉默。

直到一声轻叹响起，祝盛西说："公安机关的侦查已经有了初步判断，他们认为这次的事件不属于意外，而是人为，很快就会递交给检察院提出起诉。接下来的每一道法律程序，都会引起社会关注。"

顾瑶愣住了："要立案起诉？起诉那个律师事务所的女助理？"

祝盛西："就目前得到的现场证据，她犯下的很有可能是故意杀人罪。现在，律师那边正在商量改换策略，希望帮她打成过失致人死亡罪。"

顾瑶脑子里空白了几秒，随即就将所有逻辑关系串联到一起："所以，你和我爸才会这么急，哪怕冒着洗白的嫌疑，都是为了保护'江城基因'？"

祝盛西："一旦立案起诉，那么我们一定要举证说明在现场找到的药渣和'江城基因'无关。就算有关，我们也要拿出证据证明那些药并不是致死原因，这里面最大的因素是人为操作。"

顾瑶的眉头已经打结了，她忽然闪现一个念头："你有没有想过，或许从那位高管意外身亡开始，就已经是个局了？"

祝盛西："你是说，有人故意收买了一条人命来害'江城基因'？"

顾瑶："如果这个人只是利用媒体抹黑'江城基因'，很容易就会平息下来，但是如果设计一场'故意杀人罪'呢，这就另当别论了。"

祝盛西那边又是一阵沉默。

很快地，他那里的背景声音开始嘈杂，好像他到了一个很空旷的地方，接着就响起女性播报员的声音。

顾瑶问："你在机场？"

祝盛西："这几天我恐怕赶不回来，你记得照顾好自己。"

顾瑶这才放弃刚才的话题："嗯，你也是。"

祝盛西笑了一下："你刚才的分析，我会仔细想想。你呢，也不要光顾着想这些乱七八糟的事，这些原本就是律师们该做的功课，怎么能浪费自己的脑细胞？等我回来，咱们去度个假。"

顾瑶也跟着笑了："好，我等你。"

只是通话刚切断，顾瑶脸上的笑容就消失了。

她知道，她刚才的突发奇想，那些律师可能早已想到了，而且已经开始排兵布阵，准备应对策略。那些人毕竟都是非常专业的公关律师，见惯了大场面和突发情况，怎么可能想不到这一层？

她也知道，祝盛西后来的故作轻松只是为了安慰她，可能这件事远比她看到的更严重，只不过他没有提到最要害的部分，否则他不会这样急忙出差。

但是，那个要害的部分到底是什么呢？

也不知道为什么，顾瑶的脑海中突然蹦出来一个人。

那个一身纨绔气质的徐烁。

据徐烁自己说，他是初到江城，他的律师事务所也是刚注册的，但他出现的时机实在是太巧了，"江城基因"前脚出事，他后脚就出现了，来了江城才几天，就已经去过"Jeane 吧"，刚好那个地方祝盛西和那个陌生女人也去过。

他昨晚出现时，是一身的高定行头，一个初出茅庐的小律师不可能置办得起，要不就是他家里有钱，当律师只是玩儿票，要不就是他赚的那些钱来自其他渠道，律师身份只是门面装潢。

最令人奇怪的是，一个根基在别处的男人，竟然会跑到一个陌生的地头创立律师事务所。江城的水多深，有什么门道什么关系，他打听清楚了吗？是钱多烧得慌，还是傻？

顾瑶抬手捏了捏眉心，实在想不到她竟然会在百忙之中还把这个陌生男人的琐碎情况记得一清二楚。

她得喝杯水冷静一下。

谁知刚起身，门铃就响了。

门禁画面上很快出现一个快递小哥。

顾瑶想了想，她没买任何东西，便问："收件人是顾瑶？"

快递小哥："对啊。"

"那寄件人是谁？"

快递小哥看了一眼，说："哦，徐烁。"

顾瑶一怔："徐烁？他给我寄了什么，拿起来我看看。"

快递小哥将东西拿起来，只是一个快递信封，扁扁平平，里面装的多半是文件之类的。

顾瑶犹豫几秒，还是给快递小哥开了门。

她接过快递，关门后就走回客厅，将快递信封拆开，里面只有一张纸。

顾瑶将那张纸拿出来。

下一秒，她就愣住了。

徐烁寄给她的竟然是一张照片的放大版，而且就是祝盛西和那个陌生女人在"Jeane 吧"的合影。

顾瑶脑子嗡的一声。

她昨晚的猜测是对的。

这个徐烁就是偷拍照片的人，他还黑了学校的电脑，故意将照片拿给她看，更在颁奖典礼的会场上吸引她的注意，跟她搭话，将"Jeane 吧"一个啤酒妹的名片故意拿错给她。

这所有的一切，都是蓄谋已久！

顾瑶捏着那张照片，手指用力，脑海中也飞快地钻出来一个念头——难道徐烁就是高管命案的幕后黑手？

等等……好像又不太对。

如果徐烁是幕后黑手，那他这么频繁地在她面前上蹿下跳，是不是也太愚蠢了？

这个男人虽然没正形，说话半真半假，又好像对她父亲顾承文和祝盛西有敌意，但他也不像是穷凶极恶之徒。

再说，能有多大的敌意，要搭一个高管的命进去？

思及此，顾瑶飞快地拿起手机，对着照片拍了一张，然后点开徐烁的微信，发给他。

徐烁回复得很快："？？？"

顾瑶说："别装傻了，是你寄给我的，什么意思？"

徐烁又发了个表情过来，是一个问号脸。

顾瑶吸了口气："你想用这张照片做什么文章，不如直接一点儿。"

徐烁皮皮地回了一行字："顾小姐是在考我的阅读理解？"

这是某种欲擒故纵的手段，徐烁是在故意激怒她。

"好，那我明白地告诉你，如果你要针对祝盛西和'江城基因'，我不会放过你，像你这样的偷拍行为已经构成犯罪。"

徐烁慢悠悠地回了一句："顾小姐，就凭你刚才这句话，我也可以告你恐吓。"

隔了一秒，徐烁又打了两个字："不过……"

然后，微信窗口上面就一直出现着"对方正在输入中"的字样。

好一会儿，都没有新的动静。

顾瑶就皱着眉头安静地等待。

直到徐烁发来这样一段话："不过你刚才提到'江城基因'，不好意思，这件事直接涉及我们律师事务所的第一个案子，介于我本人对此非常重视，以及你的身份比较敏感，我不方便和你说太多。毕竟我是一名专业律师，是要遵守我的职业道德的。"

话落，他又补了一个笑脸。

接下来一分钟，顾瑶的心理活动起起伏伏。

——什么案子？"江城基因"高管案，关姓徐的什么事？

——既然知道她身份敏感，他还跑来招猫逗狗？不方便说太多还寄照片、黑电脑、塞辣妹名片、冒充程耀辉的助理。这是什么操作？

——还职业道德，根本毫无职业道德。

顾瑶闭眼深吸了几口气。

不一会儿，她就拿起车钥匙和照片出了门。

顾瑶开得很快，但她的理智没有丧失，她在开到半路的时候，还给秦松拨了一个电话，并将自己的实时定位发给秦松。

秦松问："怎么了？"

顾瑶说："我现在要去见一个人，问一些事，但我对这个人不放心，我已经把我的定位发给你了，你过半个小时给我打个电话，要是我没接，你就报警。"

秦松愣了愣，一连问了好几个问题："你要去见谁？我听你这话怎么那么紧张？既然知道危险你还去？等等，难道你找到是谁在黑你了？"

顾瑶："嗯，就是他。"

秦松："你怎么不叫上我？你等着，我这就来跟你会合。"

秦松一副要撸袖子干架的模样。

顾瑶立刻说："你别来，按照我说的做，再说这件事比较复杂，我一时和你说不清，你若是来了，我未必可以问到我要的东西。好了，先不说了，我马上到了。"

顾瑶切断电话，将车子熄火停靠在路边的停车位，透过车窗往外一看，前面走几步就是东华写字楼。

这个地段租金可不便宜，不是一般的小律师租得起的。

为了保险起见，顾瑶临下车前还从手套箱里摸出一个备用的录音笔。

她做这行久了，就养成录音的习惯，而且因为用得频繁，害怕设备临场不给力，所以一口气就买了好几支，分别放在办公室、家里和车里，这次刚好派上用场。

顾瑶将录音笔调到录音状态，放到兜里，这才推开车门，朝东华写字楼走去。

顾瑶很快就找到明烁律师事务所所在的楼层，她乘坐着电梯上楼，利用短短的十几秒时间平复自己的情绪，同时做心理建设。

在来的路上，她已经有了一套问话策略，也多亏了昨晚的交手，让她对这个叫徐烁的浑蛋有个初步了解。

徐烁绝对不是一个简单的男人，不仅胆子大而且心细，有谈话技巧，而且非常善于观察，很明白如何利用三言两语就让对方冒火，更遑论他还做过背景调查和功课。

也就是说，他做到了"知己知彼"，而她还是一无所知，从出发点上就晚了。

有了这些认知，顾瑶知道绝不能轻敌，索性就将这个浑蛋律师当作一级要犯来对待，如何从一个一级要犯嘴里挖出东西，这件事非常有挑战性。

想到这儿，顾瑶心里连日来压抑的情绪，就像是找到了一个突破口，急于释放出去。

顾瑶又深吸了一口气，就听叮的一声，电梯到了。

…………

另一边，明烁律师事务所。

小川在他的房间里，正在黑一个公司的内网，这时余光就瞄到监视器里多了一个身影，立刻将画面切给办公室里的徐烁。

徐烁依然是一身西装，坐在沙发里装大尾巴狼，按照他的推算，顾瑶今天一定会出现。

果然，画面一过来，徐烁笑了。

小川："哥，你料得还真准，鱼儿上钩了。"

徐烁："行了，按照计划行事。记得先保护好自己，这个女人可是有暴力前科的。"

顾瑶是怎么打断王盟的鼻梁，他们可都是看到直播了。

小川："不会吧？那天是情况特殊，我又没招她……"

徐烁："你想想这几天发生的事，顾承文对她的过度保护，祝盛西对她有所隐瞒，就连顾承文的特助杜瞳说话都是夹枪带棍的，还有外界那些压力。换作你是她，你能不窝火吗？又不能跟自己的亲人翻脸，好不容易逮着一个欠揍的家伙，还不趁机发泄？"

"可招她的人不是我啊！"

"你是我的人，我招她就等于你招她。行了，快去接客。"

"……"

门铃响起，顾瑶已经来到门外。

小川不甘不愿地去开门，一脸的警惕："你找谁？"

顾瑶："你好，我找徐烁，徐律师。"

说话间，顾瑶也将小川打量一番，这个男孩儿年纪看上去不大，穿着帽衫和牛仔裤，皮肤很白，个头儿不高，而且瘦弱，眼下有两块青色，一看就是网瘾少年。

小川将门打开，请顾瑶进来，说："哦，你先坐会儿，他出去了。"

小川边说边指了一下茶水间的方向："那里面有喝的，自己拿。"

说完，他就从兜里拿出手机，坐到一边椅子上，将双腿跷在桌上，开始打游戏。

显然是不打算招呼客人了。

顾瑶看了他一眼，自己去了茶水间，在里面找到咖啡，用一次性杯子冲了一杯。

顾瑶没有坐下来等，放下杯子就开始环顾四周。

律师事务所的面积并不大，外面是开放式的工作环境，除了一些文具用品，也看不到其他私人物品，可见这里还没有招到几个员工，恐怕这个应门的小弟是唯一一个。

顾瑶走到墙边，扫了一眼墙上的画，问道："请问贵姓？"

小川头也没抬，说："我叫小川。"

顾瑶顺着墙继续看，除了茶水间之外，通向外间的还有几道门，开着的那道是洗手间，两道紧闭的估计是办公室，还有一道虚掩的，像是杂货间。

顾瑶走到尽头的办公室门前，虽然门上没有挂牌子，但她直觉认为这里就是徐烁的办公室。

顾瑶没有乱闯的意思，又沿着原路折回来。

"请问徐律师多久回来？"

小川："不知道啊，也许一小时，也许一天。"

顾瑶挑了下眉，走到小川旁边："哦，又是一小时又是一天的，时间弹性这么大，他去干吗了？"

小川的余光瞄到顾瑶，下意识地缩了缩脖子："我们这里人手不够，他要自己出去跑业务。"

顾瑶："那你呢，你负责什么？"

"我啥都不会，就帮他看门，有客人就照顾一下，等他回来。"

顾瑶笑了："呵，就你这种照顾法，客人还留得住？"

顾瑶话里的讽刺再明显不过，小川实在装不下去了，索性放下双腿，抬头看她。

她就靠在桌边，双手环胸，有些不悦。

呃，角色是不是调换了？

这里明明是他的地盘啊，怎么突然有一种他小时候昏天黑地打游戏不好好学习，被教导主任当场抓住训话的感觉？

小川眨了一下眼："姐，那你想我怎么样？"

顾瑶微微一笑："简单，我问几个问题，你回答，咱们就当闲聊，顺便打发时间等徐律师回来，如何？"

小川哪儿敢说不好啊？

"哦，那你问吧。"

隔了一秒，小川又补充道："不过我事先声明啊，问我的隐私不行，因为我会不好意思。问徐律师的隐私也不行，因为我不知道。还有……你的问题不能超过三个，多了我会烦。"

小川几乎要赖似的语气，不软不硬地把这话撂了出来，这一套对付徐烁一向有效。

顾瑶非常诚恳地说："好，我会遵守这个规则。"

小川乐了。

谁知下一秒，就听到顾瑶问："你监视我多久了？"

小川瞬间石化。

啥？

这么直接！

见小川张着嘴，一脸痴呆相，顾瑶好心提醒道："我问的既不是你的隐私，也不是徐烁的隐私，而是关于我的隐私，你的规则里也没有装傻不答这一项，所以你必须回答。"

小川心虚地把视线移开，有些不好意思地搔搔头："你怎么知道是我？"

顾瑶："你这是在反问我？那好，你反问我一个，我就再加三个问题，怎么样？"

小川立刻说："别……其实……其实也没多久，也就半个月吧。"

半个月了吗？

顾瑶回想着过去半个月发生的事，心里渐渐有了数。

然后，她又看向小川，笑得非常无害："第二个问题，陈宇非自杀那天，上空的无人机是不是你的？"

"你怎么猜到的？"小川又是一愣，随即反应过来，"等等，我不是要问这个……呃，对，那个是我的。"

安静了几秒，顾瑶的笑容消失了，说话间也透出不客气。

"第三个问题，姓徐的缩头乌龟要躲到什么时候？"

小川："……"

走廊尽头的办公室里，徐烁正在看外间的监视器，而且看得津津有味，兴致盎然。

看到这里，他终于笑出声。

他拿起手机给顾瑶发了一条微信。

"进来吧，别为难我弟弟。"

顾瑶看过信息就将手机举到小川面前，让他看清楚，随即也不等人请就直接往里面走。

只是顾瑶穿过走廊刚要推门，她的手机就又响了，是秦松打来的电话。

原来，已经过了半个小时了。

顾瑶接起来就说："我没事，我还没见到人，正准备找他。"

秦松那边松了口气："那就好，吓死我了，你不知道我这半个小时过得多揪心……对了，你还是不让我过去吗？"

顾瑶："不用，你就盯着定位吧，如果我的定位长时间没动，你就打给我，我没接你就报警。"

秦松有些犹豫："你确定？"

顾瑶："确定。"

话落，她就切断通话，将前面的门推开。

这间办公室面积很大，摆设不多，扫一圈就可以尽收眼底。

这里的主人显然很有钱，也知道如何低调地炫富，为数不多的几个摆件都是难得一见的精品，还有那张尺寸夸张的办公桌，以及尺寸夸张的沙发组。

徐烁就坐在其中最大的一个长沙发上，一条腿跷在另一条腿的膝盖上，双手敞开，随意搭在沙发背上，一身的西装革履，却愣是让他坐出了企业小开公开面试陪床秘书的气质。

可惜，即便这里明亮得过分，阳光从落地窗照进来，都没能将那位大爷照出原形。

顾瑶扫视一圈，选了一张单人沙发坐下。

"原来徐律师在啊，怎么躲着不见人呢？"

徐烁半真半假道："不知道顾小姐的来意，我不敢出去啊。"

他拿起桌上的茶壶和茶杯，给顾瑶倒了一杯茶，手法非常娴熟。

他这个年纪这身气质，竟然会喜欢喝茶。

顾瑶忍不住多看了一眼。

徐烁将茶杯推到顾瑶面前，又道："再说，我的鼻梁骨很脆的，我这张脸也很值钱，破了相风水就变差了，以后还怎么接客。"

对于无人机偷拍的事，徐烁全然没有半点儿心虚，还满嘴揶揄。

顾瑶看了一眼茶杯，没动。

徐烁问："顾小姐今天找我有事？"

顾瑶将手机拿出来，调出微信，直接摆在他面前。

"你们监视了我半个月，还偷拍我男朋友的照片，这些事已经足够起诉你了。想不到一个律师竟然知法犯法。"

徐烁笑了："证据呢？"

顾瑶从包里拿出卷好的那张照片，放在桌上。

徐烁挑了下眉："那是什么？"

顾瑶："你偷拍的照片。"

徐烁："哦，你说是就是？你都卷起来了，我又看不到。"

顾瑶不知道他葫芦里卖的什么药，狐疑地看了他一眼，随即将照片打开。

谁知打开的那一刻，照片的里面却是空白一片，之前的图像不翼而飞了！

顾瑶一愣。

这是怎么回事？！

她下意识地用手摸了摸上面的材质，又靠到鼻下闻了闻，忽然明白了，这是用特殊显影技术处理过的，画面是有时效的。

顾瑶心里开始蹿火儿。

然后，她将白纸放在桌上，在心里默念着"淡定、冷静、从容"，这才重新对上徐烁幸灾乐祸的目光。

徐烁："恕我眼拙，我好像什么都没看到。"

顾瑶："你做了手脚。"

"证据呢？"

"我没有。"

顾瑶回答得很老实，这显然是一个局，从她接到快递，被这个王八蛋在微信上挑衅，到她来到这里，照片上的影像消失不见，这一切都在他的部署之内。

每一件事都料得这么准，说明他已经基本了解了她的性格和行为模式，恐怕早在监视之前就已经调查很久了。

也就是说，在这个局里，如果她按照以前的棋路与之抗衡，是绝对没有胜算的，她必须跳出这盘棋，出其不意才行。

顾瑶思忖对策，徐烁没打断她，而是优哉游哉地也给自己倒了一杯茶，不紧不慢地喝着。

等他放下茶杯，才淡淡道："顾小姐，容我提醒你几件事。第一，你拿来的证据是一张白纸。第二，微信上那张你男朋友和别的女人的合影，虽然是你发给我的，但与我无关。第三，你我昨天才认识，你今天就对我放狠话，我会保留追究的权利。"

顾瑶："是吗，可你的小弟已经承认了，你们已经监视我半个月。"

徐烁："哦，我还有第四点没说，就是我这套办公室有特殊装置，从你走进来的那一刻起，你的录音笔就失灵了。不信的话，你可以拿出来看看。"

顾瑶有些诧异，首先想到的就是，这或许是徐烁引诱她拿出录音笔再抢走的说辞。

但转念一想，不对，如果他要抢她的东西，她根本不是对手。

顾瑶将录音笔拿出来，按下暂停键，并将刚才的录音进行回放。

果不其然，录音内容只录到她走出电梯之前，在那叮的一声之后，就全是"刺啦刺啦"的杂音。

顾瑶将录音笔丢回包里。

徐烁又喝了一口茶："请别介意，我这是职业病，做我们这行的总会遇到一些笨蛋，以为靠一支录音笔就可以盗取商业机密。"

Chapter 3
日记秘闻

照片上的图像消失了。

录音笔也罢工了。

徐烁的布局非常周密，精心设计了每一个环节，他绝对是个出色的律师，无论是策略还是手段。

但顾瑶并没有慌，事情已经到了这一步，她来时的焦躁感已经因为踏入这个门口而被安抚下去。

她甚至开始觉得有意思了，尽管被人一步步引入瓮中，但这是一个非常有趣的游戏。

她尚且在摸索玩儿法，虽然很难，却好过过去几天的无力等待。

顾瑶决定反客为主："你把我引过来，到底是什么事，不如直接一点儿。"

徐烁说："从昨晚到现在，你的每一个问题我都老实回答了，你还嫌我不够直接？"

顾瑶嗤笑："你是回答了，可你的话里没有一个重点，这就是做律师的谈判技巧吗？"

徐烁的手指在桌上敲了敲，忽然问："我很好奇，顾小姐为什么选择心理学专业，是不是心理专家的口才都和我们律师一样好。"

顾瑶不懂他在卖什么药，便将问题扔了回去："哦，那你为什么选择律师专业？"

徐烁反倒很大方："我嘛，简单，除暴安良，维护正义。"

顾瑶一个字都不信。

徐烁对她那充满鄙视和怀疑的目光丝毫不介意，接着说："我上学的时候成绩还不错，按照当时分数线我能选的就是化工大、医科大、公大、交大，还有法学院。做化学研究和当医生我都没兴趣，交大离得太远，公大嘛，我从小就被警察追，都追怕了，索性就去学了法律。想着以后既能伸张正义，又能学会一点儿颠倒黑白的本事，以后再碰到警察就不怵了。而且还能挣那些不法分子的不义之财，不论帮他们打的官司是赢是输，钱都可以照收。"

按照这个逻辑，这个徐烁要不就是个二皮脸，要不就是瞎扯，否则他能活到现在真是奇迹。

顾瑶不知道这番话里有多少真，多少假，姑且当作七分真好了，起码是他说话最多的一次，而且他还非常不吝啬地给了很多重点。

徐烁见顾瑶没搭茬儿，便建议道："如果顾小姐有兴趣，不妨也给我做做心理分析，看看我到底是哪里变态，怎么就活得这么扭曲呢，非得用监视别人来打发自己的时间。"

顾瑶定下神来，却没有按照套路出牌。

"找我咨询心理问题是要花钱的，我是按小时计费的，一小时七百块，这还是在线心理咨询的价格，如果需要我出诊，一小时两千。徐律师这么劳师动众地把我请过来，请问是现金还是手机支付？"

徐烁乐了，换了个坐姿："巧了，我回答问题也是要收费的。不管在这段时间里我给了几条法律意见，哪怕只是闲聊，或者时间不满二十四小时，我都是按天收费的，一天三万。"

"……"顾瑶冷着脸。

徐烁又说："不过咱们今天是第一次正式会面，要不就互相免了吧？"

顾瑶没理他这茬儿，转而把话题带入正轨："徐律师刚才说，你学习成绩不错？"

"年年第一。"

"那怎么又会从小被警察追到大？你的时间到底是在学习，还是在犯法？"

"我这人悟性高，记性好，而且一目十行，过目不忘。"

"那么，徐律师有前科吗？"

"没有。"

顾瑶沉默了几秒。

整天被警察追却没有前科，要不就是会撒泼耍赖，要不就是家里背景雄厚，有人给他洗白，或者家里有人是当警察的……

她的直觉告诉她，第三种可能性是对的。

可她的理智又告诉她，如果徐烁的亲属真有当警察的，他应该不会有这副身家，再说他这一身痞气也不匹配。

顾瑶抬起眼，再度对上徐烁的目光，这一看，不禁一怔。

前一天晚上两人照面都是在暗处，灯光不足，光影交错，难免会误读，今天这间屋子如此明亮通透，一切都能看得很清楚。

顾瑶也是这时才发现，这个男人有一双非常精致的眸子，狭长且内双，眼尾上挑，衬着斜飞入鬓的眉，以及那对幽深漆黑的瞳仁，气场不俗。

而且他也在打量她，那双眸子映着日光，冷而冽，仿佛只是将她当作一个案子在研究，并没有丝毫逾越。

顾瑶也不知道为什么，昨晚在会场里初见他那没正形的样子，竟会以为他是个纨绔子弟。

顾瑶再度开口："请问，你当律师以来，都是在帮什么人打官司，是平头百姓居多，还是富甲一方的大人物居多，或是道上的人？"

徐烁微微一笑："都不少。不过后面两种人我是拿钱办事，第一种我最多只收个辛苦费，要是心情好，就直接免费献爱心了。"

顾瑶："这样你岂不是很亏？"

徐烁："做善事，积福报，吃亏就是福。再说，我也不缺钱。"

"这么说，徐律师不仅结交了一批富人朋友，还有些道上的交情，难怪你会这么有恃无恐了。"顾瑶很快话锋一转，"你监视我的私生活，拍我男朋友的照片，调查我的家庭背景，到底有什么目的？是你自己的意思，还是别人授意？"

徐烁挑了下眉："你是心理专家，这不是应该你告诉我的吗？"

顾瑶很痛快："我的分析结果是，这是你自己的意思。"

"何以见得？"

"第一，如果是他人授意，你身为律师有责任劝阻对方，即使劝阻不成也会将自己择清，因为你知道这是在违法。通常当律师的人都不会轻易踩线，越是熟读法律，见多了知法犯法的白痴，就越明白后果的严重性。然而，当律师的人觉得最有趣的，是游走在法律边界，稍稍做一点儿出格的事，却又不触犯法律的玩儿法，你们会觉得刺激和有成就感。

"第二，因为这是你自己的意思，你不能假手他人，所以你只找了一个信任的黑客小弟。你明知道这些事已经触犯法律，所以你最先想到的就是如何抹平痕迹，让别人抓不到一点儿证据，只要没有证据就告不了你。

"第三，你不差钱，又很闲。能让你跑到这个陌生的城市，没背景没人脉，还要冒着这么大风险干一些得罪人的事，以你的身家和脾气，恐怕没有人请得动你，除非是你自己想做。"

顾瑶的逻辑不可谓不严密，她不仅是在分析，同时也在分析当中观察着徐烁的表情。

这个男人绝对是一个善于管理表情和控制情绪的高手，他不是个内向的人，更不是天生面瘫，却能控制住自己的微表情，让她难以抓到端倪，这个人绝对有着不一般的经历。

再者，这个男人或许不是从小就生活优越，但这种富足的生活起码已经超过十年，否则他绝对练就不出来举手投足间的稳重淡然。

通常来讲，当一个奴隶突然暴富成为奴隶主之后，所表现出来的嚣张跋扈会比其他奴隶主更加凶残。那是因为过去的自卑感已经演变成自负感，长时间被贫穷和自卑压迫着，已经让这种人心理失衡，在潜意识上亟须被扶正，进而会在不知不觉间自我迷失和膨胀。

但像是这样暴富的转变和起伏，在徐烁身上完全看不到，他的自信笃定，以及平静流淌在骨子里那种优越感，绝对是常年累积而成的。

就在顾瑶快速得出这些定论之后，徐烁脸上也露出一抹笑容，那笑容里有着赞赏，也有着兴味。

"顾小姐真的很厉害……哦，我是不是应该尊称一声顾老师？"

他的话半真半假，并非真心，只是在扰乱她。

顾瑶没上当，继续自己的分析："昨晚我第一次见到你，你跷着二郎腿。通常一个人在看书、看戏，或是严肃场合会采用这种姿势，大脑要么就是处于放松状态，要么就是把精力集中在当下做的事情上。可是刚才我进门时，你是横着二郎腿的姿势，就是'4'字腿，这说明你正在释放你的自信，你可能要准备和我有一番争端，而且你坚信能战胜我。"

徐烁笑意渐浓："原来行为细节也能解读心理，厉害。"

顾瑶继续说："还有你的站姿和走路姿势。你昨晚一直是双手插袋，这样的人城府很深，习惯暗中策划行动，而且警觉性高。你的步速也比一般男人要慢，只有严格自律、谨慎有条理的人才会如此。而且你很精明，不轻易信任他人——就你这些肢体动作而言，倒是非常符合你的背景和职业，除了律师，我还真想不到其他更适合的身份。"

其实顾瑶很少有机会对一个陌生人进行这样全面缜密的分析，而且还是知无不言。

一年前的事她不记得了，她自然也不知道那时候的自己是如何对罪犯进行心理研究和辅导的。

这一年来她所经历的案子都是些小纠纷，来问诊的求助者咨询的都是生活里的一地鸡毛。而那些人大部分都非常敏感、脆弱、彷徨、焦虑，作为一个心理专家不可能用极端且尖锐的词语，更加不能如此直白地进行剖析，整个过程下来往往是循序渐进而且迂回的。

对于徐烁的分析，还是顾瑶这一年来的头次尝试，她心里深处的亢奋只有她自己明白。

她的确是想保护家人，也的确因此时的交锋而感到刺激，体内压抑许久的某种情绪也渐渐苏醒，就像是那天在天台上对峙陈宇非，而且这次更有挑战性。

就在分析徐烁的同时，她也在进行观察，无论是那沉静的眼神，还是唇角若有似无的微笑，或是其他细微的表情。

顾瑶知道，时机差不多到了。

于是话锋一转，她再次提出那个问题："所以我真的很好奇，到底是什么原因，什么恩怨，会吸引一个这么厉害的律师跑来江城，针对我父亲和我男朋友？"

徐烁的眼睛微微眯了起来。

空气里的温度也跟着降下去。

安静了两秒，他的姿势终于动了，放下二郎腿，身体前倾，双手在膝盖上交握，手肘就架在膝盖上。

徐烁笑容尽收："在微信里我不是已经说了吗，这是我初到江城的第一个案子。对于重要案件，一个专业律师应该做的就是'针对'。"

顾瑶："你的第一个案子？你代表的是哪一方，'江城基因'并没有请你加入律师团队。"

徐烁："这一点我也说了，顾小姐身份敏感，你是'江城基因'老板的女朋友，我好像不应该和你透露太多。"

顾瑶毫不放松："如果我想知道呢？你有什么条件？需不需要我签署保密协议。"

徐烁扯了扯唇角："那玩意儿要是有用，就不会有'杀人灭口'这四个字了。"

顾瑶："那你想怎么样？"

徐烁扫了一眼近在咫尺的空茶杯，手却没动。

"我渴了。"

顾瑶明白了。

她知道他是在挑衅，所以没动怒。

顾瑶将茶壶拿起来，正准备给他蓄满，这才发现壶已经空了。

她索性站起身走到角落的饮水机前接热水，然后折回来给徐烁的杯子满上。

徐烁就维持着刚才的姿势，一动不动地看着她。

等顾瑶倒完水，觉得自己也有点儿渴，毕竟刚才说了那么多话。

但她不想碰徐烁一开始给她倒的那杯茶，于是又从茶盘里拿出一个新的杯子，重新注上热茶。

顾瑶将茶杯端起来，呼了两下，喝了一小口，又放下，看到徐烁只伸出一只手，用食指和中指的背部碰了下杯子。

他好像觉得烫，都没端起来。

顾瑶问："你该不是想让我给你吹凉吧？"

徐烁一顿，抬眼间风流尽显："这么香艳的条件，我可不敢领受。"

顾瑶："……"

就在这时，徐烁开口了："我拍了一张你男朋友和陌生女人的照片，你没有来追问我那个女人的身份，以及他们在酒吧之后又去了哪里，做过些什么，竟然只是追问我为什么调查你的男朋友……看来你很信任他。"

顾瑶："所以呢？"

徐烁笑了一下："我这个人是很有同情心的，尤其是对于被欺骗的弱小女性，我会非常愿意表达善意——这是那个女人的资料。"

徐烁从手机里调出一张简历，递给顾瑶。

顾瑶拿起来一看，简历的上半段很普通，没什么特别。

直到顾瑶看到下面一行龙飞凤舞的手写字，她的脑子就像是被什么劈了一下，思路一下子就断开了。

——202×年4月，牵扯进"江城基因"高管服药致死事件，经警方调查将会被控故意杀人罪。

这不是……

顾瑶只觉得血液自脸上极速退去。

徐烁的声音也在此时响起："看你现在的反应……怎么，原来你不知道这个女人就是那个涉案的律师助理吗？"

他是明知故问。

自从高管服药致死的新闻曝光之后，当场的唯一目击者女助理的模样，就没有在媒体上曝光过，甚至连名字都被隐瞒下来。当然死去高管的脸也打了马赛克，应该是"江城基因"和律师事务所一起疏通了媒体，所以顾瑶和广大吃瓜群众一样并不知道两人的长相。

眼下，顾瑶已经不管其他了，她只是不能置信地盯着手机里女助理的照片，和那些看似普通的经历。

得知照片里女人的身份之后，这上面每一个字，都让她细思极恐。

这个女律师助理名叫田芳，江城人，法学院毕业，入职不到五年，过去接触的都是商事案件。

最诡异的是，这份简历里还有一行备注，里面清楚地记录着田芳的生理期……

但是顾瑶也只看到这么多，其他信息还没看清，手机就被抽走了。

顾瑶下意识地抬起头，脑子有些蒙，也有些晕，她一时反应不过来，只是茫然地看着对面的男人。

徐烁的声音又轻又淡："这个女助理是此案的唯一目击者，也是本案的被告。你说，要是她和你男朋友的照片在这个时候流了出去……呵。"

一声低笑，钻进顾瑶的耳朵。

她激灵了一下，又听到徐烁说："你也知道，媒体记者的想象力都很丰富，他们分分钟就能编出几个版本的故事。比如，'江城基因'的老板祝盛西勾结律师助理，在感情投资之后利用她去谋害公司里的某位高管，意在杀，人，灭，口。"

顾瑶一个字都说不上来，她吸了口气，又吸了口气，却有点儿力不从心，心跳的速度也有变化，手脚冰凉，而且渐渐开始乏力。

不仅如此，连听力和视力也开始变得迟钝。

不对，这不是惊吓后的生理反应！

那个茶有问题！

顾瑶刚意识到这一点，就飞快地掐了自己一把。

很疼。

她清醒了一点儿，立刻扶着沙发扶手站起身，抓着手机往门口走。

她以为她走得很快，但歪歪斜斜地走了好一会儿，才碰到门把手。

可与此同时，她身后也多了一股迫人的存在感。

一只大手轻轻地将门板压住。

顾瑶努力睁开眼，甩了甩头。

她拉不动门，越发无力，便将额头顶在门上，一只手去掐自己的大腿。

这时，一道温热的呼吸缓缓拂过她的耳垂，那人的声音不仅低沉而且带着嘲弄。

"难道你没发现吗，相比起你男朋友的那张照片来说，我对你的监视更全面啊。"

一声低笑。

"所以，真正让我感兴趣的人，是你啊。"

顾瑶无力地转过身，眼神已经开始涣散，恍惚间只看到男人近在咫尺的笑容。

她试图抬手去给他一拳，然而手却只是举到了他肩膀的位置，就无力地滑了下去。

她想去抓住男人的西装外套，却无法支撑沉重的身体，膝盖已经没了知觉。

她的背脊贴着门板，一路下滑。

直到即将跌坐在地面的瞬间，顾瑶忽然感觉到一股力道拖住了她的腰身。

然后，她的身体就腾空了，仿佛在云端，一颠一颠……

她知道，事情要糟糕了。

可她也只能想这么多了。

很快地，黑暗袭来，将她拽入深渊，吞没。

十年前，江城。

杜家爆炸，点亮了夜空。

收队前，警方在杜家着火现场找到一具烧焦的尸体。

尸体已经炭化成粉末，只留下部分骨渣，这说明当时的温度很可能已经达到四位数。

除此以外，现场还找到了几个起火点和助燃物残骸，具体是什么还要经过进一步化验。

徐海震一身疲倦地回家，却没有直接进卧室，他知道自己肯定睡不着，索性先给家里那个臭小子做了顿早饭，顺便思索案情。

徐烁上高二了，学校加了早自习，七点半就开始，所以他五点多就得起床。

幸好这孩子聪明，而且很会运用自己的聪明，别的孩子都要熬夜苦读，但他一边玩着一边就考了年级第一。

自从徐烁高一期末考试的成绩下来，徐海震就开始琢磨，该怎么给徐烁"洗脑"，让他将来考公安大学。

徐烁好像对当警察没什么兴趣，有时候在外面跟人打架，被揪到警察局，徐海震当场就暴跳如雷，他那脸色连穷凶极恶的不法分子看了都是一抖，却一点儿都吓唬不了徐烁。

徐烁又聪明又会狡辩，每次都能逻辑缜密地搬出来一整套说辞给自己"辩护"，而且次次都是"正当防卫"，他从来没有先动过手，责任都在对方。

所有人都说，这小子不仅适合当警察，还适合当律师。

偏偏徐海震最烦的就是律师，死的都能说成活的，黑的都说成白的。

客厅里安静得不像话，徐海震轻手轻脚地在厨房做饭。

他刚煎好鸡蛋，就听到客厅那头啪嗒一声，好像有什么东西被碰倒了。

徐海震走出厨房，连个鬼影都没看见。

他竖着耳朵听了片刻，听到一阵细微的动静，是从徐烁的卧室里发出来的。

这小子起这么早？

徐海震来到徐烁门前，敲了两下就把门推开："小烁，洗把脸准备吃……"

话才说到一半，徐海震就愣了。

屋里温度有些凉，虽然关着灯，但是窗帘和窗户都敞开着，早晨的凉风灌了一屋，被褥整整齐齐。

干净的书桌上横着一只男款球鞋，鞋上带着泥，清晰地印出一个大脚印，而鞋子的主人这时正半蹲在桌上，半个身体探到窗口。

按照他这个姿势，要不就是准备跳窗出去，要不就是刚从外面摸回来。

空气一下子就凝结了。

徐海震和徐烁看着彼此……

直到徐海震撸起袖子，直接上前揪住正准备跳窗潜逃的小王八蛋，一把把他拉拽到地上。

"你个臭小子，你一整宿干吗去了，现在才回来！"

徐烁龇牙咧嘴地抵抗着暴力："我去看世界杯了！"

徐海震："你骗谁，家里没电视？你跑外面看世界杯？"

因为这件事，徐海震审了徐烁半个多小时。

但鉴于徐烁未成年就跑到酒吧里，和中国的一群糙老爷们儿为了外国的一群糙老爷们儿喝彩，这种不务正业的行为，徐海震约法三章，必须保证以后只在家里看。

如果一个人看着不来劲儿，叫同学来也可以，但作为条件，徐烁必须保证学习成绩不下滑。

等父子俩吃完饭，徐海震开车送徐烁去学校。

半路上又一次经过杜家，那里已经是一片废墟，现场还冒着烟。

徐烁说了句脏话："怎么烧成这样了！"

徐海震叼着烟，开着窗："好好说话。"

徐烁没理这茬儿，转而问："你一晚没回来，是不是因为这个？死人了吗？"

徐海震瞅了他一眼，见这小子双眼炯炯有神，考年级第一都没见他这么来劲儿。

徐海震："户主烧死了。"

车子已经开过杜家，徐烁回头只能看到一点儿影子："起火原因是什么？"

"还在调查。"

"那个户主是不是姓杜？叫什么杜成伟？"

徐海震一怔："你认识？"

徐烁："不认识，不过在酒吧见过，一个中年男人，邋邋遢遢的，但是有几个钱，是个酒漏子，还有点儿好色。"

徐海震神色一怔，又看了一眼徐烁："你确定？"

徐烁："确定。"

就因为徐烁的一句"确定"，这天下午刚放学就被徐海震叫去局里，让刘春给他录口供。

按照规矩徐海震不方便在场，便通过蓝牙耳机监听对话。

这个流程徐烁早就是熟练工种，他进了审讯室就脱了校服外套，一改往日的懒散坐姿，在椅子上坐得笔直。

刘春刚问了一句"叫什么"，就对上徐烁像探照灯一样的眼神。

徐烁还非常自觉地上报说："我叫徐烁，双人徐，火乐烁，我爸叫徐海震，我今年十七岁，江城人，还在上高中。行了，刘叔叔，赶紧往下问吧？"

刘春警告地看了徐烁一眼，让笔录员把这些都写下来。

然后，刘春拿出几张照片放在徐烁面前："这有几张照片，你辨认一下认不认识。"

徐烁拿起一张："这个男人我认识，他叫杜成伟。"

"你怎么会认识他？"

"之前老在酒吧里看见，他和别人都不太一样，很特别，我就记住了。"

"哪家酒吧，你经常去？"

"不算经常吧，一个礼拜最多去三次，叫惠文酒吧，惠文是老板娘的名字，她男人死了，她又长得漂亮，经常会吸引一些中年男人过去喝酒，跟她说点儿黄段子占便宜，杜成伟也是她的常客。"

刘春的蓝牙耳麦里传来徐海震的一声咒骂："这臭小子……"

刘春清清嗓子，转而拿出杜家被烧剩下的照片和杜家没有烧毁前的照片。

"认识这个地方吗？"

徐烁："杜成伟的家。"

"看来你不仅在酒吧里见过他，你还知道他住哪儿。"

徐烁眨了一下眼："刘叔叔，你们是不是怀疑我？"

刘春："只是循例问话，目前为止你是我们找到的证人里，唯一一个知道他去酒吧消遣的人。"

徐烁笑了："其实就算你们怀疑我，我也不介意，毕竟我知道得太多了。不如你就当我是犯罪嫌疑人来审问，我也想试试自己的辩论技巧。"

空气凝结了一秒。

刘春象征性地拍了一下桌子："问你什么你就答什么，哪儿那么多要求！老实点儿！"

但他刚说完就朝徐烁使了个眼色。

徐烁哦了一声："我知道，老头子听着呢，行吧，那你问吧。"

刘春吸了口气，指着杜家的照片："说说你怎么会知道这是杜成伟家？"

徐烁："我每天从学校坐公车回家，都会经过这条街，杜成伟就住在这条街街角，而且他那房子是里面最旧、最破的一栋，偶尔我还会看到他女儿出来给他买酒……"

到此，徐烁话音一顿，然后将一只手放在桌上，手指敲着桌面，那张还有些青涩的脸上也浮现一丝狡猾。

"刘叔叔，接下来我要说的事情绝对是独家消息，你们可要听好了。"

刘春："……"

徐烁："杜成伟的女儿和我上一所学校，刚上高一，比我小一届，长相嘛普普通通，身材跟个豆芽菜似的。她在学校里没什么朋友，经常独来独往，还被我们班上的几个男生堵在角落里要钱，让我见到过几次。"

刘春问："要钱？然后呢？"

徐烁挑了下眉："然后我就走了。我也想过要见义勇为，不过没必要。"

刘春又问："为什么这么说？"

徐烁："那个女孩儿既没喊也没叫，更没被非礼，我们班上那几个男生刚往她跟前一站，她就自己拿钱出来了。我看她那样一点儿都不害怕，掏钱姿势也很娴熟，我也不知道他们之间到底有什么，但是照那个情况看，就是一个愿打一个愿挨。"

刘春："那你和杜家这个女孩儿就没有过接触？"

"没有，我对小豆芽没兴趣，我喜欢成熟女人。"

"……"

耳麦里跟着传来徐海震吸气吐气的声音。

刘春接着问："就你所知，杜成伟一个礼拜会去几次酒吧，每次待多久？"

徐烁："他去几次我不知道，但我每次去都能看见他，酒吧播世界杯他也去，搞啤酒节他也去，新酒试喝他还去。他就是个酒漏子，而且从不赊账，和老板娘关系好，他还有个固定席位，就是吧台最靠边的位子，离着老板娘最近。他们每次见面都要聊半天，有别的客人骚扰老板娘，还被杜成伟打过一顿。"

刘春："那你有没有听过他们的谈话内容？"

徐烁："我从不听墙角，没印象。不过老板娘不可能是纵火犯——如果你们认为杜家房子着火是人为的话。"

刘春一怔，就连蓝牙耳机另一边的徐海震也不由得皱眉。

徐烁:"事发是在昨晚,酒吧正在直播世界杯,还是最关键的一场,好多人都赌了球。老板娘从头到尾都在忙,根本没有时间作案。当然也不可能是我,虽然我早上偷溜回家的时候被你们徐队当场逮住,但我也没去过杜成伟的家,酒吧里上百号人都可以给我做证。"

这小子,倒是挺自觉。

刘春指出疑点:"你也说了,大家在看世界杯,就算现场有上百号人,也不可能把精力放在别人身上,也许有人中间离开过,又回来了。"

徐烁咧嘴乐了:"照你这么说,还真是完美的不在场证据。不过我记得很清楚,老板娘差不多每过半小时就给客人上一次酒,半个小时可不够来回酒吧和案发现场,不相信的话,你们可以去查。"

刘春:"那你呢,你整晚都待在那里?有没有证人。"

徐烁:"中间我上过几次厕所,其余时间都和两个同学在一起,我们没离开过,不过如果你们要给他们做笔录,最好不要直接找到家里去,他们俩也是偷偷溜出去的。"

刘春:"……"

这之后,刘春又问了几个简单问题。

徐烁对杜家的了解并不多,无非就是学校、回家路上和酒吧里看到了几次杜家父女。

直到笔录进行到最后,刘春准备让徐烁签字走人。

谁知这时,徐烁忽然前倾身体,一双眼炯炯有神。

"刘警官,你难道不觉得杜成伟和他女儿很奇怪吗?"

刘春没接话。

徐烁整张脸瞬间严肃起来。

"第一,杜成伟白天好像不用上班,他晚上经常到酒吧报到,一喝就是一整晚。按照他这个年纪,这个体力,还有他那个气色,我打赌他的肝和肾肯定不好。可是他晚上能这么精神,说明白天都用来补觉。

"第二,杜家只有一个大人,杜成伟的女儿整天都在学校,不可能出去打工,而且杜成伟从来不赊欠酒钱。学校那帮小子只要跟杜成伟的女儿要钱,她就给,手头好像很富裕。那么,杜家这些钱是打哪儿来的?有这么多闲钱怎么不好好装装房子,你看那屋子破的。

"所以我认为，只要朝杜家的经济来源下手追查，一定会有所突破。像是杜成伟这种情况，那些钱肯定见不得光，和他有金钱来往的人多半是道上的。朝着这条线追查，没准儿还能破获什么惊天大案……"

只是徐烁的话还没说完，刘春就把他打断了："行了，接下来的事我们会查，你的口供已经录完了，签了字就可以走。"

刘春努力管理着自己的表情，只能在心里默默同情着徐海震——有这么一个机灵的熊儿子，难怪徐队的皱纹长得那么快。

徐烁撇了下嘴，拿起笔签上大名，随即靠着椅背："我敢说，你们从我这里问到的绝对比从杜家邻居那里问到的还多。就杜成伟那个作息和性格，和街坊四邻肯定都不熟。而且那些邻居都是平头百姓，凭着趋利避害的本能，就算人家看到什么也会装作没看到，你们肯定什么都问不出来。"

刘春："……"

徐烁说得不错，徐海震队里的人经过初步问询，基本上得到的就是这个结果。

杜成伟的邻居能提供的资料非常有限，而且千篇一律，不是说和杜成伟不熟，就是说没留意，甚至还有人不知道杜成伟叫什么。

徐烁离开警察局没多久，徐海震就跟底下人定了下一步的追查方向，除了杜成伟的经济来源，还有他女儿平时的交友情况。

然后，徐海震又一次拿起在杜家现场拍摄的照片。

照片里除了杜家，还有周围环境。

其中一张照片里有个小山坡，山坡上种着一些树，那些树上被人用小刀刻过，留下一些歪七扭八的名字。

他们问过附近的住户，听说那个小树林里经常有学生出入，还在里面搂搂抱抱。

事实上，就在事发后的凌晨，徐海震就在附近百米的范围走过一圈。

他也上了那个山坡，还走到栅栏边，刚好就能看到杜家。

也就是站在那个位置，他忽然觉得脚下不对，用手机照了一下，竟然发现脚下的土是湿的，有一片水渍。

水已经渗入土壤，干了一半，起码有两三个小时了。

也就是说，在两三个小时以前，有人在这里洒过一摊水。

那时候杜家正在着火，火光那么亮，如果有人在这里，他一定看到了着火现场。

那么他是故意过来看热闹的，还是专程跑来欣赏自己的"杰作"？

接着，徐海震又在一个树坑里找到一个矿泉水瓶，盖子就掉在一边。

他很快用通信器联系上刘春，让他带一个痕检员过来，将空瓶子、瓶盖和湿润的泥土样本采集回去。

等技术员采完证，刘春便问徐海震："徐队，就算咱们能从这个瓶子上验出DNA，也不能证明这个人就和杜家有关啊。也许他就是刚好经过这里，跑上来看热闹，不小心把水洒了，随手就把瓶子扔了。"

徐海震说："你看这块地面的水渍痕迹和流向，如果是不小心把瓶子掉了，不可能洒出来这么多，还是这样边际均匀的一摊。这说明当时的水流是从上而下垂直洒到地面的，而且瓶子里面已经空了，才被丢到树坑里。这就只有一个解释——当时这个人正蹲在这里洗手，洗完手，他把瓶子扔到树坑。"

刘春："如果是他不小心弄脏手，用喝剩下的水洗一洗也很正常。"

徐海震安静了几秒，问正在收拾工具箱的痕检员："如果我假设这个人是受了伤，用水冲洗伤口，然后这些水流到土里，那么你们有没有可能会在这些土里检测到血液。"

痕检员说："如果这些水接触过伤口上的血液，我们就有机会可以检测到。"

刘春这时问："徐队，我还是不懂，就算这个人身上有伤口，也不能证明和杜家的爆炸有关啊。"

徐海震："你说得都对，也许这个人只是经过，也许他就是单纯地划伤手，用水冲洗一下。可是为什么是这个时间，在这个黑漆漆的山坡？就算他和杜家爆炸毫无关系，那么在晚上九点钟左右，他站的地方是足以将火势一目了然的，甚至于他可能看到了凶手。"

只是换一个角度说，就算从唾液里检测到DNA又如何，如果这个人没有前科，就无从比对，而且仅仅是为了一个"可能"，就让大家大海捞针地去寻找这个无名氏？

徐海震很清楚地知道，他的怀疑到目前为止只是一个概率学问题，可能对也可能错。

但与此同时，徐海震心里也升起一种可怕的直觉——杜成伟的死有可能会牵扯出一整条线，而且将会是一个轰动社会的大案子。

十年后，江城。

经过几个小时的昏迷，顾瑶终于从黑暗中挣脱出来。

她发现自己躺在一张大床上。

顾瑶的脑海里翻天覆地，心情起起伏伏。

她很快就意识到自己身处的困境，也想起昏迷前发生的一切，进而升起一丝恐惧。

——她被姓徐的浑蛋"绑架"了！

可惜，顾瑶的身体不争气，那茶水的药刚过劲儿，她歇了几分钟还在适应，大脑昏沉的感觉虽然消散一些，但是太阳穴还在隐隐抽痛。

她将自己从床上撑起来，手指却碰到一张纸。

那是一张字条。

她拿起来看了两眼，恐惧瞬间就被愤怒取代。

字条被团成一团扔到地上。

又过了几分钟，顾瑶适应了身体状况，便下床开始找出路。

她先试了一下门把手，反锁了打不开，

她又翻找了一下屋子，试图找点儿可以利用的东西，但这里什么私人物品都没有，仅有一张床、床头柜和一个大衣柜，床头柜上有一部座机电话。

而她的手机不见了。

和卧室相连的还有一个洗手间，除了基础设备连一管牙膏都找不到。

当然，她现在也不知道具体时间，自己睡了多久，有没有久到已经被秦松看出不对，进而报警。

想到秦松，顾瑶心里升起一点儿希望，可是不过片刻就落了下去。

以徐烁的手段，可能已经有了应对措施。

顾瑶检查完整个屋子，就跌坐在床沿，开始思忖自己糟糕的现状，揣度那个王八蛋的目的。

时间已经过去十分钟。

从她刚醒来后的震惊、惊慌和气愤，到现在接受现实，顾瑶不敢说自己已经完全冷静，但最起码她已经恢复了六成的思考能力。

但是人在思考时，会特别地消耗体力，她的手脚冰凉，她的肚子很空，她的体力严重不足，也就是说，就算她脑子够用，并且有本事跑出这个门口，恐怕也跑不过那个王八蛋的长腿。

当顾瑶认清这个事实她便不再感到焦躁，反而非常冷静地站起身，从地上捡起几分钟前被她揉成一团的字条。

那上面写了这样一段话——

"顾小姐，我知道你醒来之后会不安、愤怒，甚至做出一些冲动行为。为了你我的人身安全考虑，在你完全冷静下来之前，我和你是不会正面接触的。等你想清楚了，我会开门，先请你吃顿饭，咱们再谈。床头柜上有部内线电话，你可以随时打给我。"

第二次打开字条，顾瑶终于做出明智的选择，拨通床头柜上的内线电话。

电话响了两声，接通了。

"顾小姐，请问我有什么能为你效劳的？"

顾瑶吸了口气，忍着恶心说："我需要水和食物。"

"没问题，马上送到。"

不到十秒钟，门板外面响起动静。

顾瑶立刻看向门口，浑身戒备。

门开了，徐烁高大的身影出现在那儿，但他没进来，只是靠着门框，似笑非笑地瞅着她。

两人距离五六米，顾瑶死死盯住这个男人，脑海中有一瞬间涌出一个荒谬的念头——如果用座机电话把他打昏，再冲出去的可能性有多大？

直到徐烁开口："我劝你放弃武力突围的念头，我这整套办公室都做过特殊设计，你也打不过我。"

话落，徐烁让开门口："出来吃饭吧，有大餐。"

顾瑶深吸一口气，整理了一下衣领，随即走出门口。

走出去一看才发现，原来卧室和先前晕倒的办公室相连，里面就是一间休息室，应该是徐烁自己在用。

呵，难怪床上有股子臭男人味儿。

顾瑶不动声色地在沙发里坐下，绷着脸看向茶几上的几个外卖盒。

徐烁叫的是中式小炒，卖相不错。

顾瑶拿起一次性筷子，夹了一口菜送到嘴里，不咸不淡刚刚好。

她默不作声地咽下食物，余光瞄到对面的徐烁，他一直站在那里没动。

徐烁有些诧异："你倒是很淡定，让你吃就吃，你也不怕我再下药。"

徐烁坐下来，拿起另外一盒饭。

顾瑶的声音很冷："再下一次药用不着这么劳师动众，我昏迷的时候你就可以给我灌下。再说，这些菜卖相不错，味道也还可以，人是铁饭是钢，我为什么不吃。"

徐烁点头："除了吃饭，你就没有什么想问我的？"

顾瑶这回连眼皮子都没抬："食不语，寝不言。"

徐烁："……"

从这开始，徐烁没再说过话。

屋里只有咀嚼食物的声音，两人都没跟对方客气，照着十成饱去吃，很快就将桌上的菜扫掉一大半。

一顿饭吃完，徐烁将外卖盒收到塑料袋里，又走向角落里的吧台。

顾瑶就坐在沙发上检查自己的身体。

虽然她已经吃饱了，可是力气却没有立刻恢复，她还是使不上劲儿，手脚乏力，可能是那杯茶的后遗症。

她又看了看办公室的那扇门，进而转向正在吧台前冲咖啡的徐烁。

他这么放心地离开座位，还将背对着她，应该就是笃定她什么都做不了，不管是背后袭击，还是去开那道门。

到了这一刻，顾瑶已经不再心急，甚至开始有一种"既来之，则安之"的心态，她索性就安静地休息。

其他的问题就算她不问，相信徐烁也早晚会说。

徐烁端着咖啡回来时，见顾瑶依然是刚才的姿势，眼神像是正在放空。

徐烁将咖啡放到她面前，说："喝杯咖啡提提神，你吃得太饱了。"

顾瑶慢吞吞地抬起眼皮，像是看他，也像是在趁机翻白眼，随即喝了一小口。

咖啡有点儿烫，但是味道不错。

顾瑶喝咖啡的时候眼神依然很直，就看着茶几发呆，等到小半杯咖啡装进肚子里，她才放下杯子，看向徐烁。

徐烁坐没坐相，跷着二郎腿，一手放在旁边，手指在沙发上敲着，另一只手肘部撑着沙发扶手，手支在太阳穴上，就那样歪着头瞅着她，要笑不笑。

顾瑶抿着嘴，忍住即将脱口而出的脏话。

直到徐烁开口了："你还真冷静，不叫不闹，适应逆境也挺快的。我有点儿好奇，是不是心理专家都是如此？"

顾瑶语速缓慢而且清晰："曾有人做过一个实验，在雄老鼠和雌老鼠脚上分别绑上一块石膏，从而观察两只老鼠的筋肉和骨骼有什么变化。雄老鼠绑上石膏后一直不停地啃食，希望从束缚中挣脱，誓死不从。而雌老鼠呢，刚开始也会挣扎反抗，但是过了一段时间后就安静下来了，好像已经接受了这种命运，并且很快适应新的环境。最后，雄老鼠因为自己的愚蠢和冲动力竭而亡。"

话音落地，屋里持续了几秒钟的沉默，静谧得可怕。

徐烁很快说明白了顾瑶的意思，这个女人骂人不带脏字，而且教养极好，否则早就开始骂街了，哪还有心情讲故事讽刺他？

徐烁说："也就是说，女人天生就比男人更能适应环境，也更识时务，尤其是女性心理专家？"

顾瑶又喝了一口咖啡："在来之前，我想过这是你布的一个局，也知道见面之后势必会有一番争执。基于你的职业，你不会痛快地承认自己的罪行，你一定有销毁证据的措施，钻法律的漏洞。但我确实没料到，你会给我下药，你最好不要让我有机会走出这个门口，否则我一定会报警抓你。"

徐烁笑了："要不要打个赌？"

顾瑶没吱声。

徐烁："我就赌，等你安全离开后，你一定不会报警，更加不会告我。"

顾瑶本能上不相信自己会放过他，但是转念又一想，姓徐的这么自信，之前布局的每一步也都圆满完成，这说明他对她的了解远比她之前以为的还要深入。

而他又如此笃定她什么都不会做，难道他手里掌握了什么把柄或秘密？

是她父亲顾承文的，还是祝盛西的？

尽管顾瑶已经有了这层认知，但她没有接这个茬儿，只是把话题一转，说："我有一个问题。"

徐烁："请问。"

顾瑶："你给我倒的那杯茶我没碰过，所以药一定就在我后来拿的新茶杯里，你是怎么料到我一定会拿个新杯子的？"

而且茶盘里还有好几个杯子。

徐烁哦了一声，说："我不确定你要拿新茶杯。我只是为了保险起见，在除了茶壶和我用的杯子以外的所有杯子上，都抹了一层药。"

顾瑶："……"

徐烁："还有，为了让你中招，我连那个饮水机里都下了药，我想你说话说多了，总会找水喝的。"

顾瑶："……"

王八蛋！

顾瑶面无表情地在心里骂了一遍，冷笑道："难怪你前面引我说了那么多话，原来目的就是让我喝一口水。"

顾瑶边说边在心里梳理了一遍来龙去脉。

起码，她现在已经肯定地知道徐烁的目标不是她，一来因为她身上确实没有什么料值得挖，二来如果针对的是她，以他的路数是不会这么直接地挑明的。

显然，在徐烁眼里，她只是一个跳板。

那么，作为一个跳板，她应该怎么为自己争取机会，从这里脱身呢？

顾瑶突然问："我的手机呢？"

徐烁："我暂时帮你收起来了。不过你放心，你那个朋友秦松没事，只要他安分一点儿，我是不会动他的。"

顾瑶一怔："你做了什么？"

徐烁："也没什么，就是解了你的密码锁，将定位共享改成你家，秦松看到你回家就会以为你安全了。当然，为了保险起见，他还给你打过一个电话，不过小川已经把你的录音做了剪辑，所以电话里是你'亲口'对秦松说的，你很安全，你很累，你已经回家要准备休息了。"

顾瑶咬着牙没吭声。

她早就该想到的，一个定位和一个报平安电话，绝对难不倒那个小川。

顾瑶安静了几秒，确定把怒气压了下去，才开口："你想利用我对付我父亲和祝盛西，你凭什么以为我会配合？"

徐烁反问："也许我的目标是你呢？"

顾瑶摇头："不可能。"

"为什么？"

"首先，你不图色。我昏迷那么久，你什么都没做。"

徐烁吸了吸脸颊，眼里有些东西一晃而过："你怎么知道我没做？"

顾瑶没理他这茬儿。经过两次交手，她已经摸到一点儿规律——转移视听，扰乱问话者的思路，这是他的一贯策略。

顾瑶："你也不图财。以你的身家来说，再多的钱到了你面前也只是一个数字而已，你做律师是凭兴趣和挑战性，不是冲着利益。而且我顾家的家业也不是一个律师可以拿走的，这一点你应该有自知之明。"

徐烁："和聪明人对话真是省事。不过太聪明了也很让人头疼。"

顾瑶依然不为扰乱所动："现在，你可以告诉我游戏规则了。"

安静了两秒，徐烁忽然冷笑一声，带着几分邪气。

"顾小姐以前有看杂志连载的习惯吗？《知音》《读者》《故事会》？"

顾瑶反问："这件事很重要？"

徐烁点头："非常重要，因为追连载是一件很辛苦的事，不仅需要耐心，还要禁得住心里的焦躁，需要一定的分析能力和想象力。在下一期更新出现之前，还要自己脑补接下来的故事发展。"

顾瑶："……"

徐烁说完就站起身，走到办公桌前拿起一个笔记本，回来时，微微浅笑："现在，我就给你讲一个故事。"

顾瑶："……"

顾瑶面色不善地盯着徐烁。

其实她已经对这个男人有了一个初步的精神画像。

就在上一刻，顾瑶还将徐烁划分为"心思缜密""逻辑清晰""高深莫测"的那一类人群里，但是到了现在，她脑海中只有三个字。

——神、经、病。

这个男人真的是很有本事，能凭着几句话几个动作，就轻易将她平息下去的愤怒再度勾起来。

他小时候一定是个熊孩子，而且只熊别人，不熊自己，所以才能有幸活到现在。

那么，对付这种长大后的熊孩子，就不能按照正常人的思路了。

顾瑶："徐先生，在你讲故事之前我有两个问题想先搞清楚。"

徐烁投来一个笑容："你问，我一定知无不言。"

顾瑶说："你绑架以及非法拘禁我，我很好奇，将来等我报警抓你并且将你告上法庭的时候，你要怎么为自己辩解呢？"

徐烁靠着沙发靠背，气定神闲地挑了下眉："关于这一点，我倒是可以给你一点儿法律意见——所谓绑架罪，应当包括并列两种情况：一是以勒索财物为目的而绑架他人的行为；二是绑架他人作为人质以达到绑架者的主观目的的行为。

"简单地说，就是我扣押你为人质，并且以你的生命安全、人身自由为要挟，勒令你或者你的家人，在一定时间内交付一定数额的金钱。请问顾小姐，我有跟你要过一毛钱吗？相反，你还吃了我一顿饭。

"至于非法拘禁罪嘛，这个我的确很难辩解。那么，为了多给自己争取一点儿分数，希望将来顾小姐能够看在我认错态度良好的面子上手下留情，不如就当我'约'了你……"

徐烁刻意一顿，拿起手机看了一眼时间："嗯，就当我'约'了你十个小时。等你明天早上从我这里出去了，你想去警局或是找律师，我都不会拦着你。当然，如果你希望我和你一起去顺便自首认个罪，我也可以当你的免费司机。如何？"

顾瑶耐着性子听完徐烁瓣扯完，感觉自己的脾气在这短短的两次接触中连升好几级。

直到徐烁话音落下，她的脑海中突然跳出来一个可能性。

她没有顺着徐烁的"欲擒故纵"往下问，而是说："我记得你刚才说要跟我打赌，等我安全离开后绝对不会告你。以你的性格，你会这么笃定必然是早就想好了后路……难道你的后路就在这个笔记本里？"

此言一出，徐烁脸上出现了微妙的变化。

顾瑶精准地抓住了那个瞬间："我猜对了。"

徐烁"啧啧"两声，说："顾小姐，你知道杨修是怎么死的吗？"

顾瑶："他是作死的。"

徐烁摇头笑了："有你这样聪明的女朋友，祝盛西的假面具都没有被你拆穿，到底是因为他段位太高，还是你自愿蒙蔽双眼呢？"

顾瑶下意识地反驳："如果你指的是他和田芳在'Jeane吧'一起喝酒的事，

我认为这不算隐瞒。他有工作应酬，没有必要事事跟我汇报，如果我问他，他一定会告诉我。再说，那张照片我只看过两次就被你洗掉了，我根本没有机会送去检验，谁知道是不是合成的？"

徐烁这回没有接茬儿，转而岔开话题："你刚才不是说有两个问题吗，第二个是什么？"

顾瑶："你调查我，监视我，偷拍我男朋友，给我看田芳的简历，提到'江城基因'的案子，现在又非法拘禁我，你做这么多事只是为了给我讲故事？"

"没错。"

徐烁回答得很爽快，顾瑶反而觉得事情更不简单了。

"就算你不用这种方式拘禁我，也可以讲故事。"

"这个故事很长，需要耐心。如果我直接说要讲故事给你，你一定会拒绝。"

"那是谁的故事？"

"这就要你自己判断了。"

徐烁重新拿起笔记本，跷起二郎腿，摆出一副开朗读会的模样："记得听故事的时候发挥你的想象力和分析能力，这里面的内容你会喜欢的。"

这个笔记本里的内容是用第一人称"我"来讲述的，与其说是故事书倒不如说是一本日记。

徐烁很快开始念其中一篇。

200×年，3月，有风。

今天，警察来我们家了，他们和大人们谈了很久，还找我们问话。

所有问题都是围绕着小丰的。

小丰，他是三年前离开的，但他是第几个离开的，我没有数过，反正这些年，总有一些比我们年纪大的孩子离开这里。

我当时还问大哥，我们什么时候会离开呢？

大哥说，等我们成年了，不再需要监护人，有能力去社会上赚钱了，就能离开了。

大哥以为我也想早点儿走，还跟我保证，几年时间嗖的一下就过去了。

可他不知道，我一点儿都不想走。

说起那个小丰，其实我和他不熟。

他离开时十五六岁，比我们都大。

他和我们的唯一一次交集，就是他摔坏了我的玩具，大哥很生气，冲上去和他打架。

后来大哥被打掉了一颗牙，小丰脸上也挂了彩。

那天的情形我记得很清楚，阳光洒进院子里，有一束是金紫色的很好看，空气中弥漫着木棉花的香味儿。

我看着自己的双手，很脏，我看着大哥的膝盖，已经磨出血。

我跑去洗手，回来给大哥处理伤口。

我问大哥，疼不疼。

大哥说，如果这点儿疼都受不了，将来怎么出去冒险？

我对大哥所说的外面的世界一无所知，我很害怕，我觉得待在家里挺好的，不一定要出去。

大哥是一个很有冒险精神的人，他比小丰小三岁，可他的胆子大很多，也比小丰聪明。

小丰一定也知道这件事，所以有意无意地总和大哥较劲儿。

比如，我大哥会掏老鼠洞。

小丰明明很害怕被咬，却也要学着去掏。

比如，我大哥会爬墙，还能敏捷地爬到屋顶，顺着边缘跳到外面。

小丰笨手笨脚的，明明吓得脸都白了还是要学，结果从上面掉下来，腿部骨折。

再比如，我大哥敢和负责打扫院子的杨叔顶嘴。

杨叔长得又凶又丑，身材像是一座山，说话的嗓音像是被砂纸打磨过。

他那样的人，任谁远远看见了都会做噩梦，我们几个女孩儿经常会用杨叔吓唬对方——要是你怎么怎么样，杨叔晚上就会来找你！

而我大哥是唯一一个敢和杨叔正面对峙的人。

小丰很害怕杨叔，却架不住别的孩子起哄，也要效仿我大哥，后来被杨叔一个表情吓得晕了过去。

总之，小丰这个人真的很讨厌，我希望他赶紧消失。

大概上帝听到我的愿望了，那之后没多久，小丰就离开了。

小丰离开的那天特别得意，他说他未来的父母是很不得了的人物。

他当时的样子，我永远忘不掉。

我在心里诅咒小丰。

后来这三年，小丰没有任何消息，大人们也不提。

直到今天警察来了，我偷听到他们的讲话才知道，小丰两年前就失踪了，他的养父母报了警，但一无所获。

最近警察在下水道里发现一些骸骨，经过检测证实就是小丰。

日记念到这里，徐烁抬起眼皮，将目光投向正听得专注的顾瑶。

顾瑶问："然后呢？"

徐烁微笑道："我刚才说的话你忘了？追连载是一件很辛苦的事，需要耐心，还需要分析能力和想象力，懂得自己脑补后面的剧情。"

顾瑶明白了："你是让我利用专业知识帮你分析这本日记？"

徐烁："聪明。"

其实顾瑶本可以说，让徐烁去找其他心理医生，她对此没兴趣。

但她没有。

她无法自欺欺人，无论是基于人类天生的好奇心，还是基于她的性格和职业病，这个笔记本里出现的第一章故事就吸引了她。

她非常想知道下文。

可顾瑶不打算这么轻易就范："你相信我的专业？也许我只是半瓶醋。"

"我看过你和陈宇非对谈的全部过程，你的能力远在我的调查预估之上。"

"可是我凭什么帮你分析呢？我有什么好处？"

"你只有答应我的条件，才能听到后面，这么刺激的内容对你来说就是最大的'好处'。"

徐烁无声地笑了一下，继续说："你被你的父母和男朋友当作'小白兔'一样养了一年。他们不让你碰刺激的案件，只给你一些鸡毛蒜皮的事处理，就连你意外接触到陈宇非这样的案子也被王盟搅了。王盟还遵照你父亲的吩咐，把这件事告到协会去，逼你离开。你现在不仅脱离了协会，心理诊所还给你放了大假休息，难道你真的很享受这样吃闲饭的日子？"

——什么？

心理协会的事和她父亲有关？

徐烁嘴里的每一个事实，都足以让顾瑶吃惊。

她不敢相信顾承文在背后做了这么多的事。

她的理智也在提醒她，徐烁是在诛心，他在用谎言动摇她。

可她的直觉也在告诉她，这是顾承文的作风，否则协会不会那么快地针对她，连挽留都没有，毕竟她原来还曾资助过协会，他们翻脸不认人的态度未免也太快了。

徐烁说："现在，我给你提供了一个一展所长的机会，你可以选择接受，也可以拒绝，十个小时以后你会安全离开这里。你若接受，在你离开之前我会把我调查的关于祝盛西的所有资料都交给你。但如果你拒绝，我保证这个日记本里的故事以后不会再让你听到一个字。而且不管以后你有任何关于祝盛西的疑问来找我，都不可能从我这里拿到任何消息。"

顾瑶没吭声。

他到底调查到多少东西，她的确很想知道。

当然，她也相信事情一定没有他说的那么简单，她每答应一件事，就等于往他挖的坑里多迈了一步。

入坑容易出坑难，那里面有什么样的魔鬼在等待她，现在还不得而知。

但反过来说，如果她拒绝入坑，她就能做到以后什么都不理，什么都不想吗？还要当作今天的事没发生过，翻篇了继续生活吗？

心里埋了种子，它只会生根发芽，早晚会成为她的心魔。

顾瑶放在膝盖上的双手缓缓交握到一起，几秒钟后又松开。

"好，我接受你的条件。"

徐烁扬了扬下巴："那就开始吧。"

顾瑶吸了口气，开始道出思路："这个故事的发生时间大概是十一二年前，地点是一家孤儿院。"

徐烁："哦？何以见得？"

顾瑶："这个'家'人口很多，小孩子也多，但是孩子们之间却有很多矛盾和冲突。孩子们的生活并不富裕，却有专人打扫院子。那个叫小丰的男孩儿临走时还提到自己未来的父母，那多半是领养他的人，虽然我不明白为什么这么大的孩子会有人领养。

"讲这个故事的那个'我'很明显是个女孩儿，胆子小，应该是从小就在孤儿院长大，所以对家的概念和外面的小孩子不同，她的大哥可能不是亲哥哥。"

顾瑶说话时，徐烁一直安静地听着，而且专注，他脸上的笑容时而轻时而重，仿佛认同。

顾瑶的思路很集中，一直沉浸在自己的分析里："小丰离开孤儿院是十五六岁，一年后失踪，又过了两年骸骨在下水道里被找到，这是一起故意杀人案。警方第一个调查的方向应该是他的养父母，警方一定会奇怪他们为什么要收养这么大一个孩子，怎么收养一年就失踪了，失踪之前是不是发生过冲突？

"我猜，后来警方来到孤儿院调查，多半是因为他养父母给的口供证实了小丰在被收养后依然很惦记孤儿院，经常溜回去。这说明小丰对于新的家庭没有身份认同，他或许觉得孤单寂寞，难以融合，所以本能地想找回归属感。"

顾瑶喝了一口咖啡，继续说："如果是这样的话，警方就有理由怀疑小丰是在偷溜回孤儿院的时候失踪的。毕竟，他失踪时已经十六七岁，不是会被人贩子拐卖的年纪，那么将他杀死的人很有可能是为了钱，或是曾和他起过冲突的人。也许，凶手和小丰积怨已深；也许，凶手也正处于青春期。所以下一步，警方要问话的主要目标就是那个女孩儿口中的'大哥'。"

分析到此，顾瑶停下来。

不到两秒，对面就响起"啪啪"几声，是徐烁在给她捧场。

顾瑶没有因此就觉得骄傲："我已经分析完了，你可以继续下文了。"

徐烁却说："既然你已经猜到了这是一家孤儿院，那你有没有可能猜到这个'大哥'是谁呢？"

顾瑶一怔。

大哥是谁？

徐烁突然这样问一定有原因……

难道，这个"大哥"是她认识的人？

可她认识的人里就只有一个是来自孤儿院的……

空气一下子凝结了。

顾瑶直勾勾地盯住徐烁，喉咙仿佛被什么东西掐住一样，血液一股脑儿地往头皮上涌。

"大哥"的身份呼之欲出。

顾瑶动了动嘴唇，有些艰难地问："是……祝盛西？"

徐烁笑了，那笑容无比狡猾，他拿起笔记本，一只手在封皮上拍了拍，说："其实这本日记的主人，就是你男朋友在立心孤儿院的妹妹。这里面所有故事都和他们有关，而且一个比一个精彩。"

顾瑶不得不承认，这个事实给她心理造成很大的冲击。

如果是几天前，这个叫徐烁的男人突然跑到她面前告诉她这些，她只会觉得他是疯子，他是在胡言乱语，她一个字都不会信的。

但是现在……

徐烁前面铺垫了那么多事，每一个环节都是针对她的性格制定的，就算她的理智告诉她这都是套路，她也没办法再找借口。

不知道过了多久，顾瑶抬起眼。

徐烁笑了："是不是有问题要问我？"

那是一种正中下怀的笑容。

顾瑶点头。

徐烁率先说："如果你觉得这里面的故事都是我编的，我也能理解，换作我也不能接受。至于到底是真是假，你不妨自己找答案。"

顾瑶却说："这个日记本应该是真的。"

徐烁："这是你分析得来的？"

顾瑶："你大费周章做了这么多事，不会只是为了在我面前撒一通谎。再说，人会说谎，但证据不会，就算是经过伪造的'证据'也会露出破绽。"

顾瑶顿了一秒，眼里流露出困惑："这个日记本你是怎么得来的？"

徐烁："你难道不好奇小丰的死，到底是否和你男朋友有关吗？"

顾瑶："如果有关，他现在应该在坐牢了。"

徐烁："你对他太没信心了，也许他杀了小丰，还聪明地掩盖证据呢？"

顾瑶："这不可能。他不是为了一点儿冲突就杀人的人。"

说到这里，顾瑶话锋一转："但是据我所知，祝盛西没有妹妹。"

很有可能，那是祝盛西在孤儿院玩得比较好的女孩儿，所以以兄妹相称。

徐烁直直地看着顾瑶的眼睛，过了好一会儿才开口，声音轻而缓慢："我为你选的第二篇日记，也许能回答你这个问题。"

200×年，6月，大雨。

昨天上午，家里的一个大人出事了，我们都叫她袁阿姨。

当时我们正在看书，袁阿姨就坐在最前面的桌子上，一手撑着头在打瞌睡。

袁阿姨平时很凶，她很不喜欢我，经常找我麻烦，让我罚站，不过她也不太喜欢其他孩子。

我们都挨过她的骂，背地里都在诅咒她早一点儿死，然后像小丰一样被扔到下水道里。

不过这两天，袁阿姨好像变得"慈祥"了，她没有罚我们，而且每次都会趁着我们看书的时候睡觉。

但如果她能不打呼噜的话，我们会更高兴。

袁阿姨很胖，像是一只母猪，她不够灵活，甚至有些蠢笨，就连她打呼噜的声音也像是猪。

那个呼噜声越来越响，我们一直在底下偷偷笑她。

然后，我发现大哥一直盯着袁阿姨看。

我觉得很奇怪，大哥在看什么？

于是也看过去。

袁阿姨的鼻子下面和嘴巴上竟然全是血，那些血一点点滴下来，滴在桌子上，很吓人。

大哥站起来，走向袁阿姨，他推了推她。

袁阿姨醒了，可她的眼神不太对，脸色无比苍白，她想站起身，又好像要说话。

大哥伸手去搀扶她，并且喊我的名字，让我去叫其他家长来。

然后，我就看到袁阿姨庞大的身躯从椅子上栽了下去。

她磕到桌子，发出巨响，可她一声都没叫地倒在地上，如同一只死猪。

大人们很快来了，然后是救护车把袁阿姨拉走了。

我一直躲在大哥身后。

我们经过走廊的时候，听到里面两个阿姨在说话，他们说袁阿姨这已经不是第一次流鼻血了，她的鼻子里长了个东西，也去看过医生，说是良性的。医生让她早点儿拿掉，不然会越长越大，可能会转成恶性，而且还会突发性地流血昏倒。

大哥拉着我离开走廊，等没人的时候，我小声问他，袁阿姨会死吗？

大哥说，他不知道。

昨天一整天，我和大哥的心情都很低落，但我知道，我们都不是为了袁阿姨。

过去每一年的这一天，大哥的心情都不是很好。

前几年的一个晚上，他还偷偷跑到院子里烧纸钱，被大人们发现了，打了一顿。

我知道，大哥是在缅怀一个人。

而我的心情低落，是因为"死亡"。

其实像是袁阿姨今天的事，在我过去的记忆里出现过很多次。

我们家里的孩子不是每一个都可以像我们这样长大的，我今年快要十四岁了，我记得十岁那年和我玩得比较好的女孩儿，有一天踩到了一根很长的铁钉，那个铁钉钉在一块木板上，直挺挺地竖着，穿透了她的鞋底，扎进肉里。

没多久，她就感染破伤风死了。

还有一个男孩儿，他有哮喘，听说这种病很难治，患者也很娇气。

他运气不好，那一年满城都在飘柳絮，他一个人待在房间里，突然犯病了，等大家发现他的时候，已经没了呼吸。

除了这些，我还经常听到大人们聊起类似的事。

比如哪个阿姨的亲戚在施工期间被重物砸死，比如哪个叔叔的朋友去游泳的时候淹死，比如一个大家都挨不着关系的人家的孩子和别人打架打死了。

哦，前几个月这座城市里暴发了一次流感，也死了一些人。

我知道，昨天晚上大哥没有睡觉。

半夜我拉开窗帘朝院子里看过一眼，看到大哥就坐在那里。

到了今天，我问他，昨天到底是什么日子。

大哥笑了一下，反问我，还记不记得来这里以前的事？

我摇头，说不记得，但其实我是骗他的。

我有时候会梦到一些场景，我记得梦里一些片段，在那里面我和大哥好像是有过妈妈的，我们还有姐姐和弟弟。

大哥搂着我，小声在我耳边说，有个秘密他一直没有告诉我。

我缩了一下脖子，专注地听着。

然后，我听到他说，其实我们还有三个兄弟姐妹。

我身上的汗毛一根一根竖了起来。

我问大哥，他们现在在哪里？

大哥说，有一个弟弟走散了，有一个姐姐死了，还有一个弟弟被大人带走了。

我瞪大了眼睛，盯着大哥，突然想到了以前做过的一个梦。

在那个梦里，大哥好像和一个男孩儿在打架。

他们打得很凶，我哭得很大声，想跑上去救他，可是有另一个女孩儿把我拉住了。

那个女孩儿比我个子高，也比我大，她低头看着我，脸色很白。

然后，又来了好几个男孩儿。

他们要揍大哥，大哥抱着我，叫另外一个女孩儿跟上他，快跑！

那些男孩儿把我们逼到死角，朝我们扔石头，还笑得很大声。

大哥拼命地护着我，我趴在大哥的肩膀上，捂着眼睛不敢看，也不知道他们要扔到什么时候，我害怕极了。

直到那些男孩儿里有人发出啊的一声，攻击停止了，所有人都安静下来。

我偷偷睁开眼睛，看到他们一个个都变成了木桩子，呆滞地盯着这边。

我顺着他们的目光看过去，另一个女孩儿已经倒下了，太阳穴被一块石头打中，流了好多血。

我一直以为这是一个梦，但现在回想起来，那或许就是大哥所说的死了的"姐姐"。

我猜，当时我只有四岁，因为在我四岁半的时候，我和大哥就来了这里。

至于大哥说的那两个弟弟，我对他们的印象很模糊，大哥也没有提起过，但我想，也已经不在了吧。

徐烁合上日记本，一手搭在有些破旧的封皮上，指尖敲了敲。

"精彩吗？"

这一次顾瑶的情绪比他讲述上一个故事时稳定许多，已经不再是强行压制，而是顺其自然的平静。

徐烁也发现顾瑶的转变，并没有着急问她的分析结果，而是说："我发现你的适应能力很强。"

顾瑶抬起眼，没什么表情。

徐烁："其实我也有看过一些心理学的书，其中有一本说当一个人遇到重大挫折和打击时，会经历四个心理阶段，震惊、悲伤、冷静、接受现实。有些人经历这些的时候会跳过第二和第三个过程，直接到第四，而这种情绪压抑的行为累计过多就会导致抑郁症。依我看，你好像就是从一跳到了四。"

顾瑶淡淡地说："相比起一年前我遭遇的车祸，你这种程度根本算不上挫折。"

徐烁的笑容一闪而逝："哦？是吗，那祝盛西的过去，不值得让你震惊吗？还是你不够爱他。"

顾瑶："没有人可以选择自己的出身和生长环境，他是孤儿这个事实不是他造成的，他的弟弟失踪，姐姐被石头打死，也不是他希望发生的。"

徐烁煞有介事地点了下头："的确，这些遭遇和经历听上去，真的非常让人同情，尤其他长得还不错，事业有成，相信任何一个女人听到这些故事，都会由怜生爱。"

徐烁的口吻半真半假："不过看你的反应，他应该没有和你提过这些事。不知道在你的心理分析里，这意味着什么。"

徐烁是什么意思，顾瑶很清楚。

"你是在暗示我，祝盛西对我有这么多隐瞒，是因为他不够相信我，或是我们的感情有问题，所以他没有对我敞开心扉。可这关你什么事，你会不会太八卦了。"

顾瑶的声音里没有一丝动怒，仿佛只是单纯地提问。

顾瑶："是不是你们当律师的都喜欢用这样的谈话技巧，以为用尖锐的和富有暗示性的问题，就可以激起对方的情绪反应，然后露出破绽？你知不知道这在心理学上是一种病。"

"呵。"

一声低笑，徐烁的眼角跟着挑了起来。

顾瑶盯着他。

被骂了还笑得出来？

看来他不仅有精神病，还有神经病。

顾瑶挪开眼神，没兴趣欣赏徐烁那副讨厌的笑容，尽管她的女性潜意识不得不承认，坐在对面的这个浑蛋非常有魅力。

如果不是用这样糟糕的方式相识，她甚至会以为这个男人受过良好的教育，还有一个高级而稀缺的职业，过着低调充实的生活，双商很高，终其一生都不会触碰法律的界限。

但事实却证明了，凡事不能以貌取人，"斯文败类"和"衣冠禽兽"的由来是有道理的。

顾瑶等徐烁的笑容淡下去，才说："其实第二篇日记就算没有我的分析，你也能找到结论。日记里的大哥和'我'目前可以判定为是有血缘的兄妹关系，但我想应该不是同父同母。最大的可能性是他们有同一个母亲。"

徐烁："理由呢？"

顾瑶一气呵成地说："我假设这个女人生了五个孩子，三个男孩儿，两个女孩儿。那么她为什么没有养大他们，她去哪里了？死了，还是走了？如果这个女人有丈夫，她死了还可以由男人来养，可是丈夫没出现，连亲戚朋友都没有，还放任他们走散，有的下落不明，有的被孤儿院带走，甚至还有一个被石块打死，最可能的解释就是，这个女人也许和很多男人都有过关系。那些男人要不就是生活在社会底层，没有能力照顾她；要不就是已婚，只是给她的肚子留下一些'纪念品'。

"这个母亲的生育能力很强，她出于一些特殊原因没有打掉孩子，有可能是想用孩子拴住男人或是要赡养费。但没有一个男人能接受她有这么多拖油瓶，所以她要时常装作是单身，还要通过其他途径赚钱，只能将这些孩子散养。到后来，或许这个母亲死了，或许她跟某个男人走了，令这些孩子彻底成了孤儿。"

听到这里，徐烁仿佛故意挑衅一样质疑："也许她是做特种职业的。"

顾瑶："如果是特种职业，不会这么不小心，她一定会非常懂得爱惜自己的身体，注重保护措施。因为身体是她赚钱的饭碗，要是被一些不干净的病或是怀孕耽误了，她怎么维持生计呢？"

徐烁："那么，这个小女孩儿呢？她在这篇日记里多次提到对'死亡'的恐惧。"

顾瑶："这很容易理解。人类的本能有两大驱动力，'暴力'和'性'，这两个词意味着毁灭和生育。人类从骨子里就是优胜劣汰的物种，但是对于'死亡'却有着天然的恐惧，其实这种恐惧针对的不是'死亡'本身，而是对未知的恐惧。就好比说，有一条眼镜蛇在你面前，它或许会咬你，或许不会，可是在你离开它之前，这种未知的恐惧会一直存在。"

说到这里，顾瑶顿住了，想了一下才继续说道："虽然这两篇日记能提供的信息很有限，但我应该没有判断错——这个女孩儿有潜在的暴力倾向。"

徐烁又一次质疑："就因为她曾经诅咒小丰和袁阿姨早点儿死？你别忘了，在小丰欺负她的时候，她没有反抗，她很胆小，只会哭，快要十四岁了还玩布娃娃。"

顾瑶："'弱小'并不代表没有攻击性，小猫看着可爱可是会抓人，兔子看着无害也会咬人。这个女孩儿在日记里说，希望袁阿姨像小丰一样死去，被扔到下水道里，这说明她认真想过那幅画面。还有，她对小时候的记忆并不深刻，大部分都忘记了，却记得姐姐死去的一幕，那件事对她冲击很大。有的人在经历过重大冲击之后，记忆会被扭曲和改写，那是因为那段记忆对她充满威胁，她的自我保护机制将记忆阻挡在意识之外。其实所有被记忆掩盖的真相，都会记录在潜意识里，记忆会骗人，但潜意识不会。就好比说，她会下意识地在日记里坦露她对死亡的看法，她希望小丰和袁阿姨以怎样的方式消失。"

徐烁："就凭她做的梦，你就轻易下判断？"

顾瑶非常平静地说："有潜在暴力倾向的人通常会有几种特质，比如喜怒无常、凡事喜欢走心、睚眦必报，或是在暴力原生家庭长大、以自我为中心、对他人毫无同情心、社交能力缺失、内心自我封闭等——她刚好都占了。"

徐烁仿佛存心杠上了："你只听了两篇日记，凭什么判断她凡事喜欢走心，睚眦必报？"

顾瑶："她把不愉快的事都记录在日记里，而且印象深刻，还幻想欺负过她的人用某种方式毁灭，这种行为已经说明问题。"

"也许我只是故意把这样两篇择出来给你看，也许其他的都是非常阳光的记录呢？"

"你前面说过，这里面的故事一个比一个精彩，我可不认为你指的'精彩'和阳光有关。"

徐烁不太认真地问："哦？那同情心呢？你怎么知道她没有？"

顾瑶反问："袁阿姨流了那么多血，她是如何表现的？"

"那社交能力呢？她提到她有一个玩得比较好的女孩儿，在她十岁的时候。"

"她所谓的玩得比较好，是和那些平日没有交集的孩子相比吗？那个女孩儿死了，她关心的重点却不是失去了一个朋友，而是原来踩到一根铁钉子也会死人。基于以上这些，还有那个布娃娃，我甚至怀疑她有轻度自闭。"

到此，顾瑶话落。

屋子里安静了半晌，徐烁再次低笑出声。

顾瑶没吭声。

直到徐烁拿出手机，在上面划拉两下，说："我找到一条二十年前的新闻，你看看。"

然后，他将手机放在茶几上，往前一推，手机就滑到了顾瑶面前。

顾瑶一怔，想不到徐烁竟然会把他的手机给她，难道他不怕她看这则新闻之余顺便做点儿别的吗？

顾瑶一边想一边拿起手机，低头一看，眉头很快皱了起来。

——199×年6月，警方在江城城郊发现一个八岁女童的尸体，经过调查发现，这个八岁女童还有四个疑似同母异父的兄弟姐妹，其中有两个年纪较轻的男童，一个失踪，一个被生父领走，另外还有一个六岁男童和一个四岁女童，目前被立心孤儿院收留。

八岁女童尸体经过法医验证，证实是太阳穴遭到重击而死，犯罪嫌疑人已经找到，同样是几个未成年的男童，因为和女童的弟弟发生冲突，双方在厮打时误伤女童。

医院方面已经证实这几个孩子都严重营养不良，被家人长期疏忽照顾和虐待，现在警方正在积极追查孩子家人的下落。

顾瑶一动都没动，就盯着这段新闻。

徐烁开口说："按照几个孩子的年龄推断，他们的生母未必是同一个人，除非里面有双胞胎。新闻上也没有提到亲子鉴定的事，所以到底你的男朋友祝盛西有多少'亲'兄弟姐妹，这就要问他自己了。"

不是同母所生，却有同一个母亲？

看来她刚才的分析需要修正。

思及此，顾瑶没有吭声。

她垂着眼皮，装作正在划拉新闻的模样，事实上却已经将界面关掉，点开了通话记录和微信。

然后，她愣住了。

通话记录里空空如也，连通讯录里也没有一个鬼影，微信里只有她一个人的聊天窗口，朋友圈就只有"Jeane 吧"的照片那一条。

徐烁的嗓音再度响起："这是一部新手机，虽然没有什么使用痕迹，不过我已经充了话费，你可以现在打 110，我绝对不会阻止你，还会和你一起在这里等警察来。"

顾瑶关掉了微信窗口，对上那双似笑非笑的黑眸。

她知道，这个男人会说到做到。

但她也相信，从这以后，她很有可能不会再听到这本日记里的任何一个字，也不可能再从他嘴里问到任何事。

安静了几秒。

顾瑶将手机放回到茶几上，放弃和外面联系的机会。

然后，她说："第三篇日记，我要自己看。"

顾瑶话落，目光平静地看着徐烁，只等他自己交出来。

反正现在她这条鱼已经上钩了，他没理由藏着掖着。

徐烁却对她微微一笑，那笑容爬到眼底，连眼角的小钩子都浮现出来，他好像很高兴。

顾瑶下意识地皱起眉，升起一种不好的预感。

接着就见他将修长挺拔的身躯打横，直接躺在长沙发上，穿着皮鞋的脚搭在另一边的沙发扶手，还将那个笔记本垫到后脑勺儿下，假模假式地打了个哈欠。

"顾小姐，现在已经是晚上十一点了，你不睡我还要睡。"

顾瑶不可思议地看着他，直接站起身，绕过茶几走了几步。

"你费了这么大力气把我关在这里，就只为念两篇日记？"

徐烁没回答这个问题，转而以问答问："那你知不知道一对陌生男女如果通宵聊天会发生什么事？你别想对我用美人计。"

一股热气缓缓涌上顾瑶的脑袋，她不是害羞，而是生气。

"那好，你睡你的，把日记本给我，我自己看。"

说这话时，顾瑶又朝他走了两步，来到他放脚的沙发扶手旁，居高临下地看着他。

徐烁将双手枕在后脑勺儿，目光慵懒，笑容欠揍："相信我，你一个人看会很闷的，而且你还剥夺了我阅读的乐趣，我拒绝。"

顾瑶："……"

"或者你想扑过来抢走日记本，顺便吃我豆腐，但我恐怕没有那么好的定力。"

顾瑶："……"

屋子里沉默了几秒，气氛跌入冰点。

顾瑶在心里告诉自己，不要生气，不要生气，不要生气！

她默念了几遍才开口："我很好奇，你是从小到大性格都这么讨厌，还是过了青春期才变成这样？"

有那么一瞬间，徐烁的表情发生了细微的变化，下颌微微紧绷，笑容尽收，眼里也流露出一丝轻讽。

"我青春期没更好，就变成这样了。怎么，是不是很讨厌我？"

顾瑶再开口时已经恢复冷静："有一种人，就算事业有成，还组建了幸福的家庭，他也永远不会快乐，而且还有潜在的劣根性，会让身边的人一起陷入孤独。这种人就是所谓的'精神无家可归者'。"

徐烁扬了扬眉："你在说我？"

顾瑶没说话，转身要走。

徐烁的声音却追上来："请问你和你男朋友有多久没聊过天了，除了吃喝拉撒以外的话题。"

顾瑶脚下一顿，不明白他的意思。

徐烁又补了一句："就像今天晚上我和你这样。"

顾瑶本不想理他，可她脑海中却本能地跳出来一个数字，那是从她上一次见到祝盛西到现在的时间。

她就站在那里，从徐烁的角度只能看到她的侧影。

她的双手环抱在自己胸前，身体纤瘦单薄，但轮廓姣好，五官柔和却透着不逊，还有一双非常会说话的眼睛。

徐烁面无表情地欣赏着这一幕，直到顾瑶转过头来，对上他的目光，说："既然你想睡觉，那我就不打搅了，希望你明天早上能遵照约定让我离开。"

顾瑶走向通往休息室的小门。

徐烁无声地笑了一下，直到门板合上。

顾瑶回到休息室，没有开灯，直接脱掉鞋爬上床。

她屈起双膝，在黑暗中将屋子环顾一圈，没有看到任何红点儿亮起，估计那个男人还没有变态到要监视她睡觉的样子。

顾瑶也没跟他客气，既然有张床可以睡觉，她也没必要死撑，索性拉开被子钻进去，只是刚躺下就闻到一股男人味儿，鼻子皱了起来。

然后，她闭上眼，安静地回想着那两篇日记的内容。

她发现她其实一点儿都不了解祝盛西，最起码这一年来祝盛西从没有和她提过在孤儿院的事，只是不知道在她失忆之前，她是不是知道这一切。

那个徐烁虽然浑蛋，但他有一句话说得很对，这一年来顾承文和祝盛西的确对她保护得太好了，好像当她是瓷器，一摔就碎，就算出了事也会不约而同地隐瞒她。

顾瑶胡思乱想着这些，直到不知不觉意识昏沉，辗转睡过去。

梦里，顾瑶来到一个破旧的房间里。

这间房不仅破而且逼仄狭小，几乎没有下脚地，开门就是书桌。

桌旁就是一张床，门对着窗户。

天色昏暗，但屋里没有开灯。

顾瑶就站在门口，她看到桌前站着一个瘦削的少年。

少年侧着身，斜坐在桌上，单脚支地，一只手搭在大腿上，拇指和食指捏着半支烟，烟头燃烧着。

外面忽然起了一阵风，风卷起窗帘，窗外的树叶也发出窸窸窣窣的声音。

少年的短发也被吹乱，他一身衣服颜色浅淡，却仿佛要和周遭的昏暗融为一体，仿佛一幅光影处理完美的油画，颜色纠缠间隐藏着七分面目。

忽然，少年动了，他转过头来，目光流转间同时抬起拿烟的手，凑到有些干涸的嘴边嗫了一口。

烟雾吐出，那原本该泄露灵魂的眼神，也因烟雾而蒙上尘灰。

然后，他朝她笑了一下。

顾瑶清醒了。

她缓缓睁开眼，皱了下眉头，又闭上眼，安静地维持着刚才的姿势，回忆着一闪而过的梦境。

她刚才梦到了少年时代的祝盛西……

是的，就是祝盛西，无论是五官还是神态，都和她车祸清醒后，祝盛西拿给她的那些老照片一模一样。

她还记得祝盛西说过，她和他是高中时认识的，上同一所学校。

那时候的祝盛西没现在这么严肃，笑的次数比现在多，性格上有很多棱角，眼神不逊，身上长满了刺。

但是，为什么会突然梦到少年时代的他？那时候的记忆她已经没有了啊。

难道是因为临睡前听了两篇日记？

按照弗洛伊德的理论，人的潜意识力量是非常强大的，最真实的记忆都埋藏在那里，有时候会通过梦境输出，有时候会产生口误，或者会在催眠中呈现。

也许，是那两篇日记和她临睡前的所思所想，对她的潜意识进行了暗示，这才连带勾出一些画面？

其实顾瑶也曾想过催眠，但几次冒出念头都被她按捺下去。

潜意识有多么强大和神秘，她作为心理专家非常清楚，正是因为清楚才不敢轻易触碰，没想到现在只是两篇日记就对她产生了暗示……

想到这里，顾瑶又一次睁开眼，从床上坐起身。

屋里是昏暗的，只从门缝儿那里透进来一丝光。

她不知道现在是几点几分，但是按照自己的精神状态，起码睡了七个小时以上。

顾瑶下了床，将自己整理干净，这才打开休息室的门。

办公室里亮堂堂的，却不见徐烁。

办公室的门打开着，好像自由在跟她招手。

徐烁没有食言。

昨天吃饭的茶几上摆着一份早餐，一杯咖啡，咖啡杯下压着一张字条。

顾瑶直接坐下来，端起咖啡喝了一口，反正一回生二回熟，她已经不再对这个环境感到排斥。

盘子里的三明治还是温的，她拿起来就吃，一边吃一边看字条。

依然是龙飞凤舞的字体。

"十个小时到了，你可以走了。如果你对下文感兴趣，今天中午一点，咱们约在江城第一看守所的停车场见，到时候我会把我调查的你男朋友的资料和第三篇日记复印出来一起给你。"

顾瑶默默看了两遍，消化着这里面的信息。

他要给她第三篇日记的复印版，也就是说她有机会看到那个女孩儿的手写字。

还有祝盛西的资料，除了他和那个叫田芳的律师助理一起去过"Jeane 吧"的照片，徐烁应该还调查到很多东西。

至于"江城第一看守所"，那绝对不是一个开朗读会的好地方，徐烁为什么要约在那里？

答案只有一个——他要去探监。

而探监对象就是田芳。

她还记得昨天徐烁说过，这次"江城基因"高管服食药物身亡事件，将会是他来江城的第一个案子。

祝盛西也说，公安机关已将证据递交检察院，很快就会对田芳以故意杀人罪进行刑事诉讼，田芳那边已经接受了祝盛西和律师事务所安排的律师团队为她辩护，希望改成过失致人死亡罪。

只是，徐烁以什么身份去见田芳？

又凭什么去见？

顾瑶一边想着一边不知不觉地将早餐招呼到肚子里，等咖啡也喝完了，她很快站起身，走出办公室。

外间只有小川一个，他和昨天一样在打游戏，见到顾瑶出来，扬了扬下巴，示意她看向靠近门口的桌子。

那上面有一个女士包、一串车钥匙和一部手机。

小川："你的东西在那里。"

顾瑶拿回自己的东西，看向小川："你哥又出去跑业务了？"

小川眼皮子都不抬，嗯了一声。

顾瑶审视着他这副要死不活的样子，又把东西放下，一步一步地朝小川走过去。

小川正玩到关键时刻，马上就要破自己的历史最高分了，谁知就在这时，余光瞄到面前一道黑影，那黑影还突然压了下来。

小川本能地向后靠，恨不得和椅背融为一体。

他震惊得连游戏都忘了，只能睁大眼睛对上近在咫尺的顾瑶的目光。

顾瑶的双手就撑在椅背两侧，用实际行动将一个熊少年"壁咚"。

她微笑着问："在我走之前，请你老实回答我，你有没有在我家里安装监视器？"

那声音又轻又柔，却让人莫名害怕。

小川吞咽了一下口水，忙不迭地摇头："没有！"

顾瑶眯了眯眼："你、确、定？"

小川又点头："确定，要是安了，我就，我就……"

他一时想不出一个像模像样的惩罚。

直到顾瑶替他说出来："如果你说谎，就会得睾丸癌，然后被拉去做摘除手术。怎么样？"

轰的一声，小川的脑子里炸出一朵蘑菇云。

太恶毒了吧？！

他的脸瞬间涨红："你家里我没进去过，我哥说不让我碰，就……就算你将来找到什么，那也和我无关，你别咒我！"

顾瑶终于满意了。

顾瑶回到家，依照惯例，先打开电视机回顾这半天的新闻，同时打开冰箱拿了一瓶果汁。

只是刚喝了两口，她的动作就顿住了，视线凝结在电视屏幕上。

新闻里正说到关于"江城基因"高管疑因误食药物致死一案，警方已经搜集到证据排除意外因素，而是人为。检察院审核之后，已将当时唯一在场的昭阳律师事务所的律师助理告上法庭。

这时，顾瑶的手机里进来一条微信，是秦松发来的："你昨天睡得早，我也不好意思打搅你，休息得怎么样？你还没告诉我昨天到底去见谁了，你们聊了些什么，为什么让我做好报警的准备？"

顾瑶将电视声音调小，回道："没事，昨天只是我紧张过度，虚惊一场。"

秦松："呼，那就好，昨天可吓我一跳！"

"你见过那么多罪犯，还会因为这点儿事吓得跳起来？"顾瑶停顿一秒，话锋一转，问，"对了，你有没有看今天的新闻？检察院已经起诉那个女助理了。"

秦松："看了，真是峰回路转，开始还怀疑说是药物有问题，做了多少调查啊，现在又改人为了！不过我觉得，现在这事比之前更不乐观了。"

顾瑶："你的意思是，一旦证实是女助理故意杀人，就等于直接证明了她当时用的药的确有问题，否则怎么能杀死人呢？"

"对，就是这个理，除非你男朋友的公司可以拿出证据，证明现场找到的药和'江城基因'无关。"

顾瑶没有回复。

就算拿出证明证实和"江城基因"无关又如何？

媒体前几天已经将此事渲染过好几轮了，大众心里已经留下印象，所有人都会本能地产生怀疑，既然无关为什么把"江城基因"牵扯进去呢，肯定是洗白。

这就是辟谣的代价，它面对的不是谣言本身，而是公众的第一印象，偏见和错误认知，辟谣往往比造谣要难上数倍。

秦松又发来一条微信："你说，那个女助理到底被警方抓到了什么把柄，怎么就被突然起诉故意杀人罪了？对了，你还记不记得我上回和你说，那个女助理请了立坤律师事务所的律师第一时间到现场处理问题，反而没有找自己工作的昭阳律师事务所。难道这事是因为立坤和昭阳是死对头，所以才故意害她，顺便抹黑昭阳的名声？哎，你可不知道，我昨天晚上还听一个朋友说，这回昭阳可是惹大麻烦了，他们不仅流失了一大批客户，连几个合伙人之间也出现了分歧，要是一个处理不好，这次很有可能一拍两散。"

顾瑶皱皱眉，总觉得这件事违背常理。

立坤和昭阳是江城著名的两大律师事务所，彼此之间竞争客户，或者接了同一个案子当庭打对台的情况不在少数。

这两家私下里也在互相挖角对方的金牌律师，因为只要挖动一个，就等于挖到对方一连串的客户和商业机密。

当然，这些都属于良性竞争，没什么不妥。

但是那个女助理田芳一直在昭阳律师事务所工作，按理说她出了事，应该找自己律师事务所的人帮忙处理才对。尤其是这个案子里还死了一个"江城基因"的高管，"江城基因"一向是昭阳律师事务所的大客户，此事交给昭阳也合情合理……

可是田芳第一时间找的，却是昭阳的死对头立坤律师事务所的人。

为什么？

难道，田芳是被人利用收买？或是有其他什么猫腻，要联合幕后主脑趁机扳倒"江城基因"？

顾瑶半晌没回音，秦松又发来一条微信："喂，你怎么了？"

顾瑶看了一眼，回道："我没事。"

秦松："哦，那下午要不要出来喝杯咖啡，我看你这两天为了你男朋友公司的事也够头疼的，出来放松一下？"

顾瑶看了眼时间："我下午有约了。"

话落，她就放下手机，转而走进卧室准备洗漱。

距离中午一点还有三个小时。

她一定要亲自去会一会田芳。

Chapter 4

田芳案

中午一点，顾瑶按照约定时间来到江城第一看守所。

她将车子开进停车场，透过窗户看着四周的景致，竟有一种熟悉感。

顾瑶下了车，站在车边看了一圈，并没有见到徐烁。

她拿出手机，正准备在微信上联系他，这时就见到一辆黑色轿车从入口驶来。

黑色轿车开到顾瑶跟前，车窗自动摇下，露出一张英俊的面容。

徐烁戴着墨镜，下颌的轮廓如刀削，薄薄的唇微微勾起，仍是一身高级西装，人五人六地朝她一笑。

"真不好意思，竟然让美女等我，我保证下不为例。"

顾瑶没吱声，只是面无表情看着徐烁一气呵成地倒车入库，随即走到副驾驶座，拉开车门坐了进去。

顾瑶坐定，目不斜视地问："答应给我的东西呢？"

徐烁扬了扬下巴，指着手套箱的位置："喏。"

顾瑶拉开手套箱，从里面拿出一个牛皮纸袋，然后翻看了几眼，有一张复印纸，上面印着密密麻麻的手写字，应该是立心孤儿院那个女孩儿的日记，另外里面还有一沓照片和几张纸质文件，她粗略地看了一眼，大概是徐烁调查的祝盛西的资料。

顾瑶将牛皮纸袋装进自己的随身背包里，这时就听到徐烁慢悠悠地问："你觉不觉得咱俩现在这样接头，很像是妻子跟丈夫离婚之前，找私家侦探调查丈夫出轨通奸的证据？"

顾瑶没心情和他耍嘴皮子，侧过头，见徐烁一手搭在方向盘上，正饶有兴味地瞅着她笑。

顾瑶问："你今天是来探监的？"

徐烁："对啊，所以我恐怕不能当护花使者了，我还有事。"

顾瑶忍着翻白眼的冲动，不懂这个男人到底是怎么长大的，为什么没有在他最熊的少年时期就被家长的教育矫正过来。

顾瑶："你去探谁的监？田芳？"

徐烁啧啧两声："顾小姐，这可是商业机密，你问我这么多事，是要付出代价的。"

顾瑶："别装了，你约我来这里，就是希望我和田芳能正面接触，否则这些文件你完全可以发快递给我。"

徐烁："哦，我让你们正面接触，对我有什么好处？"

顾瑶："你需要我的心理分析，帮忙找田芳的破绽。你在看守所里是不可以摄像的，所以需要我亲自过来，亲眼见到田芳。我劝你废话少说，要做什么痛快点儿。"

顾瑶不客气地戳破所有窗户纸，说完也不等徐烁接话，就径自推开车门。

徐烁笑着摇了摇头，也跟着下车。

两人并肩走向看守所的大门。

徐烁双手插袋，戴着墨镜，人高腿长，走起路来非常拉风，将这条路当作 T 台走秀一样，如此臭屁的律师生活里可不多见。

顾瑶全程冷着脸，一身深色的休闲套装，没戴任何首饰，让人一眼很难判断她的职业，可能是医生、律师，也可能是会计师或是行政秘书。

顾瑶一边走一边发问："田芳已经委托了她任职的昭阳律师事务所的律师为她辩护，你这个时候插一脚进来明抢，这么不遵守职业操守，图的是什么？臭名远播？"

太阳从头顶落下来，很晒。

徐烁却仿佛很享受这种烈日当头的感觉："根据法律规定，一个当事人有权利聘请两家律师事务所的律师，并且同时和两位律师签订委托协议和代理协议。所以，我这种行为是绝对受法律保护的。"

顾瑶："哦，那田芳什么时候聘请你的？"

徐烁："也许她马上就要聘请我了。"

顾瑶一怔。

也就是说，他和田芳还没谈拢？

"你现在才来毛遂自荐，会不会太晚了？"

"任何时候都不晚。"

"也是，现在所有媒体和民众都在关注这个案子，要是你能成功挖动墙脚，就等于在江城打响第一炮，拓宽人脉，结交权贵。"

"才认识我两天就把我摸得透透的，看来你昨晚睡觉前一定花了不少时间在想我。"

顾瑶斜了他一眼，这时两人已经来到看守所门前。

徐烁出示了证件，很快办好手续，和顾瑶一起入内。

顾瑶把一切都看在眼里，来这里探监是需要提前递交探望申请的，经过监狱方同意后才会安排时间探监，显然徐烁对这个案件早有准备。

等两人来到接见室，坐下来等田芳时，顾瑶再度开口："你有把握打赢这场官司？"

徐烁坐没坐相，虽然背脊笔直地靠着椅背，却跷着二郎腿，一手还在桌面上敲着，手里一点儿资料都没有，哪像是来帮忙辩护的？

"有没有把握，要等田芳同意聘请我之后。到时候我就可以和昭阳律师事务所的律师正式沟通协商辩护方案，自然也会看到法医报告，是输是赢不仅要看这些，还要看辩护技巧。"

顾瑶有一丝诧异："如果证据确凿呢？如果这是一个板上钉钉一定会输的案子，你又能从中讨到什么好处？"

徐烁睨视着她："有时候，输会比赢更有利。赢如果赢得悄无声息，就算身经百战，百战百胜又怎么样，还不是没人认识？反过来说，输也可以输得漂亮，输得扬名立万。"

顾瑶转头翻了个白眼。

这时，接见室外的走廊里出现一个女人的身影，她被狱警带到门前，解开手铐，走进屋里。

门关上了，女人有些警惕地看着两人。

这个女人就是田芳，看年纪最多不超过二十五岁，皮肤很白，身材很瘦，素颜的模样也有几分姿色，只不过连日来的担惊受怕令她憔悴很多，她的脸上还有瘀青和伤痕，走路的样子也不自然。

顾瑶观察着田芳，很难将眼前这个眼神有些慌张的女人，和"Jeane 吧"里的那个巧笑倩兮的她联系到一起。

田芳来到桌前，坐下。

徐烁递过去一张名片，自我介绍道："你好，田小姐，我是明烁律师事务所的律师，很高兴认识你。"

田芳拿起名片看了一眼，嘴里念着："徐、烁……"

然后，她又疑惑地抬起头："徐律师，我好像没有委托过你。你来找我有什么事？"

徐烁挑了下眉："哦，我知道，你委托的是昭阳律师事务所，但我想你可能还需要另外一家律师事务所的律师和他们一起协助辩护，所以我就来自荐了。"

田芳愣了，又下意识地看了一眼自始至终都没有出过声的顾瑶。

不知道为什么，田芳很不喜欢顾瑶打量她的眼神，那不像是在看一个人，而像是在看一件东西，想从这件东西上研究点儿什么出来，就像是那些在审讯室里的警察。

田芳说："不好意思，我已经聘请了律师，而且还是江城最有名的律师事务所。至于徐律师你的律师事务所，我倒是第一次听说。"

徐烁："没听过很正常，因为刚成立不到半个月。不过官司是赢还是输，靠的可不是名气，有的法官偏偏最讨厌名气大的律师事务所，尤其是那些官司赢到膨胀的律师，面对一般的小法官还能在气势上压一压，但是像田小姐你这种全城瞩目的大案子，名气反而会成为一把'双刃剑'。"

田芳不以为意："是吗？我自己也在昭阳工作，我很清楚昭阳的赢面和擅长的案件，我对昭阳有足够的信心。请问徐律师，你打赢过多少刑事案？"

徐烁微微一笑："如果田小姐愿意聘请我，这将是我在江城的第一个案子。"

田芳："……"

一阵冗长的沉默，屋里三个人都没有说话。

顾瑶维持着刚才的坐姿，关注着田芳的行为举止，还有她脸上的伤痕。

徐烁也保持着微笑，拉业务还能拉出别具一格清新脱俗的气质，也是没谁了。

田芳先是震惊，进而眼睛里流露出狐疑："你既没名气，也没实力，就想让我聘请你？"

徐烁没有回答这个问题，而是突然说："有这样一个案子，一位李姓女士多次拒绝张姓男士的追求，张姓男士求爱不遂，就用水果刀威胁，两人纠缠之下，李姓女士身上多处受伤，为了自保不慎失手将张姓男士打死。请问田小姐，基于你的法律知识，你认为在这个案子里，李姓女士应该受到怎样的法律制裁呢？"

田芳不耐烦地回答："这很明显是正当防卫，不需要负刑事责任。"

"哦。"徐烁眨了下眼，慢悠悠地落下一句，"既然李姓女士不需要负刑事责任，那为什么她的律师还要按照过失致人死亡罪的名义为她辩护？"

此言一出，田芳的脸色立刻变了。

"我不懂你在说什么。"

徐烁却没纠缠这个问题，反正他要做的事已经做到了，田芳在猝不及防之下也露出了破绽，足以让顾瑶看在眼里。

徐烁侧过头，扫了顾瑶一眼，同时示意田芳："对了，我还没给你介绍，这位顾小姐，是江城非常有名的心理专家，我专程请她过来，就是想看看田小姐有什么需要帮助的地方。比如你的精神是否因为这次的事受到巨大冲击，患上PTSD，也许顾小姐可以给你一些专业意见。"

心理专家？

田芳先是诧异，进而露出比刚才更加排斥、警惕的神色，她下意识地撑着桌子站起身，急切说："我又没病，我不需要心理专家，我看你才有病！"

就在这时，顾瑶开口了："田小姐，你脸上的伤是怎么来的？"

田芳一怔："关你什么事？"

顾瑶："那你的脚呢，为什么一瘸一拐的？"

田芳深吸口气，好像被人戳到了不愿意碰触的死角，转身就往门口走。

顾瑶的声音却不紧不慢地追上来："我想医生应该已经给你验过伤了，如果你曾经遭受过不当性行为或是他人的性虐待，你应该将事实说出来。"

田芳已经走到门口，听到这话却又停住。

她突然转过身，苍白的脸上闪过一丝惊恐，但很快就被压下去了。

田芳试图让自己冷静，她看看徐烁，又看看顾瑶。

她这两年在昭阳律师事务所工作，江城什么样的大人物她没听过，就算无缘一见，也会看看资料，知道长相和背景，否则在聚会上遇到都不知道该怎么攀交。

但徐烁和顾瑶突然不请自来，并肩而坐，一个气定神闲，一个不紧不慢，却让她看不透底细。

等等，刚才那个叫徐烁的律师说，这个心理医生姓顾？

想到这里，田芳神情倏地变了。

与此同时，顾瑶开口："我这里也有一个案子，妻子常年遭到丈夫的虐待和毒打，但妻子没有任何工作经验，脱离丈夫无法生存，所以她只能日复一日地忍受。直到某一天，丈夫喝醉酒睡着了，妻子一时愤懑，终于忍无可忍将一把西瓜刀插进丈夫的胸口。请问田小姐，这位妻子需要负怎样的刑事责任，在她遭受丈夫长期虐待的过程中，作为一个受害者，是否一点儿问题都没有呢？"

田芳没有立刻回答。徐烁搭茬儿说："请问顾小姐，根据你的分析，这位妻子有什么问题？"

顾瑶："如果说这位丈夫是这场悲剧的凶手，那么妻子在某种程度上来说就是帮凶，她的隐忍、纵容和对丈夫的恶行秘而不宣，这些都是加剧暴行的催化剂。"

田芳终于开口了，声音不稳："你说的这些跟我有什么关系？"

顾瑶扬眉："没关系吗？那么为什么你的简历上会写着你的生理日期，该不是为了方便每个月请'病假'准备的吧？"

田芳的脸色又一次变了。

"你怎么知道？"

徐烁第二次搭茬儿，还一脸诚恳："哦？不是为了请病假又是为什么呢？"

顾瑶斜了他一眼："一开始我也不明白，后来仔细想想，如果我是个事业有成，并且对金钱和女人都有强烈控制欲的男人，自认时间很宝贵，出来玩图刺激，也是为了缓解压力，就一定不会希望当他潜规则女性时，会因为女人每个月那几天的不方便而败坏兴致。"

说这话时，顾瑶和徐烁四目相交，徐烁脸上的玩味也被顾瑶看在眼底。

直到顾瑶终于看不下去了，再度看向田芳："田小姐，你觉得我的分析在理吗？"

田芳一动不动地戳在那里，震惊地瞪着顾瑶，她的脑子全乱了，根本猜不透这两个从石头缝儿里蹦出来的男女，怎么会知道这么多事。

等田芳终于回过神，便是直接拉开接见室的门，这个屋子她多一秒都不想待了。

同时她也庆幸，还好她刚才没有乱说话……

就在这时，顾瑶的声音追了上来。

"等等。"

田芳顿住，接着就听到身后响起高跟鞋的声音。

顾瑶来到她身旁，盯着她的侧脸，声音很轻："不好意思，我忘了自我介绍，我叫顾瑶。也许你对我的名字有印象？"

田芳的身体猛地一震，她下意识地看向顾瑶，又飞快地转开脸，像是在躲避什么。

然后，她就一瘸一拐地走向狱警，还因为走得太快而差点儿摔倒。

顾瑶盯着田芳的背影，半晌没动。

直到徐烁来到顾瑶身后，嘴里啧了一声："都怪你，把我的案子搅黄了。"

顾瑶："……"

同一天，人称金爷的金智忠从历城回到江城。

金智忠刚进办公室，他的手下就递上一个文件夹。

金智忠接过来就让所有人都离开，然后一屁股坐进沙发，翻开文件夹看了几眼。

文件夹里有几张纸和一张照片，照片是偷拍的生活照，那是一个身材挺拔、西装革履的年轻男人。

在这个男人旁边的正是历城有头有脸的人物章爷。

至于那几张纸，则是一家新开张的律师事务所的资料文件，上面还有一张法人照片。

前几天，金智忠刚回了一趟历城的紫晶宫，那是他的地盘，也是可以让他睡个安稳觉的地方，算得上是巢穴之一。

但偏偏就是自己的巢穴让人闯了山门，还是单枪匹马，听手下说那个身材很高、年纪很轻的男人，不仅人模狗样地来了，还手脚齐全地走了。

金智忠觉得张翔不应该犯这种低级错误，就问了张翔那人的底细。

张翔支支吾吾的，半晌才说，那小子是徐海清的人，估计也就是初生牛犊不怕虎，不知道这里面的水，所以才跑到紫晶宫来拉业务。

幸好最后搞清楚是一场误会，被徐海清那边的章爷带回去了。

这事透着蹊跷啊。

徐海清是历城数一数二的人物，早年也混过道上，后来被招安，现在做的都是正当生意，不过黑白两道都很罩得住，没人敢找她的麻烦。

她平日为人比较低调，找她求助的人也不少，却从没见过她主动去别人的地盘上挑事儿。

那么，徐海清的人怎么会跑到紫晶宫单挑？

金智忠知道从张翔这里问不出什么，毕竟张翔还要替他看着紫晶宫的业务，自然不好把历城的地头蛇得罪了。

金智忠不为难张翔，但是心里却一直放不下。

——那个臭小子竟然选择他在紫晶宫的那天跑来踢山门，还指名说要见他，可见是冲着他来的。

可他一年到头也去不了紫晶宫几天，大部分时间都在江城老巢，一个历城的臭小子有什么理由找他？

金智忠很快就让其他手下去查。

没几天，手下查到一条线，说是徐海清那边有人在江城租了一套高级写字楼的办公室，目的是为了开律师事务所，法人叫徐烁。

而且和紫晶宫大门口监视器拍到的是同一个人。

那么，闯山门的理由呢？

如果是为了拉业务，这种拉法也挺别致的，先是他的紫晶宫，接着又追到江城开了一家律师事务所？

历城那么大的地盘还不够他撒野的？

想到这里，金智忠从沙发上站起身，打开办公桌下的保险箱，拿出一部手机。

金智忠快速拨了一个电话，响了一声就切断，然后又拨了一次。

电话接通了，里面出现一个男人清冷且疲倦的声音："你最好有要紧的事。"

金智忠心里一紧，忙说："最近有个姓徐的小子盯着我，从历城追到江城，还在这边开了一家律师事务所。"

男人问："律师？"

金智忠："对……不过暂时不知道他是冲着哪件事来的，按理说应该不是我这里出了岔子，但为了保险起见，我还是跟您打个招呼。"

男人的声音冷了几度："一个律师也会让你这么大惊小怪？到底怎么回事？"

金智忠吞咽了一下口水，老实交代："他是徐海清那边的人。"

"历城的徐海清？"

金智忠："是……不过，我可以发誓我这里的事处理得很干净，没有给人留过任何尾巴！"

男人沉默了几秒："如果你做事不干净，就不会再有机会打给我。你先去探探他的底，不要声张，不要正面冲突。"

金智忠："是，是，我知道了……"

男人率先切断电话。

另一边，江城第一看守所外。

顾瑶和徐烁正一前一后走向停车场。

徐烁就和来时一样漫不经心，仿佛并没有因为在田芳那里碰壁而灰心。

顾瑶扫了他一眼："看你这样子好像一点儿都不担心。"

徐烁侧过头，一双漆黑的眸子隐藏在墨镜后，却越发衬得他像是个游手好闲的纨绔子弟。

"我应该担心什么？"

顾瑶："你刚才不是还埋怨我把你的案子搅黄了？"

徐烁笑出一口白牙："时间还有的是，我有信心让她改变主意。再说，田芳也不是小女生，仅凭一次见面，寥寥数语就能让她多请一位辩护律师，那就是奇迹。除非……"

顾瑶盯着那黑乎乎的镜片："除非什么？"

徐烁却站住脚，笑而不语。

顾瑶安静地等他回复，忍不住搓了搓自己的手。

太阳比刚才来时还要大，很热，但顾瑶却还觉得手脚冰凉，看守所里的阴气和温度真不是一般人扛得住的。

这时，徐烁半真半假地问："你在关心我？"

顾瑶冷哼出声："你照过镜子吗？"

脸真大。

徐烁："当然，我每天都照镜子，客观来说，简直就是律师界的颜值一哥。"

顾瑶："……"

吸了口气，顾瑶说："颜值一哥竟然亲自跑到看守所拉客坐台，尊严何在？"

徐烁眨了一下眼，有些无辜："我这张脸要是真拿去坐台，肯定备受瞩目，一宿起码六位数起跳，会有很多人爱死我。"

顾瑶："……"

顾瑶直接转开脸，真是多看一眼都怕扎着。

但她还没有丧失理智："你是不是怀疑田芳是给人背锅？"

徐烁迈开长腿，跟着顾瑶的脚步："很显然，一个小助理无权无势，出来奋斗还要卖肉，一个不小心搞死了大客户，现场还残留了可疑的药物残渣。她心里一定很害怕，不敢找自己的上线，所以病急乱投医找了死对头立坤律师事务所来料理残局，结果反被立坤借题发挥，彻底把她玩进去。"

说话间，两人已经来到停车场，但谁也没有上车。

徐烁笑问："怎么样，我这个故事版本精彩吗？"

顾瑶提出疑点："上线是谁？"

"昭阳律师事务所。"

"你的意思是，昭阳在给大客户拉皮条，让自己律师事务所的小助理出来陪睡？"

"要捆绑住大客户，除了业务能力之外，如果再加上那么一点儿人类原始需求的满足，是不是会更加稳固呢？立坤的实力并不输给昭阳，可是立坤这么多年都没有成功挖走昭阳的一个大客户，这合理吗？"

一秒的沉默，徐烁又说："再说，刚才在田芳面前，你不是也将她简历上的生理期分析得透透的？"

顾瑶："我那是根据你给我的线索和田芳的行为举止，做出的合理判断。"

"哦？说说看？"

"在你和田芳对话的时候，她曾经多次出现过皱眉的举动，不仅如此，她眼睛下面的面颊还同时往上挤，眼睛睁大，时刻保持警惕，这是一种退避防护反应。"

徐烁："一个在看守所等待上庭，前途一片灰暗的女人，突然迎来两个不速之客跑来八卦，换作你也会皱眉瞪眼的，不然还面带微笑吗？"

顾瑶："田芳一定接受过相关的表情训练，而且她是律师助理，在对话谈判技巧上也能看出职业本能。她很少正面回答你的问题，而是以问答问，比如'关你什么事''你说这些跟我有什么关系'，还有'你怎么知道'。这说明她的防御机制很强，必然受过训练。但是因为只是个小助理，受训时间并不长，你我来得也突然，超出她的预期，所以她还是露出一次破绽——就是她那句'我不懂你在说什么'。"

说到这里，顾瑶流露出一丝笑意，而且还包含了一点儿兴奋在里面，这种类似的神情在昨晚她分析那两篇日记时也曾出现过。

徐烁捕捉到了，却没打断她。

顾瑶："当她说这句话时，是先开的口，然后为了加强说服力又摇了一下头，这很明显是在说谎。人的微表情可以训练控制，令自己减少被人看穿的概率，可是第一反应是下意识的，那是她的神经系统和肌肉组织在协同工作，靠训练很难改变这种条件反射。比如，你去买一个商品，但你很担心售后问题，就问销售员是否能后期维修甚至是退换，如果销售员说'可以，没问题'的同时对你用力点头，那么你可以选择相信，但是反过来，如果他先和你说'可以，没问题'，接着才朝你点了一下头，那么你就要小心了，他非常有可能是在说谎。田芳刚才就是如此。"

徐烁质疑道："你这种判断方法成功率有多高？也许她刚好是小概率那种反应迟钝的，毕竟在看守所的日子不好过，也许她睡眠不足，导致身体和嘴巴不同步。"

顾瑶笑道："你有没有注意到她的指甲。"

徐烁："指甲？"

"她应该有长期做美甲的习惯，她的指甲盖儿上有一条条白色的痕迹，那是卸甲造成的，指甲边缘还有一些咬痕，通常人只有感到焦虑的时候才会去咬指甲。我猜她之前做美甲也是为了要矫正咬指甲的习惯。当你举正当防卫那个例子的时候，她的眼神第一次逃避，而且几乎要咬指甲了，可她忍住了，手只是在颈窝上挠了两下，然后放在大腿上，并且为了防止自己忍不住，双手还紧紧地抓住膝盖。当我问她为什么简历上要写生理期时，她又出现了第二次一模一样的反应。还有，你跟她介绍我是心理专家，她非常警惕，我问她的伤是怎么来的，她就立刻逃向门口。

"人会说谎，但是下意识的肢体动作不会，真实反应和装出来的反应有本质区别，如果你的猜测都不对的话，她应该很放松，甚至看轻你，但是照她当时的反应来看，你的试探十有八九切中了脉搏。而我就是根据你给的线索和她的反应做出的判断——昭阳律师事务所应该是在利用女员工进行陪睡业务捆绑，用来笼络大客户。"

徐烁听得兴致盎然，他斜靠着车身，说："专家就是专家，果然和你一起来是对的。"

顾瑶却问："你举正当防卫的例子，很明显是知道她曾遭受过性虐待，你是在来之前就知道，还是见到她之后？"

徐烁："她受了那么重的伤，连走路姿势都不自然，该不会是在看守所摔的吧？我只是基于以往刑事案件的经验进行合理的推断。再说，你不也举了个家暴的例子来试探她吗，可见你我看法一致。"

的确如此，田芳身上的漏洞太多了，明眼人一看就觉不对，想必在警方介入后也一定给她验过伤。

如果真的检查出有暴力性侵的可能，就会想到这是一次正当防卫，怎么会以故意杀人罪来起诉呢？

顾瑶沉默几秒，将疑问道出。

徐烁说："还是有可能的，比如她本人亲口证实没有遭到过暴力性侵，甚至还说这是个人兴趣爱好。"

顾瑶："……"

有那么一瞬间，她几乎以为徐烁是在瞎掰，毕竟他正经的时候不多，但是转念又一想，的确是有这种可能。

"我不懂，如果她遭到了性虐待，为什么要说是个人兴趣。"

"你也说了，她的微表情训练是有人教的，那么说自己有特殊癖好，也可以有人教她。"

"目的呢？就算她说是正当防卫，又怎么样，会对谁有损失？"

徐烁挑了下眉："你不如这么想——如何才能将所有罪名都放在一个小卒子身上，让她一个人都扛了。"

顾瑶愣住了。

徐烁继续道："如果田芳是正当防卫，那么那个高管就是性虐待狂，对'江城基因'的形象一定会有损害。如果田芳和高管是在进行性交易，一个不留神吃药吃死了，一旦证实那些药和'江城基因'有关，那么企业形象随时会崩盘。昭阳律师事务所要是因此流失一个大客户，不仅会吃不了兜着走，其他长期合作的客户也会因为昭阳这次的办事不力而心有余悸，没准儿宁可付个昂贵的违约金，也要跳到立坤去。在这种情况下，只有一种故事版本是可以丢车保帅——就是田芳和死者是一对两情相悦的虐恋爱好者，人家闺房里的乐趣关别人什么事呢？只是没想到这次玩大了，田芳一个失手，哎呀，不小心弄死了相好的。"

说话间，徐烁还比画了一个双手掐脖子的动作，绘声绘色。

顾瑶没接茬儿，只是盯着徐烁，脑海中已经浮现出他描述的画面，思路也在跟着走。

徐烁忽然神色一正："这样一来，'故意杀人罪'就有机会打成'过失致人死亡罪'，因为田芳不是有预谋地杀害死者，而是因为疏忽大意和没有预见导致的。只要罪名成立，法院也会根据犯罪事实、性质、情节和对社会的危害程度进行判处，没准儿还会量刑。我估计也就判个三五年吧。用一个小助理几年的时间换取一个大企业和律师事务所平稳地渡过危机，这笔买卖很容易算。"

听到这里，顾瑶别开脸看向远处。

她心里五味杂陈，一个字都不想说。

徐烁等了片刻，突然直起身，惊动了顾瑶。

顾瑶转头看来，问："你横插一脚的目的到底是什么？"

徐烁一本正经地说："当然就是把那些罪名一箩筐的不法之徒都吸引过来啊。你也知道，越是有钱人背后的秘密越多，他们每年都要在律师和会计师身上投资一大笔钱用来修补漏洞。只要我能成功帮田芳打成正当防卫，让她无罪释放，相信在宣判当日我的简历就会自动送到所有江城权贵的手里，一跃成为江城律师界的头牌。"

顾瑶冷笑两声："江城有那么多死刑犯，你为何偏偏选这个？"

"这个案子最红，媒体宣传也最卖力。"

"可是你掺和进来，会直接得罪'江城基因'和昭阳律师事务所。"

"为了当黑马总需要付出一点儿代价。"

"难道不是为了对付祝盛西吗？否则你调查他做什么，还专门拿到他妹妹的日记本。"

两人的对话几乎分秒不差，谁也不让谁。

直到这一刻，徐烁才笑了笑。

顾瑶继续紧迫盯人："你不是冲着名气来的，你的目标只是祝盛西。你想借这个机会毁了他——律师界有你这种败类，真是耻辱。"

顾瑶用字非常狠，但徐烁却丝毫不动怒，还说："那祝盛西呢，丢车保帅，让田芳一个女人全都背身上，这事他会不知道吗？"

顾瑶："又不是祝盛西让昭阳用性交易笼络客户资源。昭阳自己捅出大娄子，自然要想办法收拾残局。客户花钱是为了消灾，但是这个官司怎么打，上了庭怎么说，怎么教田芳编故事，这些策略都是律师事务所的分内事，和祝盛西无关。"

徐烁低笑出声："既然无关，那你激动什么？"

随即，他长腿一抬，不过半步就来到顾瑶跟前。

"既然田芳是律师事务所用来绑定客户的性工具，那么你说……"

如此近距离的接触，顾瑶下意识地想拉开距离，可徐烁动作更快，他已经弯腰低头，微凉的气息拂过她的耳畔和面颊。

"她和祝盛西有没有上床呢？"

顾瑶脸色瞬间一变，所有涵养和教养都在这一刻离她而去，在她意识到自己做了什么之前，已经一脚踩了出去。

就听啊的一声，徐烁一个躲闪不及，高定的意大利皮鞋上就出现一个清晰的脚印，而且还是高跟鞋印。

钻心地疼啊！

英俊的五官瞬间扭曲，他下意识地往后退了一步，一手扶着车身，一手却还插在口袋里维护最后的风度，强忍着弯腰去抓脚背的冲动。

痛不欲生！

撕心裂肺！

顾瑶却冷冷地看他一眼，转身回到车上，还踩足油门从他身前呼啸而过，故意卷起一屁股的车尾气和尘土。

同一时间，正在看监视器的小川不禁一抖，立刻打电话给徐烁。

"哥，你，你还好吧……"

在暴土扬烟中，只听到一阵猛烈的咳嗽声："这个女人……她还真踩啊！我……"

就在顾瑶用鞋跟恶狠狠地教训徐烁的同一时间，"江城基因"的总裁办公室里，祝盛西也刚刚切断电话，神情冷峻。

他安静地坐了片刻，一只手在办公椅扶手上缓缓敲了几下，这时办公室的门就跟着响了。

是祝盛西的秘书："祝总，顾总来了。"

祝盛西很快起身，箭步走出门口："人呢？"

"刚大堂来电话说，已经进电梯了。"

"去泡一壶大红袍。"

"是，祝总。"

秘书转身去准备，祝盛西已经来到电梯门前。

叮的一声响起，门开了，里面正是顾承文。

祝盛西垂下眼皮："顾总，这边请。"

顾承文无声地点了下头，跟着祝盛西一路进了办公室。

顾承文显然不是第一次来，进门后径自来到沙发组的主座坐下。

祝盛西等顾承文入座，才坐在顾承文左手边的沙发里："顾叔叔来得突然，我这里准备不及，已经叫秘书去泡茶了，是上个月竞拍回来的大红袍。"

顾承文脸上没有笑容，吐出第一句话："这次的事你处理得不好，给我添了不少麻烦。"

祝盛西丝毫没有因为顾承文的问责而慌张或羞愧："无论是昭阳还是'江城基因'都是您的左膀右臂，多年来相互扶持，相互依傍，却因为这次的事被媒体大肆渲染，影响您的名声，的确是我的疏忽。"

顾承文的目光落在祝盛西脸上，他这些年也越发老练，让人一眼难以窥伺内心，随即说："这次的事一定有人在背后动手脚。"

祝盛西："我已经在查了，目前已经确定是立坤的人把消息透露给媒体。"

顾承文："官司那边呢？"

祝盛西："昭阳已经开始做事了。"

一阵沉默。

顾承文老谋深算的眼睛一直注视着祝盛西，祝盛西不闪不躲，只是淡定坐在那儿，任由打量。

直到顾承文开口："那么，等这件事情解决之后呢？"

祝盛西低声道："有人想要让'江城基因'脱一层皮，但如果处理得好，就会是脱胎换骨，无论如何，'江城基因'永远是'承文地产'最有力的帮手。"

顾承文露出一丝笑容："既然脱胎换骨了，也该考虑更上一层楼了。"

祝盛西没接话，和顾承文对视几秒。

"您的意思是……"

顾承文却不答反问："记不记得我和你说过，我小时候有个高人给我算过八字，批过命？"

祝盛西："记得，高人说您这一生有四道坎儿，健康、学业、婚姻、事业，所谓坎儿并非坏事，而是机运，过不好会摔倒，过好了会更上一层楼，从此平步青云。"

顾承文："其实每个人这辈子都有好几道坎儿，差别就在于只有少数人知道它要来，知道怎么应对，怎么才能往上踩一个台阶。而大多数人都很无知，意识不到机运来了，也没在意，一下子栽倒，磕得头破血流。"

说话间，秘书敲门进来，将一壶大红袍放下。

等秘书离开，祝盛西倒了一杯茶放在顾承文面前。

顾承文看着茶杯上徐徐升起的白雾，继续说："前阵子我又找了个精通易经的师父给我算了一卦，他说我的第四道坎儿就在今年，但这次的机运不只掌握在我一个人手里，还和我的家庭、事业伙伴有关。我思来想去，觉得这次的事虽然表面上看是坏事，但凡事都有两面，要摆脱污名的最好方式，就是用一个更好的消息去洗白，所谓无福必有祸，你应该知道我在说什么。"

祝盛西："就目前形势来看，最快、最有效的方式，就是从您投资的几家公司中选出一家，进行上市包装。只要满足上市条件，经过审核，消息一经流出，知名度打开，融资渠道拓宽，投资者就会络绎不绝，之前的谣言也会不攻自破。"

顾承文笑意渐浓："那么，你认为哪家企业比较合适呢？"

祝盛西想了想："江城药业如何？"

顾承文："江城药业在短时间内还是应该把注意力放在药品开发研究上，过早扎进商业竞争未必是好事。"

祝盛西又道："那么江城医疗呢？这些年一直主攻研发心脏手术的相关器械，无论是产品质量还是销量都很过硬，已经有不少大医院在用江城医疗的心脏造影和心外手术的硬件设备。"

顾承文："还不是时候。"

祝盛西一顿，忽然明白了："那就只剩下'江城基因'了……"

顾承文的笑容收了："如果我说是，你有信心做好吗？"

有那么一瞬间，祝盛西的神情十分复杂，既有些惊讶，也有一丝喜悦，但这两种情绪都很快被第三种压了下去，那是一种坚定的决心。

祝盛西背脊挺直，口吻不仅郑重而且笃定："如果您愿意相信我，我一定会竭尽所能。"

顾承文终于满意了，将茶杯放下，站起身。

祝盛西也跟着起身，他高了顾承文小半个头，腰板笔直，目光淡定，就像是十年前站在顾承文面前的那个少年，他几乎没什么改变，又好像历经了几次蜕变，洗去了身上的不驯，顺平了倒刺，圆滑了性情，又好像变得更锋利了，如今的他已经是顾承文最锋利的一把匕首。

顾承文就像看自己亲手打磨的杰作一样，笑道："我从来没有看错过人，你是难得一见的管理者，只把精力放在基因研究上，真是可惜了。"

顾承文走后，祝盛西一个人待在办公室里良久。

其实这个下午祝盛西没有公事要处理，眼前最大的公事就是"江城基因"高管误食药物致死一事，相比之下其他事都不重要。

但祝盛西却没有离开办公室，直到手机响起。

"祝总。"手机里是一个女人的声音，"今天下午，我去见过田芳。您的话我已经带到了，不过……"

祝盛西眉心一动："直接一点儿。"

女人忙说："我好像在停车场看到了顾小姐。"

祝盛西怔住了："顾瑶？你没看错？"

"对，和她在一起的还有一个男人，不过很脸生。顾小姐和他好像有些口角，原本两人就站在停车场说话，聊得好好的，也不知道那个男人说了什么，顾小姐踩了他一脚。"

祝盛西沉默了。

顾瑶不是一个容易情绪激动的人，这一年来他都没有看过她生气，到底是什么样的男人，说了什么话，竟然能激怒顾瑶，甚至让她使出暴力？

女人继续道："后来我去见田芳的时候，是田芳说的，顾小姐带了一个男律师去见她，那个律师姓徐，叫徐烁，还说要介入这个案子，让田芳聘请他。"

又是一阵沉默。

祝盛西没有动静。

女人等了片刻，忍不住问："祝总，您还在吗？"

祝盛西："你说他姓徐？"

女人："是的。"

祝盛西突然说："去查，看他和历城的徐海清有没有关系。不要惊动顾瑶。"

女人反应过来："是，我知道怎么做。"

祝盛西挂断电话，眉头皱了起来。

他将手机放回到桌上，沉思良久。

转眼到了晚上十点。

祝盛西一直站在窗前，看着远方的夜景。

这十年，真是天翻地覆，无论是江城的发展，还是他。

手机上跳进来一条微信。

他拿起来一看，是顾瑶发来的。

"公事处理得怎么样？出差辛苦，注意休息。"

祝盛西唇角笑意浮动。

但他没有回，直接走出办公室。

秘书见他出来，立刻站起身："祝总。"

祝盛西越过秘书："收拾一下办公室，今晚我不回来加班了。"

秘书："是。"

祝盛西一路下到停车场，他没叫司机开车过来，直接走向自己的座驾。

这个时间已经过了晚高峰，祝盛西驾车一路上三环，不到半个小时就来到一片环境清幽雅致的高档小区。

这里都是公寓楼，一层只有两户人家，十年前开发的楼盘，每栋楼二十几层，一平方米十三万，整个小区人口密度大，却是卧虎藏龙，不仅有娱乐圈的制作人、导演和明星，还有不少地产业的开发商和金融界的新贵。

据说这个小区的风水是专门请人做过的，住在这里的人非富即贵，事业顺利，偶尔有空房出租，不等中介挂上网就会被人秒走。

祝盛西将车子停在指定停车位，坐电梯上了七层。

走出电梯，他用密码打开门。

客厅的窗帘没有拉，窗外灯火通明，那些光照进来，打在木质地板上，清晰地映出他的影子。

祝盛西的步子很稳，脚下几乎没有声音，他推开虚掩的更衣室门，将身上的西装外套扔到一边，找出一身睡衣换上，脚下一转就进了卧室。

卧室的窗帘紧闭，安静得不可思议，祝盛西放轻脚步，来到床边，掀开被子一角躺了进去。他探手摸到一个女人柔软的身体，蚕丝被下一片温暖馨香。

祝盛西靠近女人，从背后将她搂住，紧绷一天的神经终于放松下来。

清晨六点。

窗外有了一丝微光，温度还没上来，正是一天当中温度比较低的时候，也是顾瑶睡得最沉的时候。

但她却在这时醒了。

顾瑶忽然觉得很热，还被什么东西禁锢着身体，有些动弹不得，她想翻身，同时抬起一只手推开脸上的眼罩。

男人炙热的身躯就紧贴在她后背，脸埋在她的后颈窝，肌肤相贴，带着一丝黏腻。

顾瑶在祝盛西怀里转了个身，这番动静也吵醒了他。

祝盛西的眼睛眯开一道缝："时间还早。"

顾瑶："你勒得我太紧了。"

一声低笑，祝盛西将她脸上的眼罩放下，说："都是我的错，再睡会儿吧。"

"嗯。"

顾瑶往被窝里钻了钻，但意识已经有些清醒了，人没动，脑子却先动了起来。

这之前发生的事，她还记忆犹新。

她记得，祝盛西前天说要出差，这几天恐怕赶不回来，没想到昨天半夜突然进门。但她怕自己会因为白天的事而失眠，临睡前吃了药，所以睡得很沉，连他上床了都不知道。

白天在看守所外，她被徐烁的那句话刺激到了——你说，她和祝盛西有没有上床呢？

　　她直觉认为那不可能，祝盛西不是一个色心重的男人，除非公事太忙，他会直接在公司休息，否则不管多晚，他都会开车过来，和她睡在同一张床上。

　　祝盛西自己也有一套房子，但是很久都不回去一次，顾瑶每隔一段时间都要找人大扫除一次，日用品也不全，人气也不足，整套房子都是阴阴凉凉的。

　　面对这样一个生活如此简单且自律的男人，顾瑶怎么都不可能把他和潜规则以及出轨联系到一起。

　　也正是因为她如此笃定，所以那第三篇日记和祝盛西的调查资料，她一直没有从包里拿出来。

　　在她完全理清思绪之前，不想再被徐烁的任何小动作打乱节奏，可她也有一种预感，第三篇日记依然会吓她一跳。

　　天知道她用了怎样的自制力去压住那些好奇心。

　　顾瑶正想到这里，身边的床铺有了动静。

　　祝盛西起身了。

　　咔的一声，是淋浴间的门打开了，接着很快传来流水声，若隐若现。

　　那些声音很有规律，顾瑶维持着刚才的姿势，默默听着。

　　也不过就是十分钟，水声停了，一阵窸窸窣窣，浴室门打开，一阵沐浴液的香味儿涌了出来。

　　但祝盛西没有躺回床上，而是直接离开卧室，将门关严。

　　顾瑶也跟着喘出一口气，她换了个姿势，强迫自己必须再睡两个小时。

　　等顾瑶再醒来，已经是早上九点。

　　她披上外套下了床，先在浴室里将自己梳洗干净，换上一套居家服。

　　客厅连着开放式厨房。

　　祝盛西穿着灰色系的居家服，光着脚站在炉灶前，正在煎火腿鸡蛋。

　　身后传来动静，他回身一看，笑了："再等一下，马上就能吃了。"

　　顾瑶坐在案台边的高脚凳上，从咖啡壶里倒出两杯咖啡，然后摆好盘子，就等早餐出锅。

　　祝盛西回身将鸡蛋和火腿放进盘子里。

　　顾瑶就一手撑着头，瞅着他："我昨天去了一趟看守所。"

　　祝盛西抬起眼皮："怎么，有朋友被送进去了？要不要我帮忙。"

顾瑶："不是我的朋友，不过她最近很红，新闻上播了好几次她的视频了，只是打了马赛克。"

祝盛西将平底锅放好，随即双手搭在案台上："你说的该不会是昭阳那个律师助理吧？"

顾瑶："就是她，田芳。"

"你去见她做什么？"

"两个原因，一是因为好奇，二是因为有个无聊律师邀请我去的。"

——无聊律师？

祝盛西眸子微微闪动："是你新认识的朋友？"

"不是，他是刚来江城的，在这里无根无名，想借由田芳的案子一炮而红。不过那不重要，倒是田芳这个人给我的感觉很奇妙——我自报家门的时候，她的表情让我觉得她好像认识我。"

说这话时，顾瑶一直观察着祝盛西的表情和动作。

他就安静地吃着盘子里的食物，时不时抬起眼和她眼神交流，不躲不闪，不骄不躁。

顾瑶又补了一句："而且我的直觉告诉我，她对我的'认识'是因为你。"

一秒的沉默，祝盛西无声地笑了。

顾瑶正在琢磨这笑容的意思，就听他说："我是认识田芳。"

顾瑶哦了一声，扬眉问道："只是认识吗？"

祝盛西："准确地说，是她曾经对我表达过好感。"

顾瑶若无其事地把话接下去："也对，你这么帅，又事业有成，单身，年龄适婚，前途无量，又没有不良嗜好，应该有很多女人对你表达过好感。"

祝盛西有些讶异，随即笑开了："头一次听你这么夸奖我。"

顾瑶："我以前没夸过你吗？"

祝盛西："没有，不过你都写在眼睛里，每次看到你看我的眼神，我就很有成就感。"

顾瑶白了祝盛西一眼："别想搪塞我，不要岔开话题。"

祝盛西耸了下肩："我已经招供了，田芳对我表达过好感。不过我没有回应。当然，这些年也有不少女人对我有过企图，我也没有让她们得逞。"

- 167

这话落地，一阵沉默。

顾瑶看着祝盛西的眼睛，就像是那天晚上梦到的那个少年的眼神，清澈的底却夹杂着浑浊的尘世，矛盾的结合体。

但是很奇妙，正是这样一双眼睛，反而令她很安心，一年前她刚从车祸里劫后余生，不仅遭受着身体上的痛苦，还要经历失去记忆的折磨。

那样的不安，真是差点儿疯掉。

好几次她都已经在崩溃边缘，周围的人怎么劝都劝不住，唯有祝盛西出现在她面前，看着她，她才会慢慢安静下来。

那时候她对他是很陌生的，可是那样熟悉又陌生的感觉却恰恰牵绊住她，令她产生好奇，想去探索过去的自己和他有怎样的牵绊，为什么看到他就像是看到另一个自己。

祝盛西："你看，就是你这种的眼神，你每次这么看着我，就让我觉得比这世界上任何一句奖励都更值得珍惜。"

顾瑶垂下眼笑了一下："我知道，你没有回应田芳，你也没有让其他女人得逞过。"

祝盛西："你知道？"

顾瑶："这一年来，我的生活很平静，我也大概知道你的生活习惯和作息，如果你是一个享乐主义者，装了这么久也该露出破绽了，可你没有，你反而很享受这样的生活节奏。就算这世界上做得再滴水不漏的男人，只要他出轨，枕边人都会感知到一点儿，而且我也从来没有接到过任何陌生女人的骚扰电话，如果你在这种情况下都可以脚踩两只船，那你不如转行去当特工吧。"

听完顾瑶的分析，祝盛西神情有些微妙。

顾瑶："不过呢，一个人生活在这个世上，总是要有一点儿秘密的，你的秘密如果不在女人，那又是什么呢？"

祝盛西拿起咖啡壶，给顾瑶续了半杯："在你这里我没有秘密。"

顾瑶歪着头打量他："是对一年前的我没有，还是对一年前和现在的我都没有？"

祝盛西动作一顿："真是不得了，你现在比一年前更像是个心理专家。"

"我这一年没什么事可做，一直都在努力读书。"

"你已经超越自我了。"

祝盛西是很中肯的评价："就好比说陈宇非的案子，就算是一年前的你，都不敢那么大胆。"

这个话题成功吸引了顾瑶的注意力。

顾瑶想起来那天晚上徐烁的话，他说王盟和协会之所以那样快刀斩乱麻地逼她离开，就是因为背后有顾承文的授意，显然是顾承文在用一个父亲的方式保护她。

而陈宇非那个案子顾瑶也嘱咐过秦松，不要和她父母以及祝盛西提起，但现在祝盛西却非常自然地提到"陈宇非"。

顾瑶问："是秦松告诉你的？"

祝盛西摇头："是王盟。"

顾瑶诧异极了："他为什么要和你说这些？"

"为名，为利，不都是理由？王盟希望我给他的心理诊所注资，协会那边也在等顾叔叔的利益支持，站在他们的立场，这些只需要一点儿你在工作上的状况作为交换条件，何乐而不为？"

顾瑶瞬间皱起眉，无比地排斥和厌恶。

祝盛西说："正是因为王盟和协会把你作为利益交换的筹码，顾叔叔才提议协会让你离开。"

祝盛西边说边绕过案台，走到顾瑶这边。

顾瑶依然坐在高脚凳上，面无表情地瞅着他。

祝盛西挨近了，双手搭在她的腰上："如果你喜欢，可以再成立一个协会，之前那个要是碍眼，把它弄垮也不是问题。何必为了几个无关紧要的外人搞坏自己的心情？"

顾瑶一时无言，看着近在咫尺的这双眼睛，又看向他一向颜色浅淡的唇，她心里的火气竟然一点点消失了。

就是这种感觉，令顾瑶明白到祝盛西对她性格的了解真的很深，已经深到知道该说什么话，既能表达他的立场不动摇，又能安抚她的情绪，这样的了解绝不是认识三五年就能形成的。

顾瑶叹了口气："以后有这种事，能不能不要瞒着我？"

祝盛西点头："好，不瞒着你。"

但顾瑶并不是轻易好打发的："你老实回答我，如果是一年前的我，你和我爸会瞒着我做这些事吗？"

祝盛西："不会。"

——他没有撒谎。

这一刻的真实，顾瑶读到了。

然而下一秒，祝盛西就微微笑道："如果是一年前的你，不等我们出手，你就用你的方式教训王盟了，协会里的人都对你服服帖帖的，没人敢犯上。"

顾瑶怔住了："我以前是母老虎吗？你从来没说过。"

祝盛西笑意渐浓："换作我，我不会用这三个字来形容你，更确切的说法应该是……嗯，女王。"

顾瑶："……"

顾瑶的眼神古怪极了。

祝盛西挑了挑眉，问："你怎么这么看着我？"

顾瑶说："为什么我到现在才发现，你还有这样的心理啊？"

祝盛西低笑出声，那笑声很好听，身体也随之轻微震动。

"以前你对我发号施令的样子，我很喜欢，但是现在这样平静享受生活的你，也令人着迷。无论是哪一个，都是你。"

这大概是这世界上最动听的情话了，而且不是故意为之，一切都是顺其自然的。

顾瑶小心谨慎地问："我以前是不是那种刁蛮任性的千金大小姐，不然你为什么说我对你发号施令？"

祝盛西仍在笑："不是，是我用词不当，只不过那时候无论你说什么、做什么，就算你表现得再平易近人，也会让人感觉到一种与生俱来的骄傲。"

顾瑶觉得非常不可思议，转而又想起另一件事："对了，我前阵子收拾屋子的时候，在储物室里发现好几箱书，什么书都有，和心理学无关，都是一些无聊的爱情小说，无病呻吟的心灵鸡汤，竟然还有科幻小说……呃，都是你买的？"

"是你。"

"我？这可不是我的阅读品位。"

"我也问过你这个问题，你说，你看烂书就是为了建立自己的阅读品位，如果看过的书都是好书，没有烂书做比较，又如何分辨好坏呢？就好像一个人如果没有浪费过时间去做无意义的事，自然也就不会懂得时间的宝贵。人也是一样，在犯错中成长，差别只在于，有的人是知错就改，迷途知返，有的人是将错就错，反正已经错了，也不在乎多错几次。"

顾瑶半晌才说："太不可思议了，我以前的歪理真的很多。"

祝盛西轻笑："哪有这么说自己的？"

顾瑶没接这个茬儿，她转而又把话题绕回到最初："田芳的案子，我很有兴趣。"

祝盛西有些猝不及防，眼底流露出诧异。

"你想介入？"

"嗯，这毕竟和你，和我爸都有关。"

"只是因为这样？"

"当然，还因为我想借此机会找回一些专业上的东西，我最近也比较闲，不过最主要的原因，是我昨天见到她本人，我发现了一些东西。"

祝盛西问："是什么？"

顾瑶回答得很认真："比如她喜欢你，比如她很排斥面对心理专家，比如她身上有伤，比如在这个案子里她的杀人动机。"

说话间，顾瑶一直在观察祝盛西的表情，她很想知道他到底知不知道这里面的勾当，知不知道昭阳律师事务所用性来捆绑客户的手段，甚至于在那个高管死之前曾对田芳进行过性虐待。

但祝盛西一直很平静，没有慌张，也没有眼神游移。

他只是说："你觉得杀人动机有可疑？"

顾瑶："她身上的伤肯定不是自己造成的，如果在出事之前，她曾遭到过性虐待，那么她出于本能而反击，不慎将那个高管打死，这就是正当防卫。那些伤痕那么明显，不管是警察还是法医都应该一眼看出来，为什么还要起诉她故意杀人罪？答案只有一个，田芳对警方撒了谎，她也许谎称自己有那方面的爱好，这次只是玩大了，错手杀人。可是根据我的观察，她不像是有虐恋倾向的女人。"

祝盛西："这些是那个无聊律师告诉你的？"

顾瑶："对，但我觉得他说得有道理，不是无的放矢。而且在商言商，就大局考虑，如果牺牲掉田芳一个，就可以换取'江城基因'的名誉，还能帮昭阳掩盖性交易的内幕，大家应该都会乐见其成。只是我很想知道，你是怎么看的。"

半晌，祝盛西轻叹一声，说："其实这件事我是知情的，昭阳那边拟订的辩护方案的确征求过我的同意。"

顾瑶："你知道田芳只是正当防卫？"

祝盛西："她是不是正当防卫，这件事要两说，那天晚上在那个屋子里只有她和死者两人，他们之间发生过什么只有他们自己清楚，可以解释为正当防卫，但也可能是闺房乐趣。但不管是哪一种，他们都不应该拉'江城基因'下水，这才是我唯一在乎的事。"

顾瑶皱了下眉："我不懂。"

祝盛西眼神平定，口吻却有些无奈："就在出事之前一个礼拜，连启运已经递交了辞呈，我批了。但碍于他的职位需要一段时间的交接，所以这件事一直没有对外公布。按理说他已经不算是公司的人，但他却在这个节骨眼儿上出事，拖公司下水，我作为创始人，只能先考虑公司的利益，如果因为他一个人的冒失而影响整个公司的运作，令几百人失去工作，这是大家都不想看到的结果。"

顾瑶一怔："你说的连启运就是那个死去的高管？"

"对。"

"那你为什么不跟媒体澄清？"

"如果现在就说，那些媒体就会说是我公司伪造了连启运的辞呈，用来给自己脱身，到时候就百口莫辩了。所以公关部和昭阳那边的开会结果是，要先把官司圆满了结，再把连启运的辞呈公之于众。"

"那连启运为什么辞职？"

祝盛西一顿，眼神冷了几分："泄露商业机密。"

——什么？

顾瑶喘了口气，这才发现整个事情远不如表面看到的简单。

这时，祝盛西又抛出来一个重磅消息："至于田芳和连启运的性关系，我是知情的。不过我也是最近才知道，原来昭阳一直在用这样的方式和客户进行捆绑。我原来还以为田芳接近我只是出于个人的爱慕，没想到背后还裹挟着昭阳的授意。后来他们发现这种方法对我无效，就朝我手下几个高管下手，目前据我所知，除了连启运，还有另外两人中招了。等这件事解决之后，我会和他们谈。"

顾瑶有些嘲弄："我还以为昭阳这些年能做到江城第一，是因为他们的业务能力强，没想到还要靠女色。"

祝盛西："昭阳的业务能力的确数一数二，如果没有立坤这个竞争对手，昭阳根本不需要多此一举。这两家律师事务所的大客户非富即贵，而且男人居多，除了金钱利益上的来往，如果再多加一点儿私人嗜好的捆绑，岂不是更牢固？不过俗话说，水能载舟亦能覆舟，昭阳这个玩儿法早晚要出事，立坤那边的人也不是吃素的，这几年一直在抓昭阳的把柄，这下可好，一子错满盘皆落索。"

说到这里，祝盛西笑容淡了："昭阳私下怎么绑定客户我不关心，但千不该万不该，就是不该让一家企业给两个进行龌龊勾当的男女陪葬，天底下没有这样的道理。所以在我看来，田芳是不是正当防卫根本不重要，她在整件事情里也不是无辜的受害者，如果'江城基因'出事，那她和连启运就是'凶手'。我现在还愿意出钱出人帮田芳将故意杀人罪打成过失致人死亡罪，这已经是我最大的宽容了。"

因为祝盛西的话，顾瑶这才渐渐理清思路，缺失的几块拼图终于找到了。

——田芳是昭阳律师事务所用来绑定客户的性工具，是为了满足一些男性客户的特殊需求，连启运就是其中之一。

——事发当日，连启运一定下手太重了，而且他还吃了药，田芳承受不住，将连启运打死。

顾瑶问："那么现场找到药渣是怎么回事，为什么媒体说是'江城基因'研发的新药？"

祝盛西："这件事我还在查，但我猜应该是立坤的人在搞鬼。公司研发的新药连启运根本不可能拿到，更不要说还将它当作助兴药丸来使用，这太荒谬了。再说，公安那儿已经验出药渣的成分，和我们公司的新药样本做过比对，结果完全不吻合。媒体在这个时候大肆渲染，将无中生有的猜测在大众面前曝光，就是要抹黑'江城基因'，而在这个时候，立坤的人也在想方设法地接触我，并且暗示我目前只有他们能帮'江城基因'的忙，昭阳这次犯了大错，我不应该再相信他们。"

"你的意思是，这是一次因为商业挖墙脚而用的手段？"

"这不稀奇，比这更肮脏的我也见过。"

顾瑶沉默了。

按照祝盛西的说法，整件事倒是可以成立，起码逻辑上说得通——田芳第一时间联系来善后的人就来自立坤律师事务所，或许田芳早就忍受不了昭阳的所作所为，已经到达崩溃边缘。

立坤可能也从她这里下过手，令田芳有过动摇，所以这次田芳出事，首先想到的就是立坤。

顾瑶说："我听说田芳这次也是先找立坤的人帮忙，没想到立坤只是在利用她，他们只是想把水搅浑。"

祝盛西没说话，眼神却很冷。

顾瑶反手握着他的手："接下来我想继续接触田芳和这个官司，你会反对吗？"

祝盛西脸上流露出一丝嫌弃："和那个无聊律师一起？"

顾瑶笑了："他是很无聊，但是案子不无聊啊，我又不能跑去昭阳律师事务所直接拿资料。"

"既然你都决定了，我还能说什么。"祝盛西有些无奈，他顺手拉着顾瑶离开高脚凳，"今天我一天都有时间，晚点儿陪你回家里吃饭？"

"我前两天才回去过。"

"嗯，我猜你一定忘记了和阿姨说生日快乐。"

顾瑶怔住了。

哦，对了，今天就是她母亲李慧茹的生日了，她怎么忘记了……

祝盛西见状，笑道："来，换衣服出门了，咱们先去选一件生日礼物。"

中午，顾瑶和祝盛西一起出了门。

祝盛西开车，顾瑶就坐在副驾驶座上网。

该选一件什么样的礼物给李慧茹呢？

这件事顾瑶真的很头疼。

这一年来，其实她对李慧茹的印象并不是很好。

顾承文在商业上是响当当的人物，祝盛西更是后生可畏，青出于蓝，顾瑶自己也是职业女性，精明干练，唯独李慧茹性格单纯，单纯得甚至有点儿愚蠢——显然是三个人精配上一个老公主。

这样的家庭配置怎么看怎么别扭，但偏偏它就是存在。

就像李慧茹猜不透顾瑶的心思一样，反过来，顾瑶也搞不懂李慧茹的喜好，她对李慧茹的了解也比较表面。

顾瑶在网上刷了一会儿，毫无灵感，有些挫败地叹了口气。

她的叹息声引起祝盛西的注意，不过他毫无同情心。

"想不到买什么？"

顾瑶放下手机："你有头绪吗？"

祝盛西薄唇扬起的弧度带着一点儿得意："我带你去一个地方，你一定能选出来。"

顾瑶狐疑地看着他："你凭什么这么肯定？"

车子来到一个红灯前，祝盛西转过头："要不要打个赌？"

顾瑶很痛快："好啊，如果我选不出来，礼物的事情以后都交给你。"

祝盛西挑了下眉："反过来，如果你选到了，就……"

话说到一半却顿住了。

顾瑶觉得好奇，就追问："就什么？你是不是有什么想要的？"

绿灯亮起。

祝盛西重新发动车子，同时说："最好的礼物，我已经得到了。"

一阵沉默。

顾瑶盯着他看。

祝盛西问："怎么了？"

顾瑶："很少听到你说甜言蜜语，是不是做了对不起我的事。老实交代，抗拒从严，你也知道，女王大人生起气来是很可怕的。"

祝盛西低笑出声："我说了什么甜言蜜语？"

顾瑶："你刚才说最好的礼物，你已经得到了。"

祝盛西哦了一声，故作诧异："你以为我说的是你？"

顾瑶："……"

说话间，又是一个红灯。

祝盛西踩了刹车，侧过头。

阳光从顾瑶这边探入窗子，虽然贴了膜却还是有些晃眼。

那一丝光落在祝盛西的头发上、额头上、面颊上，那双深色的眸子里也染上一层金色，睫毛几乎透明。

顾瑶默默地欣赏着，直到看到那睫毛轻微地眨了一下，随即唇上一热。

他贴着她的唇轻吻着，还眷恋地蹭了蹭。

只听一声轻叹，他的声音既低且沉："这份礼物，我会用一辈子来珍惜。"

顾瑶唇角的笑容漾开了。

什么田芳、什么高管、什么"江城基因"，还有那个贱无下限的徐烁，他们都可以滚了。

那些事都不重要。

车子又开过两个路口，电台里开始播报新闻，刚好说到近日来处在风口浪尖上的"江城基因"和老板祝盛西，接着还提及祝盛西前几日曾到立心孤儿院献爱心的消息。节目特别邀请的专家很快就根据这些消息展开分析，明褒暗贬地指出这是企业家的一贯套路，等等。

顾瑶听着皱起眉头，祝盛西看了她一眼，换了个频道，说："放心，他的话不会对我有影响。"

顾瑶说："现在上节目的专家是不是都这样，自说自话，自以为是，以为可以看懂全世界。"

"都是混口饭吃，如果言之无物，没有噱头，谁还会请他上节目？"

祝盛西将话题转开："刚好你也是专家，不知道根据心理学家的分析，我是怎样一个企业家呢？"

顾瑶觉得好笑："以你的年纪、经历、学历，你能有现在的成绩真的是奇迹。放眼整个江城，恐怕没有一个同龄人可以超越你。最主要的是，你从来没有因为现在的成功，而轻贱过去，你没有忘本，没有因为是立心出来的人，就和过去的历史划清界限。要是没有你这些年的资助，以立心的经营状况真的很难维系。"

祝盛西却很谦虚："毕竟我是从那里出来的，那也算我半个家。不过我现在的成绩和顾叔叔比起来，还差得远。"

说到这里，顾瑶突然想起一件事："哦，说起来，我好像还没和你一起去过立心？"

车速这时缓慢下来，拐进一条小路，不到几十米就在一家精品店门前停稳。

顾瑶朝窗外一看，门脸装修得非常精致考究，看似低调，但明眼人一看就知道里面的东西价值不菲。

祝盛西将车熄了火，问："你对立心有兴趣？"

顾瑶："只是好奇，你好像也没怎么提过。"

祝盛西绕过车身，拉住顾瑶的手，两人一起穿过小马路，来到门口。精品店的老板娘立刻满脸笑容地迎了出来。

这是一位中年女人，身材偏瘦，一身深色的裙装，手上戴着一只名牌手镯，头发烫过，皮肤保养得宜，但法令纹有些清晰，加上眼里掩不住的沧桑，一眼就能看出年轻时经历颇多。

"祝先生，好久不见。这位是……"

祝盛西："这位是顾先生的女儿，我女朋友，顾瑶。这位是这里的老板娘，Emma。"

老板娘 Emma 热情程度也翻了一倍："哎呀，真是久仰大名，顾小姐，快这边请，请问今天过来是打算选些什么行头呢？"

只是还没等顾瑶开口，祝盛西就率先说道："之前顾先生定做的旗袍好了吗？"

Emma 连忙说："已经好了，今早才送来，唉，真是差点儿赶不上了，我这半个月提心吊胆的，催了那边好多次……哎，我这就去拿啊，两位稍等！"

Emma 边说边往里面走。

顾瑶也在这个时候扫了一圈店里，款式颇多，清一色的女装，一边挂着中式一边挂着西式，按照颜色排列。

她随便拿出一件，用手摸了摸材质和上面的暗纹，纯手工刺绣，版型考究，绝对精品。

祝盛西走到顾瑶身边，低声问："有没有喜欢的？"

顾瑶没回答，转而问："我爸在这里定了旗袍作礼物？"

"嗯。"祝盛西一手搭上顾瑶的腰，将她的身体带向旁边的矮柜，"待会儿先看看成品，刚好在这里选一件配套的首饰，阿姨一定会喜欢的。"

矮柜里展示着不少古董首饰，银器居多，而且上面都镶嵌着宝石，应该都是民国时留下来的。

顾瑶很快选出一枚戒指和一副耳环，上面的红宝石虽然成色不够鸽子血，却也是上品，而且款式不浮夸，像是民国时期千金贵妇们的品位，而非出自风尘。

顾瑶摸着耳环的纹路，随即放在自己耳垂上比了比："这套怎么样？"

祝盛西："好看。"

这时，Emma 出来了，她手里还捧着一条罩着防尘罩的旗袍，深蓝色，手工刺绣暗花。

顾瑶一眼看过去，就知道价格起码六位数。

她走上前，仔仔细细地观察起来，和她刚才挑选的首饰简直珠联璧合，看来他们父女的眼光不谋而合。

顾瑶很满意，说："Emma，麻烦你，旗袍和那边的两件首饰一起包起来，我们待会儿带走。"

Emma 刚要说话，这时祝盛西就走上前："不用了，只包首饰。顾先生待会儿会让人过来取旗袍。"

Emma 眉开眼笑地到柜台前打包首饰。

顾瑶看向祝盛西："我爸要过来？"

祝盛西说："不一定，不过就算顾叔叔不来，这礼物他也会亲自送到阿姨手里。"

顾瑶这才反应过来："也是，毕竟是他定的……"

祝盛西指了一下挂衣服的架子，问："反正来都来了，要不要找几件喜欢的去试试？"

顾瑶很快来到架子前，随手拿了几件第一印象比较不错的款式。

Emma 眼疾手快地迎上来，顾瑶每拿一件，她就接过来一件，抽掉上面的衣架，还非常会看脸色地帮她参谋。

顾瑶根据 Emma 的建议又加了两件，然后转头扫向一直沉默不语的祝盛西。"你也给点儿意见？"

祝盛西双手环胸站在那儿，下巴微敛，眉头轻皱，两颊吸了吸，好像并不太满意 Emma 手上的那些。

然后，他扬了扬下巴，指向一件水蓝色的。

"这件我觉得行。"

但顾瑶却好像有点儿排斥："蓝色？"

祝盛西笑了："只是试试。"

顾瑶耸了下肩，随即走进更衣室。

Emma 将那些衣服一件件挂在里面，很快将帘子拉上出去了。

顾瑶开始试穿，一件接一件，好像都一般。

更衣室里有一面镜子，但凡她看着不满意的，当场就脱下来挂好。

直到剩下最后两件，一件黑色，一件水蓝色，都是西式的修身窄礼服，布料服帖，身材稍微差点儿都会暴露缺点，刚好都是顾瑶排斥的设计。

她犹豫了几秒，把水蓝色的拿下来穿上了。

一上身，效果惊人，那布料贴着皮肤，触感极好，而且也不如她想象中的过分暴露，剪裁看似简单，却恰到好处地勾勒出身材上的优势。

顾瑶盯着镜子里的自己看了半晌，直到帘子外忽然传来祝盛西的声音。

"怎么样了？"

顾瑶回身将帘子拉开："你自己看吧。"

帘子一开，祝盛西有些猝不及防，原本靠着对面的墙，乍一看到出现在眼前的女人，先是一怔，随即眼里流光浮现。

两人对视几秒，谁都没说话。

祝盛西没什么表情，眼神胶着在那片蓝色上。

顾瑶问："怎么样？"

祝盛西这才离开那片墙，上前两步，说："背后的拉链没拉。"

顾瑶哦了一声，转过身，将透过缝隙露出来的那一小片白皙对着他。

祝盛西轻轻捏住拉锁，从下拉到顶，接着双手轻轻落在她的肩膀上，微微用力，抬眼间看向试衣间里的镜子。

两人的目光又在镜子中交汇。

顾瑶挑眉："看你这眼神，是很满意了？"

祝盛西声音极低："就这件吧。"

顾瑶抿嘴笑了，转身说："好，那我先换下来。"

谁知刚说完，她的手就被祝盛西捏住："穿着走。"

顾瑶没说话，只是站在那里。

两人的距离近在咫尺，她的手被他的手指纠缠着。

有那么一瞬间，她似乎从眼前这个男人的眼睛里，看到一片深邃的世界，那里面有清澈的湖水，湖底也有暗潮在浮动，湖面波光粼粼，里面却深不见底。

同样的眼神，她那天晚上也梦到了。

顾瑶："对了，我突然有点儿好奇，你以前在立心的房间是怎么样的。是一个人一间吗，有照片吗？"

祝盛西："以立心的环境来说，怎么可能有单人间，照片有的，刚好上次回去拍了两张。"

说话间，他拿出手机，滑了几下，递给顾瑶。

顾瑶接过来一看，那是一间光线不是很充足的房间，窗户很小，还正对着门，四张上下铺的床分别放在房间的四个角，两张床中间靠墙的位置摆着两组柜子，和大学宿舍的格局差不多，普普通通，并不起眼。

而且，和她那天梦到的那间狭小的像储藏室一样的屋子不同。

顾瑶将手机还给祝盛西。

祝盛西问："怎么突然问起这个？"

顾瑶困惑道："其实是我前天晚上梦到你了。"

"梦到我在立心？"

顾瑶："看照片的话，又好像不是，梦里的你大概也就十六七岁，你在一个特别小的房间里，那间房开门就是书桌，书桌就在窗下，旁边走一步就是一张单人床，小得不可思议。你呢，就靠在书桌边，在抽烟。"

祝盛西听完描述，神情有些恍然，随即笑道："我知道你说的是哪里了，我考上高中后就搬出立心了，找了一个离学校比较近的廉租房，房租很便宜，我靠打工也负担得起。"

顾瑶这才明白："我记得你说过，咱们是在高中学校里认识的？"

"嗯。"

"我那时候去过你的廉租房？"

"嗯，你经常来。"

一阵沉默。

顾瑶喃喃道："原来如此。"

耳边突然出现一抹温热，是祝盛西轻轻将那里的碎发，别到耳朵后面。

然后，他说："看来你已经想起以前的一些事了。"

顾瑶叹道："只是一个梦，除了这个，别的一无所获。"

"别急，慢慢来。"

说话间，祝盛西拉着顾瑶往外走。

顾瑶："这么说起来，你高中时候就学会抽烟了。除了抽烟还喝酒吗，有没有打架闹事？你是不良少年？"

祝盛西不太认真地回答："是啊，我的确是。"

"那我呢？"

"你一直是三好学生，年级骨干，品学兼优。"

"那我怎么会和你来往？"

"也许你对不良世界感到好奇，或者是出于同情？"

"可是这一年来，我好像没见过你抽烟。"

"一年前，你好不容易捡回一条命，身体虚弱，我要经常照顾你，怕你闻了烟味儿不舒服，就戒了。"

顾瑶有些不可思议地摇了摇头。

祝盛西见状，问："怎么，你不信？"

顾瑶："不是，我是觉得你的转变很大，很励志，不良少年变成青年企业家，之前还选上过'江城十大杰出青年'，你可真是少年改邪归正的最佳模范。"

隔了一秒，顾瑶问："是什么原因让你有这么大改变？"

两人已经来到外间，Emma 正在柜台那里包首饰。

祝盛西眉眼低垂，拉着顾瑶的手靠近，在她耳边低语："你说呢？"

顾瑶缩了一下脖子，刚要说话，这时精品店门就开了。

走进来一个女人，祝盛西抬起眼皮，刚好扫到，脸上的笑容瞬间敛去。

顾瑶回身一看。

来人正是神情冰冷、寡淡如水的杜瞳。

精品店里，杜瞳刚踏进门口，正准备和老板娘 Emma 打招呼，就看到祝盛西和顾瑶站在另一边。

杜瞳一顿，随即别开视线，对 Emma 说："老板娘，我来取顾总定的衣服。"

Emma 面带笑容："哎，杜小姐啊，你可真是准时，我刚刚拿出来包好，你就到了。"

杜瞳接过打包好的纸袋，转而走向顾瑶和祝盛西："祝总，顾小姐。"

祝盛西没什么表情，只点了下头。

与此同时手机振动起来，他走到一旁接听。

顾瑶却站在原地，不禁多看了杜瞳两眼，又看向她手里的袋子。

"是我爸让你过来取衣服的？"

杜瞳点头："顾总还在办公室，等我把礼物送过去。"

然后，杜瞳看了眼手机，又道："时间不早了，我先回去了。"

顾瑶没吭声。

杜瞳越过两人，走了两步，忽然又停下来，说："对了，顾小姐。"

顾瑶侧头。

只听杜瞳说："衣服很漂亮。"

话落，杜瞳就离开了精品店。

顾瑶转头透过玻璃，看到杜瞳的背影，又低下头看看身上的水蓝色礼服，眉头皱了起来。

祝盛西接完电话，又到柜台前拿走包好的首饰，回来时见顾瑶这样，便问："怎么了？"

顾瑶抬起头，扯扯唇角："被一个不喜欢的人夸奖我的衣服好看，不知道该不该高兴。"

祝盛西挑了下眉，拉着顾瑶出门。

两人一起穿过马路，来到车前，祝盛西问："你说的人是杜瞳？"

顾瑶抿着嘴没吭声。

等坐回到车里，系好安全带，祝盛西将车子驶向大路，这才摇了摇头："你还是和以前一样。"

顾瑶问："怎么？"

祝盛西说："在你失忆以前，也不喜欢她。"

顾瑶愣了："是吗？我从来没听你说过，原因呢？"

祝盛西笑道："你不喜欢的人，我没事提来做什么？至于原因，以前我也见过你们吵架，有时候还针锋相对，但都是因为一些不起眼的事，具体是什么我都忘了。"

顾瑶安静了几秒，随即看着窗外。

半晌，她才喃喃开口说："看来就算没有了记忆，喜好这东西也不会完全改变。"

祝盛西应道："这事说来也奇怪，杜瞳高中毕业就被顾先生送到国外深造，回来也没几年，和你接触也不多，你们应该没机会结怨。"

这个顾瑶倒是知道的，杜瞳也算是顾家养大的孩子，虽然性格孤僻，但是很好学很努力，这么年轻就坐上集团特助的位子，靠的可不是顾承文，那每一步都是她自己挣来的。

顾瑶说："你知道吗，当一个人对另外一个人产生敌意的时候，就算表面再不露声色，对方也是可以感知到的，敌意这种东西就像光线一样，可以反射，也可以折射。"

祝盛西看了她一眼，半真半假地建议道："如果她的存在令你介意，完全可以请她离开'承文地产'。毕竟你是顾叔叔的宝贝女儿，阿姨的心肝宝贝，也是我的女王大人，只要你一句话，我一定鞍前马后，肝脑涂地，保准让你以后都看不见她。"

顾瑶觉得好笑，很快白了他一眼："滥用权力砸掉别人的饭碗？算了，这种事我可干不出来。"

江城的夜晚比白天低了将近十摄氏度。

徐烁正在办公室里的沙发上处理公事，小川这时抱着笔记本进来了。

"哥。"

小川将笔记本放在徐烁面前，监视器里拍到一男一女，两人正亲密地一起走进一家精品店。

小川说："看样子顾瑶还是很信任祝盛西。"

徐烁只扫了一眼，声音淡淡说："当然，要想在一块石头上撬开一道缝，可不是一蹴而就的事。"

小川："那也不能像是没事儿人似的吧，你告诉她的那些可不是小事，这什么心理素质啊！"

徐烁终于看向小川："换作你，一个是用卑鄙手段将你扣押了一夜，逼你听两个故事和你男朋友的坏话的陌生人；另一个是对你无微不至、悉心照顾、什么事情都想在前头，还对你爱护有加的男朋友，你会倾向谁？"

小川："……"

徐烁笑了："女人是情感动物，某些性格凶悍的还非常护短。"

小川："照你这么说，咱们岂不是白做了？"

"未必。"徐烁说，"这道缝虽然还没撬开，但裂痕已经在了，滴水穿石是需要时间的，等她看过第三篇日记之后，就会主动找上门。"

　　小川一愣："你是说她还没看？不会吧，她忍得住？"

　　"以她的性格和专业，在这种时候一定会勉强自己做违背本能的事，等她的理智和情感做完斗争，自然会看。等着吧。"

　　话落，徐烁就将桌上的东西收拾到牛皮纸袋里，随即起身往外走。

　　"我晚上不回来了，不用给我留门。"

　　徐烁一路驱车，沿着外环路来到一家地段有些荒凉的街区。

　　这里的住户不多，地价也不值钱，距离市区有点儿远，地铁不直达，路修得也不平整，没有开发商瞧得上这里。

　　徐烁将车停在路边，没有立刻下车，转头看向马路对面的小酒馆。

　　小酒馆亮着灯，门开了，酒馆老板娘满脸笑容地送走最后一位客人，然后在门上挂了个"关门"的牌子。

　　这时，有两个年纪半百的男人来到门口，他们和老板娘寒暄起来，看样子是熟人，聊了好一会儿，两个男人想进去喝酒，但老板娘却抱歉地摇摇头，还转身从里面拿出两瓶啤酒塞给两人。

　　两个男人败兴而归，一边走一边念叨说，这小酒馆白天没人来，都是靠晚上这几个小时做老主顾的生意，今天是怎么了？

　　直到两人走远，徐烁才推门下车，来到门口。

　　他将门拉开一道缝，老板娘正在门口忙活，头也没抬说："不好意思啊，今天提前打烊了。"

　　徐烁笑道："王姨，是我。"

　　被称作王姨的老板娘一愣，就着蹲下的姿势抬起头，徐烁是背着光的，从她这个角度只能看到一个高如小山的影子。

　　王姨扶着旁边站起身，这才看清徐烁，呆了两秒，有些不确定地问："你是……小烁？"

　　徐烁乐了："好久不见。"

　　他上前跨了半步，将有些微胖的老板娘搂进怀里。

　　王姨又惊又喜，连忙拉着徐烁上下打量："哎呀，你这孩子，长这么高了，还变帅了，好看了，要是在街上遇到了我都不敢认啊！"

说话间，王姨还不忘朝里面吼了一嗓子："老刘，你快出来看看，谁来了！"

从里屋走出来一个中年男人，满脸沧桑，神情颓废，头发已经半白了，一条腿还有点儿瘸。

他见到徐烁没有王姨那么惊讶，却也是面带喜色，眼里有点儿隐忍的激动。

"你这臭小子。"

徐烁的喉结上下滚动，然后箭步上前，一句没吭，就和中年男人抱在一起，两人都很用力，中年男人还在徐烁的背上用力拍了两下。

等拉开距离，中年男人说："也比以前结实了。"

王姨这才醒过神儿来，将门关上，反锁，一边张罗着酒水一边说："唉，我刚才还奇怪呢，老刘今天为什么要提前打烊，连生意都不做，原来是小烁要来啊……"

徐烁和中年男人已经在酒桌前坐下，微笑着看着彼此。

中年男人眼里有些泪光，等酒菜端上来，他才吸了下鼻子，说："你回来得比我预期的要早。"

徐烁给他倒上一杯白酒，说："已经十年了，刘叔，原本还可以更早的。"

这个中年男人不是别人，正是刘春，十年前徐海震最得力的帮手，在刑警队时也拿过表彰，到现在不过才四十出头，看上去却像是五十多岁的糟老头子。

刘春端起酒杯，喝了一口，忍着入喉的火辣长舒一口气："是啊，一晃都十年了。"

刘春转过头，朝王姨使了个眼色，王姨会意，很快到里屋去了，留他们二人在外间说话。

等王姨走开，刘春面色一正，说道："你之前在电话里说，已经准备得差不多了？"

徐烁淡笑着："嗯，万事俱备，只欠东风。"

"说得容易，那件事能隐藏十年，就不是随便一股风都吹得动的。"

徐烁也端起酒杯抿了一口，说："凡事都需要付出代价。有人说，正义会迟到，但永远不会缺席。这话听上去很有道理，但如果没有人去挖掘，所谓的正义就会被掩埋在土里。"

刘春缓慢地点点头，说："看来你是真要翻案。"

徐烁目光幽深："血债血偿，杀人偿命，这是道理。大道公义，自在人心，就算法律不能讨回公道，我还有自己的办法，就算赔上这条命，也在所不惜。"

徐烁的语气很淡，可是说出来的话却仿佛在刘春心头落下几记重锤，刘春沉重地点点头，又点点头，吞咽了两下，才将涌上来的情绪压下去。

刘春说："你需要我帮你做什么，尽管开口。"

徐烁却一边给他斟满酒杯一边笑道："如果我遭遇什么不测，希望刘叔叔帮我收个尸，将我的骨灰和我父亲的葬在一起。"

刘春刚要开口，徐烁又继续道："至于其他的事，我这里可以处理。再说，您已经帮我很多了，十年前杜家那个案子，卷宗突然消失，要不是您早有准备复印了一份，就真的成悬案了。"

刘春说："还是徐队提醒的我，他说那事蹊跷，恐怕不只是杜成伟一条人命那么简单，里面肯定还有其他的雷，所以让我把卷宗复印出来，给他拿回家钻研。没想到……等我复印好，徐队就失踪了。"

说到这里，刘春长叹一口气，又说："敢动刑警队长的人，在江城可不多，更何况他们还杀人灭口……我当时就在想，徐队在让我复印卷宗之前，肯定就已经知道了什么。幸好，那时候你离开江城了，躲过一劫，要不然那些人没准儿还会去医院对你下手。"

徐烁面无表情地垂眸坐在那儿，一句话没说。

刘春继续道："也多亏老天爷开眼，这么巧你检查出什么肺癌，幸好连夜从医院跑出去，你看现在人一点儿事儿都没有，要是你真的做了那个手术，没病都折腾出点儿病来……"

直到这一刻，徐烁才抬起眼皮："刘叔叔，你真相信我当时有肺癌吗？"

刘春愣住了。

徐烁又道："我自己不吸烟，也没怎么吸过老徐的二手烟，江城的空气质量还算可以，我怎么会突然检查出肺癌？"

刘春想了想，问："难道是检查有问题？你当时就知道了？"

徐烁摇头浅笑："当时还不知道。我只不过遗传了老徐的臭脾气，就是这辈子打死不上手术台，听到人家要切掉我半个肺，能不跑吗？"

另一边，顾瑶和祝盛西一起回了家，和顾承文一起帮李慧茹庆祝生日。

两人很有默契，谁也没提精品店的小插曲，一家人其乐融融。

等酒足饭饱后，顾承文心情大好，还打开音箱放了一首和缓悦耳的西洋乐，拉着李慧茹起来跳慢四拍。

顾瑶就靠着祝盛西的肩膀，微笑着看着这一幕，两人时不时相视一笑。

——有这样一个幸福的家庭，真是多少人梦寐以求的。

可是看着看着，顾瑶的思绪却渐渐飘远了，现在的她根本做不到完全沉浸其中，她心里的结还没有解开。

大部分的科学家都认为，是人的记忆决定了性格，因为特定的出身、经历、学历、社会阅历，会令一个人的性格逐渐成形，成为特定的自己，反过来，这样成形的性格也会左右这个人未来的选择，从而影响他的命运。

顾瑶失去记忆之后就一直在进行这方面的研究，还想到一个悖论——现在她失忆了，是不是性格也变了呢？

如果性格变了，那喜好也应该改变，可是为什么她现在的好恶和过去差不多？

然后，她将此归结为潜意识。

她看了大量弗洛伊德关于潜意识的理论，还看到一组数字，说人类有95%的认知和决定是不过意识的，而是交给潜意识。

佐证这个理论的事实也在她身上发生过。

比如，她从第一眼见到杜瞳，就不喜欢她，那时候她根本想不起来杜瞳是谁，一切都是交给潜意识和本能在做选择。

再比如，上次面对陈宇非，她的专业和临场发挥被激发出来，在那之前她根本不敢想象。

还有那个徐烁……

他做的每一件事，走的每一步，说的每一句话，都让她分外在意，她很少会和人那么吵架的，而对他，她甚至还唇枪舌剑，寸步不让。

也不知道为什么，徐烁的每一个字都让她很计较，有时候根本控制不住自己，甚至于他用非常手段把她留在明烁一夜，她事后也并不觉得很生气，更加没有去报警抓他，反而还想利用他把整件事搞清楚。

可见，她是真的很在乎现有的一切——这个家，身边的这些人，还有他们背后的故事，以及失忆前的自己。

夜深风起，整座江城被灯火点亮，影影绰绰。

顾瑶和祝盛西一起回了她住的地方。

半路上顾瑶在车里睡了一觉，下车时还有些迷迷糊糊的。

电梯里的光线太亮了，顾瑶眯眼低头躲避着强光。

电梯到时，祝盛西率先出去，用密码开门，却没开灯。

顾瑶直接走进更衣室，只按开一盏小灯，准备去拉后背的拉锁。

拉锁拉到一半，很费力，上面忽然多出两只大手，将她的工作接管。

顾瑶和祝盛西相视一笑。

她轻声说："我有点儿累了，想早点儿睡。"

祝盛西应道："好，那我陪你一起。"

顾瑶反问："怎么，你不用处理公事？"

祝盛西："该忙的都忙过了，暂时不会有其他事来烦我。就算有，底下那些人也知道怎么处理。"

顾瑶挑眉："哦，话说得这么满，答应我的事如果做不到……"

谁知这话还没说完，就在这时，一阵刺耳的铃声忽然响起。

是祝盛西的手机。

昏暗中，两人的身体同时一顿。

祝盛西先退开一步，一手接起电话。

顾瑶抓着衣服回过身，眼睛一眨不眨地看着他。

光线虽然不充足，可是却足以让顾瑶看清祝盛西脸色的变化。

他的发梢落在额前，平添了几分慵懒，眼中笑意未退，听到电话里内容先是一惊，呆了两秒，人仿佛瞬间冷静下来。

等祝盛西挂上电话，这才对上顾瑶的目光，欲言又止。

顾瑶心里一紧："出什么事了？"

祝盛西吸了口气，嗓音也带着沙哑："我得赶紧去一趟医院。"

顾瑶："医院？"

祝盛西解释道："立心那边有个孩子需要输血，但他是'熊猫血'，只有我的血型匹配……等我回来再跟你解释……"

顾瑶很快反应过来，她一边将礼服往身上拉一边说："那我陪你一起去，我来开车。"

祝盛西却阻止她道："不用了，你休息吧，早点儿睡，不用等我。"

话落，祝盛西低头在她唇上吻了下，朝她微微一笑，转身走出更衣室。

大门口很快传来关门声。

顾瑶叹了口气，心头情绪起伏不定。

顾瑶将身上的礼服脱下来，任由它掉在地上，然后直接踩过去，只穿着内衣裤往浴室走去。

十几分钟后，顾瑶洗完澡出来，穿着浴袍坐在梳妆台前，动作机械地将护肤品拍在脸上、手上、脖子上，心绪也开始平和下来。

顾瑶没有立刻上床，转而走回试衣间，看了一眼摊在地上的蓝色礼服，又将它捡起来挂到衣柜里。

接着视线一转，就看到前天回来时被她放到格子里的肩背包。

她将肩背包拿下来，从里面拿出牛皮纸袋，又来到客厅倒了一杯水，在沙发上坐定。

一阵沉默。

顾瑶终于将牛皮纸袋打开，从里面拿出第三篇日记和一个资料夹。

这些东西拿回来已经一天了，再拖下去也没有意义，与其逃避，倒不如早点儿面对现实。

顾瑶翻开资料夹，几张照片却先掉了出来，落在脚边。

她捡起一看，愣住了。

这些照片每一张的男主角都是祝盛西，只不过里面的女主角不同，一共是四个女人，其中一个还是她今晚才见过的。

——是杜瞳。

顾瑶的注意力一下子就被照片吸引了。

她盯着许久，身上的汗毛好像一根根竖起来。

严格来讲，照片里的祝盛西和杜瞳并没有做出什么亲密举动，他们甚至没有眼神交流。

照片的背景像是一个体育场，周围都是人，祝盛西和杜瞳坐在一起，和其他人一样看向场地，嘴角挂着笑，仿佛很享受当下的氛围。

虽然不是在类似"Jeane吧"那样暧昧的地方，但这样一张照片却愣是显得两人关系不同。

——原来他们已经熟悉到会一起去体育场看比赛了？

而且两人都是平日里不怎么笑的人，紧绷得久了，忽然线条舒展开，便越发显得不一样。

顾瑶不禁皱起眉头，吸了口气，暂时先将疑虑放下，很快又拿出另外三张。

巧得很，这三张照片里的女人，刚好和顾瑶都照过面。

第一张照片里的女人叫闫蓁，她是"承文地产"的外联主管。

顾瑶见到闫蓁的那天是在一个鸡尾酒会，闫蓁是全场的焦点，后来她喝醉了，就去院子里待着。

顾瑶刚好经过，见到闫蓁耳鬓发丝凌乱，鞋跟歪歪斜斜在地砖上咔咔响着，即将跌跤时倒进一个中年男人的怀里。

下一秒，闫蓁就将男人推开，捂住嘴跌撞地冲出门口，男人也立刻追了过去。

顾瑶离开酒会时，正看到闫蓁和男人拉拉扯扯在门口争吵。

闫蓁似乎伤了脚踝，狼狈地扶着一棵树，手里拎着一只高跟鞋，光着的那只脚悬空着。

顾瑶等司机来了，没有立刻上车，她怕闫蓁不好脱身，叫司机过去传话，说是愿意送闫蓁一程。

闫蓁烦躁的表情在听到司机转述时，有些诧异，随即笑着摆手拒绝好意。

顾瑶临上车前还回头去看，正撞见中年男人对闫蓁露出讨好的笑容，而闫蓁只是低头撩着头发。

地产圈里的人都在说，闫蓁是一个对付男人非常有办法的女人，没有谁是她拿不下的。

而在这张照片里，闫蓁和祝盛西相对而坐，背景像是一家西餐厅，两人面前都摆放着咖啡。

祝盛西神情微有不耐，眼神飘向窗外。

闫蓁脸上则流露出一丝恳求的意味。

如果是看图说话，显然这是闫蓁有事相求，而且这件事一定很重要，甚至不惜让她放下身段，拿出最柔弱的一面。

但是不应该啊，"承文地产"是顾承文的公司，闫蓁就算有难题也不应该对祝盛西开口……

顾瑶又看向第二张。

第二张照片里的女人，叫江心云，今年大学刚毕业，家里经营着一家楼盘装修公司，和"承文地产"合作过几次。

顾瑶上次和江心云照面是在一个雨天。

顾瑶常去的超市距离她住的公寓只隔了三条街，有时候如果只买一点儿东西她会选择步行，顺便活动一下。

那天顾瑶采购出来，刚好下起雨。

空气有些黏腻，幸好雨不大，顾瑶没带伞，罩上大衣的后帽往公寓走。

四周行人不多，鞋子踩在湿滑的地面上，声音显得格外清晰，顾瑶明显感觉到有个人一路跟着自己出了超市，之后的路线也是惊人的巧合。

在穿过最后一条街道时，顾瑶刻意放缓步速，靠向旁边的树坑，将塑料袋放下并作势弯腰系鞋带。

哪知身后那人却在越过顾瑶时，带倒了塑料袋，里面的橙子和苹果沾着雨水和污泥滚了一地。

对方低下身来帮顾瑶捡齐水果，两人打了个照面。

那是个面貌清秀、皮肤细白的女生，她说她和顾瑶住在同一个小区。

但自那天以后，顾瑶却没有在小区里碰到过她。

倒是有一次顾瑶去"承文地产"找顾承文，遇到了她和她父亲，顾瑶也是在那时候才知道这个女孩儿叫江心云。

至于照片里，江心云和祝盛西仿佛正走进一家夜总会的大门。

门口张灯结彩，光影交错洒下来，照着祝盛西没什么表情的模样，以及江心云紧绷的脸。

江心云的手还有些紧张地握在一起，而祝盛西却全程无视。

顾瑶很快又看向最后一张照片。

照片里的女人叫宋苗，也是圈子里的名人，听说智商超过一百三，十六岁就考上大学，后来一路"开挂"跳级念到博士。

宋苗母亲早亡，父亲是城中名人，交友广泛，对这个女儿百依百顺，连续交了几任女友都因宋苗的刁难无疾而终。

可惜宋苗会念书却没有经商头脑，前两年她父亲死于一场急病，留下的产业很快就被几个叔叔瓜分干净，就连宋苗手里的存款也被其中一个叔叔以投资失败为名败光了，宋苗还被叔叔们安排着周旋于一桩桩相亲饭局中。

听说宋苗已经见过三十几位商界青年翘楚，但她的眼光实在刁钻，到现在都是单身。

顾瑶之所以会对宋苗有印象，还是因为有一次和祝盛西一起出去吃饭，刚好宋苗和她的相亲对象也在。

宋苗那天的相亲对象是一位金融新贵，当时风头正盛，和祝盛西也见过，那位新贵和宋苗就当场自来熟地坐下来拼桌，很快就将相亲饭变成商务对谈。

宋苗还趁机和顾瑶攀谈，但顾瑶对她说的那些珠宝和医美的话题没什么兴趣，短短半小时走了好几次神儿。

直到祝盛西注意到顾瑶偷偷打了个哈欠，这才拉着她提前回家。

而照片里的宋苗，她正和祝盛西站在一起，不过两人中间隔着半步距离。

祝盛西在和一个男人握手寒暄，看那样子仿佛正在为宋苗和对面的男人做介绍。

宋苗的表情倒没什么特别，只是脸上挂着商务式的笑容，看着有点儿假。

顾瑶看完四张照片，双手撑着额头，长长地舒了一口气。

信息量有点儿大，一个忍不住就会脑补出很多莫须有的东西，还会陷入自寻烦恼的死胡同。

她努力将自己从桎梏中拉出来，不要被思维陷阱困住。

然后，她想到徐烁。

这些照片和上次田芳和祝盛西的那张显然都是一个意思，只抓拍了一个角度，一个定格，没有前言，也没有后续，摆明了就是要"误导"，就看她会不会上套，会不会胡思乱想地替这些照片脑补出不可描述的后续。否则徐烁大可以用一段视频来说明事实的全部，而不是用这样一张画面来做鱼饵。

而且徐烁一定料到了，她看过之后就会去找他求证。

想到这里，顾瑶将照片扔到旁边，转而拿起那几张资料。

她翻看了一遍，也没什么特别，就是关于闫蓁、江心云和宋苗的背景调查，和她知道的也差不多，而且资料里没有提到祝盛西。

不过有一点倒是很巧合。

原来江心云和宋苗都是美国宾夕法尼亚大学毕业的，但是不同届。

如果她没记错的话，杜瞳也是宾夕法尼亚大学出来的。

再加上闫蓁现在在"承文地产"任职，和杜瞳是同事……

这些只是巧合吗？

四个女人，或多或少都有点儿交集，而且还分别在不同时期和祝盛西有过接触。

顾瑶思忖片刻，她的直觉告诉她，这种看似巧合的内在联系，可能就是指向答案的唯一线索。

顾瑶将资料放下，视线不由自主地投向一直被她刻意忽略的第三篇日记。

它孤零零地躺在茶几上。

顾瑶盯着看了几秒，终于鼓起勇气拿起来。

上面的笔迹明显是女孩儿的，有点儿娟秀，又有点儿青涩，一笔一画的，很少有连笔出现，年龄应该不大，目测也就是十四五岁。

顾瑶很快读了一遍。

201×年，春分，晴。

前阵子，有一个陌生的中年男人突然频繁来到我们家，他的长相很凶狠，眼袋下的纹路和法令纹都很深，像是沟渠。

他每次来，都会来看我，还对我笑，可是我却丝毫感受不到一点儿善意，他的笑容只停留在皮肉上，眼睛里是猛兽一样的冰冷。

这样用肌肉挤出来的笑容，让人不寒而栗，我很害怕，就躲在大哥身后。

大哥问我，喜不喜欢那个叔叔。

我连忙摇头。

大哥说，我现在比前两年好多了，已经不那么内向和自我封闭，我已经肯和别的女孩儿一起玩了，我长大了，也应该出去过正常人的生活了。

我有点儿蒙，大哥是什么意思？

那个看上去很可怕的叔叔要把我带走吗？

我问大哥是不是，大哥有些为难地点了一下头。

我吓得六神无主，一下午都把自己关在房间里。

大哥进来看我，我就躲到桌子底下，对他说，要是那个人要收养我，我一定会像小丰一样，死了还被扔到下水道里。

大哥便费力地钻进来，抱着我，安慰我。

这个姿势他待得很艰难，我们都已经不是小孩子了，这张桌子下面已经藏不住我们了。

我哭了很久，很久，太阳都落山了，屋里渐渐黑下来。

直到大哥低声跟我说，那个叔叔不会害我的，因为他是我的亲生父亲。

我一下子就呆住了。

那个男人很快把我从家里带走，还给我办理了入学手续，让我念高中一年级。

我每天都很害怕，怕被那个男人杀死。

我的学习不好，没有一门功课跟得上，那个男人说，那是因为我在孤儿院没有受到好的教育，不过没关系，女孩儿不用读那么多书，再长大点儿就可以嫁人了。

我很诧异，再长大一点儿就可以嫁人了？

天！我才十四岁，再大一点儿是多大？

这个男人的房子很破旧，屋里的装修起码有二十年以上，墙皮大片脱落，没有脱落的地方也是泛黄发黑的，尤其是厕所，顶上已经斑驳地露出砖头，里面常年弥散着烟臭味儿。

他有很重的烟瘾，一天要抽一包半，整个屋子里都是烟，熏得我难受，连我的衣服上都是烟味儿，我想开窗户通风都不行，因为他会生气地呵斥我。

我穿着那些有烟臭味儿的衣服去学校，班主任把我安排在最后一排，坐在我旁边的男生受不了我身上的味道，就把课桌挪开，离我远远地。

班主任发现了，就问他干吗离我那么远，知不知道友爱同桌？

那个男生很不客气地说，我身上有烟味儿，臭死了。

我一言不发地坐在那里，懒得为自己辩解，这种事对我来说也无所谓，从小到大我被嫌弃惯了，只有大哥才是真的对我好。

学校的课程我跟不上，我偶尔会听听，听烦了就睡觉，从不勉强自己，但我感觉到那些老师也不喜欢我，经常会喊我起来回答问题。

十次有九次我是回答不上来的，有的老师会讥讽我几句，同学们则会哈哈大笑，有的老师会问我，以前都在干什么，落后这么多怎么还睡觉。

每一次，我都是木着脸被拎起来，等挨骂完了再坐下。

很多同学都在背后说我厚脸皮不合群。

体育课我也跟不上，课间跑步我一直跑年级最后一名，累了就歇会儿，连四十多岁的班主任都能追上我，问我体质怎么这么差。

我对这一切都很淡定，没什么不能接受的，后来还是班主任忍无可忍要请家长，我才不得不第一次主动和那个男人开口说话。

也是在那一天，我在家门口听到两个住在隔壁的女人闲磕牙，她们还指指点点地看了我一眼。

我知道她们在说那个男人，他一直一个人住，独来独往，突然蹦出来一个女儿，是谁都会觉得奇怪。

但我只是在表面上叫他"爸"，私下里，我只会称呼他"老头儿"。

我把班主任的话转告给老头儿，老头儿嘴里叼着烟，满口黄牙，一张嘴就是熏鼻的恶臭。

"你在学校惹事了？"

我摇头："我表现得很好。"

老头儿不相信："你表现得很好，老师为什么要请家长？"

我不懂他是怎么在"请家长"这件事里读出不好的意思的。

我想了一下，说："也许是想当着你的面表扬我。"

老头儿沉默地看着我，他眼里有点儿惊讶，我不知道他在惊讶什么。

不过现在我知道了，原来"请家长"是落后的特别生才有的待遇。

老头儿后来去见了班主任，我不知道他们聊了什么，也没兴趣知道，但是那天下午我被全班同学关注了。

开始我不知道为什么，直到班长告诉我，学校组织给灾区捐款的活动，是自愿不记名的，只有捐款最多的三名学生，名字才会被写在校门口的黑板上。

我看着班长，不懂他的意思。

直到班长说："你爸捐了一大笔钱。"

我没说话。

其实捐款的事我是知道的，我看到别的同学给了十块、二十块，最多也不超过一百块，不过我没参与，我手里只有买午饭的钱。

我想着"一大笔"的概念是什么，最后得出一个数字：一千块。

可是当我去看那块小黑板的时候，我是真的吓了一跳。

——是一万五千块！

我站在那块黑板前很久，脑子里一直在计算着一万五千块可以干点儿什么，三年高中的课本加起来都没有五千块那么多，或者把伙食费也加进去，有没有一万五千块呢？

那天之后没多久，班主任老师就交给我一个差事，让我负责每天放学后的班级值日安排。

这是一个吃力不讨好的工作，我不想做，可我不知道怎么拒绝，只能按照卫生委员的名单每天按顺序选出三个人，看着他们把教室打扫干净。

等到晚上五点半，会有一个老师挨个班级检查，合格的才能锁门。

但我连续三天被那些同学放鸽子，只留下我一个。

我叫不住他们，只能自己干。

我做的值日也不合格，每天都要六点才能走人。

可我无所谓，比起那个臭烘烘的家，我更愿意待在学校里。

直到今天傍晚，我回到家里。

家里除了老头儿还多了一个男人，那个男人穿得很干净，像是受过高等教育的人，我不知道如何形容，总之和我们不在一个世界。

他的脸也很干净，看到我还从钱包里拿出几百块钱，说是给我的零花钱。

我接过来，看了一眼老头儿。

老头儿并没有生气，还说以后每天都会给我一百，让我在学校的日子好过点儿。

我不知道老头儿是如何知道我不好过的，但是那一百块我也不会拒绝，起码我可以买那些同学都买得起的饮料。

我回到屋里写作业，听到外间他们俩又说了一会儿话，然后那个穿西装的男人就走了。

这时，老头儿叫我出去，还递给我一张纸。

我接过来一看，是一张处方单，但我看不懂上面的手写字，乱七八糟的。

老头儿说，让我打车去远一点儿的药店把上面的药买回来，如果药店的人要看处方就给他们看，如果问为什么是我去买，家里的大人呢，就说大人病了，起不来床。

老头儿还特别交代我，要多跑几家药店，不要在一家买太多，买了就走，别闲聊。

然后，老头儿又给了我五百块钱和一部全新的手机，他说买了药之后钱还会剩很多，用不完不用给他，让我打车和吃晚饭用，要是路上有什么事，就用这个手机，按"1"键就是他的电话。

我攥着钱和处方单出了门，按照老头儿说的去了很远的一家药房。

当药店的人把药拿给我时，我特意看了一眼上面的名字，那几个中文字我都认识，但是合在一起却很奇怪。

——氨酚曲马多。

后来还是在回家的车上，我用手机上网查了一下，才知道这种药是一种重度止痛药，用于癌症或术后治疗，创伤和产科疼痛。

我想了一下，老头儿是男人，不可能生孩子，可他也没有创伤啊。

难道……是癌症吗？

转眼到了第二天。

顾瑶几乎一夜无眠，她心里的事装得太多了，天蒙蒙亮时才合上眼睡了一会儿，但是睡眠很浅，翻来覆去醒来好几次，直到早上九点。

顾瑶起床，靠坐在床头，觉得身体很虚弱，但是精神很亢奋，她很快到厨房给自己做了一份早餐。

然后一如既往地打开电视机，转到新闻频道。

今天的主角又是祝盛西。

媒体记者非常尽责地从医院跟到了立心孤儿院，全程跟踪拍摄。

先是祝盛西快速冲进医院，报上自己的血型，是 AB 型的 Rh 阴性血，和刚刚送到医院来需要急救的立心孤儿院的小朋友血型吻合，而且他一口气就输了八百毫升。

经过几个小时的抢救，小朋友的生命得以挽救，手术很成功，并将他送到加护病房里观察。

可祝盛西也当场晕倒。

等祝盛西清早从病房里醒来，立心孤儿院的方院长和几个小朋友一起来看他，镜头里的祝盛西可以清楚地叫出每一个小朋友的名字，他对他们露出微笑，还嘱咐其中两个小朋友学习要加紧，等等。

这时，媒体记者冲破层层阻碍，来到病床边进行采访，第一个要问的就是今早投资圈传出的一个小道消息——听说某证券公司正准备接手"江城基因"下一步上市计划的前期辅导工作？

听到"上市"两个字，顾瑶的神情也是一紧。

现在"江城基因"外面飘着的全是负面消息，这时候怎么可能考虑上市？

祝盛西仿佛并不愿意多谈此事，将话题转开，说："比起那个，我现在有一个更要紧的计划，是和立心孤儿院有关的。"

媒体记者连忙追问。

祝盛西说："我和昨晚进行抢救的小朋友都是'熊猫血'，其实在几个月前我就有意推行这个计划，却因各种负面消息而耽搁，今天正好借由这个契机提出来——我将会成立一个'熊猫血'专项公益基金，专门为'熊猫血'的少数群体服务，希望将来再有类似的事情发生时，少数群体也可以找到组织，不至于孤立无援。"

祝盛西的话颇值得玩味，他没有否认记者问出的"上市计划"，却也没有承认，这就等于给了记者和看新闻的人一个脑补空间。

而后他又提到"熊猫血"专项公益基金，这无疑是为这个群体提供了便利，增添了希望，这绝对是有利于社会的善举。

顾瑶看到这里，拿起手机上网。

不管是医疗圈和金融圈的论坛，还是微博话题，她都扫了一遍。

某基因公司总裁连夜给"熊猫血"小朋友献血的消息，已经上了热搜，点进去一看，刚好是他提到要成立江城"熊猫血"专项公益基金的内容。

但与此同时，这篇稿子里还提到"江城基因"连日来被牵扯在内的高管服药暴毙一案，目前已经递交检察院。

下面不少网友回复，各执一词。

有人说：这就是企业家在作秀洗白，献血和成立基金对他来说就是九牛一毛，根本不值得一提，但是在政府和民众面前却可以加分。

有人反驳：得了吧，站着说话不腰疼，有钱人多了，有几个会身体力行做善事的，为富不仁的大有人在，现在有人愿意做好事就说人家洗白，以后谁还做好事，做了也不落好。

还有人说：不管怎么说，如果江城也能有自己的"熊猫血"专项公益基金，以后真有需要的话也知道找谁了，尤其是 AB 型的 Rh 阴性血更是稀有中的稀有，如果能有人可以出钱出力把江城的"熊猫血"都集结起来，那绝对是造福社会的好事。

顾瑶刷了几篇稿子，看了几百条网友留言，终于将手机合上，靠在沙发里半晌没动。

——"江城基因"上市的消息一定是自己人透露出去的，时机选得刚刚好，绝对不是巧合，而且这件事一定和父亲顾承文有关，祝盛西也是知情的。

——献血的事或许是巧合，但媒体记者的跟踪采访一定是刻意安排，所有事情都搭配得刚刚好，简直完美。

顾瑶还记得，就在投资人协会举办颁奖典礼的第二天，因为她父亲顾承文的一番讲话，媒体的风向便一股脑儿地掉转了，网上那些抹黑"江城基因"的水军帖子也被删除了一大半。

顾瑶虽然很清楚外人是怎么看待这些"手脚"的，但她当时却并没有太在意，还反过来告诉自己，只要他们没事就好，其他都不重要。

可如今，同样的部署又来了一次，再加上昨天晚上她看到的那几张照片和第三篇日记，这一刻的心情越发五味杂陈。

太多的谜团围了上来，几乎要将她吞没。

但她很清楚，这些谜团其实一早就在了，并不是突然出现的，她之所以觉得困惑，是因为她一直身在局中，当局者迷，她唯有站到旁观者的角度上才有可能弄清楚一切。

比如，闫蓁那三个女人是怎么回事？

又如，祝盛西在精品店表现得和杜瞳并不相熟，两人怎么会一起去看比赛？

再如，祝盛西的妹妹曾经被一个男人收养过，后来去哪里了？

顾瑶非常坚信，她的疑问都会在那个日记本里找到答案，但是徐烁绝对不会轻易给她。

所以眼下她必须主动出击，而徐烁就是唯一的突破口。

心思一定，顾瑶立刻开车去了明烁律师事务所。

车子开到半路，顾瑶先在微信上联系了徐烁，但他没回。

也不知道徐烁是不是在欲擒故纵，顾瑶等了一会儿很不耐烦，索性就在自己的车里"自言自语"起来："小川，我不管你用什么办法，你必须立刻找到你哥，我还有十分钟就到你们那儿，如果我看不到他，我会扒了你的皮。我说到做到。"

其实顾瑶也不敢肯定自己的车里是不是真被监听了，但她宁可赌这一把，反正十分钟之后便见分晓。

另一边，小川突然被顾瑶点到，心里跟着就是一咯噔。

他哪儿敢怠慢，二话不说就拨通了徐烁的电话。

徐烁正在路上，接通时声音慵懒且不耐烦："干吗？"

小川抖着声音说："哥，你还有多久回来？"

徐烁："十几分钟吧。"

"你就不能快点儿吗？"

"这一路上都是红灯……"徐烁话说了一半，忽然就急了，"什么快，你才快！"

小川立刻说："没事，我刚给你找到一条小路，一个红绿灯都没有。"

徐烁："……"

小川边说边做事，让徐烁一路畅通无阻，就是钻小路十分考验车技。

徐烁："你小子，这么着急让我回去干吗？"

"那个女人要来了，她说要是十分钟后见不到你，就扒了我的皮……"

徐烁笑了："你这么怕她？"

小川："她可不是一般人，她上次还诅咒我得睾丸癌！我这两天也不知道是不是心理作用……上厕所有点儿疼……"

徐烁："……"

十分钟后，顾瑶杀到了明烁律师事务所。

小川战战兢兢地招待她坐下，还亲自到茶水间泡了一杯咖啡出来，放在茶几上。

顾瑶双手环胸，盯着小川看。

她的目光非常有侵略性，从上扫到下，又从下扫到上，小川下意识地一抖，连忙夹紧裤裆。

顾瑶这时开口说："你哥呢，让他出来接客。"

小川吞咽了一下口水："他马上到……"

顾瑶见状，皮笑肉不笑地说："你果然在我车里装了监听器。"

小川又是一抖。

顾瑶话锋一转："你和徐烁是怎么认识的，为什么你肯这么甘心为他卖命，什么违法乱纪的事都敢碰？"

小川怔了怔，飞快地说："我以前不懂事，仗着自己有点儿技术就到处黑别人，有一次被'抓包'了，差点儿被人废了手，就是我哥把我救出来的……"

顾瑶挑了下眉，这倒是有点儿意想不到，姓徐的还有救人危难的时候？

说话间，大门响了。

徐烁长腿一迈，懒懒散散地走进门口，还打着哈欠，西装外套抓在手里，衬衫领口解开两颗扣子，头发凌乱，睡眼惺忪，一副不着四六的模样，还裹着一身浓郁的酒味儿。

顾瑶下意识地屏住呼吸。

徐烁见到顾瑶，故作诧异："顾小姐？稀客。"

废话。

顾瑶站起身："徐大律师可真是业务繁忙，不知道是哪家夜店能让你这么流连忘返，还有本事赚走你的钱？"

徐烁一脸的风流相："哦，你可能不太了解我，夜店美眉不是我的菜，我就喜欢良家妇女，假正经的那种。"

顾瑶："……"

徐烁随手将西装往肩上一搭，说："不好意思顾小姐，我到现在还有点儿脚软，请你在这里多坐一会儿，等我先进去梳洗打扮，再出来做你的生意。"

话落，徐烁就迈开长腿，往他的办公室去了。

顾瑶端起桌上的咖啡喝了一口，这才把满腹的恶心强行压下去。

徐烁所谓的"梳洗打扮"持续了半个小时，等他走出休息室，已经是一身清爽，西装也换了一套新的，胡子刮干净了，头发还有些潮湿，蓬松地奓在头顶，又恢复成衣冠禽兽的模样。

当顾瑶等得不耐烦而冲进办公室时，徐烁正对着一面全身镜抹发蜡，领带就松垮垮地挂在脖子上，随着他搔首弄姿的动作而轻轻晃动。

顾瑶觉得辣眼睛，就坐在沙发里看向别处。

徐烁从镜子里瞄到她绷着脸的模样，微微一笑，按了一个钮，让全身镜自动收到墙壁的隔层里，一边系领带一边转过身。

"火气怎么这么大，我这里有金银花，要不要给你泡点儿？"

顾瑶看向徐烁，说的是另外一件事："那个日记本，你应该看过全部内容。"

徐烁灵活的食指很快将领带打了个结，并将结推到喉结下，又整了整领子，从兜里拿出一个润唇膏，在嘴唇上来回涂了两层。

"嗯，而且还看了不止一遍。"

顾瑶："我猜那个日记本里应该提到过一些可供追查的线索，比如女孩儿的名字或者姓氏，女孩儿念哪所高中，她的养父是谁。"

徐烁在顾瑶对面坐下来："是啊，这些信息都有。"

"那你也应该顺着线索调查过，结论呢？"

徐烁笑了："顾小姐怎么这么心急，你看小说都是先偷看结尾的？"

顾瑶冷冷道："你一直不让我看到完整的日记，还一篇一篇逗闷子似的往外择，目的不就是勾起我的好奇心吗？你知道一旦我看到了全部，就一定会读到不一样的东西，我会自己找到答案，那你就没有牵制我的筹码了。"

徐烁："说牵制多难听，你完全可以当这是一次合作，比如田芳的案子，你我联手，说不定会摩擦出不一样的火花。"

"合作？"顾瑶嗤笑一声，"到现在我的车里还有你们安装的监听器，你跟我说合作？"

徐烁抬手拍了下脑门儿："哦，你不说我都忘了，这事好办，我让小川这就给你拆除……"

他边说边站起身，走到办公桌前拿起一个看上去非常复古的手机，随即走回来放到顾瑶面前的茶几上。

"不过以防你找不到我，你要收下这部手机。"

顾瑶皱着眉，拿起手机按了几下，是组装的老爷机，相当破旧，还是黑白屏幕的，连《贪吃蛇》游戏都没有。

徐烁解释道："放心，这部手机改装过，任何屏蔽信号装置都对它无效，就算你在沙漠里打给我，我这里也能收到一点儿信号，绝对高性能。"

顾瑶翻开里面的电话簿,只有一个陌生号码,她按了一下,办公桌上的另一个老爷机就响了起来。

顾瑶问:"非得用这个?"

徐烁笑道:"我这个人太注重隐私了,用这个比较安全。同样,如果你遇到危险,又不方便和我通话,那你就按下"1"键,响两声挂断,那我就会立刻追踪你的信号,以最快的速度到你身边——当然,我个人是希望顾小姐福大命大,长命百岁的。"

顾瑶将老爷机翻来覆去地看了半天,心想着就算收下也没什么,毕竟在科技跟踪这件事情上她是防不住徐烁的,多一个老爷机也没差别。

主意一定,顾瑶将老爷机扔到包里:"你的礼物我收下了,谈正事吧。"

徐烁却站起身,率先往门口走:"好啊,边走边聊。"

顾瑶拿起包跟上:"去哪儿?"

徐烁靠在门边,笑出一口白牙:"案发现场。"

顾瑶和徐烁一起出了门,但顾瑶对这个人有点儿"洁癖",既不想坐他的车,也不想让他上自己的车,索性一人开一辆。

徐烁在前,顾瑶在后,两人一路往郊区行驶。

走了没几分钟,顾瑶通过语音通话问他:"你说的案发现场是'江城基因'连启运暴毙身亡的地方?"

徐烁懒懒道:"是啊。"

"干什么去?"

"考察现场,还原案情,再顺便采个证。"

顾瑶:"事情发生了这么久,法医、痕检早就已经采过证了,现在现场可能已经遭到破坏,你去了还能做什么,找奇迹?"

徐烁:"你有没有听过一句话——凡走过必留痕。从案发前到公安赶到,田芳和连启运一共在那里待了七个小时。你说七个小时可以留下多少痕迹,多少证据,也许我还真能找到点儿什么,比如毛发、体液、药渣、血渍之类的。"

顾瑶有些诧异:"你刚才那句话是法证之父艾德蒙·罗卡说的,没想到你还懂这个。"

"哦,不是欧阳震华说的吗?就是《法证先锋》,你看过没?"

顾瑶："……"

真是话不投机半句多，顾瑶突然没有了提问的欲望。

然而，就在她正要按掉通话键时，徐烁的声音却传过来："对了，今早的新闻看了吗？"

顾瑶没吭声。

"你的男朋友祝盛西可真有一套，作秀、制造舆论、献爱心、买好评……我真的很好奇他下一步会做什么。哦，对了，'江城基因'上市之后股票会不会大涨，我要不要提早内购啊？"

顾瑶听着一阵恼火，深吸一口气，刻意压抑着情绪，说："2012年，法国卡昂大学教授塞拉利尼写了一篇转基因作物诱发肿瘤的论文，论文发表后引起广泛关注。虽然这件事最终以撤稿告终，可是很多人到现在还在反复攻击转基因技术是一颗'重磅炸弹'，会给人类带来恶劣影响。为了消除影响，欧洲先后启动三个项目用来证明清白，总共耗费1500万欧元。可结果呢，转基因玉米到现在依然被很多人排斥和误解，这就是谣言的杀伤力，它就像是一枚在人心里扎根的种子，永远无法根除，稍有一点儿风吹草动就会卷起新的舆论风暴。"

徐烁淡淡落下三个字："所以呢？"

顾瑶说："'江城基因'就是同类事件，因为一些无聊的人散播谣言，'江城基因'要为此背负什么样的后果，要花多少钱，做多少事才能自证清白，这个时间可能是十年、二十年，甚至更久，以后只要'江城基因'有任何新药上市，都要面对大众的质疑。怀疑的种子已经被埋下，你以为作秀、献爱心、买好评能起到什么作用？不过就是杯水车薪。就是因为有太多无聊的'黑子'，你一句他一句，才让那些无辜的人背负骂名。"

谁知徐烁听了，却是轻轻一笑，仿佛看穿了什么，说："顾小姐，我看你是误会了，我只是纯粹站在一个合作伙伴的角度上，出于关心才问两句。而且比起'江城基因'的新药，我更好奇的是你。"

顾瑶："我？"

徐烁："祝盛西在媒体面前高调亮相，你父亲顾承文在投资人颁奖典礼上公开护航，昭阳律师事务所利用女下属和大客户进行性交易，再加上那几篇日记、那些照片和今天早上的新闻，啧……这些碎片拼出来的祝盛西，在你眼里像不像是另外一个人呢？"

顾瑶沉默了，心里却没来由地一紧，好像被人戳到了死穴。

这恰恰是她昨晚失眠，以及连日来困扰她的原因……

每一根稻草看似无足轻重，可是无数根叠加起来，早晚要压死骆驼。

一声低笑，徐烁又落下一句："话说，枕边人如此陌生，你真的一点儿都不害怕吗？"

他这是在攻心。

"任何人都可以变得亲切或者陌生，有的人用了一辈子的时间都做不到了解自己，更何况他人。大惊小怪。"

顾瑶话落，不再给徐烁发问的机会，径自将微信语音切断。

徐烁低笑出声，脚下一踩油门，让座驾甩着屁股飞上高速路，吓得旁边的车辆纷纷刹车熄火儿。

顾瑶也不甘示弱，换挡跟上，紧追那辆飞驰的车。

Chapter 5
背后的交易

　　连启运暴毙的现场就在江城郊区的一栋别墅里，别墅是登记在"江城基因"名下的，属于公司财产，一般用来让公司高管们度假休息使用。

　　现在这栋别墅的外围已经拦上黄色的警戒线，大门却没有上锁，方便相关工作人员随时过来取证。

　　徐烁将车明目张胆地停进别墅的车库里，又从后备箱拿出一个铝合金制的手提箱，一个装着不明物体的大塑料袋，就这样大剌剌地进了门。

　　顾瑶如法炮制，跟着他一前一后钻过警戒线，问："闲杂人等擅入现场取证，如果被人发现，这事儿可大可小，刚才别墅区的门卫为什么不拦咱们？你递交过申请了？"

　　徐烁穿过小院，来到门廊前站住脚，随即拿出两双鞋套和橡胶手套，递给顾瑶一套，同时说："我给门卫看了我的律师证。"

　　顾瑶接过鞋套套在脚上："可你还不是田芳的律师。"

　　徐烁笑了："可那门卫也不知道我还不是啊。你看这里，一定来过不少人，门卫见得多了也就习惯了，只会将你我当作相关工作人员，难不成还是专程到这里打卡自拍的网红吗？"

　　顾瑶没吭声，徐烁没有一件事是不出格的，她也不应该感到惊讶。

　　徐烁拿着箱子和大塑料袋率先进了门，两人站在门廊处向里面一看，真是满地狼藉，乱七八糟，幸好窗户都是关着的，没有让这几天的风雨入室，否则什么证据都毁了。

　　徐烁打开箱子盖，箱子里不仅有橡胶手套，还有各种大小的塑料袋、试管、棉签、吸管、镊子、指示牌和一些未知的喷雾。

　　顾瑶问："你带着这些东西做什么，还真当自己是法证了。"

　　徐烁第一次没有和顾瑶拌嘴，他转而来到客厅里，发现有几个区域被人动过，随即从箱子里拿出记号牌逐一标注。

有块地毯被剪掉了，应该是法医或痕检在上面发现了可疑痕迹，比如药物或者血渍，进而带回去化验。

徐烁在旁边看了标注"1"的牌子，对着拍了一张照片，又去看标注"2"的地方，乍一看什么都没有，只是光秃秃的地板，但是当他用棉签扫了一下，就沾起来一点儿细碎的玻璃碴儿。

徐烁将玻璃碴儿放进试管里，又去看"3"号标注点。

顾瑶说："其实《法证先锋》我也有看过。"

徐烁头也没回："哦？"

顾瑶："我记得里面有个桥段是讲鲁米诺测试的，就是将一种叫'发光氨'的物质到处喷一喷，然后遮上窗帘，让房间暗下来，那么只要有过血渍的地方就会呈现蓝色的荧光。我刚才看到你的箱子里好像也有类似的喷雾，你怎么不用——也许田芳在客厅里就已经遭受过暴力对待，可能会有血迹留下。"

徐烁回头看她："是叫鲁米诺没错，但这个知识点是谁教你的？哦，对了，你男朋友是搞医药的，化学知识应该很丰富。"

徐烁站起身，对着"3"号位置拍了一张照片，刷开手机相册仔细看照片里的痕迹，边看边说："鲁米诺的化学名叫 3- 氨基邻苯二甲酰肼，它的发光原理就和演唱会的荧光棒差不多，就是使不稳定的化合物变得稳定，比如血液中的血红蛋白含有铁离子，就能推动鲁米诺中的过氧化氢分解，推动发光过程。所以就算是肉眼看不到的微量血迹，依然可以使它呈现。"

说话间，徐烁抬眼看向顾瑶，微微一笑："不过，这么神奇的鲁米诺却有一个非常致命的问题。"

顾瑶盯着那笑容，仿佛一下子明白了点儿什么。

她问："你刚才说它和荧光棒差不多……难道这种测试只能用一次？"

"Bingo！"

徐烁在空中打了个响指："如果是没有任何取证的绝对'干净'的案发现场，用鲁米诺绝对有效，但是被鲁米诺激发过的血红蛋白也会因此遭到破坏，无法再进行后续检测，除非那些不破坏证据的采证手段都用完了，不得已才会出此下策。像是电视剧里那种到处喷洒鲁米诺的情况如果是在现实案件里，技术员是要被停职检查的。"

顾瑶听得认真："你所谓的不得已是指什么？"

徐烁："就好比说，有人用漂白水清理过现场的血迹，这时候用鲁米诺是无效的，但是只要过几天再用鲁米诺，同时保持四周昏暗，那么被洗掉的血迹依然会呈现。但可惜的是，漂白水会破坏血液里的DNA。"

顾瑶听得皱起眉，她有一秒钟的时间怀疑过这些话的真实性，可是见徐烁的表情又不像是在瞎掰。

徐烁继续道："据我的观察，我相信这间屋子还没有被喷过鲁米诺。既然人家技术员没有破坏过现场，那我怎么好意思给他们添麻烦呢？"

他边说边走到"4"号区域，拍照的同时，又说道："而且鲁米诺也不是万能的，任何化学物都有它的局限性，生活里有氧化性的物质也不止过氧化氢一种，就好比洁厕灵吧，它沾上鲁米诺也会发光。所以如果一味地相信这种不靠谱的化学测试，只会误导自己的判断。"

到此，屋里陷入一阵冗长的沉默。

徐烁看了顾瑶一眼，见她正直勾勾地盯着自己，便挑眉问："怎么，是不是被我的专业知识吓到了？"

顾瑶倒是很老实："是有点儿刮目相看。这些东西你是临时背下来的，还是一早就知道？"

"这种常识性的东西还需要背？"

顾瑶："……"

真是就怕无赖有文化，还是一个喜欢炫耀的无赖。

徐烁笑了一下："你该不会真当我是个不学无术的无赖律师吧，我面对的可都是刑事犯，要是没点儿真材实料和那么点儿高人一等的内涵，怎么可能镇得住那些不法之徒？就像你们犯罪心理学里不也是认为，和犯罪人交涉的前提条件就是与之产生共鸣，知己知彼才能百战百胜，要是连犯罪人想什么，下一步要做什么都猜不到，那也就只配写写事后论文。"

顾瑶："你居然知道。"

只是话刚说出来，她就后悔了。

也许她不该轻视这个男人，也许那些无耻下流的浑蛋行径只是他的保护色，毕竟披一张"正人君子"的外皮是无法和不法分子打交道的，只有在表面上变成"同一个世界的人"，才有可能让那些罪犯愿意对他说实话。

顾瑶问："那你看了这么久，得出什么结论没有？我必须提醒你，真正的案发现场应该是在卧室，新闻里说连启运是死在床上的，你光在客厅里转悠有什么用。"

徐烁挑起半边眉梢，随即抬起尊贵无比的长腿折回门口，指着门廊的那个矮柜说："你看看这是什么？"

顾瑶跟着上前一看，矮柜上有一小块干涸的痕迹，像是水渍。

徐烁用湿润的棉签擦走一点儿，随即又用碘酒轻轻滴在上面，棉签瞬间变成蓝色。

顾瑶一怔："是什么？"

徐烁笑了："淀粉反应，应该是唾液，说明他们刚吃过饭就着急来别墅。不过这里怎么会有一摊唾液呢？就身高来判断，当时应该是一个成年人，这样弯着腰趴在矮柜上……"

徐烁边说边模仿给顾瑶看，直接趴上去，那西装裤顿时紧绷在臀部上，勾勒出又圆又翘的弧度和大腿肌肉张弛有度的线条。

顾瑶直接转开脸。

徐烁故作诧异地说："哦，你是不是觉得我姿势不雅？其实我也觉得以我的身高，做这种事不太合理，所以当时趴在这里的应该是一个女人，就好像……你这么高。"

顾瑶立刻瞪回来。

徐烁非常识趣地向后退了两步："行了，知道你是个良家妇女。"同时蹲下身，从他带进门的那个大塑料袋里拎出一个东西。

顾瑶定睛一看，更加无语了。

那就是一个充气娃娃，而且做工非常粗糙，五官扭曲，头发飞乱。

如果不是场合不对，顾瑶真的会被气乐。

这个男人……真的太荒谬了！

但徐烁却一脸无辜，还将玩偶搭在矮柜上，做出趴下的姿势，玩偶的脸刚好对着那片干涸的痕迹。

顾瑶："……"

徐烁一边按着玩偶的头一边说："你看，这个高度和姿势就对了，那么问题来了，这个女人为什么要趴在这里吐口水呢？"

顾瑶："……"

又是一阵沉默。

顾瑶双手环胸，瞪住徐烁。

徐烁却是气定神闲，有些无害地回望着她。

直到静谧的空气中响起顾瑶的吸气声，她才开口："显然，有一对男女连上楼都等不及，就迫不及待地在这里发生了性行为。"

徐烁煞有介事地点点头，又用一根干净的棉签擦了一点儿唾液，放到试管里封好。

"那么，我假设这个人是田芳，她和连启运在这里就'嗯嗯'了一次，也就是说，连启运在进门之前就已经很'激动'了，那么也许开车过来的路上，两人就已经发生过一些不可描述的行为？"

顾瑶忍着翻白眼的冲动："是有这个可能。"

徐烁一把抓起充气娃娃往客厅里走，这回他更过分，不仅将娃娃搂在怀里直接躺在沙发上，和娃娃的四肢纠缠在一起，甚至还和娃娃一起扭到地毯上。

顾瑶就站在那儿，一脸不可置信地看着他表演。

然后，她就发现徐烁和娃娃掉下去的位置，刚好是被剪掉一块地毯的地方。

顾瑶立刻发问："你是不是觉得他们在这里进行过第二次？"

徐烁搂着娃娃坐在那儿，无比风骚地一笑："我猜这块剪掉的地毯上应该不是血渍，而是连启运的体液。"

徐烁站起身，又指了指其他几个位置："另外几个地方我看过了，应该和性行为无关，不过在落地窗的地上也发现一点儿白色的干涸物，不用我说，你也知道是什么吧？"

顾瑶："……"

徐烁抓着娃娃站起身，环顾一圈："哇哦，在客厅里就来了三次。咱们再去卧室看看？"

顾瑶："……"

两人一前一后上了楼。

在这个过程里，徐烁就像是搜证犬，一路在楼梯上找证据，结果一无所获。

顾瑶还讥讽了一句："这回有没有发现不明液体？"

"完全没有。"徐烁站起身，又把问题抛给顾瑶，"不知道在心理学家眼里，连启运选择发生性关系的地点能反映出什么心理？"

顾瑶一顿，说："楼梯不是一个舒适的区域，在楼梯上进行，连启运势必要跪下来，这样膝盖就会有磨损，如果只是为了寻求刺激，门廊和落地窗前会比这里更适合。显然，连启运虽然追求刺激，却是一个非常注重舒适度的人，而且矮柜、沙发、地毯、落地窗前，以及卧室的床上，这几个位置都比楼梯更加省力。"

徐烁走在前面，边听顾瑶分析边穿过走廊，走向卧室："嗯，你还挺有生活的。"

顾瑶："……"

两人来到卧室门口。

屋里的摆设一目了然，一张尺寸夸张的大床，一台正对着床铺的电视机，一个大衣柜，里面还有一道通向浴室的门。

徐烁率先进去走了一圈，视线落在只剩下床垫的床铺上，显然床单和被褥都已经被拿去采集证物，比如头发、皮屑、指纹、血液甚至是体液。

床垫上还画着人体线，清晰地勾勒出人形，那应该是连启运暴毙身亡的姿势。

顾瑶来到床前，仔细盯着人体线看。

徐烁已经走到电视机前，从下面拿起两个遥控器，他审视片刻，基本判定其中一个是电视遥控，那么另一个是什么？

他随便按了几下。

下一秒，屋里的光线就变了，一阵蓝一阵红，蓝红光影交错，瞬间这整间房就变成电视里常见的那种情色主题房。

顾瑶一愣，下意识地对上徐烁的目光。

徐烁将光线切换回来，咧嘴一笑："你们城里人还挺会玩儿。"

顾瑶却直接拿走那个遥控器，尝试其他按键。

功能还真是丰富，不仅有控制调整床位的，还有开关窗帘的、播放环绕立体声的，其中一个按钮更夸张，直接将天花板的夹层打开，露出一面大镜子，正对着床铺。

两人一同抬起头，盯着镜子，视线在里面交汇。

徐烁："啧啧啧……"

顾瑶："……"

徐烁转而将手里的充气娃娃放到床垫上，按照人体线的轮廓摆出一个姿势，但无论他怎么摆，总是超出线外，好像很难对上。

顾瑶仍仰着头看镜子，自然也看到了床垫上的充气娃娃，她突然说："不对，左边的手臂再收回去一点儿，双手按住心脏的位置。"

徐烁一顿，随即照办。

顾瑶："让右边的腿屈起，支撑床垫。"

徐烁继续。

就这样调整片刻，充气娃娃终于严丝合缝地待在人体线里，只是姿势非常扭曲，绝对违背人体工程学。

徐烁双手环胸，歪着头审视片刻，做出结论："我要是用这种姿势睡觉，肯定颈椎侧弯，腰肌劳损。"

"这是他人生的最后一刻垂死挣扎的姿势。"顾瑶站在床的另一边，同样盯着充气娃娃的姿势，说，"楼下那三次性行为，都是连启运主导，按理说他已经非常疲惫了，上楼之后应该会让田芳采取主动，也就是说——连启运在下，田芳在上，在这个过程里连启运突然暴毙的可能性比较大。"

徐烁吸了吸两颊，说："可不，这哥们儿的零件也太活跃了。"

顾瑶抬眼："你是指他过于频繁？"

徐烁开始计算时间："他们在这个别墅里待了七个小时，这个时间还包括田芳把立坤的人找来善后的时间，那么就缩短为五个小时。按照刚才的推断，两人是一进门就开始亲热，在来的路上连启运就已经开始激动，进门后他们在客厅做了三次，上楼又不知道做了几次。这里面还不算中场休息……连启运今年三十八岁，又不是十八岁，这种'消耗量'绝对不是一个年近四十的男人承受得住的。"

的确非常不合常理。

顾瑶跟着说："一周一次性行为有助于缓解压力，正常来说一周两次利于血液良性循环，而且两次的时间相隔越久越能够降低心脏病的风险率，还有数据指出一周三次对提高免疫系统有帮助，再多就会给身体消耗造成负担。连启运却在几个小时内进行了四次以上，除非他提前吃了药，刺激零件超常发挥，否则根本不可能做到。"

隔了一秒，顾瑶看向徐烁，继续道："加上连启运的工作性质和职位，他的压力一定比大多数男人大，所以他选择用这种方式排解压力。而且事发是在晚上，当天也不是节假日，也就是说连启运应该是经过了一天高压工作之后才来这里消遣。他的身心都已经超负荷工作，加上药物的刺激，身体因为过度消耗而出现异常反应，却仍不知收敛，心脏供血跟不上，这时候很容易就会引发心脑血管病症甚至是肾衰竭而死。不过具体死因，还要等你拿到田芳的代理权，看到法医的鉴定报告之后才能知晓。"

顾瑶话音落地，徐烁脸上漾出笑容，不过不同于以往那么风骚，反而还带了一点儿老练和深沉。

顾瑶忽然问："你为什么冷笑？"

徐烁慢悠悠地扫过顾瑶："我冷笑了？"

顾瑶点头："人类的笑容由两套面部肌肉控制，你只使用了第一套，就是颧骨处的肌肉群，只能将笑容提升到眼角，到不了整个眼部。你这样笑，难道是觉得我分析得不对？"

徐烁问："检察院起诉田芳的罪名是什么？"

顾瑶："故意杀人罪。"

"那么，如果连启运是死于心脏病发作，关田芳什么事？"

顾瑶沉默了，在拿到这个案子的辩护权之前，他们是不可能看到证据链的，所以眼下都只是推断。

这时，徐烁反问："你不认识连启运吧？"

顾瑶摇头。

徐烁从手机里调出一张照片，递给顾瑶："左边那个男人是连启运，右边的是一家医药公司的老板。"

顾瑶接过一看，眉头皱了皱。

照片是远距离拍摄的，里面两个男人正在酒桌前碰杯，连启运是一身西装，另外一个男人穿得则比较休闲，但是气质透着显贵。

她将手机还给徐烁。

徐烁笑问："都看出什么了？"

顾瑶说："中国的酒桌文化，是下位者在敬酒时会故意把自己的酒杯放得比上位者低，连启运深谙此道，低了一点儿却没有太过分。但是连启运的骨子里却很想炫耀，不愿输给他人，所以他非常注重自己的行头，他的手表是瑞士名牌，皮带是爱马仕，桌上摆的打火机是纪梵希的，显然连启运的虚荣心很重。这种人的征服欲也很强，身边的伴侣基本可以判定为没有内涵深度的女性。这与他在性爱上用力量、特定姿势和次数来征服女性的心理基本无二。"

徐烁顺着话茬儿问："也就是说，连启运服药助兴，有很大原因是虚荣心作祟？"

"是有这个可能，毕竟在他这个年纪想要达到'一夜七次郎'的效果基本是不可能的。"

徐烁一顿，眼里流露出一丝诧异："你刚才说什么，'一夜七次郎'？"

顾瑶反问："怎么了？"

"没什么，只是这不像是会从你这种正经人嘴里说出来的话。"徐烁有些忍俊不禁，"如果我说连启运以前有先天性的心脏病，你信不信？"

顾瑶是真的震惊了："不可能！"

她飞快地说："明知道自己有先天性心脏病还这么玩命，还吃药助兴，这是自杀。再说，有先天性心脏病的人恐怕也支撑不了四次这么久，他很有可能已经死在客厅了。"

徐烁笑了："这的确是一个疑点，而且我有种预感，只要把这个疑点解开，案子就破了。"

顾瑶没吭声，但她在直觉上却非常认同徐烁的判断。

——检察院起诉田芳的名义是故意杀人罪，这就说明在连启运身上一定找到了他杀的证据。

——连启运如果真有先天性心脏病，按理说他不应该让自己的心脏超负荷工作，甚至还吃药助兴。

其实只要这个疑点揭开了，整个案发过程就能串联起来。

就在顾瑶沉思的时候，徐烁已经开始收拾东西了，他盖好铝合金箱子的盖子，将充气娃娃也收了起来。

这时，顾瑶醒过神来，问："对了，你为什么懂这些现场采证的工作，有人教你，自学，还是模仿《法证先锋》？"

徐烁说："首先，我要给你科普一个知识点，大陆的法证部门全名叫作刑事科学技术室，有的属于刑警大队下设单位，有的则单独分出来，和刑警大队平级。负责现场采证的叫技术员，每个人的分工都不同，有负责采集痕迹的也有负责理化生物的，还有负责拍照的，不过因为人才稀缺，所以基本上都是一人多用，什么都要会。我之所以会这些，主要是因为好奇心重，你懂的，技多不压身。”

真是胡扯，信他才有鬼。

顾瑶没较真儿，又道："就算让你查到疑点又如何，你还是没有找到理由说服田芳聘请你。"

徐烁正准备开口，这时就从楼道里传来一阵脚步声。

屋里两人同时一键静音。

然后，又一起看向门口，那脚步声越来越近，越发清晰，来的还不止一个人。

来人是个女人，走到门口也被屋里两人吓了一跳，震惊地戳在门口。

"你们是谁？为什么出现在这里？"

问话的女人一身深色套装，矮跟鞋，手里拿着公文包，一看就是精英白领人士。

说话间，第二道身影也出现了，竟然是杜瞳。

顾瑶的眉梢跟着挑起，对上杜瞳的目光。

杜瞳也将脸上瞬间升起的诧异压下去，说道："这位是顾总的千金，顾瑶顾小姐。"

女人表情瞬间恭敬起来，主动上前伸出一只手："原来是顾小姐，久仰大名，我是昭阳律师事务所的律师王翀，主打刑事，田芳的案子就是由我负责。"

顾瑶抬起手让王翀看到她戴着胶皮手套："不好意思，不方便。"

王翀并未介意，很快递上名片。

这时，杜瞳的目光已经扫向站在顾瑶后方，一直气定神闲地拿自己当背景板的徐烁，再度开口："至于这位先生，咱们好像是第一次见面，您是顾小姐的……朋友？"

徐烁笑得就像是一条大尾巴狼，来到顾瑶旁边，潇洒地戳着一双得天独厚的大长腿，说："鄙人姓徐，徐烁，初来江城，人生地不熟，所以请顾瑶为我当向导。"

王翀："……"

杜瞳稍愣："你们的游览行程是来案发现场？"

顾瑶眼见两人一脸不可置信，真是庆幸自己提前和徐烁过过三百回合，这才能做好表情管理。

徐烁含蓄地笑了笑："顺便采证。"

一阵沉默。

杜瞳终于明白重点："请问徐先生的职业是……"

"律师。和王律师一样，也是负责刑辩。"

"徐先生想介入田芳的案子？"

"是有这个兴趣。"

"可是田芳并没有聘请你，现在来现场会不会太心急了？"

"我只是未雨绸缪，等接手之后再来，就怕时间赶不及。"

"徐先生可真自信，你以为你能拿到辩护权？"

"十拿九稳吧。"

杜瞳眯了眯眼，看了一眼旁边事不关己的顾瑶，又说："如果徐律师跑业务太辛苦，看在你是顾小姐朋友的分儿上，也许我可以为你介绍几个案子。"

"不用了。案子嘛，还是自己找来的有挑战性。"徐烁淡淡笑道，"好了，我们要找的东西已经找到了，就不耽误二位了，先走一步。"

徐烁边说边拎着箱子往门口走。

顾瑶见状，直接跟上。

两人刚跨过门口，杜瞳的声音就追上来："顾小姐。"

顾瑶侧身，就听杜瞳说："这个案子顾总和祝总已经全权委托给昭阳律师事务所，顾小姐这时候找其他律师介入，恐怕不太合适。"

顾瑶没吭声。

她盯着杜瞳的这张脸，脑海中出现的是前一天晚上的那张照片，祝盛西和杜瞳一起在赛场看比赛，两人笑得都很开心。

杜瞳又道："更何况，还是一个这么不专业的小律师。律师的职责是在法庭上为当事人辩护，现场采证是公安的工作，哪有律师跑来这里的？"

"是吗？"顾瑶突然出声了，"那杜特助和王律师来现场又是为了什么？难道不是为了采证，或是重组案情经过吗？我听说昭阳是想把'故意杀人罪'打成'过失致人死亡罪'，请问辩护依据找到了吗？也许我介绍的小律师可以帮到你们。"

杜瞳一怔："这个案子牵扯了'江城基因'，顾小姐没必要随便找来一个不相干的外人介入，很容易弄巧成拙。"

顾瑶笑了："凡事都不要太绝对，也许这个外人会成为扭转整个案情的催化剂呢？我绝对相信自己的眼光。"

话落，顾瑶就径自转身朝等在走廊尽头的徐烁走去。

楼道的光线有些暗，徐烁站在明暗的交汇处，一手插袋，一手拿箱子，包裹着充气娃娃的塑料袋就夹在腋下，身材笔挺，笑容意有所指，看向顾瑶的目光更是透着一丝微妙。

直到顾瑶走近，率先走下楼梯，徐烁的声音轻轻飘过来："我刚才被夸了？"

顾瑶没回头："你听错了。"

"真是受宠若惊啊，感觉胸前的小红花更鲜艳了。"

"我说你听错了。"

"原来我在顾小姐眼里是催化剂啊，不知道是哪一种呢，鲁米诺还是漂白水？"

"你是不是有病。"

说话间，两人已经一前一后迅速离开别墅，回到车库。

顾瑶刚要上车，不料手臂却被一只手握住。

顾瑶回头的瞬间，成年男人的气息跟着涌入鼻腔，就和那天晚上她睡的那间休息室里的一样。

"等等。"低沉的两个字忽然响起，顾瑶的视线正对着他的喉结，她的脑子有一瞬间的空白。

可还没等顾瑶反抗，徐烁已经松开手，说："先上车，晚点儿再走。"

顾瑶问："什么意思？"

徐烁将座驾的后备箱打开，把箱子和装着充气娃娃的塑料袋扔上去，随即走回来："你就不好奇杜瞳的来意？她是你爸的助理，又不是'江城基因'的什么人，昭阳的律师来调查现场，关她屁事。"

徐烁很快用手机拨了个电话："小川，好了。"

顾瑶问："你让小川做什么？"

这时，就见别墅前方上空忽然飞过来一个东西，顾瑶定睛一看，是无人机。

徐烁乐了："待会儿就能揭晓谜底。"

顾瑶关心的却是另外一件事："它一直跟着咱们？"

"当然，咱们来的可是案发现场，出事了怎么办，我的命很值钱的。"

顾瑶沉默几秒："你知不知道，像你这样没有许可就来现场采证，偷拍辩护律师的言行对话，这两件事都是不合法的，就算真让你找到或者录到什么关键性证据，也不能呈上法庭。"

徐烁笑了，仿佛突然有兴致和她讨论这个问题："如果我在这个别墅里偷偷放一个窃听器或是摄像头，那绝对是不合法的，但是如果像你上次那样把录音笔放在自己包里，跑到我的律师事务所，那么录下的证据就合法。至于无人机，不管我用它录下什么，都不是在别人的屋子里，而是玩着玩着不小心飞过这里，刚好拍到。何况我也不会把它递交法院，最多也是拿给田芳看，让她了解一下律师事务所的同事，为了她如何不遗余力地奔波。"

顾瑶："……"

说话间，徐烁的手机响了。

徐烁按了免提键，里面传来小川的声音："哥，拍到了，其中一个女的离开房间了，从客厅的窗户能拍到她在楼下，可能马上就走，另外一个还留在屋里。"

徐烁切断电话，对着顾瑶扬了扬下巴："先上车，别让杜瞳看见你。"

杜瞳？

他为什么认定先出来的人一定是杜瞳？

顾瑶上了车，安静地坐在驾驶座。

这时手机上发来一个微信语音邀请，她同意了。

徐烁的声音传过来："对了，我都忘了问你，第三篇日记精彩吗？"

顾瑶的眉头开始打结，嘴上却说："非常精彩，你打算什么时候让我看后面的部分？"

"那你要先递交一份那四张照片的分析报告。"

顾瑶的表情有些不屑，但人却很配合："虽然只是一瞬间的抓拍，却可以看出闫蓁和宋苗两人都在向祝盛西散发异性间的示爱信号，或者也可以解释成散发女性魅力。闫蓁对男女关系非常在行，她绝对清楚当她露出我见犹怜的姿态时，男人会做出怎样的反应，她有事恳求祝盛西，自然而然就用了这种套路。而在宋苗的照片里，祝盛西在和另一个男人握手，并且介绍宋苗给他认识，这个时候宋苗的动作是一手撩起头发，嘴唇微张，这些都是对异性表达好感的信号。"

徐烁开始抬杠："为什么一定是针对祝盛西，也许宋苗是在向另外一个男士展现自己。你对你男朋友的魅力还挺自信。"

"宋苗的手提包拿在更靠近祝盛西的手里，让异性更容易注意到它，甚至是碰触，而她的其中一条腿有些弯曲，还压在另一条腿上，弯曲的膝盖指向的往往就是让她感兴趣的人。尽管宋苗的目光落在另外一个男人身上，可她的身体语言却出卖了她。"

隔了一秒，顾瑶又道："至于江心云，我和她见过两次，她看着我的眼神十分好奇，还旁敲侧击地和我套过近乎，我当时虽然不明白为什么，但是直觉告诉我，她这么想了解我是因为我身边的某个人。起先我以为是我父亲，因为江心云家里是做楼盘装修的，她和我拉近关系也很合理，但是昨天看到照片我才明白，原来她的目标是祝盛西。不过很可惜，这三个女人都没得逗。"

徐烁一声低笑："你怎么知道没得逗，难道祝盛西每天来你这里签到？"

顾瑶吸了口气，说："女人的第六感。或者你也可以这样理解——一件属于我的衣服，突然被别的女人穿上身，就算过后衣服洗得再干净，它也会沾到其他人的味道，永远不是原来那件了。"

"那我是不是可以理解为，顾小姐有精神洁癖，但凡别人碰过的你就不要了？"徐烁调侃了一声，又很快把话题转开，"哦，还有杜瞳呢？"

顾瑶："他和祝盛西之间没有丝毫的性吸引。"

徐烁："你难道不觉得他们更亲密？"

顾瑶："……"

徐烁："祝盛西和你一起看过比赛吗，还是一起为赛场上的人加过油？"

顾瑶："……"

徐烁："啧啧……"

顾瑶终于忍无可忍："我的分析就这么多，你什么时候给我第四篇？"

徐烁突然嘘了一声，说："看，杜瞳出来了。"

顾瑶一怔，这时就看到别墅大门口走出来一个女人的身影，真是杜瞳。

杜瞳没有在附近逗留，她的车就停在路边，她很快开车走了。

顾瑶问："你怎么知道先出来的会是杜瞳？"

徐烁："王翀要留在里面重组案情，想办法给田芳打成'过失致人死亡罪'，这个过程不是几分钟就能搞定的，但是就算再复杂，也用不着一个特助帮忙，不走还留在里面看风景吗？"

"我不懂，那她为什么来？"

"待会儿小川把片子传过来，自然就知道了。"

只是这话刚落地，徐烁就发出咦的一声："这小子效率还挺快……"

接着，微信语音就切断了。

顾瑶下意识地透过窗户看向旁边的路虎，但是玻璃上贴了黑乎乎的膜，她根本看不到里面。

顾瑶快速给徐烁发了一条微信："片子也给我一份。"

徐烁没回，半晌也没动静。

顾瑶等得不耐烦了，又催促说："看见微信没有？"

徐烁仍是装死。

顾瑶终于忍无可忍，推门下车，然后拉开路虎副驾驶的车门。

徐烁戴着蓝牙耳机，拿着手机正看得兴致盎然，猝不及防车门砰的一下开了，英俊非凡的脸上闪现刹那的惊讶，随即黑眸笑成了两轮弯月，唇角勾出个小钩子，一脸"你来得可真是时候"的猥琐样。

顾瑶的眉头跟着一跳，面无表情地坐上副驾驶座，又砰的一下关上车门，柳眉倒竖地看着他。

徐烁颇为识相，将声音播放模式切换成公放。

顾瑶紧绷的脸色这才稍稍松了，身体前倾，夺眼看向屏幕。

视频里，杜瞳和王翀就站在卧室里，两人脸色都很严肃。

王翀："刚才那个律师就是之前去看守所见田芳的那个？"

杜瞳："就是他。不过你不需要理会，只管案子，其他的事我会处理。"

王翀："可是他刚才会不会已经发现了什么？"

杜瞳："不管他发现什么，都不会影响到你，只要田芳不同意请他，他能翻出什么浪花，何况他是非法取证。你只要记住，这次的罪名是'过失致人死亡罪'，而不是无罪释放。为了大局着想，田芳必须为整件事买单。"

王翀点点头，随即问道："那田芳的妹妹那里……"

杜瞳："都安排好了，她不会乱说话，如果你要她出庭做证，我会安排。"

话落，杜瞳的手机就响了起来，她快速交代王翀两句，就离开卧室，同时接起手机，边讲边往楼下走。

杜瞳来到客厅，切断通话，从桌上拿出一个遥控器，按了几下，沙发组正对面的墙壁上就缓慢降下来一个家庭影院屏幕。

　　杜瞳打开影院，登录了一个账号，随即找到账号里收藏的几段视频。

　　航拍飞机是从客厅的窗户外拍摄的，由于角度倾斜并不能看到视频的正面，只能从侧面隐约看到，视频里是一对男女正在进行不可描述的行为，而且非常激烈。

　　杜瞳扫了一眼就把视频传到另一账号，同时删掉该账号里的记录。

　　为了看得更清楚，顾瑶的身体越发前倾，头都伸到屏幕前了。

　　她努力辨认着视频里的那对男女，有点儿像是连启运和田芳……

　　视频在这时戛然而止。

　　顾瑶直接抬手在屏幕上划拉一下，又把最后一段进行回放。

　　一时间，车厢里只能听到一串不成调的声音。

　　徐烁眼皮微微上翻，原本高大的身体已经被顾瑶挤到背靠车门，身体倾斜，还得维持着一手举手机的姿势，卷着一股热涌钻进心里。

　　也不知道是不是车厢太过狭小，光线太过昏暗，气氛太过诡异，背景音太过哼唧，徐大律师一时间只觉得心里和身体里都有一双小爪子在抓，伴随着顾瑶身上和头发上的馨香，不断地往心里钻。

　　徐大律师几乎是屏住呼吸，随即扫了一眼手机上的时间——才过了两分钟，怎么像是漫长的一个小时？

　　又坚持了半分钟，徐大律师长长地呼出一口气，看着顾瑶的鬓发被他的气息浮动。

　　"想不到顾小姐还好这个啊……"

　　低沉沙哑的嗓音在耳边响起，顾瑶先是皱了下眉，随即姿势不动地抬起头，眼里写满了因打搅而流露出的不耐烦。

　　只是这一抬头，却猝不及防地对上一双黑眸。

　　徐烁眉目低敛，眼眸漆黑深邃，薄唇微微抿着，仿佛带着一丝警告。

　　顾瑶这才警觉两人的距离过分拉近了，飞快地直起身，说："你干什么？"

　　见她抽身，徐烁嘘了口气，瞬间切换成吊儿郎当的神态："这话应该是我问才对，你靠得这么近，还不停地回放看'真人秀'，我还真怕你一个忍不住对我来硬的。"

224 -

顾瑶："……"

要不是场合不对，顾瑶真的会朝他大吼一句——"变态！"

直到徐烁忽然问："你看了这么多遍，有什么心得没有？"

顾瑶平复了怒气，说："视频里的男人是连启运，但女人不是田芳。"

徐烁本能上不太相信，又把视频拉回去看了一遍，女人的样貌有七八分像田芳，只不过因为过程激烈，她的五官有些扭曲，不是很容易辨认。

徐烁问："你怎么知道不是她？"

顾瑶说话时带着一点儿讽刺："男人看女人，和女人看女人的角度和出发点都不一样，我敢肯定，这个女人不是那天在看守所里见到的田芳，但是两人五官轮廓惊人地相似，我猜就是刚才杜瞳和王翀提到的田芳的妹妹。"

徐烁沉默了，他又看了一遍视频的最后一段，一动不动，眼神凝滞，神情肃穆，和他一贯的找碴儿嘴脸大相径庭。

顾瑶见他没有反驳自己，问："你是不是想到什么？"

徐烁这才抬起眼皮，有点儿不正经地笑了："在你们心理学上，如果一个男人播放着和另外一个女人的那啥视频，还一边看着一边和视频里女人的姐姐咿咿呀呀，这种行为算不算变态？"

顾瑶愣住了。

是啊，刚才杜瞳分明是在客厅的家庭影院账号里调出视频的，但她是将视频删除了，还是传走了，就不得而知了。

但有一点可以肯定，当时连启运和田芳在客厅的沙发上纠缠，多半是看了这段视频来助兴……

顾瑶心里忽然涌上一阵恶心："如果推断没错，连启运有生理方面的心理疾病。"

徐烁："……"

徐烁难得会这么沉默，脸上写满了"欲语还羞"的微妙情绪。

顾瑶见他一副"我很好奇，但我一定要忍住，绝对不能问这么隐晦的事，否则就会被人怀疑我有问题的模样"，竟有点儿得意，随即笑道："一般这种症状的人，不是某些地方过大就是过小。过大的人属于炫耀型，会习惯用与生俱来的某个东西和异性沟通，但是久而久之心里就会非常空虚，更渴望心灵交流。过小的属于自卑型，比如某一本古代小说里的男主角，甚至还找大夫给他做了手术。当然还有其他类型，比如时间比较短，或者像是连启运这样因为有先天性心脏病，无法像正常人一样的。

"可是我猜，连启运应该是那种比较旺盛的群体，无论是他在行头上的炫耀、对女人的态度，还是某些事的频繁程度，所以他一定会有一种'怀才不遇'的心理，认为自己明明很强，怎么就被一个先天性心脏病绊住了呢，这令他看上去像是个弱鸡。时间长了，这种自卑心态就会扭曲病态，而他刚好在这时候碰到了田芳和她妹妹，产生特殊幻想，而且还在和田芳在一起的时候，播放和她妹妹在一起的视频，用来满足他的病态幻想。"

顾瑶一气呵成地分析完，又分外讥诮地扫了徐烁一眼，补充道："对了，这种变态心理你应该能明白一点儿吧。"

车厢内一片安静。

徐烁终于决定捍卫自己的尊严。

"不是我说……你是打哪儿来的依据，我凭什么应该明白一点儿？你扯了一大堆，到最后还拐着弯骂我，你以为我听不出来？"

果然，任何男人只要一牵扯到"尊严"问题，哪怕只是一点点质疑，都会立刻跳脚。

顾瑶笑了："徐律师怎么这么激动，是被我说中了什么吗？"

徐烁："刚才可是你主动靠过来的，还一直回放小片，我是个正常男人，面对这种冲击，能没点儿想法吗？"

"你有想法，你当然有。"顾瑶又戴上了"鄙视牌"眼镜，像是探照灯，"无论是你的眼神，还是你的肢体动作，都说明你刚才的确有过想入非非，我看你幻想能力这么丰富，便以为你能体会连启运的精神世界，我的推断合情合理啊。"

徐烁眯了眯眼，连威胁的语气都出来了："你再这么说我，就不怕我对你做点儿什么？"

顾瑶却完全没当一回事："你如果要做什么，上次在你的休息室里就做了。"

徐烁："……"

顾瑶见他憋闷着脸色，突然问："有个问题其实我一直很好奇，如果不小心刺激到你，你也不要太介意，我毕竟是心理专家，探人隐私是我的职业病。"

徐烁忽然升起一股不好的预感。

果然，顾瑶问了："根据我的判断，通常表面上装得不着四六，骨子里都会有一点儿精神洁癖，说不准还住着一位傲娇禁欲的小王子，自恋成性，自负自大，整天对着镜子孤芳自赏，甚至认为全天下没有一个女人配得上自己。不知道徐大律师是否所见略同呢？"

徐烁深吸了一口气，又一口气，他知道，这个女人一旦抓到了一点儿把柄，就要往死里踩他了，要是今天这回合没搞定，让她占了上风，以后岂不是节节败退，没完没了？

不行……

他兢兢业业地帅了这么多年，绝对不能在阴沟里翻船。

徐大律师把心一横，忽然就抬起靠近顾瑶的一条大长腿，在座椅上屈起来，身体就势向她这边倾靠，倏地一下就把嘴皮子过分利索的顾心理学家堵在了副驾驶座上。

顾瑶完全没料到他有此一招，下意识地向后靠，却听啪的一声，徐烁一只粗壮的手臂已经越过她，按在了她身后的车窗上。

他阴气森森地说："你知不知道男人经不得激？"

顾瑶力持镇定："我说的都是事实。"

徐烁笑得一脸不怀好意："我告诉过你，我这人就喜欢良家妇女。其实……你也属于这个范畴。"

顾瑶皱眉："你要干什么？"

徐烁"邪魅"地一笑，一张俊脸逼近顾瑶，两人气息交融，几乎快要贴到一起了。

顾瑶立刻侧头，感觉到徐烁的呼吸就喷在她的颈部动脉上。

就听到他用一种非常讨人厌的语调说："你的男朋友和那么多女人有着不清不楚的关系，我知道你心里会不平衡，但是像现在这样随便对一个正常男人用激将法，是很容易吃不了兜着走的。虽然我这个人口味比较讲究，但是如果顾小姐觉得空虚寂寞冷，我也不介意稍做牺牲。"

顾瑶："……"

"呵，将来你要是想通了尽管来找我，我那间休息室的大门，随时为你打开。"

话落，徐烁就忽然抽身，紧绷的氛围一下疏散了。

他坐回到驾驶座，又切换成"人畜无害"的笑容，说："哦，今天的任务结束，你可以下车了。"

只有一秒的停顿，顾瑶横了他一眼，推门下车。

砰的一声，车门关上。

顾瑶回到自己车上，刚系好安全带，停在旁边的路虎就甩着大屁股冲出车库。

顾瑶只有两个字评语："有病。"

另一边，徐烁已经将车驶上大路。

小川的微信也发过来了："哥……那个女人骂你。"

徐烁一阵轻笑。

小川小声问："你怎么着她了？她好像气得不轻。"

"没什么，就是又帅了一把。"徐烁漫不经心地说，"对了，下回她再过来，你记得把监听器拆掉。"

小川说："好，我知道了。"

这时，手机上传来一个微信语音邀请。

徐烁看到邀请人又是顾瑶。

她的情绪管理倒是快，刚才还气得摔他车门。

语音一接通，顾瑶没什么情绪的声音就响起了："杜瞳在客厅的家庭影院上登录了一个账号，那里面收藏的视频警方为什么没有找到？"

徐烁慢悠悠地回答："按照法定程序，检察院立案之后就能进行视听资料的侦查，这是技侦的事，不过那账号密码应该没有默认登录，连启运可能还有删除播放痕迹的习惯，所以技侦暂时没有发现。但现在没发现不代表以后，杜瞳转移视频就是为了防患于未然，这么刺激的证据与其先被技侦找到还不如握在自己手里，用来牵制田芳。而且她还专程跑来这里操作，没有用自己家里的或是公司的设备，目的就是防止被人远程查到登录地点，把她牵扯进去。"

顾瑶："就算田芳的妹妹和连启运有牵扯，这和田芳的杀人案有什么关系？"

徐烁："换作你是田芳，你的妹妹被人搞了，还录了视频让你一起看，你能不生气吗？俗话说得好，怒从心头起，恶向胆边生，田芳情急之下弄死连启运也很合情合理。"

顾瑶："如果田芳是愤怒之下故意杀害连启运，那你凭什么帮她无罪释放？还有，连启运如果真的有先天性心脏病，他明知道自己经不起刺激还要作死，这种'自杀'行为又怎么解释？其实就算田芳不做任何事，连启运当晚也会心脏病发作，田芳根本没必要杀他。"

徐烁笑道："那是因为无论是我和你，还是刑侦那边，都只掌握了这幅拼图的部分线索，只有找齐所有碎片，整件事才能真相大白。"

顾瑶沉默了，的确是这样没错，尽管他们已经来了案发现场，但疑点还是很多，显然还需要法医那边的报告和田芳的口供来填补空白，但这两样东西除非田芳愿意委托徐烁，否则根本不可能合法取得。

过了片刻，徐烁说："想不通就不要想了，明天就是第一场庭审，你要是实在好奇就去旁听。也许会有什么心得。"

徐烁切断语音，脚下油门一踩，直奔江城第一看守所。

今天有了一点儿意外收获，可以说是"人赃并获"，运气好到连他自己都不相信，谁能想到早不来晚不来，偏偏杜瞳和王翀撞到枪口上来？

杜瞳过去那些事儿，徐烁心里是门儿清。

她的亲生父亲杜成伟死于一场爆炸，骨头都烧成末儿了，当时可谓轰动一时，徐烁的父亲徐海震在生命的最后几个月一直在调查这件事，关于此事的档案却从警队里不翼而飞。

要不是刘春按照徐海震的吩咐提前复印出一份，徐烁真不知道要去哪儿刨坑。

想不到这次田芳的案子，又有杜瞳掺和，呵呵，这算不算正中下怀呢，他原本还没想这么早动杜瞳这条线，她自己倒先送上门了，还破绽百出……

就在接见室等候田芳出来的时候，徐烁就坐在那里把事情的来龙去脉在脑子里过了一遍，直到接见室的门响了一声。

来人正是田芳。

田芳身上的伤比前几天好了点儿，走路姿势也没那么奇怪了，看到徐烁也不如上次那么惊慌，但是仍旧带着警惕。

徐烁双手环胸，笑道："田小姐，请坐。"

田芳坐下问："徐律师，你又来找我是因为什么？"

徐烁开门见山地说："你知道的，我希望你聘请我做你的律师。"

田芳抿了抿嘴，想到先前王翀对她的种种嘱咐和安抚，说："我已经有辩护律师了，我也想不到再请一个律师的理由。"

徐烁把话接过来："我知道，你的律师是王翀。你以前在昭阳是跟她的。"

田芳没吱声。

是又如何？

徐烁忽然问："对了，王翀以前对你怎么样？"

田芳皱了下眉，没应。

徐烁笑道："听说她对你很苛刻，你好几次都被她训哭了。不过我猜这个案子发生之后，王翀对你的态度应该有了一百八十度的转变，甚至可以说是关怀备至，像春天般温暖。"

田芳："你到底想说什么？"

徐烁慢悠悠地陈述："你我都是学法律的，遇到任何案子都会先想到动机。那么，你觉得王翀态度上的转变，背后的动机是什么？因为你聘请她当这个案子的律师——没必要啊，案子是昭阳让她负责的。或者是她看你可怜，突然良心发现，对过去的所作所为进行补偿——呵，这种突然大彻大悟、峰回路转的桥段只会发生在胡编乱造的影视剧里，现实生活中你见过几回？哦，那就只有第三种可能了——为了利益。"

田芳沉默了。

徐烁露出微笑："看来我说中了。"

田芳忍不住了，终于问："徐律师，你到底想说什么？"

徐烁却不答反问："你如果不想见到我，完全可以把我从访客名单里排除掉，为什么你没这么做？或者应该是我来问你，你是不是希望从我这里知道些什么，一些王翀绝对不会透露给你的事？"

全中！

徐烁已经摸透了田芳的心态，她的担心、恐惧，她对王翀的不信任，她对昭阳的忌惮，她对妹妹的挂怀，以及这个案子里的诸多疑点和她在证词上的谎言……

有那么一刻，田芳几乎以为徐烁已经知道了全部。

徐烁放下二郎腿，身体前倾，双臂就架在桌面上，摆出一副知心大哥哥正准备挽救迷途羔羊的诚恳善良的样子。

"其实在整个案子里，你是最无辜的那一个。你被你的上司王翀挤对，被昭阳律师事务所打压，还被当作捆绑住那些大客户的工具。"

徐烁边说边抬起手指，比了比田芳脖颈上的指痕，"唉……瞧瞧连启运给你造成的这些伤痕，他有先天性心脏病还敢这么搞，分明是自杀行为，凭什么他死了还要拉上你当垫背？你为了这种人去坐牢，甘心吗？昭阳牺牲你一个来挽回流失的客户资源，你心里平衡吗？还有立坤那边的人多次接触你，给你洗脑，让你以为他们可以把你从火海里救出去，没想到事发之后倒打一耙，利用媒体大肆炒作，把你推到风口浪尖，你不愤怒吗？"

田芳一边听着一边低下头，她的身体在细微地颤抖，双手在膝盖上紧紧交握，手指关节没了血色，正是因为徐烁的陈述，她脑海中开始回放着过去这段时间的种种不堪，每一件都是耻辱，她每时每刻都恨不得一头撞死算了。

可是，她不能啊……

她还有妹妹。

想到这里，田芳一下子醒了，她突然抬起头，眼睛里布满血丝："那你呢，你跑来跟我说这些是什么意思，你要接这个案子的动机又是什么？"

徐烁笑了："昭阳承诺你打成'过失致人死亡罪'，我却可以让你无罪释放，只要你跟我说实话。"

田芳："我凭什么相信你？"

徐烁反问："你难道不想早点儿离开这里，和你妹妹团聚吗？"

田芳怔住了。

徐烁见状，很快拿出手机和一个文件夹。

在田芳呆滞的目光中，他先将文件夹打开摆在她面前："这是一份律师委托书，你可以先看看我的条件。"

田芳强行将紊乱的心绪压下去，低头一看，愣了："报酬，一元？"

徐烁努努嘴："嗯，只要我帮你洗脱杀人嫌疑，我的名声就打响了，律师费在我眼里根本不值得一提。"

田芳："说得好听，要是你没做到呢？"

安静一秒后徐烁说："我一定可以做到。"

田芳沉默了。

她的眼里闪过一瞬间的犹豫，说不上为什么，只是某种直觉——这个男人有本事挖到这么多内幕，以他的能力或许真的能翻手为云，覆手为雨。

但这样的想法很快就消失了，田芳闭上眼吸了口气，没有让自己冲动行事。

她脸上的细微变化都看在徐烁眼里，徐烁没有继续追问，随手滑开手机，将刚才小川录下来的视频播了出来。

杜瞳："你只要记住，这次的罪名是'过失致人死亡罪'，而不是正当防卫。为了大局着想，田芳必须为整件事买单。"

王翀："那田芳的妹妹那里……"

杜瞳："都安排好了，她不会乱说话，如果你需要她出庭做证，我也可以安排。"

视频到这里被徐烁切断了，他没有播杜瞳转移视频的那段。

可即便是这三言两语的对谈，也足以撼动田芳，田芳脸色瞬间白如纸，连呼吸都忘了，只能直挺挺地坐在那儿。

直到徐烁低声问她："你和你的妹妹就要在法庭上重聚了，你觉得开心吗？"

田芳一个字都接不上来，她满脑子想的都是徐烁假设的场景，就只剩下恐惧。

徐烁扯了扯唇角，却是冷笑："你妹妹田恬还没有成年，她的人生可以说是刚刚开始，但她在这几个月内经历过什么，那些事会给她以后的人生造成多大的阴影，你心里应该有数。"

田芳下意识地看向徐烁，身体抖动得比刚才更厉害："你……你都知道什么……"

徐烁："你想，如果田恬成为证人，她势必要面临检方的盘问。法庭上有那么多人，她一个女孩儿要当众描述自己人生里最痛苦的一段经历。虽然她这样做，将会给你的行为找到一个合理的而且非常不得已的理由，会向所有人证实，你作为她的姐姐，在得知亲妹妹遭到连启运的禽兽行为之后，出于愤怒才痛下杀手，明知道死者有先天性心脏病，还在短时间内和他频繁发生关系，甚至还让死者服药助兴。站在人情角度上，你或许值得同情，死者也的确猪狗不如，也许审判长会对你轻判或是量刑。但是……"

田芳已经面无血色，眼泪也夺眶而出，她颤抖着声音说："我不会让我妹妹出庭的！"

徐烁点了点头："你这么做是出于对她的保护，很好。可是这样一来你就少了一张同情票。你知不知道连启运的妻子和父母对这件事有多激动，他们还多次在媒体面前痛斥你的恶行。我猜你一定在警方盘问口供的时候，解释自己身上的伤都是出于你和连启运的独特癖好。这就等于直接隐瞒了你的苦衷和真实动机，你说审判长看到这样的口供会怎么看你？根据这样的犯罪情节、主观恶性以及连启运家属的不谅解，法院是绝对有理由限制减刑的。也就是说，王翀这场官司会打得很辛苦，你获得轻判的可能性也几乎为零。"

徐烁话落，接见室里沉默许久。

田芳低着头，闭着眼，努力消化着徐烁的话。

大家都是学法的，徐烁说的事她心里很清楚，可是她毕竟是当局者迷，加上王翀和事务所那边都一再保证可以帮她获得轻判，最多坐三年牢也就出来了。

可是王翀却只字不提田恬的事，田芳根本不知道获得轻判的代价是田恬的一生，直到徐烁当着她的面戳破所有窗户纸。

徐烁没有打断田芳的"沉默"，他知道这件事换作任何一个人，都需要一段时间的消化和思考，毕竟他对田芳来说就是从石头缝儿里蹦出来的人，他们之间没有信任基础，田芳凭什么相信他呢？

事实上，这个问题小川也问过他，徐烁只是笑道："我不需要让田芳在短时间内相信我，我只需要摧垮她和王翀之间薄弱的'信任链条'。"

田芳对王翀本来就有怨言，站在人性的角度考虑，王翀突然受理她的案子，还对她关怀备至，田芳一定会从本能上怀疑王翀的动机。

只要田芳对王翀的工作不认可，她就随时可以解除和王翀的辩护协议，就算不解除，她也可以再聘请一位律师。

徐烁就坐在椅子上一动不动，默默观察着田芳的情绪起伏和肢体语言，也多亏了顾瑶冷言冷语地给他上的那几课，这一刻他基本可以确定田芳内心的堡垒已经完全崩塌，就算她今天不在委托书上签字，等到明天开庭后，她也一定会改变主意。

果不其然，片刻后田芳抬起头，她擦了一把脸上的泪水，声音沙哑地问："就算王翀的辩护令我不满意，我需要换律师也不一定会选你。你总要跟我证明自己的本事，凭什么你能赢过王翀……她在昭阳的刑辩胜诉纪录是数一数二的。"

徐烁轻哼一声，带着一点儿不屑说："王翀那些胜诉纪录和你这个案子有什么关系？那些人可以逃过牢狱之灾，你就觉得自己也可以？"

田芳词穷了。

徐烁说道："我现在能告诉你的就是，我会为你进行无罪辩护，而且不需要你妹妹田恬出庭。不过我也知道，你不会轻易相信我，一来我于你而言是陌生人，二来一般律师都不愿意接手刑辩案件，不仅收费低、取证难，而且风险高。要是我输了，你就得去坐牢，而且一定会比王翀能比你争取到的刑期要长。现在有两个选择摆在你面前——"

徐烁刻意停顿一秒，继续道："一个是王翀帮你争取的'过失致人死亡罪'，坐牢三年到五年，只要你选择她，就要准备在牢里度过这几年，还要让你妹妹出庭做证，这意味着，未来的三到五年里社会舆论不会放过田恬，媒体记者会没完没了地挖掘她身上的故事，她一个少女要独自面对外界的指指点点，还要接受心理治疗。另外一个就是你选择我，这对你来说是一种赌博，一局定输赢——赢了，你就可以和田恬团聚；输了，你可能要多坐几年牢，但是田恬不用在这个年纪就承受舆论的压力。"

说到这里，徐烁又看了眼手机，探视时间差不多了，他也没打算多说废话，直接站起身，将委托书收起来。

田芳的脑子里正在进行天人交战，见到徐烁起身不禁一怔。

徐烁微笑着将文件夹夹在腋下，同时说："明天就开庭了，你今晚一定会失眠，你有大把的时间考虑我的建议。不过我必须要提醒你，无论任何时候都不要忘记最重要的'无罪推定原则'——只要法院没有依法判决你有罪，那么你就是无罪的。在开庭之前就已经开始考虑未来三到五年的牢狱生活，这绝对不是你现在该做的事。"

徐烁从看守所出来，一路驱车往自己的律师事务所赶，半路上他那台改装过的老爷机突然响了，来电显示不用说自然是顾瑶。

徐烁接起电话："怎么，才跟我分开不到两个小时，就想我了？"

有了前面几次铺垫，顾瑶那边大概已经练就了金刚不坏一般的耳朵，还自带过滤功能，对徐烁这些吊儿郎当的废话一概不理。

她上来就开门见山地问："你从别墅出来以后去哪儿了，没有回律师事务所？"

徐烁轻笑："唉，你们这些城里人啊，刚才不就是让你上了一下我的车吗，怎么咱们就发展到互相查岗的阶段了？"

顾瑶继续过滤："我在你们律师事务所门口，小川正在拆卸我车上的监听装置，他说你一直没回来，又不肯说你去了哪儿。这个时候还有什么事可以吸引你离开。你是不是去见田芳了？"

徐烁啧啧两声："还好我没跟你搞对象，要不然以后思想上开点儿小差都不成，哪个男人受得了和测谎仪一块儿生活啊？"

顾瑶的语气又平又淡："你还没回答我。"

徐烁叹道："对，我是去见田芳了，目的你应该知道。如果你有兴趣，明天可以去旁听席坐会儿，我保证这场官司会非常精彩。"

顾瑶一怔："你已经拿到委托书了？"

"没有。"

"那你刚才说……"

"我指的是王翀。"

"我不明白。"

"王翀拟订的辩护方案一定需要一个关键人证，就是田芳的妹妹。但我敢跟你打赌，田芳的妹妹一定不会出席。田芳是她的唯一监护人，只要田芳坚持，王翀就不能强制她妹妹出庭做证。那你说，少了一个关键性的证人，王翀这场仗会打得有多辛苦？"

顾瑶想了一秒，说："就算没有田芳的妹妹做证，王翀也可以证明连启运的暴力倾向和对田芳进行虐待。"

徐烁："站在'江城基因'和昭阳律师事务所的角度，连启运必须干净得像是一张白纸，他不能背负任何'污点'，否则'江城基因'的形象也会受损。还有，田芳曾经给过假口供，称自己有特殊癖好。你知不知道被告人的口供对刑事辩护有多重要？在昭阳的控制下，田芳已经失去了先机，只要她继续聘请王翀，就等于承认王翀做的是有效辩护，她就不能推翻自己的口供，那这场官司可就难喽……"

这天晚上，顾瑶很晚才入睡。

她回到家就一直在想田芳的案子，想"江城基因"，想祝盛西，想那几张女人的照片和调查资料。

其实就在顾瑶折回明烁却没见到徐烁的时候，她就已经想到了田芳。

徐烁在别墅那里拿到了关键性的证据，加上他之前调查的种种资料，足以拼凑出一个完整的故事。

他赶在开庭前一天去见田芳，目的也不过是为了进一步击溃田芳的防御壳，尤其是今天在别墅里录到的杜瞳和王翀的几句话，绝对是动摇田芳最有力的武器。

奇妙的是，此刻的顾瑶竟然有一点儿相信徐烁的"预言"了，明天的庭审恐怕真的会很艰难……

顾瑶想事情想得出神，直到手机响了一下。

她翻开一看，是祝盛西发来的微信："今天一天都在医院忙，没顾得上家里，我现在已经没事了，晚点儿回来陪你吃饭？"

顾瑶回道："你不要两头奔波了，还是在医院再休息一晚吧，再吊一瓶营养液，我有点儿困了，打算早点儿睡。"

祝盛西发来一个笑脸："好，那我就不打搅你的睡眠了。我待会儿叫医生给我开两瓶营养液。"

顾瑶歪着头盯着手机片刻，突然说："要不是在新闻里看到你，我都不知道你是'熊猫血'。"

"抱歉，是我忽略了，我有时候会突然分不清，什么是你失忆后知道的，什么是你失忆前知道的。"

"没事，我只是随口一说。"顾瑶话锋一转，问，"对了，我看你这段时间忙公司的事都没有好好放松，正好我现在放大假，要不咱们找个周末去看看比赛？不过我不知道你喜欢什么类型的，足球赛、篮球赛，还是网球赛？"

"那些场合我都不怎么去，我记得你也对这些不感兴趣。"

"哦，我只是想到，如果能把自己放在一个人山人海的环境里，和一群陌生人一起嗨，一起尖叫，感受现场的氛围，对舒缓压力非常有效。"

祝盛西："我记得差不多下个月，立心和江城其他几家孤儿院会联合举办一次运动会，到时候咱们去看？"

"好啊，我还没见过那些孩子，去帮忙加个油也好。"

"那就这么说定了。"

祝盛西放下手机，脸上的浅笑也跟着瞬间消散，他躺在病床上，背脊靠着床头，眼里是一片肃穆。

坐在床边正在削苹果的杜瞳，在这时抬起眼皮，说："你为什么不问她，她今天去别墅的事？"

祝盛西只说："别墅的事，不要让顾先生知道。"

话落，祝盛西就合上眼。

他是真的很疲倦，不仅脸色苍白，而且整个人精神都很差，献血过后他就一直留在医院里等候院方通知。

虽然那位受血小朋友的手术很成功，但是术后还要观察四十八小时，以防有并发症。

祝盛西没有力气回公司，便留下来，顺便做个全身检查。

公司里的几个高管下午轮流过来了，一是为了看望他，二是为了汇报工作。

祝盛西索性就将 VIP 病房变成了临时办公室。

直到傍晚，杜瞳代表顾承文来看他，还带来一个让人吃惊的消息——顾瑶和那个无聊律师一起去了别墅调查现场。

可见，顾瑶对这件事的关心程度，已经超过了这一年来她经手的所有案子，连心理诊所那些病人她都没有这么上心过。

杜瞳削完苹果，放在盘子里，她见祝盛西半晌不说话，便率先打破沉默："就算失忆了，她和以前还是一样，她想做的事没有人可以阻止。我还记得她以前说过，做事不要瞻前顾后，不要问自己应不应该，只需要问自己能不能做成。"

祝盛西没有睁开眼，低声道："她想做什么就让她去。"

"就不怕她知道点儿什么？"

"你以为她现在什么都不知道？"

杜瞳一噎。

祝盛西缓慢道："一年，我只需要一年时间。到时候一切都会成为定局，不管她知道多少，都不能改变什么。"

这时，杜瞳的手机忽然响起，是王翀来电。

杜瞳接起来听了片刻，脸色忽然凝重，挂断电话时，刚好对上祝盛西的目光。

祝盛西问："怎么了？"

"田芳拒绝让她妹妹上庭，她说宁可'故意杀人罪'罪名成立，都不能让外人知道她妹妹的事。"

祝盛西微微皱了下眉。

杜瞳肯定道："我想，应该是那个姓徐的律师搞的鬼。"

隔了几秒，祝盛西叹了口气："如果田芳坚持，那就按照她的意思办。"

"那……"

"至于那个律师，老金已经在查底了。暂时先不用理会他。"

转眼到了第二天。

顾瑶一早就去了法院坐等开庭。

田芳的案子受到全城瞩目，旁听席很早就有人在了，顾瑶就坐在角落的位子，一直听周围人窃窃私语。

有的是媒体记者乔装混进来的，还有其他律师事务所的同行，大概是今天没有业务要跑，就跑来现场学习，这里面自然也少不了"江城基因"的代表和昭阳律师事务所的人。

十分钟后，法庭相关人等陆续出现。

直到审判长也来到现场，全场安静，正式开庭。

徐烁始终没有出现。

顾瑶将目光投向坐在被告席上的田芳，她手上的戒具已经被法警打开，从她这个角度只能看到田芳的一点儿侧脸，田芳似乎很平静，肢体语言没有流露出任何忐忑不安的表征，眉眼低垂，没有任何起伏，和上次在接见室看到的她截然不同。

顾瑶又看向被告人辩护律师王翀，王翀的上庭经验一定很丰富，她非常知道这个时候应该拿出怎样的面目，可是一些细微的小动作却将她出卖了——她似乎有些焦虑。

可是，为什么呢？王翀没有把握吗？

这个案子从送交检察院到开庭，因为证据链非常充分，没有被检察院重新批回到公安部门补交证据，很快就进入庭审环节，毕竟全城都在关注这件事，检察院自然也会感受到一些舆论的压力，就连市领导和公安部都在关注，谁敢马虎大意呢？

若是换个一般的律师，尤其是刑辩经验不够的，前期准备可能会手忙脚乱，上了庭多半会心里没底，可是昨天晚上顾瑶还在网上搜了一下律师论坛那里关于王翀的资料，根据资料来看，王翀绝对是一个刑辩技巧丰富的律师，也算是昭阳律师事务所在刑事案件方面的代表人物。

顾瑶甚至还发现王翀有好几次看向田芳，而田芳却很少看她，只是一直低着头，好像已经接受了宣判。

这就奇怪了，按理来说，一般被告人要不就是低头忏悔，自惭形秽，要不就是将求助的眼光投向辩护律师，很少会出现田芳这样的刚开庭就心死的状态……

毕竟就算是"故意杀人罪"，只要情节没有过于恶性，还是有可能争取缓刑和量刑的。

就在顾瑶心生疑窦的时候，审判长开始核实被告人身份："根据《最高人民法院关于执行〈中华人民共和国刑事诉讼法〉若干问题的解释》第一百二十五条的规定，法庭现在对被告人进行基本情况核实。"

审判长："被告人你的名字？"

田芳："田芳。"

审判长："你的基本身份情况。"

田芳："我是 199× 年 8 月 5 日出生，汉族，出生地江城，文化程度大学本科，职业是昭阳律师事务所律师助理……"

就在顾瑶旁听庭审的时候，徐烁也开车来到郊区的一家老人疗养院。

根据小川的调查，田芳的妹妹田恬现在就在这家疗养院里做事，薪水虽然不高，但福利很好，而且田恬的工作内容非常简单，就是按照指挥每天两次给老人们分发水果。

田恬即将年满十八周岁，这个年纪却没有去念书，一直待在家里，直到一个月前田芳找到这家养老院，托关系让田恬进来工作。

一进门，徐烁就假装自己是某位老人的监护人，到前台咨询疗养院的入院指标，加上他一身行头光鲜亮丽，疗养院的工作人员一眼就看出来，像是徐烁这样的客户是绝对刮得出油水的。

徐烁很快就受到贵宾级的待遇，他也没跟人家客气，喝着上好的碧螺春，看着装订考究的疗养院资料，漫不经心地听工作人员描述此处的高级。

徐烁把资料一合，细长的手指在封皮上敲了敲，唇角翘起，在工作人员期盼的目光下，一连问了好几个刁钻难搞的问题。

不仅如此，他还在不经意之间亮出自己的律师身份，软性地告知工作人员，一旦被他发现真实情况与描述不符，这件事的后果就会非常麻烦。

徐烁还活学活用地把顾瑶的理论搬出来："我有一个心理学家的朋友，她刚刚教会我一个辨别销售是否在说谎的小技巧——就好比说，当我问到售后问题时，如果对方一边点头一边承诺保修服务，那么我多半就可以相信，反过来，如果对方嘴上说可以保修，点头的动作却晚了一点儿，那么这个销售就很有可能是在说谎。嗯……你刚才好像就是先承诺的我然后才点了下头，难道你在骗我？"

徐烁这种登门挑衅的行为，瞬间就激起了工作人员的胜负欲，暗戳戳地发誓今天一定要拿下这头肥羊，于是很快就带徐烁到里面参观，让他亲眼见识一下他们的日常运作，而且嘴上还再三强调，其实像是这种内部隐私他们是绝对不能跟还没有入院的客人展示的，今天是特别为徐烁开绿灯。

徐烁一路嘻着笑，跟着工作人员来到内部，就开始不客气地四处张望，直到他找到了此行的目标——田恬。

田恬和另外一个女生正一起推着餐车往休息室的方向走去，她脸上挂着腼腆的笑容，那笑容里还有点儿忧虑。

徐烁问工作人员："她们现在去哪儿？"

工作人员解释道："上午我们会给老人们安排一次水果发放，都是我们自己种植的，绝对绿色安全有机。"

徐烁："哦，那我能观摩一下吗？"

工作人员不疑有他，领着徐烁去了。

休息室里，老人们正在看电视，两个女生推了餐车进去，轻手轻脚地将一份份水果摆放在老人面前的小桌子上。

这时，忽然有老人拍桌子朝两人叫嚣，说她们挡住了他看电视的视线。

两个女生连忙道歉，小心翼翼地离开。

徐烁抓住这个瞬间，开始找工作人员的碴儿："啧，看来你们这里的员工训练还不够啊。"

工作人员连忙解释道："其实像是今天这样的情况只是少数，任何一家疗养院都会存在几个脾气不太好的老人，但是他们脾气来得快去得也快，有时候并不是真的生气，而是变相地引起别人关注，想得到更多互动。"

徐烁的目光却落在田恬身上，她的脸色已经有点儿发白了，好像被吓得不轻。

徐烁总觉得田恬哪里怪怪的。

田恬和另外一个女生推着餐车往回走，徐烁眼睛一眯，忽然对工作人员说："不好意思，我想先去一趟洗手间。"

工作人员应了，和徐烁约在刚才来的会客室见。

徐烁掉头就走，仗着人高马大很快就追上田恬，还走上前笑着问道："不好意思两位，我想找一下洗手间，请问……"

田恬一顿，一双无害的大眼睛看向徐烁，声音有些怯懦："先生，你走错了，男士洗手间在另一边。"

徐烁故作困惑地朝田恬的指向扫了一眼，说："欸，那边我刚才去过了，没见到啊，真不好意思，我有点儿路痴，能不能请你帮我带一下路？"

"可是……"

田恬有些为难地看了看餐车，直到另外一个女生说："那你就帮这位先生带一下路吧，我先把车推回去。"

田恬这才点点头，低着头往反方向走，走了几步，她还停下来回头看徐烁有没有跟上来，双手抓着围裙，好像时刻都在警惕自己会不会犯错。

徐烁刻意落后了两步，一路观察着田恬的反应。

直到男洗手间出现在眼前，徐烁忽然站住脚。

田恬回头一看，声音很轻地说："先生，这里就是。"

徐烁看了她一眼，低声问："你是不是叫田恬？"

田恬不安地点了下头，有些好奇他怎么知道她的名字。

徐烁又问："你姐姐叫田芳？"

田恬愣了："先生，你认识我姐姐？"

徐烁刻意停顿一秒，说："我不仅认识你姐姐，我还认识连启运。"

田恬的脸色倏地就变了，她飞快地低下头，越发不知所措，双手将围裙拧成一团。

到这一刻，徐烁终于肯定自己的所有猜测。

"田恬，连启运对你姐姐是不是很不好？"

田恬又一下子抬起头："没有没有，他跟我说，他对我姐姐会很好的！他们以后还要结婚的，还要生个小宝宝！"

徐烁挑了下眉，声音放得很轻："这是他跟你保证的？"

田恬用力点头。

徐烁笑了一下："其实我是连启运的老板，就是聘请他工作的人，就像这里的院长聘请你工作一样。所以不管我说什么，连启运都会听我的。"

田恬努力消化着徐烁的话，眼里有些惊讶。

"不如这样，等我见到连启运，我去警告他，让他对你姐姐好一点儿，不要经常打她？"

"打"这个字刺激到了田恬，她的脸色又是一变，眼里含着惊恐："他真的会听你的吗？"

显然，田恬对此是知情的。

"会。"徐烁撂下这个字，同时将手伸进裤兜里，正准备切断录音——他要的内容已经得到了。

田恬忽然说："那……麻烦您在这里等我一下。"

徐烁一怔，虽然不知道田恬要做什么，却还是笑着应了。

紧接着，徐烁就看到田恬低着头，怯生生地走进了男洗手间，过了好一会儿她才出来，手里还多了一个"打扫中"的牌子。

田恬将牌子放在门口，又匆匆抬眼看了徐烁一眼，说："先生，这边请……"

徐烁仿佛被雷劈中了一样，反应了两秒才意识到此时正在发生什么，他很少会这样失态。

徐烁跟着田恬走进男洗手间，亲眼见到田恬转过身，突然要撩起裙摆。

他立刻上前一步，捉住田恬的手："行了，你什么都不用做。"

田恬脸上却流露出急色："可是……可是……连启运说，只要我这样做，他就不会打我姐姐，他就会对她好的……是他说的，他说所有男人都是这样的……"

徐烁心里顿时五味杂陈，他在她肩膀上拍了拍，勉强撑起一个笑容："那是他骗你的，以后如果再有人这么对你说，你都不要相信，知道吗？"

"可是……如果我不听他的，他就会打我姐姐……"

"不会的，他以后都不会再打你姐姐了。"

田恬有些不敢相信："真的？"

徐烁深吸一口气，保证道："真的，我是他的老板，我已经把他调去国外工作了，他以后都不会出现了。"

半个小时后，徐烁沉着脸离开老人疗养院。

他一上车，就联系上小川："马上调查田恬的过往，先从她在医院的看诊记录入手。"

不过几分钟，小川就来了电话。

"哥，查到了，田恬十三岁的时候头部受到创伤，从那以后就有认知障碍。父母给她办了退学手续，转去特殊学校，后来父母先后去世，田芳就成了田恬唯一的监护人。

"至于田家的亲戚们，大多都在外省，和田芳两姐妹没什么来往，田芳作为田恬的唯一监护人，不仅要赚钱供自己读书，成为律师这样优秀的高薪职业，还要将大部分积蓄用在田恬身上，姐妹俩的生活一直过得很辛苦。

"直到最近两年，田恬已经可以离开特殊学校了，田芳的户头上也充足起来，她就给田恬单独请了一个保姆，在家照顾田恬，生活终于慢慢走上正轨，直到连启运突然出现在这姐妹俩的生活里……

"田恬的资料好像被田芳动过手脚，她把田恬保护得很好，就连田芳的同事们都不知道她的妹妹有认知障碍，都以为她还在读书。不过很奇怪，田芳根本没有实力做到这一步，一定有人在帮她。"

车内沉默了一秒，徐烁忽然说："或者可以这么理解，有人在这件事情上为田芳提供帮助，用来作为田芳为其当牛做马出卖自己的条件。"

小川："那这个人会不会就是连启运？"

徐烁："有可能，但也有可能是其他人。"

徐烁神色凝重，脑海中忽然蹦出来一个人。

——杜瞳。

第一次庭审持续了三个小时。

中午，顾瑶木着脸走出法院，找到自己的车，第一件事就是联系徐烁。

老爷机很快就接通了，徐烁喂了一声，还跟着打了个哈欠。

顾瑶直接问："你在哪儿？"

徐烁不答反问："庭审结束了？"

顾瑶："少废话，下午一点，看守所停车场见。"

顾瑶说完就切断通话，直接开车往看守所的方向走。

后来那一路上，她都在回想庭审上发生的一切，越想越觉得昨天在田芳、徐烁和王翀这三个人中间，一定发生了什么转折性的事件，否则田芳和王翀的态度不可能突然变得这么快。

顾瑶想得太入神，一路驱车来到看守所，路上都没停下来吃饭，看守所附近也都是光秃秃的一片，没有任何商业建筑，她就只好坐在车里等。

等了大约二十分钟，顾瑶不耐烦了，阳光落下来，车里的温度也渐渐高了，她就将车熄了火，站在外面一边喝水一边看时间。

不一会儿，从远处开过来一辆路虎。

徐烁将车停下来，鼻梁上架着墨镜，笑得一脸道貌岸然，手上还拎着两个食品袋。

人还没走到跟前，香味儿就飘出来了。

顾瑶下意识地多看了一眼，突然就觉得饿了。

徐烁来到跟前，咧嘴一乐："还没吃午饭吧，喏，新出炉的鸡蛋灌饼。"

顾瑶接过来，掀开食品袋先咬了一口，评价道："好像放了不止一个鸡蛋。"

徐烁靠着顾瑶的车，边吃边说："放了三个。"

顾瑶："为什么放这么多？"

徐烁："这不怪我，是那个小摊贩的老板娘坚持的。刚才来的路上看到有两家卖鸡蛋灌饼，如果坐下来吃还可以喝到免费的玉米面粥，哦，还有老虎菜。那两家的老板娘一个年纪大点儿，一个年轻一点儿，我本来是要跟年纪大的那个买灌饼的，结果年轻那个突然跟我说，要是我跟她买就给我放两个蛋。我一高兴，就要去和年轻的那个买，没想到年纪大的这个急了，跟我说小伙子啊，看你长得帅，你跟我买，我给你三个！"

顾瑶的脸色瞬间微妙了。

直到她默默吃了半个，终于忍不住问："这灌饼多少钱一个，三个鸡蛋给你涨价了吗？"

"当然没有，五块一个。"

顾瑶投去鄙视的一眼："你不是不差钱吗，这种便宜你都占？"

"你怎么这么说我？要不是因为我猜到你没吃饭，肯定要留下来喝玉米面粥、吃老虎菜的，你可不知道，那老板娘熬的玉米面粥有多稠，老虎菜有多脆。"

说到这里，徐烁好像突然想起什么，随即从兜里拿出一张票，递到顾瑶面前。

顾瑶奔眼一看，是一张奢侈品店的收据。

"这是什么？"

徐烁："你上次踩了我的皮鞋，留印儿了，我拿去保养过，复原不了，只能买双新的。"

顾瑶的表情一阵空白："你穿三千欧元的皮鞋，却还占人家三个鸡蛋的便宜？"

徐烁眨了下眼，颇为无辜："你踩我那一脚，我的行车记录仪刚好拍下来了，要是你不信，我还可以把那双鞋寄到你家，让你当面检验。"

顾瑶吸了口气，皮笑肉不笑地说："我不会给你三千欧，你要是不满意就告我，反正你现在手里也没有案子。"

徐烁顿时对她刮目相看了："竟然耍赖，顾小姐什么时候学会我的看家本领了？"

顾瑶没理他，将最后一口鸡蛋灌饼送进嘴里，又喝了口水，然后拿出纸巾擦嘴和手，又将用剩的纸巾塞回到袋子里。

再一抬眼，刚好看到徐烁手上的鸡蛋灌饼开始流油了，顺着他细长的指头往下钻，眼瞅着就要流进袖口。

顾瑶想都没想，几乎是立刻出手，一把抓住他的袖口，让他的手垂直往下。

在徐烁惊讶的目光下，顾瑶还一脸嫌弃地抽出湿纸巾递给他，说："擦擦你的手。"

徐烁擦完手和嘴，问："味道怎么样，是不是从来没吃过这么好吃的灌饼？"

顾瑶别开脸，不想和他聊这么没营养的话题。

徐烁拿走两个垃圾袋，扔到一边的垃圾桶，又折回来，说："那个老板娘承诺我，只要以后我去光顾她，就按照五块钱给我三个鸡蛋。"

顾瑶终于忍无可忍："你昨天到底和田芳说了什么？"

徐烁无害地一笑："是不是今天庭审发生了什么？"

顾瑶说："审判长在宣读被告人依法享有的诉讼权利的时候，一开始田芳还很镇定，没什么情绪起伏，可是当审判长说到她可以提出调取新的证据、重新鉴定或者勘验的时候，田芳的双手紧紧交握在一起。她好像很在意这条，难道王翀递交的证据不够全面？"

徐烁哦了一声，双手环胸，并未接茬儿。

顾瑶："第三条，是说除了辩护人为被告人辩护之外，被告人在庭审期间也有权自行辩护。这个时候，田芳的表情又不对了，她还用余光扫向王翀，那是一种非常质疑的眼神。"

"仅仅是两个表情，就让你怀疑到我身上？"

"不是，审判长宣布合议庭组成人员的时候，最后一个是田芳的辩护律师王翀，田芳原本是低着头的，但是这时她突然抬起头，嘴唇也动了一下，她好像想说什么，但是又忍住了。"

徐烁笑了："根据《刑诉法解释》(《最高人民法院关于适用〈中华人民共和国刑事诉讼法〉的解释》)第三百一十一条规定，如果被告人当庭拒绝辩护人辩护，要求另行委托辩护人或者指派律师，法庭应当准许。"

"你的意思是，田芳已经有换掉王翀的念头了？那她为什么没有提出来。"

"因为她很清楚，虽然她有权同时聘请两家律师事务所的律师共同辩护，但是我和王翀无论是辩护观点还是辩护方向，都是完全相悖的，所以一旦她决定用我，就必须先踢走王翀。可是这样一来，她就等于直接得罪了'江城基因'和昭阳律师事务所，要把所有赌注押在我这个小律师身上，她在情感上已经不再接受王翀，可是理智却及时阻止她不要犯傻。"

"还有，如果田芳真请我来当辩护律师，一旦她发现我的辩护令她不满意，她还有一次机会再拒绝辩护，法庭依然会批准，但是从那以后她就不能再聘请任何律师，必须自行辩护。所以在这个节骨眼儿换律师，对她来说非常难抉择。"

顾瑶说："检方宣读完起诉书，就开始当庭询问田芳。但很奇怪，田芳竟然说她不记得她在警局录下的口供。然后就是双方的质证辩论环节，在这整个过程里，王翀都很被动……原本是有证人要出席的，但是因为王翀递交了一份证人的身体检查报告，审判长允许证人不出庭。

"从这以后，王翀很努力地在为田芳的口供做解释，比如田芳说她和连启运有特殊癖好，身上的伤就是这么来的，王翀也质疑，说田芳有精神上的问题，在情绪过于激动和亢奋的时候，已经不能用正常人的标准来衡量她，在那一刻她和连启运都是病态的，她根本就忘记了连启运的心脏问题和这样激烈的性行为，有可能会导致连启运当场暴毙。"

听到这里，徐烁嗤笑出声："显然，王翀是被田芳逼得没招儿了。"

顾瑶问了："怎么讲？"

"王翀说田芳有精神困扰，就一定要拿出医学证明，但是半天时间她根本不可能搞到手。就算后面补交身体检查，检方也可以质疑。比如，心理医生和田芳接触的时间过短；比如，既然田芳有精神上的问题，为什么过去二十几年都没有一份相关的检查报告，为什么不吃药，为什么她被逮捕后，警方和法医都没有发现这一点，为什么昭阳明知道田芳有精神问题还要聘请她，等等。检方甚至可以再找来另外一位心理医生，从医学的角度上反驳田芳精神检查的准确性。"

顾瑶半晌没有言语。

徐烁继续说："其实到了这一步，王翀的辩护已经站不住脚了，所有人都能看出来她是在'狡辩'，不过要定田芳的'故意杀人罪'，检方一定还要拿出更有力的证据。"

顾瑶点头："对，他们拿出一份法医鉴定报告，证实连启运身上有部分瘀伤，尤其是他的两颊，靠近嘴角的位置，有非常清晰的指痕。经过比对，那些指痕和上面的指纹，都和田芳完全吻合，也就是说，田芳曾经捂住过连启运的嘴，好像是怕他把什么东西吐出来。法医还在连启运的胃和食道里，找到很多没有消化完的药片。"

这倒是有些意外。

徐烁挑了挑眉："也就是说，田芳强行给连启运灌药？"

"根据法医检测，那些药量足以杀死一个成年人，连启运就算没有心脏病发作，也会因服药过量而死。"

顾瑶一边说一边观察着徐烁的表情，他虽然戴着墨镜，却难掩脸上的肃穆之色，斜飞入鬓的浓眉拧了个结，两颊向嘴里吸着。

顾瑶补充道："我作为一个旁观者，都觉得这个案子不乐观，这件事几乎可以说是证据确凿了。即便这样，你还想把这个案子抢过来？"

徐烁忽然站直身体，伸了个懒腰，随即笑问："如果我说'是'，你会不会帮我？"

顾瑶沉默了。

徐烁问："王翀已经山穷水尽了，我可是田芳唯一的希望。难道你就不同情她的遭遇吗？"

顾瑶没有答应，却也没有拒绝："我不认为我能帮到你什么。"

"就像上次那样，击溃田芳的心理防御。"

顾瑶垂下头，竟然开始拿乔。

徐烁觉得好笑，却还是知情识趣地放轻声音："也许，等田芳无罪释放之后，她会主动告诉你自己和祝盛西的关系。你就不好奇'Jeane 吧'那张照片是怎么来的吗？"

顾瑶抬起眼皮："同样的激将法用两次就没意思了——不如这样，只要我帮你说服田芳，那三千欧元就一笔勾销。"

两人来到接见室，在等田芳出来的时候，顾瑶又问了几个问题。

"你还有什么事情是没告诉我的，我需要先有个大概了解，要不然待会儿说穿了，可不赖我。"

徐烁将双臂垫在脑后，靠着椅背，想了想说："田芳的妹妹叫田恬，还不到十八岁，田芳是她唯一的监护人，而且这姐妹俩无父无母，连爷爷奶奶、姥姥姥爷都不在世了，那些七大姑八大姨也和她们不亲。"

顾瑶一顿："你是说，连启运诱奸未成年少女？"

"不只如此，田恬还有认知障碍，她的智商只有十三岁。"

——什么？！

顾瑶的脸色跟着变了。

徐烁："是不是觉得他禽兽不如，死了活该？"

顾瑶没接这茬儿，又问："还有呢？"

"在连启运的同事和家人眼中，他是一个好好先生，事业有成，爱护妻女，友爱同人，而且交友广泛，他的妻子应该并不知道他有那种癖好。其实在连启运和田芳来往之前，他曾经有过一个情人，不过隐瞒得很好，也不知道为什么结束关系，但那个女人肯定是知道连启运的怪癖，我已经让小川去查了。"

顾瑶问："找到人之后呢，你打算让她出庭做证？"

徐烁没有回答这个问题，转而问："对了，你知不知道田芳接受过急救培训？"

顾瑶怔住了："急救培训？"

"田芳上大学的时候曾经在救援队做过志愿者。为了照顾她妹妹，她学过不少医疗知识，小川还从网上找到一个短视频，刚好抓拍到田芳在救援队期间帮一位患者做过心肺复苏术，成功把患者救活。"

顾瑶沉默了。

这件事如果被检方查到了，将又是一条对田芳不利的证据。

隔了几秒，顾瑶又问："你还知道什么，干脆一口气都告诉我吧。"

徐烁笑容渐敛，放下双手，一双黑眸和顾瑶隔空对望。然后，他慢悠悠地吐出几个字："连启运有暗疾。"

顾瑶再度愣住。

"我昨天在现场找到的精液样本已经拿去做过检测。我想连启运和自己的妻子发生性行为时应该都有戴套，但他应该没有对田芳和田恬两姐妹进行保护，也就是说连启运很有可能把暗疾传染给她们了。"

顾瑶的眼神冷了下来："诱奸有认知障碍的未成年少女，对他人进行性虐待，自己一身暗疾还传染给别人……"

徐烁接茬儿："是不是人渣？"

"嗯。"

"是不是觉得他死有余辜？"

"……"

"唉，田芳明明是为民除害，却还要被控'故意杀人罪'，昭阳律师事务所明明可以帮她洗脱罪名，却偏偏要打成'过失致人死亡罪'。"

顾瑶没吭声，但她却想到前一天杜瞳在视频里说的话——为了大局着想，田芳必须为整件事买单。

这时，耳边突然飘过来一阵温热的气息，紧接着那道不怀好意的声音就钻进她的耳朵里："你男朋友为了维护自己公司的名誉，竟然会帮连启运掩盖这些龌龊不堪的恶行，还要把田芳两姐妹牺牲掉……你选人的眼光倒是挺独特的。"

顾瑶飞快地转过头。

徐烁不知何时身体向她倾靠过来，还一手搭在她的椅背上，一副要和她"交心"的嘴脸。

顾瑶："你凭什么这么说？"

徐烁："就凭杜瞳把视频转移。那可是用来要挟田芳的重要工具。"

顾瑶："……"

徐烁："你该不会以为祝盛西对此毫不知情吧？"

顾瑶很想张口为祝盛西辩解几句，可是话到嘴边她一个字都说不出来，只能咬牙切齿地瞪着徐烁。

过了好一会儿，徐烁慢悠悠地拉开距离，意味深长地看着她。

顾瑶这才突然开口："视频的事我来处理，我保证不会让杜瞳要挟田芳。"

徐烁挑起眉，笑了："好，一言为定。"

田芳来到接见室的时候，顾瑶和徐烁已经达成共识。

田芳刚刚经历了上午的庭审，精神上出现了大战过后的疲倦，却也有些如释重负，不再像昨天那样忐忑不安，诚如顾瑶描述的一样，田芳好像已经接受了事实，也在自己和田恬之间做出了选择。

田芳一坐下，顾瑶就微笑着率先开口："田小姐，咱们又见面了。"

田芳看了一眼顾瑶，又看向徐烁，非常坚定地说："我不会聘请你当我的辩护律师，我愿意认罪。"

徐烁没接茬儿，转而朝顾瑶挑了下眉，意思是——请开始你的表演。

顾瑶横了徐烁一眼，对田芳说："田小姐，如果我说我愿意以心理专家的身份为你出庭做证，可以证实你在案发当日的精神状态，以及你当时的生命受到威胁，你的行为完全是出于自卫，那么你是否愿意改变初衷呢？"

田芳瞬间愣住。

什么……顾瑶要给她做证？

只是还没等田芳接话，徐烁就慢悠悠地跟顾瑶"聊起天"："按照司法程序，审判人员必须要核实证人的身份，和当事人以及本案的关系，而且在上庭之前你就需要提前上报，尤其是你和'承文地产'的顾总，以及'江城基因'祝总的关系。当然，检方也有可能针对你的身份和庭前证言提出异议。"

顾瑶哦了一声，问："如果检方有异议，会影响我出庭做证的程序吗？"

"如果证人的证言对定罪量刑有重大影响，法院就会认定你有出庭做证的必要，但如果只是一些佐证，很有可能会被驳回。不过这件事，顾小姐还是先和你男朋友商量一下比较妥当，以免影响你们之间的关系。"

徐烁假模假式地撂下这番话，田芳终于出声了："等等，你……为什么要帮我？"

顾瑶说："原因有二——我和徐律师有个约定，我也很同情你的遭遇。"

田芳脸上瞬间闪过一丝难堪："我不需要你的同情！"

对，田芳的确不需要，而这种"不需要"完全是出于她的主观立场。

顾瑶一眼就将内在原因看穿："是因为你喜欢我的男朋友，你知道你只不过是一厢情愿，出了现在的事，你们之间的距离就更加遥远，现在他的女朋友出于同情愿意帮你，你当然很难接受。"

此言一出，别说田芳，连徐烁也吓一跳。

田芳脸色越发难看，气得浑身发抖："你……你胡说……"

顾瑶："我是不是胡说，你可以问问自己的心。田芳，你不需要对我有这么大的敌意，我和徐律师都是来帮你的，我的动机并不重要，重点是我能不能帮你无罪释放，早日和你妹妹田恬相聚。"

田芳被这话噎住了。

顾瑶："今天上午的庭审我也在，说实话，就一个旁观者角度来看，我认为'故意杀人罪'罪名成立的可能性很大。你也是学法律的，你自己也应该很清楚后果会有多严重。我听说有一种法律原则叫'一事不再理'，就我的理解，大概是说某个案件已经裁判生效之后就不能再进行起诉。如果这个说法成立的话，那么这次一旦判刑，你以后就没有再翻案的机会了，就算你想通了后悔了，也要为自己的一时冲动买单。"

顾瑶话落，耳边就响起徐烁的一声轻咳。

"这一点我要说明一下。"

顾瑶转过头，就听到徐烁说："所谓'一事不再理'又叫作'一罪不二审'原则，这项原则在很多国家都适用，简单地说就是，既判的事实应当视为真实。不过有些国家的罪犯在杀人之后，因为证据不足和司法漏洞而宣判无罪释放，即便将来被人发现他真的杀了人，法院也不能再在同一个案子上对他判刑。这就是'一事不再理'的弊端。所以咱们国家的现行法律并没有规定这项原则，而是必须结合咱们的再审制度才适用。也就是说，如果将来找到新的证据，足以扭转审判结果，那么案件还是可以再审。"

徐烁一本正经地说完，很快就被顾瑶噎了回去："徐律师，你说的这些我也知道一点儿，我还有后半段话没有说，就被你打断了。"

顾瑶接着对田芳说："刚才徐律师提到了再审制度，我想你应该比我更明白这里面的规则，如果将来有更有利于你的证据出现，你的确有权利上诉，要求重审。可是田芳，更有利于你的证据真的在'将来'吗，它现在不就被你抓在手上吗，只是你选择了隐瞒。而且我也不认为你敢提出上诉，你心里在害怕什

- 251

么，我也很清楚，你不敢得罪'江城基因'和昭阳律师事务所，你觉得你和你妹妹势单力孤，没有本事对抗这两家公司。

"而且我敢保证，就算将来你真的后悔了，江城也不会再有律师接你的上诉官司，徐律师更不会理会你。所以不管是'一事不再理'还是再审制度，对你来说结果都是一样的——但是如果现在有一种可能，既能不让你得罪人，又能帮你洗刷冤屈，同时还不用田恬出庭做证的话，你会愿意试一试吗？"

顾瑶的语速很慢，她一边说一边观察着田芳的面部表情和肢体语言，田芳的瞳孔略微有些放大，双手老老实实地抓着自己的膝盖，十指微微弯曲，身体坐得笔直甚至前倾，脸色也比刚才好转许多，那是因为她已经完全被吸引进去，同时对此事抱有期待了。

尽管田芳嘴上不会承认，但在她的潜意识里，她和顾瑶已经迅速建立起某种信任关系。

顾瑶恰恰就是抓住了田芳这样的心理，在绝望的深渊里给她搭建起一条可以逃离深渊的天梯，而且还是唯一一条，尽管它看上去并不坚固，却刚好契合了田芳潜意识里的那一点儿微乎其微的"期待"。

人在这样的困境下，会本能地选择相信那几乎不存在的"可能"，反正试一试也不打紧的，就算失败了也不会比现在的结果更差。

果不其然，田芳思虑了好一会儿，随即就在顾瑶和徐烁的审视下开口问："你们说的这种'可能'，有多大把握？"

顾瑶淡淡道："你应该知道我和祝盛西的关系，有我在，最起码'江城基因'不会动你。至于其他方面，就要看徐律师的手段了。"

徐烁把话接过来："我上次就说过了，无罪释放，我一定可以做到。"

田芳沉默了，她咬着嘴唇又纠结了片刻。

直到顾瑶开口："如果我是你，我会选择先利用一下眼前这两个人的'同情心'，虽然听上去有些卑鄙，可是你本来就是无辜的，我们也不介意被你利用一下，你为什么不选择为了你妹妹赌一把呢？"

田芳嘴里喃喃道："可是如果你们失败了……这对你们没有任何损失，但我和田恬……"

徐烁却将她打断："你不是一直想知道我接这个案子的动机吗？"

田芳倏地抬头看他。

就连顾瑶也被吸引了注意力。

徐烁面对两个女人的目光，笑了一下，说："我也曾经有过你现在类似的处境，身处绝望，叫天天不应，叫地地不灵，我当时也和你一样，希望能有人帮我一把，哪怕只是买一个'希望'。但我没有你现在这么好的运气，可以碰到一个这么有门路有背景的心理专家，以及像我这么专业这么有爱心的刑辩律师，而且我们还愿意花自己的私人时间来说服你，却不图任何利益。这样的机会可不是随时都有的。"

田芳有些动容："你……你也有过我现在的处境……"

徐烁却神情一转，笑容尽收："或者，我再给你一个理由，如果你依然摇摆不定，我保证你不会再有机会见到我。"

徐烁刻意顿了几秒，他可以清晰地感觉到田芳的呼吸屏住了。

"就在今天上午，我去了田恬工作的疗养院。"

田芳的反应非常迅速："什么！"

她甚至抬起双手，用力抓住桌子的边缘，仿佛随时要站起来。

就连顾瑶也投来诧异的目光。

徐烁却抬起二郎腿，轻描淡写地放下最后一根稻草："田恬和你长得很像，不仅清纯而且无辜，她的心智还永远停留在天真懵懂的十三岁，站在一个男人的立场，我可以很负责地告诉你，任何有点儿特殊癖好的男人都不会放过她。尤其是，当田恬听到'连启运'的名字时，她就像打开了一个开关，不仅非常主动地把我带到男洗手间，还当着我的面撩起她的……"

"你闭嘴！"

徐烁的描述终于被田芳的嘶吼遏止，她站起身，愤怒得要扑过去。

就在这时，顾瑶呵斥道："田芳，这里是看守所！"

田芳又一下子停了，她知道，狱警就在外面看着她，只要她碰到徐烁的身体，一切就都完了……

田芳的眼睛里布满了红血丝，她的眼泪瞬间流下，抓住桌子的双手不能控制地抖动着，但她却什么都不能做，还要命令自己立刻坐下，同时将堵在喉咙的愤怒强行咽下去。

她低声说了这样一句："如果你要……就冲着我来，不要动她。"

顾瑶震惊了，原本要脱口而出的话也瞬间忘得一干二净，那一瞬间，她清晰地感受到田芳对田恬强烈的保护欲，那样的感觉就像是一只母羚羊面对一群狮子的虎视眈眈，明知道自己能跑掉却依然一动不动，直到狮子们将它分食，它坚定的目光始终看着远方自己孩子逃走的身影，因为它知道一旦自己跑了，它的孩子就会沦为狮子们的腹中餐。

是的，就是这种感觉，令顾瑶受到震动。

然而就在这个时候，接见室里唯一还保持冷静的徐烁，已经拿出那份律师委托书，放在田芳面前。

在田芳无望的眼神中，徐烁轻声开口："放心，我没有碰田恬一根手指。"

田芳嘴唇抖动着，就好像已经被判死刑的犯人获得开释，可她已经蹦不出一个字。

徐烁缓慢地眨了一下眼，说："现在是你最后的机会，你只有从这里干干净净地出去了，才能亲自保护田恬，带她离开这座城市，重新开始。"

田芳终于在律师委任书上签了字。

顾瑶和徐烁一前一后走出看守所，天色也渐渐阴沉下来，眼瞅着将要有一场大雨。

顾瑶抬眼看了下天，心里的震撼久久不能平息，她在前面走了几步，又停下来回头看他。

徐烁没什么表情，径自越过她往停车场走去。

顾瑶跟上去，问："你上午真去见田恬了？"

徐烁："嗯。"

"她真的带你去了男洗手间？"

"嗯。"

"她当着你的面撩起……"

徐烁脚下突然顿住，侧身看向顾瑶："你干脆直接问，我有没有变身成连启运好了。"

顾瑶瞪着他似笑非笑的模样，语气非常肯定："你不会。"

徐烁倒是有点儿意外。

顾瑶解释道："如果你真是那种变态，我绝对不会上你的车，更不会在你的地盘里挑衅。"

徐烁哦了一声："想不到你对我的评价还挺高。"

两人边说边往停车场走。

走到一半，顾瑶补了一句："没有成为连启运那种'变态'，这难道不是一个正常人的基本道德底线吗，这种评价也叫高？"

徐烁乐了："比起第一次见面你对我的态度，已经好太多了。"

说起第一次，顾瑶就来气。

还有那次在他的律师事务所里，他给她下药，半夜讲骇人听闻的惊悚故事，简直就是神经病中的战斗机。

如今回想起来，顾瑶也觉得不可思议，第一次他在她眼里，就是一个擅闯颁奖酒会，冒用他人身份的纨绔子弟，后来在明烁，他又成了知法犯法的无良律师，再后来他还无孔不入地要介入田芳的案子，偷窥监视她和祝盛西的生活，甚至跑到案发现场非法搜证……

直到刚才，他对田芳说了那样一番话。

顾瑶有些不情愿地说："我想你是真的想帮田芳。"

徐烁已经来到车前，回过身："我一直都是啊。"

顾瑶："不，我的意思是，你不是出于名利的追求，而是发自内心地要帮她们姐妹摆脱困境。"

徐烁不太正经地笑了："是啊，我简直爱心爆棚。"

顾瑶沉默了。

徐烁已经拉开车门，一只脚都迈进去了。

顾瑶又忽然问："你刚才对田芳说，你也曾有这样叫天天不应，叫地地不灵的时候，你指的是什么？"

徐烁："我要不这么说，怎么和她迅速建立起'共情心理'啊，这不是你们心理专家一贯用的套路吗？"

顾瑶："只是套路？"

她在本能上不相信。

徐烁无奈地摇了摇头，临上车前撂下一句："你知道'二八定律'吧，我的目的就是要做那百分之二十。"

直到徐烁上车，率先开离停车场，顾瑶才回到自己车上。

所谓的"二八定律"她当然知道，它指的就是百分之八十的资源被百分之二十的人占据，而余下百分之二十的资源，却要由百分之八十的人争夺，就好像产品的制造商争取的永远都是那百分之二十的客户，因为它们是百分之八十商品的主要购买力。

律师也是一样，百分之二十的律师站在金字塔的中上段和顶尖，百分之八十的求助群体会先认准他们，而另外百分之八十的律师蛰伏在中段和塔底，他们必须用尽一切办法争夺剩下那百分之二十的客户源，现实就是这样残酷。

但顾瑶并不认为徐烁属于那百分之八十，以他的手段，他恐怕早就是百分之二十中的一员了，只不过他的选择比较刁钻，有百分之八十的客户可以挑选，他却偏偏只相中了"江城基因"这一家。

江城又迎来一场暴雨。

徐烁从看守所回到律师事务所，就一直没有从车里出来过，大雨倾泻而下，他坐在驾驶座上看着窗外的雨，看着它们砸在车上、地上，发出噼里啪啦的声音。

办公室里的小川嘴里一边嘀咕着："奇怪，这个时间哥应该回来了。"一边透过窗户往下张望。

然后他就看到空荡荡的街道上停着一辆车，车灯亮着，看车型很像是路虎。

小川一愣："那不是我哥的车吗，他怎么不上楼啊？"

听到这话，一直坐在沙发上等徐烁回来的刘春，二话不说就拿着雨伞下了楼。

刘春冒着倾盆大雨，来到徐烁的车窗前，用力敲了两下，大声喊着："小烁，你是不是在里面？"

车里的徐烁身体一震，侧过头看到刘春焦急的模样，这才打开车门。

刘春立刻绕到驾驶座这边，将雨伞撑在徐烁头上，雨水用力砸下来，整个雨伞不堪重负，摇摇欲坠。

刘春撑得很费力，他的腿脚也不好使，两人头上就算有把伞，那些雨还是瞬间淋湿了裤管和半截衣服。

徐烁的脸色很差，眼神无力，他关上车门，接过刘春手里的伞，搂着刘春的肩膀，艰难地冒雨往写字楼的大门走。

雨水声很大，直到进了门，合上伞，刘春才看清徐烁有些苍白的脸色。

"要是我不下来找你，你今天还打算睡在车里？"

徐烁和刘春一起走进电梯间，低声说："我没事刘叔，只是在车里想点儿事情。"

刘春长叹一声："在想你父亲的事？"

徐烁身体轻晃，靠着电梯间的墙苦涩地笑了下："刘叔怎么突然过来了？"

刘春："我带了点儿酒，打算跟你喝两杯。"

两人回到律师事务所，先换了一身衣服，头发也用干毛巾擦过，这才坐在办公室里喝起小酒。

刘春不仅带了酒，还带了饭菜，可徐烁一口菜都没动，连着喝了两杯白酒下肚。

直到刘春一把拦住他又要够酒壶的手，说："先吃点儿东西垫一垫，不要仗着年轻就这么毁自个儿，后面还有硬仗要打。"

徐烁几不可见地点了下头，随即拿起筷子将菜和饭送到嘴里，眼神呆滞地咀嚼着。

一顿饭吃得无声无息，两人几乎没有什么交谈，刘春就一个劲儿给徐烁夹菜，徐烁一口接一口地往胃里送，味同嚼蜡。

直到饭盒里的食物消灭干净，刘春给徐烁倒了一杯酒，徐烁拿起来就灌下去，然后瘫进沙发里，一手抬起盖在眼睛上。

他的喉结滚动了两下，突然开口了："刘叔。"

刘春一边收拾饭盒一边应了。

徐烁："我今天拿下了田芳的案子。"

刘春："就是和'江城基因'有关的那个？"

"嗯。"

刘春问："那下一步你打算怎么做？"

徐烁一动未动，只是沙哑着声音说："我要利用这件事当引子，一步步查清'江城基因'的底。还有，我已经成功接近了顾承文的女儿。"

刘春直勾勾地看着徐烁。

徐烁这时放下那只手，一滴眼泪悄无声息地从泛红的眼角滑落，但他没去擦，只是说："我老爸临死前，见的最后一个人就是他。十年过去了，那个老东西要风得风，要雨得雨，而我老爸却死无全尸。那些害他的人，我一个都不会放过……"

徐烁不知道自己是什么时候昏睡过去的，在陷入昏迷之前，他几乎没有再说过一句话，只是不停地喝酒。

刘春和小川一起把他抬到休息室，让他一个人安安静静地度过这一夜。

可酒精的麻痹却只持续到凌晨三点钟，徐烁就被一场噩梦惊醒。

那是十年前的今天，徐烁带着徐海清做的馅饼刚从历城回到江城。

进了家门，屋里空荡荡的，还有些许久不开窗的霉味。

徐烁想，老徐应该还在队上忙，估计要晚上才回来，他干脆先把屋子收拾好了，馅饼热了，再"乖巧"地坐在餐桌前等他，希望老徐不要因为他失踪几个月就大发雷霆吧。

徐烁说干就干，屋子里落了一层灰，老徐肯定是接了个大案子，才会这么久都不打扫屋子，他费了老鼻子劲儿才把厨房、客厅和徐海震的卧室收拾出来。

徐烁扫除完，觉得有点儿困了，就把热好的馅饼用盖子盖上，随即躺在沙发上迷瞪了一小会儿，再醒来时已经是晚上九点。

老徐还没回来。

徐烁觉得奇怪，有些迷糊地爬起来，抓起旁边的座机电话给局里拨了一个。

电话接通了，是熟悉的王叔叔的声音。

徐烁一乐，说："王叔，是我，小烁。老徐在吗？"

被称作王叔的男人先是一愣，随即说："呃，是小烁啊……你回来了？"

"是啊，王叔，老徐人呢，让他来接个电话呗……哦，先等等，您能不能先帮我试探他两句，看他今天的心情咋样？"

王叔支吾了两句，说让他等等，然后捂上听筒，好像和旁边的人商量了什么，这才对他说："那个，小烁啊，你先在家里等我们，我们这就过来，咱们见面聊吧。"

挂上电话，徐烁茫然地坐在沙发里琢磨了一会儿，总觉得好像哪里不太对。

见面聊？有什么可聊的？

老徐到底在不在局里啊，难道出外勤了？

王叔为什么不正面回答，却说"我们这就过来"？

徐烁越想越不踏实，可他又不知道该去问谁。

等等……

他忽然想到，像是刚才这样类似的场景，似乎也在别人身上发生过。

那天他在警局，亲眼见到刘叔叔接了个电话，然后就捂住话筒请示老徐怎么办，老徐抽着烟，一脸凝重，随即说了一句"告诉家属，咱们这就过去"。

然后，老徐就带着刘叔叔和一个女警离开局里，后来还是王叔叔跟他说，法医那边刚刚证实死者身份，他们要去给家属一个交代。

想到这里，徐烁心里咯噔咯噔的。

但他转念又想，肯定不是这样，刑警大队的队长谁敢动啊，他怕是警匪片看太多了吧！

哦，对了，要是老徐真有个好歹，这也算是一件大新闻了吧，电视里一定会说吧？

于是徐烁很快就把电视机打开，转到新闻频道。

一组画面猝不及防地出现，男主播正说道："近日，本市北区刑警队队长遇害一案，终于有了最新进展，据悉……"

徐烁的脑子轰的一下，他呆坐在沙发上，盯着电视机，脑海瞬间空白。

——北区刑警队队长遇害！

徐烁用力眨了一下眼，努力想听清新闻主播后面的话，但是耳朵却不听使唤，直到一张证件照片突然出现在视频里。

那照片徐烁再熟悉不过了，老徐的警员证上有张一模一样的。

就在这时，门铃响起。

徐烁却仿佛根本没听到，还把电视机的声音调到最大。

门外，刘春和王阳两人等了片刻，见没有人开门，但是从屋里却传来窸窸窣窣的声音，好像正在看电视。

两人对视一眼，神情都非常凝重，随即王阳拿出钥匙把门打开。

客厅里有些昏暗，大灯关着，只在沙发旁边亮着一盏落地灯，徐烁就跪坐在电视机前，背对着他们，身体向前绷着，脑袋都要扎进屏幕里了。

而新闻也在这时二度放出了徐海震的证件照。

刘春和王阳心里同时叫了一声"不好"，两人很快关上门，小心翼翼地凑到徐烁跟前。

也就是从那一刻开始，徐烁的世界崩塌了。

徐烁身体剧烈一抖，瞬间从梦中惊醒。

他睁开眼，休息室里漆黑一片，他出了一身的冷汗，人也有点儿虚脱，眼睛和头发都是湿的。

徐烁长长地吐出一口气，随即从床上翻坐起身，到浴室里快速冲了个澡。

等他出来，到外间的办公室里倒了杯水，再一看手机，才凌晨三点多。

窗外，雨势已经转小，淅淅沥沥的声音隐约可辨。

徐烁将自己陷进沙发里，瞪着黑暗中若隐若现的摆设，他的情绪虽然渐渐平静了，可脑子却停不下来，十年前的种种一直徘徊不散，经常化作梦魇回来找他。

那天发生的一切，他记得清清楚楚。

刘春和王阳来家里找他，原本是想做点儿软性的铺垫，一点儿一点儿地把事情告诉他，不至于让他太难接受。

王阳身上带着一点儿伤，刘春甚至拄着拐杖，前半夜，他们在给他做思想工作，到了后半夜，在他的坚持下，他们陪他一起去警局的停尸房见徐海震的尸体。

在见到徐海震的尸体之前，徐烁曾设想过很多场景，刘春和王阳也跟他说过了，尸体被严重破坏，虽然已经做过修复，但还是希望他能有个心理准备。

然而事实证明，任何想象力在现实面前都是不堪一击的。

徐海震的身体被人四分五裂，而且身首异处，法医解剖后已经做过缝合处理，他生前是那样健壮的一个男人，遇害时却像是一个破布娃娃，脆弱不堪。

当徐烁看到一块块拼起来的徐海震，瞬间就崩溃了，他趴在徐海震身上放声痛哭。

徐海震的尸体硬邦邦的，而且很冰冷，他这样一趴才发现，装尸体的塑料袋里有一块是空荡荡的。

徐烁有些呆愣，眼泪已经遮住了他的视线，可他还是抖着手要扒开袋子去看。

徐海震的半截手臂不见了。

徐烁哭得上气不接下气，好不容易才蹦出三个字："手……手呢？"

王阳低着头，用力握住他的肩膀，说："我们还在找。"

徐烁还是在三天后才知道，徐海震被找到的时候，四肢全部被人切掉了，警队开始只找到了他的头和躯干。

经过法医检验，徐海震的四肢是在他活着的时候被切断的，他在死前曾经遭受过五个小时的折磨，不仅被人鞭打审问，身上还有多处遭到撞击和毒打的瘀伤，内脏多处破裂，而真正致死的原因是头部内出血。

在徐海震遇害之后不久，徐家还被人闯过空门，翻箱倒柜不知道在找什么，痕检采证过后，还是警局同事们抽空过来收拾干净，生怕徐烁回来吓一跳。

刘春和王阳等人为了找徐海震四肢的下落四处奔走，一点儿线索都不放过。后来，刘春也在某一天被人敲了闷棍，还被人打断腿扔到一个废弃的车厂。

刘春醒来后，身边就多了一个麻袋，他打开麻袋一看，是徐海震的一双腿。

可刘春身体太虚弱，双腿又使不上力，他只能把麻袋绑在自己背上，爬出废车场。

他爬了一个小时才爬上大路，遇到一辆经过的货车，司机帮他报的警。

那天之后，刘春的一条腿就不太好使了，治疗之后走路也一瘸一拐的，不能再回刑警队，只能转做文职。

尽管如此，刑警队的其他队员仍在积极追查此事。

三个月后，王阳被两个小流氓举报说他使用暴力刑讯逼供，被上头革职，另外两名和徐海震关系密切的警员也相继出事，一个开车出了意外，另一个涉嫌酒后招妓，可是没有人相信这是真的，所有人都知道这是一个局，有一双手在背后操纵着这一切。

至于刘春，他转调文职之后依然对刑警队的事很上心，徐海震的案子他忘不掉，就算做了文职也可以找资料调查，还有其他老队员们相继出事，他坚信所有问题都和杜成伟的案子有关。

然而没过多久，刘春的妻子就开始接到恐吓电话，还因为一次意外而流产，幸好有人路过帮她叫了救护车，只是很可惜，虽然命保住了，却要做子宫摘除手术。

刘春为了妻子安危，只好辞去文职工作，远离警队，和妻子开了一家小餐馆，勉强苟活。

所有和徐海震有关系的人，都没有好下场，因为这些警员的相继离队，整件事也开始平息下来。

唯有徐海震生前让刘春复印的那份杜家爆炸案的卷宗，被他悄悄留了下来，无人知晓。

直到已经被徐海清接到历城的徐烁长大成人，选读法律系，又过了几年，徐烁主动找到刘春。

刘春也是到那时候才知道，原来徐烁一直没有放弃追查父亲的死因。徐烁知道自己不是当警察的料，就算当了也只能在历城做事，不能跨到江城来查案，所以他选择做律师，要用法律的途径为徐海震申冤。

这些年，徐烁一直有点儿精神衰弱，他很难一觉睡得超过六个小时，闭上眼就是做同一个噩梦，在梦里他见到徐海震死前受尽折磨的过程。

正是这份执着，一直督促着徐烁，迫使他用最短的时间成为最出色的刑辩律师，不惜成本、不惜代价。

刘春见到徐烁，就知道徐烁的性格是不可能安心过自己的日子的，当年的案底他也一定会翻，刘春叹了口气，索性就将一直小心翼翼藏起来的卷宗交给徐烁。

也就是从徐烁翻开卷宗的那一刻开始，他决定重返江城，不仅要将这里弄个天翻地覆，还要将当年所有害死徐海震的人一个一个全都揪出来，让他们血债血偿！

同一天晚上，顾瑶回到家里，按照往常的习惯吃了晚饭，看了新闻，直到九点来钟关上电视，拿起手机。

顾瑶从电话簿里翻出一个名字，盯着它安静了几秒，然后拨通。

电话响了三声就被人接起，很快响起杜瞳有些诧异的声音："顾小姐，你找我？"

昏暗的客厅里，顾瑶安静地吸了口气，眼睛瞟向茶几上那张祝盛西和杜瞳一起在体育场看比赛的照片，说："田芳已经委托了徐烁来辩护，我希望在下次开庭之前，你可以说服王翀退出此案。"

杜瞳先是一愣："什么……"

顾瑶声音很冰冷，而且决绝："我不管你用什么办法，我知道王翀听你的。如果你一定要个理由，我现在就可以给你三个——第一，只要我开口，我可以随时让你离开'承文地产'，虽然我并不屑于这样做。第二，田芳两姐妹和你之间的来往，我已经知道了，我不管你是不是和昭阳沆瀣一气，利用性交易来牵制像连启运这样的变态客户，我会把所有事都算在你一个人头上，从今天开始我什么都不做，就盯着你。第三，如果王翀不放弃辩护，那么我就会把你二人的证据递交法庭，让法官来裁断王翀还适不适合当田芳的律师。当然除此以外，我希望在徐烁为田芳辩护期间不要出任何岔子，如果让我知道有人在背后做手脚，这个人一定要让田芳坐牢，甚至还用她的妹妹田恬做要挟，我敢保证，她会有同样的下场。"

顾瑶话音落地，杜瞳那边沉默许久。

过了一会儿，杜瞳才说道："顾小姐，你的意思我明白了，明天我会给你一个答复。"

顾瑶没应，直接切断通话。

然后，她就去了书房，打开书架，破天荒地从最里面的那一层翻出几本案例分析和一沓档案夹。

这里面记载的都是中外重大刑事案件的资料，除了司法方面的，还有大量的法医证明和犯罪心理分析。

这些东西是她前几个月才发现的，应该是她失忆前整理过的，上面还有很多她的笔记。

不过这一年来，顾瑶很少看这类文献，一来是工作上用不到，二来是她这一年的生活很平静，接触的患者都是平头百姓，她为了把心理学上的知识一点点捡起来，重回岗位，已经花费了不少精力，所以即便几个月前就发现这些东西，可她并没有投入时间去研究的兴趣。

直到今天，她在接见室里又一次见到田芳，还听到徐烁口中描述的田恬，她脑海中跟着跳出来一个瘦弱无助的小女生的形象，她的三观和思想都遭到了剧烈的冲击，她的人性底线受到了挑战，她已经无法再做到置身事外，或者只是凭着好奇心和徐烁的牵制才被迫接触这个案子。

现在这个案子已经不再是徐烁一个人的事了，只要有一线希望，她都会竭尽全力帮田芳姐妹脱身，不惜任何代价。

这一夜顾瑶几乎没有睡，但身体上却一点儿都不觉得疲倦，精神很亢奋，她还非常清楚地记得前一天徐烁和她说过的那些关键点。

比如，田芳不希望田恬出庭，不希望田恬牵扯到这个案件里，田恬连连启运死了这件事都不知道，还以为田芳正在外面出差，根本不知道田芳坐牢了。

那么，徐烁在辩护当中就必须将和田恬有关的所有线索都按下来，即便检方发现什么，也要利用辩护技巧反驳回去，不惜代价阻止田恬出庭。

还有，田芳被传染了暗疾，这是一条有利于她的点，但她又学过急救，当晚眼看着连启运心脏病发作却置之不理，就等于间接佐证了她的杀人动机，何况法医那边的证据显示，她有给连启运灌药的嫌疑。

按照徐烁的意思，他会尽快去警方那里取得案件相关的证据链，而且还会向检察院申请补交新证据，只要是对案情扭转有重大影响的，检察院都会批准，接下来就是组织几个有利的专家证人出庭，并且让田芳把当晚的整个事情经过一五一十地告诉他，这样他才能知道该如何把田恬从整件事情中择出去。

徐烁说得很轻巧、很简单，但是顾瑶知道这些事办起来非常难，补充证据需要很多手续，还要跟法庭提出延后审理，还有昭阳律师事务所那边如果不退出辩护该怎么办，甚至于杜瞳手里还握着田恬和连启运的视频，必须想办法拿回来……

而且昭阳和杜瞳这边的事，绝对不可能让徐烁出面处理，一旦他去和杜瞳交涉，事情就会变得很复杂，杜瞳一定不会跟一个外人就范，所以这件事还得她来办。

顾瑶用了半个晚上看过去那些案件的法医资料和心理分析，又用了半个晚上的时间来思考对策，直到天蒙蒙亮才睡了一小会儿。

到了早上九点，她想到厨房里找点儿水喝，谁知刚走出去就吓了一跳。

一道颀长的背影就立在案台前。

顾瑶看清是谁，松了口气："你怎么这个时间回来了？"

祝盛西淡淡道："之前一直在医院里，早就应该回来了。我煮了咖啡，还做了一份早餐，知道你还没吃。"

顾瑶走上前，先喝了口水，然后将餐盘里的煎蛋放到嘴里。

祝盛西趁着擦手的工夫，说："对不起，立心的事我一直没有跟你交代，下次我再去立心，你和我一起去？"

顾瑶："好啊。"

只是话音刚落，她脸上的笑容就消失了，又垂下眼，专注地盯着餐盘里的食物。

这几天发生了太多的事，搞得她脑子很乱，她在情感上努力想给祝盛西和他的"江城基因"找借口，想证实他和田芳的事没有丝毫关系，可是她的理智却一次又一次地跳出来，告诉她"不可能的"，祝盛西怎么会不知道呢，就算他过去不知道，那么案件发生之后，他也应该从警察或者律师口中得知真相了吧？

还有他和杜瞳一起看比赛的照片，两人私下里显然很熟，虽然不像是有暧昧关系，最低限度也应该是共事啊，那么，杜瞳去案发现场转移视频的事是不是祝盛西让她去做的？

太多的疑点浮出水面，直接或者间接地都在指向"江城基因"和祝盛西，顾瑶已经无法再欺骗自己。

顾瑶沉默地吃完了一整份的早餐，又喝了半杯咖啡，双眼发直。

祝盛西始终维持着刚才的站姿，一动不动，只是看着她。

如此静谧的氛围，仿佛一个快要吹爆的气球，这时候只需要用针轻轻一碰，就会爆炸。

也不知过了多久，祝盛西拿起咖啡壶，往顾瑶的杯子里又添了半杯咖啡，同时也给自己倒了一杯。

顾瑶握住杯子的手也紧了紧。

祝盛西注意到了，放下咖啡壶，说："昭阳不能退出田芳的案子。"

顾瑶安静了两秒，看向神情淡漠的祝盛西。

他的眼睛里没有什么情绪起伏，他的表情也不紧绷，口吻里没有丝毫命令的意思，仿佛只是在和她商量。

顾瑶说："我还以为你不打算跟我说这件事。你这个时间不在公司，突然跑回来给我做了一顿早餐，就是为了说这个？"

祝盛西无声地叹了口气："这个案子不只关系田芳，也关系'江城基因'。我上次和你说过，连启运的辞呈我还没有对外公布，如果现在贸然换掉昭阳，外面那些媒体分分钟就会编出十个版本以上的故事，那这件事就会小事化大，后患无穷。"

站在祝盛西的立场，他为大局考量，顾瑶能明白，可是站在私人角度上，她根本无法忘掉田芳的模样，还有被连启运迫害的田恬……

顾瑶握紧咖啡杯，说："你现在是以'江城基因'负责人的身份和我对话，还是以男朋友的身份？"

祝盛西的嘴唇微微一动。

顾瑶垂下眼整理着思路，当她再抬眼看向祝盛西时，已经是公事公办的口吻。

"我有两个问题想先搞清楚，我希望你能说实话。当然，要是你准备说谎骗我，也要有本事不被我看出来。"

祝盛西似乎扯了下唇角，笑意极淡，刚刚浮现就消失了。

"好。"

顾瑶盯着他的表情，问："第一，你和杜瞳在这个案子里都扮演什么样的角色，为什么杜瞳是'承文地产'的人，却要跑到案发现场去做手脚？"

祝盛西没有一秒钟的犹豫，很快说："事情发生之后，杜瞳就被顾叔叔叫过来帮我，连启运给我带来很多麻烦，他不仅手脚不干净，出卖了公司的商业机密，还被我发现他几年前曾经性侵过公司的女员工。顾先生知道整件事情之后，就让杜瞳过来代我出面，和昭阳讨论对策，以免我的身份被媒体抓住不放，趁机炒作。"

顾瑶几不可见地皱了一下眉头。

这么说，这件事她父亲也是知情的了？

祝盛西接着说："连启运作恶多端，是很该死，但他现在不仅死了，还要拖周围所有人一起下水。如果是站在田芳和田恬两姐妹的立场上，我也希望法庭可以做出公正的判决，令田芳无罪释放。可是我还要对'江城基因'和所有员工负责，我不能这么冲动地做决定，现在能做的就是大事化小、小事化了，让所有人都认为，这次连启运的暴毙只是他和田芳之间不小心发生的意外，和公司无关。一旦被人发现连启运利用职权潜规则女下属，同时侵犯田芳和她妹妹，媒体就会趁势炒作，那'江城基因'就完了。"

祝盛西话音落地，屋里陷入沉默。

隔了几秒，顾瑶又问："我的第二个问题是，你为什么要瞒着我？"

祝盛西仿佛有些惊讶："我没有刻意隐瞒，我也想不到你会牵扯到这件事情里。顾先生让杜瞳来出面解决，意思就是不希望我牵扯太多，而且我还要负责公司的运转，无谓将精力浪费在连启运这种人身上。前两天你突然问起我连启运的案子，我也是那时候才知道原来你已经一脚踏了进来。"

这倒是。

祝盛西的确没有"坦白"或者"隐瞒"的必要，她和这个案子根本八竿子也打不着。

顾瑶自嘲地笑了笑："我的确一脚踏进来了，而且我还想管到底。"

祝盛西有些不解："这个案子到底有什么地方吸引你？"

"我也不知道，或许是因为同情，或许是因为有些事情我想亲自搞清楚，又或者是因为我想趁这个机会看清你。"

顾瑶的话很轻，语气也很和缓，但那最后几个字落下的分量却不容忽视。

祝盛西一顿："看清我？"

顾瑶半真半假地笑了："你和田芳有过接触，是我问了之后你才告诉我的，你和杜瞳看上去很不熟，但她却被我爸叫来帮你料理这些麻烦事。"

祝盛西张了张嘴，他想做解释，却不知道该从何说起。

直到顾瑶再度开口："你刚才说，昭阳不能退出这个案子，其实这件事也不是办不到，不过昭阳必须做点儿牺牲。"

祝盛西轻叹一声，说："所有和案件有关的资料，包括王翀那边的调查，她都会全部交给田芳现在的律师。"

顾瑶补充道："不仅如此，所有关于辩护的事都要听他的，王翀必须让步，她可以当陪衬，当背景板，甚至不出庭，她照样可以拿律师费，我只要求她不要捣乱，不要横生枝节。"

祝盛西点了下头："这都没问题。"

"还有，连启运录的那些视频，杜瞳必须交给我，她不能留备份。否则，我一定会让她吃不了兜着走。"

祝盛西笑了一下："这也没有问题。"

说话间，祝盛西从兜里拿出一个优盘，放到顾瑶面前的案台上。

"视频我已经带过来了，保证没有第二份。"

顾瑶扫了一眼："如果她没有说谎，那么她的工作算是暂时保住了。"

祝盛西没说话，只是瞅着她笑。

顾瑶问："是我说了什么笑话吗？"

祝盛西摇了摇头："你真是一点儿都没变，刚才我好像又看到了一年前的你。"

顾瑶没接茬儿。

祝盛西叹了口气，又道："不过我也没想到，有一天会和你用这样的方式谈判，为的还是别人的事。"

见他脸上有些苦涩，语气还带着自嘲，顾瑶心里也有点儿不是滋味儿。

严格来讲，连启运才是十恶不赦的人渣，关祝盛西什么事呢，又不是他让连启运去做那些肮脏事的，连启运暴毙还把"江城基因"拖下了水。

祝盛西最近这段时间一定是焦头烂额，否则杜瞳也不会过来帮忙，她又何必迁怒呢？

然而，理智上顾瑶虽然拎得清，可是情感上到底还是有些芥蒂，那些照片背后的故事都还没有解开，到底只是因为业务上的巧合才相识，进而被徐烁抓拍到再无中生有，还是另有内情呢？

想到这里，顾瑶心里五味杂陈，她只是低头看着杯子里的黑色液体。

直到祝盛西的声音响起："我最想不到的是，你嘴里的那个'无聊律师'只花了几天的时间，就说服你和他一起介入田芳的案子，你还帮他处理掉最麻烦的环节。"

闻言，顾瑶抬起头，刚好捕捉到祝盛西眼里闪过的一丝不悦，但那情绪消失得很快，他的唇角又挂着淡淡的笑，好像只是她的幻觉。

顾瑶很快就认识到，她好像因为太投入这个案子，而引起了她和祝盛西之间诸多误会……

顾瑶说："他的确是一个'无聊律师'，不过我不是被他说服的，而是我自己想帮田芳。再说，因为一个'无聊律师'而吃醋的人，是不是更无聊一点儿呢？"

祝盛西轻笑出声，方才紧绷的氛围瞬间软化了。

他终于抬起脚，朝顾瑶走过来，一只手横过案台，轻轻握住她的，说："好吧，是我多心了。但你的确和他走得太近了，见他的时间比见我都多。"

顾瑶："你所有精力都放在公司，连去立心的次数都比回来多，现在还反过来怪我？真不愧是生意人。"

祝盛西又是一声笑："那不如这样，等这个案子结束后，我放个大假，咱们去冰岛玩几天？"

"如果你说到做不到，这就是一张空头支票，祝老板，请你不要轻易做承诺。"

"不会的，对你，我一定说到做到。"

中午以前，祝盛西接到公司电话，很快赶回去处理事情。

顾瑶一个人吃了午饭，就打开笔记本电脑，查看优盘里的视频，她挨个儿看了一遍，发现连启运不仅录了田芳和田恬的部分，还有一个陌生女人的。

顾瑶琢磨了几秒钟，将电话拨给徐烁。

"你昨天说连启运过去有一个情人，有没有查到对方是谁？"

徐烁慵懒的声音响起："查到了，原来也是'江城基因'的员工，就在连启运的部门做事，半年前辞职了，现在人还在江城。"

祝盛西刚才提到连启运曾经潜规则女下属，难道指的是同一个人？

顾瑶立刻问："你有没有这个人的照片？"

徐烁："不仅有照片，还有她的看诊记录，她这半年来一直有挂皮肤性病科的号。"

徐烁话落，很快就把照片发给顾瑶。

顾瑶点开照片，和视频里的女人一比对，果然是同一个人。

这时，徐烁问："你怎么突然问起这个？"

顾瑶说："这个案子我有点儿新发现，应该会对下一步的辩护有帮助，下午在律师事务所等我。"

顾瑶又一次来到明烁律师事务所，进门都不等小川招呼，就直接往徐烁的办公室冲。

很快就听到两人的对话声从办公室里传来。

顾瑶迅速将自己笔记本里的视频播放出来，同时看向正在水吧那里漫不经心煮茶的徐烁。

顾瑶只好先按了暂停键，说："田芳和田恬的视频我要到了，不只有她们俩的，还有连启运之前那个情人的……我说，你就不能快点儿？"

徐烁端着茶壶走回来，一脸老大不乐意地念叨："知道您要过来，特意冲了一壶冻顶乌龙，你还催我快点儿，你知不知道男人听不了这个词？"

顾瑶一个眼刀飞过来："你废话怎么这么多？"

徐烁立刻噤声，将茶壶放在桌上，屁股一沉，就落到顾瑶旁边的位置。

顾瑶又按了播放键，视频里咿咿呀呀的声音倾泻而出，女人勉强可以分辨出长相，正是徐烁发出来那张照片上的女人，名叫张丽椿，曾是"江城基因"的员工，隶属连启运的部门，平日负责一些行政工作，半年前因为公司传出她和连启运不清不楚的婚外情关系突然辞职，没有同事知道她去了哪里。

视频看了一半，徐烁突然抬手，还用手肘将顾瑶的手挤开，霸占了视频的播放权。

他连着按了两次暂停键，又拿起旁边张丽椿的人事资料进行容貌比对，也不知道是他眼神差还是有脸盲症，脸都快扎进屏幕里了，这才认可这是同一个人。

顾瑶问："怎么样，是张丽椿无疑吧？"

徐烁点了下头，仿佛在思考什么，刚要动手把视频进行回放，不料顾瑶也同时出手。

两人的手背侧面摩擦了一下，一个凉，一个热。

徐烁恍惚了一下，就见顾瑶把视频拉到中间段，还把声音调到最大，背景音虽然很杂，画质很渣，但连启运好像在最激动的时候说了一句话。

"咱们试试那个动作，怎么样？"

张丽椿断断续续地说："不……那个我不行……我会死的……"

到这里，顾瑶再次按停视频，然后转向徐烁。

与此同时，从茶水间泡了一杯咖啡的小川，也刚好晃到门口，正准备端进去给顾瑶。

谁知小川还没踩过门口，就听到里面传来一阵男人女人不可描述的声音。

轰的一声，小川的精神世界被那串声音劈得片瓦不剩。

他的目光直勾勾地落在徐烁和顾瑶身上，跟着就脑补出一连串的狗血戏码。

他们为什么坐得这么近？

难道……

可是前几天不是还针锋相对吗，这才几天啊，怎么就发展到这么亲密的阶段了？

他们甚至还在讨论！

可是，可是，这么私密的事他们怎么也不知道关门啊！

正在进行疯狂想象的小川只能面红耳赤地立在门口，进也不是，不进也不是，目光时不时偷瞄，又时不时瞄向门把手。

而办公室的沙发上，徐烁的坐姿正好面向门口，他一边思考着视频里的对话，一边注意到小川的动向，他正觉得奇怪，这时顾瑶就转向他，神情无比严肃地开口了。

"你知道'那个动作'是什么意思吗？"

徐烁有些心不在焉地回答："哦，那是什么？"

"我还以为你知道。"

两人打了一会儿哑谜，徐烁沉默了两秒，忽然用一种微妙的眼神看向顾瑶，还眨了两下眼："会不会是我太敏感了，我怎么觉得你问的这句话，好像是在暗示我的人品有问题？"

顾瑶倒是很直接："我不是暗示，而是基于合理的推断以及对你人品的了解——这是我从查到的资料中总结的。"

顾瑶边说边将自己的手机递给徐烁。

徐烁接过来一看，脸上瞬间一片空白。

顾瑶趁着徐烁看资料的工夫，拿起茶壶给自己倒了杯茶，一边品着茶一边说："如果男性要采用骑跨女性胸腹部的姿势进行性行为，是非常需要掌握力道和技巧的，如果只是虚的，没有将自己的体重和力量完全压在女性身上，那倒还好，但是反过来，如果是非常实地压下去，就很容易在这个过程中压死女性。"

顾瑶指了一下屏幕上的画面，继续说："你看连启运的身材，我估计他起码有一百六七十斤，但是你看张丽椿，最多只有九十几斤吧，两人的体重相差这么大，要是连启运真的用这样的姿势而且不控制力道，张丽椿很有可能会出现急性肺水肿和缺氧，最终导致急性心肺功能衰竭。"

听到这里，徐烁终于找回了语言功能："你的意思是说，连启运不仅有暴力倾向，还会再采取这种极端的姿势？"

"这种姿势可以满足连启运这种变态人格的控制欲，让他掌控主导地位。而且连启运一提到这个词，张丽椿就显得很害怕，她声音里的抖动绝对不是激情所致，而是来自恐惧，显然她知道其危害。但连启运是不会因为一次被拒绝就作罢的，那么他会不会转而朝下一个目标实施呢，比如田芳，或是田恬？"

顾瑶又点开连启运和田芳的视频，很快把视频拉到最后一段。

视频里的连启运似乎正在准备调整姿势，但田芳却在反抗，连启运似乎也有些疲倦了，终于作罢。

顾瑶按下暂停键，分析道："你看，幸好在这段视频里田芳拒绝了。如果真让连启运得逞，恐怕现在的死者就不是连启运了。"

为了证明自己的推断，顾瑶还拿出一份昨晚找出来的案件资料和法医分析报告，她用红笔标出几个重点，这个案子里的死者生前恰恰就是遭到了凶徒同样的对待，心脏衰竭而死。

徐烁认真看完顾瑶的标注，说："如果能证实案发当晚田芳在遭受性虐待的时候，曾经遭受过同样的生命威胁，这时候如果连启运还在言语上刺激她，比如他说如果她不从，就会让田恬来尝试的话，那么田芳在双重威胁下杀了连启运，'正当防卫'就站得住脚了。"

徐烁抬起眼，和坐在旁边的顾瑶对视。

隔了几秒，徐烁再度开口："但是有一点我还是不明白。"

顾瑶挑眉。

徐烁："为什么你刚才说，'我还以为你知道'？"

顾瑶眼里划过一丝几不可见的笑意："因为徐大律师不仅见多识广，连选官司的眼光和手段都非常独到，我还以为没有你不知道的事呢！"

徐烁点了点头，嘴上却不太愿意承认："说到见多识广，我真是自愧不如。"

这话落地，徐烁的目光再度瞟向门口的小川。

顾瑶顺着徐烁的目光一同看去，问："你站在那里做什么？"

徐烁："是不是有什么事？"

小川立刻惊醒，同时脸上的颜色以肉眼可见的速度迅速蹿红："呃，没……没什么……我就是，就是……冲了咖啡……姐……你你你……喝不……"

顾瑶举了举茶杯："不用了，我喝茶。"

小川："哦哦哦……那……你们继……续。"

小川转身的瞬间，精神世界已经天崩地裂，而坐在屋里的那二人，依然沉浸在案情里难以自拔。

徐烁率先开口："其实我们面临的第一个问题是如何推翻田芳之前的口供。我现在还在等昭阳的人把这个案子的资料发给我，派出所那边我下午会抽空去一趟，核实笔录和口供，还有法院那边，要重新申请递交新证据。"

说到这里，徐烁话锋一转："不过你既然都把视频拿过来了，就说明杜瞳已经就范了，那么王翀呢？"

顾瑶说："我来找你就是为了这件事，王翀不会退出案件，但她也不会给你捣乱。只要昭阳不退出，那些媒体记者就不会抓住这件事再做文章，最多只是奇怪为什么多一个律师介入。接下来，你只管梳理自己的辩护思路，王翀只是个背景板。"

徐烁笑了："这些是祝盛西要求的？"

"这是'江城基因'能做出的最大让步。"

徐烁耸了下肩，从办公桌上拿起一沓文件，假模假式地翻起来。

顾瑶忍不住问："你那是什么表情，想说什么就说。"

徐烁这才摇头轻叹："你男朋友的手段还真是不得了。"

顾瑶皱起眉，很烦他这种阴阳怪气的调调。

"你刚才说最大的问题是推翻田芳的口供，为什么？"

徐烁眼皮子都没抬："今天上午我去见过田芳了，她把案发那天的事情和我大概说了一遍，她也提到口供的事，她很担心要是她说出实情，她和妹妹的视频就会流出去。所以警方在给田芳录口供的时候，田芳是主动'承认'了她身上的伤都是出于特殊癖好和自愿。也就是说，想要从'刑讯逼供'的角度推翻口供，是不可能了。"

顾瑶问："那田芳有没有提到当晚实情？"

"这倒没有，探视时间有限，她只来得及把整个过程讲一遍，从她认识连启运开始一直到案发之后，还有她一时糊涂，先去向立坤的人求救的事……这里面的疑点有很多，我打算明天再去和她对一次细节。"

顾瑶跟着徐烁的思路开始思考，又问："那是不是只要口供的事情了结了，接下来就好办了？"

徐烁抬眼轻笑："口供虽然不能修改，但是在庭审时翻供的事经常发生，口供只是刑事诉讼法规定的七种证据之一，它是很重要，但不是决定性的东西。田芳如果改了一次口供，那么所有补充的新证据就都必须围绕更改后的'事实'，让这份证词站得住脚，要是稍有疏漏被控方抓住其中一点，他们就有机会推翻全部。所以接下来每一步都会更难。"

顾瑶没有接话。

徐烁继续道："接下来，我会以'维护个人隐私'为由向法庭申请不公开审理，然后提前递交新证据，列举出庭证人、鉴定人的名单。当然，由于我这个新辩护人，对起诉指控的事实和罪名存在异议，法庭很有可能会先开展庭前会议，控辩双方必须到场先进行协商、沟通。所以在庭前会议里我们就会有一番争辩，决定哪些证据是必须要排除的，哪些证人、鉴定人是没必要出席的。在这个阶段，我能争取的权益越大就对田芳越有利。"

顾瑶说："你递交的新证据是要证明田芳在这段关系里一直是被强迫的，她的生命曾经一度受到威胁——如果这些新证据被庭前会议驳回，就会对她非常不利。"

"不过驳回的概率不是很大。"徐烁放下手里的资料，手指敲着桌沿，"最麻烦的是田芳坚决反对田恬出庭，田恬可以说是她最大的同情票了。不过也多亏你拿了视频过来，这的确是一个有趣的切入点。"

顾瑶质疑："光有这个点是没用的，提到这个词的视频是张丽椿那段，不是田芳的。"

徐烁微微一笑："那就要看小川什么时候能找到张丽椿了。"

这话方才落地，小川弱弱的声音就从门口传来。

徐烁和顾瑶不约而同地看过去，小川做贼似的探出一个头，还有些讨好地说："不好意思，打搅二位，我找到张丽椿了……"

一有了张丽椿的消息，徐烁和顾瑶二话不说就离开律师事务所。

不过在临出发前，两人还因为座驾一事产生了一点儿小口角，这主要是因为徐烁下楼的时候发现他那辆路虎的车胎被人扎了，车里又没有备用胎，顾瑶见状便让他上她的车。

谁知徐烁说他要当驾驶员，顾瑶果断拒绝，让他自己打车。

两人经过一番争执，最终以徐烁"忍气吞声"地坐在副驾驶座告终，而且被顾瑶严令禁止，这一路上都不能胡说八道满嘴放炮，否则她随时会把他扔在路边。

徐烁受了委屈之后，心有怨念，等上了车才问："话说，你是失忆前就这么大脾气，还是失忆后才这样？"

顾瑶瞥了他一眼："听说，我失忆前脾气更大。"

徐烁："啧啧……"

顾瑶的眉头瞬间打结："你不要总发出那种声音，听着很讨厌！"

徐烁又问："你这个'听说'，是听你男朋友说的吧？"

"是又怎么样？"

"没怎么样，就是很好奇他这个人的口味和择偶倾向，通常来讲呢，惧内的男人都是有问题的，不知道在心理学上你们是怎么分析的？"

顾瑶直接回了四个字："关你屁事。"

徐烁却锲而不舍，死皮赖脸："在他之前，你和别人交往过吗？"

顾瑶没回答，专心看路。

徐烁问："一个？"

顾瑶："……"

徐烁："两个？"

顾瑶："……"

徐烁自言自语："哦，看来是没有。"

顾瑶："……"

徐烁："那他呢？"

顾瑶："……"

徐烁："咦，要是都没有的话，那你俩就是初恋了，你们怎么这么纯情呢？"

顾瑶终于忍无可忍，给了他一句："请问有多少前任才叫不纯情，你有过几任？"

徐烁咧嘴一笑："我是单身贵族。"

顾瑶："……"

一阵沉默，顾瑶说道："也是，像是你这种自恋型人格，的确很难找到另一半。"

徐烁轻叹一声，用一种半真半假的口吻说："其实追求我的优秀女性还是不少的，保守计算不低于八个。"

顾瑶投过来轻蔑的一瞥："这是你自己的脑补判断，还是人家确实有表示？"

"连'我喜欢你'这么害羞的四个字都说出来了，你说确不确实？"

"那是你没看上人家？"

"倒不是，我要拒绝也挺辛苦的，还要找理由。"

"有心上人了？"

"不，我只是不太喜欢主动的女人。"

"……"

徐烁突然有了分享的欲望，还侧过身，跷着二郎腿，朝向顾瑶这边说："这就像是查案和辩护的过程，控辩双方如果实力不均等，相差太大，那你说这官司打起来有什么激情可言，技术也得不到锻炼啊，是吧。最好就是那种，人家不愿意，但通过我的努力争取终于让人家欲拒还迎、含羞带怯，嘴上虽然说不要但身体很诚实，这才有意思嘛。"

顾瑶的脸色已经耷拉下去了。

变态！

徐烁睨视着她，继续道："唉，不是我说，像是你和祝盛西这种两情相悦、一拍即合的关系，很容易不长久的，这感情虽然有很多种，但是只有虐恋才刻骨铭心，让人欲罢不能啊，人类骨子里都有一种倾向，越是得不到越渴望，要不然罗密欧和朱丽叶干吗殉情？"

顾瑶踩了一脚刹车，吓了徐烁一跳。

就见她将车停靠在路边，解开安全带，冷漠地扫来一眼："到了。"

张丽椿现在住在江城郊区的一栋居民楼里，小川查到她只租了半年，就这几天差不多约满到期，应该是正准备搬走。

顾瑶和徐烁来得很及时，按了两下门铃，没多久就听到屋里传来一个女人的声音："谁啊？来了！"

没等顾瑶自报家门，徐烁就率先开口："快递！"

"噢！"女人很快把门打开，只是和徐烁、顾瑶一照面，就愣住了。

"你们是……"

开门的正是张丽椿，她和照片上相差不多，只是稍微瘦了一点儿。

徐烁拿出自己的证件："你好，我姓徐，这是我的律师证。请问您是张丽椿吗？"

张丽椿更加困惑了："我是，你们有什么事？"

徐烁："我们是代表田芳小姐过来找你的，田芳你认识吗，就是最近'江城基因'高管暴毙那个案子的被告人。"

张丽椿的脸色倏地变了，立刻关门："我不认识，和我无关！"

徐烁却提早一步伸出手，卡在门缝儿里。

门板关上的瞬间夹到他的手背，他却纹丝不动，反而笑道："你就不好奇我们为什么知道你和连启运的关系吗？"

一直默不作声的顾瑶，始终站在一边观察着徐烁如何和张丽椿交涉，见他手被掩了也是一派云淡风轻，不由得一怔。

直到张丽椿停止关门的动作，透过门缝儿问他："你们怎么知道的？"

徐烁趴在门缝儿前，像是接头似的小声说："我们找到一段你的视频……"

门里瞬间就没声了。

隔了几秒，张丽椿终于打开门，低着头说："先进来吧。"

徐烁笑着说："那就打搅了。"

徐烁迈开长腿跨进门口，手垂下的瞬间就背到身后攥成拳，手背上有一道清晰的红印，看来刚才一直在强忍。

顾瑶问："你的手没事吧？"

徐烁又把手揣到兜里："小意思。"

两人进了屋，并没有着急坐下，张丽椿家里也没有椅子，只有一张双人沙发，角落里堆着十几个大箱子，客厅的柜子里空荡荡的，显然她正在忙着收拾东西。

张丽椿有些局促地翻出两瓶矿泉水，放在茶几上，说："我正搬家，家里很乱，你们随意吧。"

徐烁绕着客厅看了一圈，随即坐在沙发里，拧开矿泉水喝了一口。

"张小姐是一个人住？"

张丽椿："嗯。"

顾瑶却没有坐，而是趁着两人说话的时候，走到通向卧室的门口，朝里张望了一眼，然后她说："不好意思，我能借用一下洗手间吗？"

张丽椿："好，请便。"

徐烁这时说："其实如非必要，这件事我们是不想麻烦你的，我们也知道这对你来说不是件好事，可是现在案情重大，情况紧急，我们也是迫不得已。"

张丽椿背靠着墙站着，双手环抱着身体，小声问："你们都知道什么……"

"根据我们找到的资料，你是在半年前离开的'江城基因'，在你任职期间，曾和连启运有过一段关系，不过你是被迫的。"

张丽椿的脸色渐渐发白："对，都是他逼我的……"

"那么，他是用什么逼你的？照片、视频，还是其他原因？"

张丽椿没吭声，只是把头低下去了。

徐烁接着说："如果是视频的话，我想张小姐你以后都不需要担心了。因为连启运现在已经身亡，他手里的视频原本在我们手上，等这个官司结束之后，我们会把视频原本交给你。"

张丽椿："在你们手上？你……你们看了？"

徐烁点头："我知道这事关你的隐私，所以我们只会将它用在这个案子的司法程序里。"

张丽椿：“不行！那是我的隐私，你们怎么能呈上法庭！”

徐烁：“其实我们今天来找你，就是想和你商量这件事。视频的确关系你的隐私，但它也是本案的关键，它很有可能会成为决定田芳是否要坐牢的证据之一。我想你应该知道，田芳和你有一样的遭遇，不仅在精神上遭受连启运的摧残，还被连启运传染了暗疾，现在连启运死了，她还要被控故意杀人罪。张小姐，将心比心，我想你一定是最能体会田芳处境的人。”

张丽椿的表情可谓瞬息万变，她沉默了好一会儿才问：“她现在的情况怎么样？”

“不乐观。警方已经找到证据，证实田芳当晚有给连启运灌过药。田芳因为担心自己的视频被曝光，所以没有对警方说实话，在整个案子里失去了先机。现在能证实她清白的，除了视频和一些佐证，最重要的就是你的证词。”

张丽椿：“我的证词？我根本不认识她，我只是知道连启运和一个小律师有点儿事情，但是具体是谁，发生过什么，我都不清楚。我半年前就离开连启运了！”

“张小姐，你不需要为田芳说一句好话，你只需要在法庭上说出事实，将连启运是如何摧残女性的过程简单陈述，就已经是对她最大的帮助。当然，为了保护你们的隐私，我会向法庭申请不公开审讯，除了本案的相关人等，其他人都不可以旁听，你也不用担心你的事情会被外人知道。”

张丽椿又一次沉默了，陷入天人交战。

站在个人立场上，连启运身亡的新闻真是大快人心，从此以后张丽椿都不需要再面对那个人渣了，连启运也不会再祸害别的女人了！

可是……可是，如果让她出庭做证，就等于让她亲手揭伤疤啊，还要当着那么多人的面，说出自己人生里最不堪、最耻辱的一段过去……

这让她如何启齿？

张丽椿一直在自我挣扎，徐烁没有催促，只是安静地坐在对面等她想通，直到张丽椿深吸一口气抬起头。

就在徐烁意识到什么的时候，张丽椿开口了：“我不能出庭，那些事情我已经忘了，不想再回忆，你们不能逼我。”

徐烁站起身：“张小姐，我希望你能考虑清楚。”

张丽椿的声音瞬间扬高：“你是她的律师，帮她辩护是你的责任，就算官司输了，她要去坐牢也不是我造成的！你为什么要把这种负罪感强加给我！这对我公平吗？"

就在这时洗手间的门打开了，顾瑶若无其事地看了一眼屋里两人，笑了笑。

"徐律师，你先出去吧，让我和张小姐谈谈。"

徐烁的目光和顾瑶的隔空交汇，只停顿了一秒，就彼此心照不宣。

以他的男性律师的身份，的确很难攻破张丽椿的心理戒备，在经历连启运这个人渣之后，张丽椿对男性已经产生了生理、心理的双重排斥，更何况他还是一名律师，正常人遇到律师都会本能地忌惮几分，更不要说他是请她来上庭的。

思及此，徐烁点了下头，很快将战场交给顾瑶。

徐烁前脚出门，张丽椿后脚就出声了："我和你也没什么可谈的。"

但她的控诉声明显小了很多。

顾瑶没接茬儿，转而走到角落的小桌前，摸了一下上面电热水壶的温度，还有点儿微微烫手。

桌上只有一个扣放的卡通杯，杯缘的卡通图案有点儿磨损，显然经常用，而且这个屋子里的大部分东西都收起来了，这个仅剩的杯子应该就是张丽椿本人的。

顾瑶将卡通杯翻过来，注入热水，然后走到一直缩在墙边态度回避的张丽椿。

张丽椿用余光瞄到自己的卡通杯，里面还有半杯热水，她只犹豫了一下，就把杯子接过来。

顾瑶笑道："喝点儿热水，补充点儿能量，你要不要先坐下来休息一会儿，搬家挺辛苦的，就算别人不心疼你，你也要心疼自己啊。"

顾瑶刻意压低了嗓音，放慢语速，好让张丽椿尽快稳定情绪。

果然，张丽椿喝了几口水，情绪松懈下来，疲倦感也凸显出来，她也不打算强撑着，索性就坐到沙发里，只是仍蜷缩着，不愿和顾瑶对视。

顾瑶就站在张丽椿刚才站的位置，依然是刚才的语调："张小姐，我先自我介绍一下。我姓顾，叫顾瑶，是一名心理咨询师，一年前出过一次很严重的意外，差点儿连命都没了，所以这一年来我的工作量不大，只是帮一些有需要的患者解决心理问题。如果你不介意，以后你可以随时来诊所找我，虽然我不能让你忘记所有不愉快的经历，但是如果能有个倾诉对象，让你把负能量倒出来，不要憋在自己心里，这对你绝对是有帮助的。"

张丽椿的注意力被这段话成功转移，她问："你是心理医生？"

顾瑶："严格来说，我只是心理咨询师，和心理医生还是有区别的，我能做的就是从心理上开导有需要的人，而心理医生是要给患者开处方药的。"

张丽椿用余光瞄了一眼顾瑶，问："你说要帮助我，不过是想劝我上庭吧？"

"站在官司的立场上，我的确是这么想。但是站在我个人角度，你上庭与否，对我的生活没有丝毫影响，我也没有这个责任和义务。只不过像是你现在的困境，我一年前也遭遇到了，所以刚好有些经验可以分享给你。"

张丽椿仍是低着头："你出了车祸，和我被那个人渣……根本不是一回事。"

顾瑶没有介意张丽椿的言语挑衅，只是笑了一下，说："一年前我刚从医院醒来的时候，每天都在做噩梦，梦到火灾，梦到车祸现场，还梦到有人要杀了我，我害怕听到巨响，每天都不敢睡觉，一闭上眼睛就会胡思乱想，还有点儿被害妄想症。尽管我身边的亲人朋友都很关心我，他们每天都在轮流陪伴我，可是我失忆了，我根本不记得他们是谁，我也不相信他们告诉我的话，我每天都在疑神疑鬼中度过，连听到有人开门，都会吓得缩在床底下。"

听到这番话，张丽椿的注意力被一点点吸引。

顾瑶一边观察着张丽椿的反应，一边保持着自己的说话节奏："那时候的我和所有遭到过重大打击的患者一样，患上了 PTSD，就是俗称的创伤后应激障碍。车祸前我到底发生了什么事，为什么会发生，这些疑问一直困扰着我，它们成了我的心魔，而且没有人可以帮我解决。

"很快地，我就陷入一种两难的困境——我可以因为这些问题的无解而选择逃避，但这些问题并不会因为我的逃避就消失。它们永远像鬼一样缠着我，只有当我把这些问题扔给别人，比如心理咨询师，看着这些问题也同样困扰了他们，我心里的困境才能稍稍得到缓解。可是当我结束心理咨询的时候，这些问题又会回来找我。张丽椿，我想你的心情和我是一样的。"

张丽椿不由自主地听了进去，还代入了自己的心境。

当她终于摆脱掉那个人渣的时候，她的确获得了解脱，她还以为从此都不会再做噩梦了，可是事情都已经过去半年了，心理上的魔鬼却越来越猖狂，它们不肯放过她，还时常出现在梦里，提醒她曾经遭受过怎样的不堪。

她有好几次被心里的羞耻感折磨得恨不得自杀，加上这半年来要时常去医院拿药复诊，每次挂皮肤性病科的号，面对他人的目光她都抬不起头。

当医生问她症状时，她一边描述一边却在脑补这个医生是如何看不起她，医生一定认为她是个滥交的女人。

最无助的是，这些事她根本不敢和任何人说，无论是远在老家的父母还是近在咫尺的朋友，她更没有勇气去找心理医生，把自己的隐私分享给一个陌生人。

直到这一刻，第一次有人说中了她的心事。

张丽椿缓慢地抬起头，第一次和顾瑶有了目光交流。

顾瑶依然保持着微笑，就站在那里，她的目光很柔和，眼神平静，然后她第二次走向角落的桌子，拿起电热水壶，又走到张丽椿面前。

张丽椿停顿一秒，将手里的杯子伸出去，看着顾瑶帮她将水注满。

这是两人第二次靠近，张丽椿比上一次更放松。

但顾瑶没有得寸进尺，她倒完水就放下水壶，又一次走回墙边，说："车祸之后，我花了几个月的时间恢复身体，不仅要做'复健'，还要接受心理治疗。差不多小半年后，我回到了心理诊所，还接到第一个案子。那是一个男患者，他第一次来见我，就坐在我对面，坐姿十分不雅，甚至在做一些引诱性的动作。"

张丽椿愣住了，甚至开始直视顾瑶："然后呢？"

顾瑶笑道："我没有制止他。"

"为什么？"

"因为他不是故意那么做的，他的心里有个黑洞，他无法自愈，所以才寻求心理咨询师的帮助。在那一刻，他的心理极端脆弱。而我是一位女性，如果我因为无法忍受而当场制止他或者选择离开，那么这些下意识的行为就会伤害到他，他以后都不会再相信女性心理咨询师，他会认为没有一个女性心理咨询师可以理解他的痛苦，那么他的心理禁区就很难再打开。"

张丽椿有些困惑地问："你是说……他不是故意的？可他为什么要那样……"

"根据我的判断，他要接受专业的心理辅导长达一年以上的时间，才有可能对他的心理咨询师完全敞开心理禁区，我也是给他做辅导几个月后才慢慢厘清了他的故事。他是家里最小的男生，他上面有母亲和几个姐姐，但他并不是被家里的女性们宠爱长大的。相反，他从小就遭到姐姐们的欺负。他的童年充满了女性对他的种种虐待和不堪回忆，比如他的姐姐会威胁他，如果不帮忙做什么事的话，就会用水果刀切掉他的下面。

"他当时年纪还小，不知道找谁求助，只能找自己的父母，可他父亲长年在外工作，他母亲完全不觉得这是个要紧事，还不以为然地告诉他，他是个男孩子，他应该坚强。于是，他便产生了一种奇妙的心理——哦，连家长都不能解决的事情，看来这件事真的很难。这就是他最早生出的逃避心理，他以为只要逃避了就没事了，反正家长都没办法，他又能怎么办呢？

"后来他到了青春期，发育比别的男孩子要慢，在学校经常受到女生欺负，他采取的态度和在家里一样，逃避、默认、独自承受。久而久之，女生们的欺负就从言语和简单的动手动脚上，发展到一些和性有关的暴力。到了高中，他第一次被成年女性侵犯，他依然选择这种处理方式，因为他认为就算他说了，也不会有人认同他，不会有人帮他，因为他是个男生。成年后，他根本无法融入正常的社交活动，他对女性的认知都是扭曲的，他也不知道所谓正常的异性来往到底应该怎样。他的母亲和姐姐们还反过来嘲笑他，说他性格孤僻，心理变态，是家里最大的败笔。"

顾瑶给张丽椿倒的第二杯水，张丽椿碰也没碰，她一直很专注地在听故事，身体前倾，双手也不再环抱自己的身体，而是松弛地放下，十指交握，仿佛正在为"他"的遭遇而揪心、紧张。

在不知不觉间，张丽椿和这个素未谋面的"他"产生了共情心理，她不禁想到自己的种种，其实他们都是一样的，一样不知道该怎么解决问题，只能逃避，一样无法融入正常的生活，对异性的认知产生偏差和扭曲……

张丽椿主动提出问题："那他……还能治好吗？"

她是在问"他"，也是在问自己。

顾瑶说："可以，但是需要很长时间。他的遭遇是从童年开始的，伴随着他的青春期，他的心智成长，那些记忆会影响他以后的人生，想要把那些东西从他的生命里割裂开，是不可能的。"

张丽椿动了动嘴唇，心里无比纠结："那……我呢？我还有希望吗……"

顾瑶缓慢地眨了一下眼，那是表示肯定的动作，等同在开口之前就在张丽椿心里投下暗示。

"你比他的情况要轻得多。你是一个坚强的成年人，已经形成了独立的世界观和价值观，只不过你遇到了一个人渣，他试图摧毁你的人生，但一个成年人是不会轻易屈服的。成年人在遇到这样无法解决的困境时会有几种反应，比如逃避、让自己更坚强、寻求自救，抑或是将人渣消灭。"

"消灭"两字轻缓地吐出，张丽椿的身体跟着一抖，她在心理上瞬间认同了田芳的做法，同时产生同情心理。

顾瑶默默注视着这一切："当然，消灭那个人渣是需要付出代价的，即便他是人渣，别人也没有权利剥夺他的生命，除非这个人是正当防卫，被逼无奈，那么法律一定会做出最公正的审判。"

张丽椿终于闭上眼，脑海中飞快地闪回许多画面，让她心头的怒火渐渐升起。

然后，她睁开眼，第一次主动提到"田芳"的名字："那你们说的田芳，是不是如果没有证据证明她是无辜的，她就会坐牢？"

顾瑶非常肯定地点头："对。她会判'故意杀人罪'，情节较轻的，是三年到十年的有期徒刑，等她出来的时候差不多是三十五六岁了吧，情节严重的话，是十年以上有期徒刑，甚至是死刑。当然，在她坐牢期间还要接受身体治疗，刚才徐律师应该已经和你说了，连启运不仅虐待田芳，而且将暗疾传染给她了。"

张丽椿又是一抖，进而低下头，她首先想到的就是这半年来身心上的痛苦遭遇，但她起码还有自己的生活，田芳却要在牢狱中承受这些痛苦。

还有那漫长的有期徒刑……

这时，顾瑶站直身体，离开了背后的墙壁，她拿起小桌上的便条纸，写下自己的手机号，然后放在张丽椿的杯子旁边。

"这是我的联系方式，如果你需要心理辅导，随时联系我。不过你可以放心，心理辅导的过程属于个人隐私，是不可以作为呈堂证供的，所以我绝对不会把你的故事呈上法庭。"

话落，顾瑶就打开大门，看到几步开外，正靠着墙玩手机的徐烁。

徐烁听到动静，微微抬了下眼皮。

顾瑶走上前，没什么表情。

直到徐烁放下手机，挑眉看她，顾瑶才开口："我们已经聊过了，我觉得你还是不要再逼她了，有这个时间还不如想想怎么用辩护技巧打赢这场官司，这是你的分内事。"

徐烁的眼光瞬间微妙了。

隔了一秒，他叹了口气，透着无比委屈："唉，我也知道啊，可我的专业就是不过硬啊，我有心帮人但能力不足啊，你可不知道控方有多厉害……"

顾瑶："知道自己是半瓶醋还敢接这个官司？"

"我要是不接，田芳就完了，我这不是同情她吗？"

"是吗，那你的同情能在审判长那里争取到多少分数呢？"

两人一边"争论"一边往楼道的方向走，谁也没有回头看一直躲在门框后面默不作声的张丽椿。

直到两人走下楼，确定张丽椿听不到了，徐烁才小声嘀咕："你的谈判到底有没有效啊？"

顾瑶："要做这个决定可不容易，给她点儿时间考虑吧。我觉得还是有希望的。"

"我堂堂律师界的颜值一哥，竟然沦落到要靠希望……"

顾瑶："……"

Chapter 6
峰回路转

　　几天后，徐烁向法院递交了新资料，很快就被法庭通知召开庭前会议。

　　这是开庭前的一场硬仗，如果这场仗输了，那么开庭后形势也不会乐观，最主要的是控辩双方都要在庭前会议里拿出将要在庭审中出示的证据，不管这些证据是否已经依法提交给法院，这就等于预先给对方交底，而且双方会当场提出对这些证据的异议。

　　徐烁按照庭前会议通知上的时间赶到法院，因为提早了十分钟来，先和检方刘楚打了个照面。

　　"刘检，你好，我姓徐，徐烁，是田芳的律师。"

　　刘楚有些诧异："我听说被告人又聘请了一位律师，现在是两家律师事务所共同受理，怎么没见到王翀？"

　　徐烁笑了："她现在是我的助理，像是这么重要的庭前会议，就不需要她出面了。刚好，我也可以趁这个机会和刘检认识一下。"

　　刘楚一听这话茬儿就知道里面有鬼："王翀可是江城响当当的刑辩律师，现在居然给人当助理了？不过我看徐律师眼生，你不是江城人吧？"

　　"哦，上个月才在这里开了律师事务所，这是我到江城的第一个案子。"

　　会议室里陷入一阵沉默。

　　刘楚心里犯了会儿嘀咕，心想着这个叫徐烁的年轻人，要不就是有背景来历，要不就是初生牛犊不怕虎，不然说话怎么这么狂？

　　"唉，真是江山代有才人出，来之前我还在想，新加入的辩方律师是怎样的人物，没想到这么年轻，这么干练。"

　　徐烁："哪里，您才是我这样的小律师应该学习的榜样。"

　　刘楚笑了笑："不过这个案子目前来看证据非常不利于被告人啊，不知道徐律师怎么会突然加入？"

　　徐烁："维持公正公义，是我身为律师分内的事，我的当事人是无辜的。"

刘楚刚要说话，这时书记员走了进来，很快审判长也来了。

徐烁和刘楚同时神色收敛，庭前会议很快开始。

几分钟的例行流程之后，书记员核实了控辩双方的身份，接着就进入主题。

刘楚率先开口，明确检方的诉讼请求，随即轮到处理管辖和回避问题，以及非法证据的排除。

徐烁不仅提出要求不公开审理，意在保护当事人和辩方证人的个人隐私，还在一系列问题上标注出来回避要求。

直到徐烁递交的文件资料里提到两段视频和田芳新的证词，刘楚质疑，认为徐烁提出的是非法证据。

审判长问徐烁："辩方，你有什么解释？"

徐烁说："这两段视频均已经得到当事人的许可，而且视频里的男人正是本案的死者，和本案有莫大关系。但是因为视频关系到死者和我当事人的隐私，所以我要求在播放视频时请检方回避。"

刘楚："有异议，如果视频关系死者，我作为检方，理应在场。"

只是这话刚说出口，审判长就问刘楚，如果检方要求在场，这样是否等于对视频证据的合法性不再存有异议？

刘楚正准备说话，徐烁就把话题岔开了："如果检方要求在场，我可以和我的当事人商量，看她是否还要坚定行使回避权，也请审判长裁断该证据的合法性。"

审判长没理徐烁，问刘楚："控方，对于视频证据 A 和 B，你是否存有异议？"

刘楚只得说："没有异议。"

审判长又看向徐烁："辩方，你递交的被告人口供和之前的口供有很大出入，请解释一下。"

徐烁说："尊敬的审判长，我的当事人在公安侦查阶段，因为死者对她的身体和精神造成了严重伤害，她出于一些迫不得已的原因而出现口误，这件事她一直耿耿于怀，事后十分后悔。因为我的当事人也是一名律师，她很清楚口供有误会对本案造成多大影响，所以才会在这次庭前会议上，委托我替她向审判长和控方说明原因，并向法庭致歉，希望在最终审判之前及时弥补过错。"

像是被告人突然翻供的情况，几乎出现在每一桩被发现的冤假错案里，尤其是审判环节，根据《刑诉法解释》，如果被告人在庭审中翻供，供认与其他证据可以相互印证，就可以采信其庭审供述。

但像是田芳这样还没到庭审，在庭前会议就已经翻供的倒是少之又少。

徐烁继续说道："当然，我的当事人很清楚，她的口供是本案的重要证据，不能随意推翻。但是我们也考虑到，依法审判是遵守'重证据，重调查研究，不轻信口供'的原则展开的。而且口供具有一定局限性，它会随着被告人的心理活动而改变，只有查证属实并且有其他证据相佐证，该口供才能作为定案的依据。所以当发现新证据与当事人原先的口供产生误差时，那么就可以推翻，重新进入调查，更改口供，甚至当口供出现错误、纰漏时，也可以进行补充。至于印证新口供的所有证据资料，我已经递交给法院，请审判长查实。"

刘楚的脸色沉了下去，他很清楚同为律师的田芳一定不会随便翻供，一旦翻供必然是有了充分的证据链足以支撑，而最让他想不到的，是田芳刚刚聘请了新律师还不到一个礼拜，这个人就快速攻破田芳的心理防线，令她翻供并且还迅速收集起所有证据。

刘楚忽然有种预感，恐怕不用等这场官司结束，"徐烁"两个字就会在江城律师界传开。

一场庭前会议就进行了一个多小时，离开法院时，徐烁是一边走一边用手揉着腮帮子，他正准备去取自己的车，谁知刚走到停车场，就看到车前立着一个人。

正是顾瑶。

徐烁："哎哟，什么风把顾大小姐吹来了。"

顾瑶："你的嘴怎么了，中风了？"

徐烁揉着颌骨："当律师的上庭都不能说'人话'，一本正经，咬文嚼字，我嘴巴都酸了。"

顾瑶："庭前会议顺利吗？"

徐烁这才放下手，咧嘴一笑："打得对方落花流水！"

顾瑶："你递交的所有材料都批准了？"

"法庭同意修改口供，和新口供有关联性的证据基本都采纳了。你可没看到，检方那个刘楚出来的时候脸色有多难看，连招呼都不打，还睨了我一眼……唉，现在的情况总算有点儿明朗了，只要口供允许修改，那么那些新证据也都等于直接承认了合法性，每一条都是利于田芳的。刘楚当时气得不轻，阵脚都乱了，所以他才会忘记攻击我后面递交的证人和鉴定人名单。"

顾瑶问："证人和鉴定人名单有什么可攻击的？"

徐烁："主要是你，你既不是田芳的心理咨询师，也不是医生，以你对田芳的心理评估最多只能算是佐证，只能提供一个参考意见，你又不能证明田芳在案发时的主观想法，刘楚完全可以拒绝让你出庭。"

"我不懂，既然只能做参考意见，那你为什么还要建议我出庭？"

"因为证据牌打完了就要打人情牌了，田芳说自己有多惨也只是她一面之词，我说得再动听也是因为是我的辩方身份，这种事只有让一个第三者专家来说，才显得客观真实。不管是任何一个国家，在女性被侵害这件事情上总会倾向同情受害者，如果这个时候除了受害者本身的控诉，再能多加上一两个证人的证词，人情牌才打得出去。"

话虽如此，可是……

顾瑶："你别忘了，我只是一个局外人，我的十句话都比不上张丽椿的一句肯定，与其找十个专家来，还不如一个张丽椿有说服力。"

徐烁靠着车身打了个哈欠："张丽椿我会再想办法说服她，但是除了她之外，我还想从另一个方面证实连启运的人品。"

顾瑶瞬间明白了："你的意思是，希望'江城基因'方面出个人？"

徐烁慢悠悠地说："但是如果只是找一个普通员工来当庭评价几句连启运，好像也是无关痛痒。"

顾瑶眼里渐渐流露出不可思议，她几乎是在瞪着徐烁。

直到徐烁朝她扬了扬下巴："你觉得呢？"

顾瑶这才讽刺道："你的意思是，要找一个说话有分量、有社会地位的公众人物，最好这个人还非常了解连启运的工作状态，以及他在职期间对待下属的一些龌龊行为。呵，你心目中的人选，该不会刚好得过'江城杰出青年奖'吧？"

徐烁笑得不怀好意："专家就是专家，我想什么你一眼就看出来了。"

顾瑶直接别开脸不说话了。

"当然，也不是非得要你那个'杰青'男友出庭，但我想，如果是你开口他应该不会拒绝的。这一来嘛，你是他女朋友，他为了讨女朋友欢心当庭说几句事实，也没什么不合理。这二来嘛，在商言商，这对他来说也是一个趁机和连启运择清关系的好机会，你想啊，要是他'大义灭亲'当庭说出事实，媒体记者保准对他一水地夸，说他公私分明啊，同情弱者啊，绝对是良心企业家，然后他再当庭拿出连启运的辞退证明，这样的布局简直是一举两得！"

顾瑶终于听不下去了："也就是说，他不出庭就是无良，出庭就是作秀，在你眼里，不管他说什么做什么都是错的，都只是利用和商业考虑？"

"火气别这么大，我只是提前帮你列举出来你男朋友出庭做证的好处，而且我相信只要你掰开了揉碎了跟他这么一讲，他非但不会生气，还会第一时间采纳。"

顾瑶直接给他两个字："放屁。"

顾瑶耷拉着脑袋回到家，满脑子想的都是刚才在法院停车场的对话。

先是把她扯进这个案子，还用日记做诱饵，她接触到田芳，以及连启运之前的情人张丽椿，现在连祝盛西都被他列入证人名单……

这个徐烁到底在搞什么鬼？

该不会等上庭之后，他还要搞出别的幺蛾子吧？

但换个角度来想，祝盛西的证词的确是有一定公信力，而且他的身份特殊，既是连启运的上司，也是"江城基因"的负责人，这次的案子不仅关系到连启运和田芳的关系，还牵扯了"江城基因"的药物。

可是，如果祝盛西真站到证人席上，检方一定会追问很多"江城基因"的事，可能还会涉及商业机密。

顾瑶越想越烦，拿起手机好几次，都放下了，始终不知道该怎么和祝盛西开这个口。

突然，她的手机响起，进来一条微信。

仿佛是有心灵感应一样，微信是祝盛西发来的："今天休息得怎么样？下午我要去一趟立心，你要一起来吗？"

顾瑶心里一动："好啊，那咱们几点见？"

"一点半，我回家接你。"

临近一点，顾瑶换了一身休闲装和球鞋，尽量让自己看上去清爽一点儿。

秦松忽然发来一条信息："我刚出差回来就听说一事儿，你男朋友那个'江城基因'的官司有变化？"

顾瑶回道："对，案子新介入一名律师，现在要重新补充证据。"

秦松："哪儿来的牛人啊，竟然能踢走昭阳？"

"不是踢走。昭阳依然是这个案子的辩方之一，只不过被当作背景板了。"

"天哪！那不是比踢走还恶心人吗？"

会吗？顾瑶想了想。

秦松话锋一转："哦，对了，你这两天怎么样？你的假也快到期了，差不多要到考前心理辅导的旺季了，你也准备一下，随时出差啊——你可不知道，现在约考前辅导的学校有多少，都忙不过来！"

顾瑶说："你把我放在候补吧，或者安排我做远程心理辅导，我这半个月都不能动。"

"怎么了？你不是闲得慌吗？"

"'江城基因'的案子我介入了，下次开庭我要作为专家证人出庭，为被告人田芳做心理鉴定。"

秦松忽然咋呼起来："我去，你怎么扯进去了？"

"说来话长，没法儿长话短说，有时间再告诉你。"

"哦，那好吧……既然你现在有事做了，那我就先安排别人。"

"好，那就辛苦你了。"

顾瑶原本是想点到即止，可是她思来想去，除了秦松身边也没有值得信任的朋友了，而且他又是个男人，"证人"的事问问他的意见也好。

"对了，秦松，我问你个事。"

秦松："你说？"

顾瑶措辞道："如果你有件事，你既希望你的女朋友去做，又不太希望她去做，你拿不定主意，不知道该怎么跟她开口，那你会怎么处理这件事呢，当作没发生过，还是直截了当地说？"

秦松反问："你有什么事不能和祝盛西讲的？"

顾瑶索性承认了："就是关于案子的事，大概是这样的……"

顾瑶很快把希望祝盛西出庭做证人的事和秦松念叨了一遍，却巧妙地没有提到徐烁那番"阴谋论"。

秦松听了沉吟片刻，说："站在案子的角度，我倒是觉得祝盛西出庭是合理的，当然他是为了说出事实。而且他说的话，法庭也只会当作参考意见，起不到决定性作用，也不算对死者不公平。"

"你的意思是，他可以出庭？"

"那就要看他愿不愿意了……欸，不过，你刚才为什么说既希望他去，又不希望他去？这案子和'江城基因'有关，他能去当然是要去了，当庭澄清一下也好，省得媒体胡说八道。"

顾瑶沉默了。

这时，门口的电子锁传来一阵音乐声。

是祝盛西回来了。

顾瑶连忙在微信上回了几个字："回头再说。"

再抬眼时，祝盛西已经关上门。

"吃午饭了吗？"

祝盛西边问边将手里的日料外卖盒放在茶几上，是她喜欢的寿司拼盘。

她笑了一下，拿出一次性筷子就要掰开。

祝盛西却说："等等。"

他拆开一片湿纸巾，又抓住顾瑶的手，仔仔细细地给她擦干净，转而又擦了擦自己的，随即掰开筷子递给她。

"好了，开动吧。"

一盒寿司很快就被分食完了，顾瑶还有点儿意犹未尽。祝盛西煮了咖啡灌进保温壶里，然后拉着她出门。

祝盛西没有开自己的车，而是坐公司的车。

两人坐在后座，和司机相隔的隔板升了上去，祝盛西一上车就开始看资料，连着处理了几份文件。

顾瑶也没打断他，只是将咖啡倒到杯盖里，喝了半杯。

另外半杯后来被祝盛西接了过去，倒进嘴里。

顾瑶又给他补了半杯，祝盛西喝完，这才摘掉鼻梁上的黑框眼镜，揉了揉眉心。

再一转头，见顾瑶正侧坐着看他。

祝盛西眼尾出现一道深褶："距离立心还有一段时间，如果困了就休息会儿。"

顾瑶摇头："刚喝了咖啡，我不困，不过我有点儿事想先问问你的意见。"

"好，你问。"

要不是有那盒寿司做铺垫，顾瑶也想不到自己会这么顺其自然地开口。

"今天田芳的案子召开了庭前会议，控辩双方都要列举证据和需要出庭的证人，以及鉴定人名单。"

祝盛西："所以？"

"所以，那个无聊律师希望你能出庭做证人。"

"我？"祝盛西明显一怔，"案发经过我并不是很了解，我能证明什么？"

"比如，连启运的人品，他性侵女下属的事，还有他出卖商业机密，已经离开'江城基因'的事实。"

祝盛西思虑了几秒："我的证词会对田芳有帮助吗？"

"应该有吧。"

这一次，祝盛西停顿的时间更久。

他没有看向顾瑶，一双眸子只是落在隔板上定了神，直到睫毛轻轻动了两下，他才转过头，问："你也希望我这么做吗？"

顾瑶愣住了。

"我的希望不重要，重要的是田芳可不可以洗脱罪名，她是受害者，没有理由要为那种人渣的死承担责任。"

祝盛西安静地听顾瑶说完，接道："不，对我来说，你的希望更重要。"

顾瑶没有直接回答："我不想逼你做为难的事。"

"那要看如何界定'为难'。"祝盛西露出一抹笑容，"你希望我做的事，永远不会让我为难——好，既然你想帮助田芳，那我就出庭。"

顾瑶反倒诧异了："你同意出庭？"

"嗯。"

"可是……到时候有可能会需要你回答一些关于'江城基因'的问题，也许会涉及商业机密。"

"那我就告诉法庭，那是商业机密。"

"如果你在法庭上提到连启运在职期间的那些恶行，外面的媒体可能会诬蔑你，说你见风使舵，抹黑死者。"

"如果媒体要这么说，我会保留追究其法律责任的权利。况且，我还可以将连启运因为人品问题而被开除的证明递交法庭，这样我的证词就会更有说服力。"

"可我记得你之前还说，如果在官司还没有判决前就把证明拿出来，'江城基因'就会被人说是故意要和连启运择清关系，这份证明根本就是事后补救。"

祝盛西不由得轻笑出声："这件事我已经想通了。如果别人不想你好，那么你说什么做什么，都是错的。所谓的'洗白'，是那些'黑子'眼中特定的动作。"

顾瑶忽然词穷了。

祝盛西问她："怎么了？"

"你把我要说的话都说完了，现在好像不是我在说服你，而是你在说服我。"

"这不是你希望的吗？"

顾瑶摇头说："我只希望没有为难你。"

"如果是外人，我根本不会给他们为难我的机会。"祝盛西又一次笑了，"但如果是你，我不会把这话称作'为难'，一切都是我自愿的。"

顾瑶和祝盛西一起到了立心孤儿院，这里的环境和她想象中的出入很大，因为先前已经在日记中读到了一些，按理说它应该是破旧不堪的，甚至很多建筑都已经腐朽，但是这几年由于祝盛西一直在捐资捐物，立心孤儿院已经脱胎换骨。

不仅有崭新的校舍和专业团队，这里的小朋友都穿得很干净，也不像是日记里描述的那样面黄肌瘦，而且他们都有受到正规的教育，每年都有人考上重点中学。

顾瑶跟着祝盛西一路参观了一圈，又和他一起给小朋友分发礼物，等到大家去上下午课时，两人才坐在后院的大树下歇了一会儿。

顾瑶接过祝盛西递过来的水，喝了一口，就向后靠着树干。

祝盛西这时说："我小时经常在这棵树下玩，离开之前我还在这里挖了个坑，将自己以前的玩具埋了起来。"

顾瑶看着脚下的土地，问："现在玩具还在吗？"

"如果没有人挖出来的话，应该在的。其实我以前带你来过这里，你也问过我同样的问题。"

顾瑶："是吗……我不记得了。"

祝盛西笑了一下，突然话锋一转："关于做证人的事，我想在出庭前先见一见你说的那个'无聊律师'。"

"你要见徐烁？哦，这是他的名字。不过你见他做什么？"

"上了庭应该说什么，我提前需要准备什么材料，这些总要提前问。再说，也许我这里还有其他可以帮上忙的地方呢？"

瞧着祝盛西一脸正色的模样，顾瑶忽然觉得有些好笑。

"比如呢？"

祝盛西清清嗓子："比如，我刚才已经让公司那边整理出一份连启运在职期间的资料，以及和他有过牵扯的那名女职员张丽椿的信息。"

顾瑶脸上的笑容逐渐消失："如果只是一般的入职档案，又能证明什么呢？"

"等拿来了，你就知道了。"

顾瑶刚要开口，祝盛西的手机响了，是他下属打来的电话，只说了两句，祝盛西就让人到后院来找他。

没几分钟，一个年轻男人出现，他上前和祝盛西打了招呼，随即将一个文件袋交给他。

等年轻男人走远，祝盛西拿出文件袋里的资料，递给顾瑶："应该都在这里了。"

顾瑶粗略地看了一遍，这些资料里除了连启运和张丽椿的入职证明和离职证明，还有一些他们工作期间做过的工作笔迹、业绩记录，以及上下班打卡记录等，资料很琐碎，估计要梳理几个小时。

顾瑶将资料塞回袋子里，露出一抹笑容："不管怎么样，还是要谢谢祝总的配合和大力支持。"

祝盛西原本只是浅笑着看着顾瑶一连串认真"审查"的动作，直到她心满意足地把资料收起来，像宝贝一样塞到包里，又不太真诚地表扬了他一句，祝盛西不由得揶揄："只是口头表扬吗？"

说话间，他的身体也靠向身后的树干，双手搭在身前，十指在腹部交握，腰身精瘦且有力，长腿随意舒展着，那神情仿佛平静的湖面忽然有人投了一颗石子下去，漾起轻缓的笑容。

顾瑶睨视着他："那你想怎么样？"

祝盛西握住顾瑶的手肘，将她轻轻拉向自己，声音低喃："我拿了一百分，想要盖个小红花。"

顾瑶轻笑出声，下一秒就被他托住后脑勺儿，将嘴唇迎了上去。

但两唇刚碰到一起，顾瑶包里的老爷机就不识相地响起一串难听的铃声，因为气氛过于和谐，四周过于安静，便越发显得那声音刺耳吵人。

顾瑶和祝盛西几乎同时一顿，望着对方的眼睛，随即一个放开手，又靠回树干，一个直起身去翻手机。

顾瑶接起老爷机，口气不善："干什么？"

电话那头的徐烁小心翼翼地问："我又哪里惹着您了？口气这么冲。"

顾瑶绷着脸提醒道："有事说事。"

"哦，我已经和田芳核对过新的案件细节了，她亲口承认，在案发当天，连启运强烈要求她来一次危险动作，但被她拒绝了。"

顾瑶一怔，还真让她料对了？

"然后呢？"

"据田芳所说，当他们进行到第四次的时候，她的身体已经出现严重不适。因为田芳见连启运是准备和他说分手的，但是连启运却以'这是最后一次，必须让他尽兴，才会把视频还给她'为借口，在发生四次性行为之后还要求第五次。田芳知道再这样下去自己可能会内出血而死，加上连启运这时候进一步威胁，甚至对她实施暴力，田芳这才错手将他杀死。"

"你的意思是，连启运在口头上同意分手了？"

"最起码田芳认为连启运同意了，所以连启运趁机提出的所有要求，田芳都尽量满足。不过我不认为连启运是真的同意，在他还没有找到下家之前，怎么会轻易答应？当初连启运同意张丽椿离开，也是因为有了田芳。"

"也就是说，要么就是连启运在骗田芳，要么就是连启运有了下家？"

"可以这么理解。"

顾瑶似乎又要说什么，然而就在这时，身旁却突然响起一声轻咳。

顾瑶抬起眼皮，刚好撞上祝盛西有些不悦的脸色，他不知何时已经双手环胸，半眯着眼瞅着她，嘴唇更是抿成了一道缝。

顾瑶这才意识到自己太过投入案情，都把他给忘了，连忙用口型朝他说了声"对不起"。

他无声地哼了一下："你又不是本案的律师，需要给这么多意见吗？"

手机里的徐某人也听到了"动静"，跟着发问："咦？你身边有人……还是个男人！"

顾瑶："……"

顶着祝盛西的目光，听着徐烁阴阳怪气的疑问，顾瑶一时间实在找不到任何适合的字眼来填补下一句话。

幸好顾瑶也不是一般女人，而且深知人类心理的阴暗死角，越解释越等于掩饰，圆不回来的话题索性就不要圆。

顾瑶开口时，是这样说的："对了，我男朋友同意出庭做证，不过在这之前你们要先见一面。我希望在证词核对上你可以适可而止，涉及商业机密的事情要点到即止，否则我们有权利拒绝出庭做证。"

徐烁答应得倒是爽快："好，没问题。"

隔了一秒，他又补了一句："哦，原来你和男朋友在一起呢！"

顾瑶直接切断电话，看向祝盛西："你答应做证人的事，我已经和'无聊律师'打过招呼了，接下来就看你的时间了。"

祝盛西脸色稍霁："那就明天吧，上午我有时间。"

祝盛西站起身，还就势拉了顾瑶一把，两人一同往外面走。

顾瑶说："那我开车送你过去。"

"你也去？"

"嗯，我不放心你一个人。"

"怕我被那个'无聊律师'吃了？"

"你见了就会知道，他不是个正常人，有间歇性心理疾病、心理变态，类似反社会人格，你们谈事的时候坐得远一点儿，我怕他会犯狂犬病。"

一阵低笑倏地响起，伴随着树叶的沙沙声，午后的立心孤儿院宁静祥和得仿佛一片世外桃源。

顾瑶看案例分析一直到深夜，很晚才睡，第二天早上是被手机闹铃吵醒的，祝盛西一连设定了五个，每个相隔半小时，顾瑶不想爬起来都难。

等她出来吃早饭时，忍不住抱怨此事，祝盛西却笑着说，她的最高纪录在出车祸前，可以从早上八点开始按闹钟，一直按到下午一点，而且闹钟的响铃间隔是十分钟。

顾瑶听了一阵沉默，简直不能想象她曾经这么嗜睡。

祝盛西告诉她说："那段时间你的睡眠质量不好，生物钟日夜颠倒，晚上躺在床上就精神，白天却昏昏欲睡，就算你上午能爬起来也不在状态，每天非得睡足十二个小时不可，但你的睡眠比较浅，每晚都要醒好几次。"

顾瑶问："我以前有焦虑症？"

"有一点儿，不过比较轻微，你吃过一段时间褪黑素，后来因为怕吃太多激素就停了。"

"后来呢？"

"后来，你试过做瑜伽，加强锻炼，还有白天尽可能地让自己忙碌，精神疲惫了晚上就能睡得好，偶尔你晚上睡前还会喝一杯红酒。"

两人吃过早饭就出了门，顾瑶在路上和徐烁确定了一下见面时间，就一路驱车来到明烁楼下。

祝盛西下车扫了一圈，评价道："这个地段的租金可不便宜。"

顾瑶锁好车，说："这个律师有点儿背景。"

祝盛西："黑背景？"

"这我就不知道了。要是他对你说话不客气，咱们只管走人，他的性格怎么说呢……有点儿贱骨头，有时候非得给他两句，他才服软。"

顾瑶一边评价一边和祝盛西一起坐电梯上楼，这一路上祝盛西都一声不吭，脸上的表情似笑非笑，也不知道在想什么。

电梯门打开，顾瑶率先走出去，不料祝盛西却轻轻抓住她的手。

顾瑶问："怎么了？"

电梯门在祝盛西身后合上，他说："你们才认识多久，就这么了解他？"

顾瑶眨了两下眼才反应过来，笑道："那种人的醋不值得你吃，你什么时候品位这么差了？"

"我的品位是跟着你的眼光变换的，如果你突然改了口味，我能怎么办？"

顾瑶忍俊不禁地抬起手，轻轻搭在祝盛西的手臂上："堂堂'江城基因'的老板竟然这么小气，说出去会笑死人的……"

祝盛西这才勾起唇角，只是刚要开口，余光就晃到侧前方一道黑影，原本要说的话也咽了回去。

祝盛西目光一转，刚好对上立在前面办公室门口的男人——徐烁。

但见徐烁五官俊朗，浓眉斜飞入鬓，双手插袋的站姿透出一丝桀骜不驯，唇角还挂着一抹讥诮。

就在祝盛西注意到徐烁的时候，徐烁也在观察他。

祝盛西比新闻上的模样更显苍白，眉眼和头发都是漆黑的，越发衬出肤色，一身商业精英的气质，不着痕迹地隐藏着淡淡的阴郁。

两个男人不动声色地隔空对视一眼，祝盛西率先收回目光，波澜不惊。

这几秒钟的沉默，也令顾瑶意识到身后的存在感，她的手还没有从祝盛西身上收回来，人已经侧过身，看到立在门口摆拍耍帅的徐烁。

没等顾瑶开口，祝盛西就顺势握住顾瑶放在他手臂上的手，拉着她来到徐烁面前，笑得极淡。

"这位想必就是徐律师。"

"正是。"徐烁也似笑非笑地站直了，随即伸出一手，和祝盛西的另外一只手虚握了一下，"祝总，真是百闻不如一见。"

四周突然变得格外安静。

顾瑶这时开口问："你是特意出来迎接我们的？"

徐烁挑眉："知道贵客要来，我当然要表示一下诚意。"

祝盛西："徐律师手段了得，初到江城就拿下这桩官司，你的大名已经在我的朋友圈里传开了。"

徐烁："哦，那我岂不是要接到很多大客户了？"

祝盛西忽然眯了一下眼睛，仿佛正在回忆什么："徐律师似乎有点儿眼熟，咱们以前见过？"

徐烁："是吗？"

气氛越发微妙。

顾瑶看看祝盛西，又看看徐烁，绝对不是她敏感，空气里分明流窜着强烈的敌意。

直到祝盛西点了下头："对，我们肯定是在哪里见过。"

徐烁笑了："也许顾小姐和你提过，我以前在江城住过。"

顾瑶瞬间怔住。

徐烁以前在江城住过？

但她还来不及思考，祝盛西就已经看向她，目光带着疑惑。

顾瑶下意识地问："你什么时候和我说过？"

徐烁："无所谓，忘了就忘了，那些都不重要。两位请进。"

顾瑶皱着眉被祝盛西拉进门，直到坐在会客室的沙发里，仍然在想刚才的话题。

小川端上两杯咖啡，还有些讨好似的对顾瑶说："姐，你好像精神不太好，我给你冲了咖啡。"

顾瑶没理小川，兀自沉思。

祝盛西笑道："她昨天睡得太晚，今天又起得太早。先晾着吧，待会儿我会让她喝的。"

小川哦了一声，有些好奇地在两人身上扫了一圈。

徐烁把客人晾在客厅里，自己却进了办公室好一会儿了，小川给外面两人送了咖啡，就进来找人，见他正在桌前整理东西，凑上前小声汇报。

"哥。"小川撅着屁股趴在办公桌上。

徐烁眼皮子都没抬："嗯？"

"咱的目标人物上门了，你怎么还待在这里啊？"

徐烁："我马上就好。"

"哦。"小川安静了两秒，又蹦出一句，"我事先声明啊，我可不是长他人志气，但我觉得吧，你这回是真遇到对手了……"

徐烁自然知道他指的是祝盛西："如果他是个软柿子，也撑不起来'江城基因'这么大的公司，必然是有过人之处。"

小川眨了两下眼："而且长得也还行，穿得也挺讲究的，说话很客气，气质也没什么可挑剔的，主要是他对姐挺殷勤的，有点儿无微不至的感觉……我要是女人啊，也抵挡不住这样男人的诱惑，时时刻刻都被当公主一样捧着啊……"

徐烁有些心不在焉，将处理好的卷宗放进信封里："是吗？"

小川："是啊……我觉得你要是再不上点儿心，要挖他的墙脚怕是没戏了。"

徐烁终于有了反应，那双封卷宗的手先是在半空中定格了两秒，随即眼皮子也跟着抬起，有些诧异地看着一脸认真的小川。

小川就趴在那儿跟徐烁大眼瞪小眼，直到徐烁问："你是说，我要挖他墙脚？挖顾瑶？"

小川："对啊，你不是想把顾瑶姐抢过来吗？"

一阵沉默。

徐烁挑起眉梢，缓慢地向后靠进椅背，表情都微妙了。

又隔了片刻，徐烁才问："我什么时候和你这么说过？是我失忆了吗？"

小川："没有，你没说过，但你已经表现出来了。"

"我表现出来了？"

"对啊，你对顾瑶姐态度特别不一样。我看别的女人追你，你理都不理，还特别高冷，特别骄傲，可是对顾瑶姐呢，你不仅殷勤，还特别照顾她的感受，有事没事都叫上她，她挤对你，你都不生气，有时候我看你俩在那儿打'嘴炮'，你好像还特别享受……"

小川非常仔细认真地分析完，徐烁的表情已经是瞬息万变。

"其实我的目标是外面那个男人。"

小川点头："我知道，咱们要揭他的老底，整垮他，可是这也不妨碍你把顾瑶姐抢过来啊，等那个男人垮了，顾瑶姐身边就没人了，正是需要你照顾的时候，我觉得这逻辑没问题。"

小川的话有一瞬间清空了徐烁刚才对案件的所有思考。

他垂下眼皮，沉默了两秒，才抬眼问："你是从什么时候开始一口一个'姐'的？"

小川被问得一蒙："我也忘了……"

徐烁顺着他的逻辑往下问："你一口一个'姐'，合着是提前认亲，以为她将来会是你嫂子？"

小川："呃……提早拉近点儿距离，省得她每次见我都凶巴巴的，我日子也不好过。"

"哦，那我之前让你查的东西都查到了吗？"

"还差一点儿……"

"还差一点儿。"徐烁无比温和地笑了，"那还不赶紧去查，你哥我等着上庭要用的。"

"哦。"

"至于外面那对男女……"

"怎么？"

"那个男的才是我的目标，女的嘛……"徐烁刻意顿了一下，眼睨着小川睁大了眼睛，全神贯注地看过来，他才说，"你哥我就算再不济，也不会便宜给她的。"

小川："……"

徐烁："行了，别愣着了，把人叫进来吧。"

小川一脸匪夷所思地出了办公室，走到外间一看，祝盛西正端着一杯咖啡轻轻地吹着，等温度差不多合适了才送到顾瑶手上。

顾瑶似乎在想事情，接过咖啡杯有些不在状态，祝盛西小声跟她说了什么，顾瑶才露出一抹笑容。

瞧瞧人家这恩爱的状态……唉……

小川在心里长叹一声，跟着咳嗽两声，把沙发上那对郎情妾意的男女打断。

"那啥，我哥说好了，你们进去吧。"

祝盛西拉着顾瑶进了办公室，徐烁正在里面泡茶："随便坐。"

等他泡好茶，端着茶壶折回来，落座时微微笑了。

他这人只要端起架子，就俨然是一副金牌律师的气派，一双漆黑的眼睛看着对方时，会令人以为自己备受重视，就连说出来的话都分外悦耳动听。

徐烁："不好意思，祝先生，因为这次的案件比较复杂特殊，从田芳录口供开始，我们就失去了先机，让任谁一看都是'正当防卫'的案子演变到现在这个地步。要不是这样，我也不会请你出庭当证人了。"

但说到端架子，祝盛西也是熟练工，他从容不迫地接道："徐律师客气了，能为本案做证也是我应该做的事，毕竟这关系我公司的名誉，外面那些媒体又跟得紧，我也是时候站出来表态了。"

徐烁倒了三杯茶，夸道："不愧是'杰出青年'，有责任心，有担当，如果在刑事案件里能多几位像是祝先生这样主动配合的证人，我们当律师的要省多少心啊。"

徐烁将两杯茶摆在祝盛西和顾瑶面前，转而跷起二郎腿："不过在出庭之前，有些条款还是要讲清楚——刑事案件不同于民事案件，证人的证词对定罪量刑是有重大影响的，只要法院认为证人有必要出庭的，证人就需要出庭。但是有很多人既不愿浪费这个时间，也不愿抛头露面牵扯在刑事案件里，而且如果出庭就必须在法庭上说真话，因为无论是做伪证还是隐藏罪证都是要负法律责任的。"

祝盛西礼貌地露出微笑："徐律师的意思我明白，我一定会对我的证词负责。"

徐烁："嗯，祝先生见多识广，我相信你也不会犯那么低级的错误，不过身为本案的律师，我也要多嘴提醒一句，一旦法庭对你的证言真实性无法确认的话，你的证言就不能作为定案的依据。也就是说，如果让检方抓住漏洞，你这趟就算白去了。"

两个男人"默默"进行着对手戏，彼此之间也流窜着一种"我知道你在搞什么鬼，演啊，继续演，小样儿，看你能绷到什么时候！呵呵呵"的默契在，而且没有互相拆穿。

直到顾瑶从包里拿出装着连启运和张丽椿在职期间所有资料的档案袋，啪的一声往茶几上一放，瞬间就把这种"岁月静好"的氛围打散了。

就在祝盛西端起茶杯喝茶的工夫，徐烁的目光也移动到顾瑶脸上。

顾瑶面无表情，语气冰冷："行了，等上了法庭我们会实话实说，多余的就不用嘱咐了，这是你要的资料，有几个重点我已经标出来了——连启运和张丽椿在职期间，加班日期和下班打卡的时间几乎同步，按照这个时间推断，他们应该在一起超过两年。"

徐烁拿起资料，漫不经心地翻开看了一眼："唉，这些资料固然有用，可是如果能由张丽椿本人亲自出面做证，那才能事半功倍啊。"

这时话锋一转，又说："哦，对了，张丽椿原来也是'江城基因'的员工，不知道祝先生有没有办法说服她出庭呢？"

祝盛西下意识地看向顾瑶，显得很意外："你们已经接触过张丽椿了？"

顾瑶点了下头："但她还有点儿排斥这件事，也不知道能不能迈过这道坎儿，不过这件事你不用管……既然这个案子已经请了辩护律师，还花了两份律师费，那么辩护律师就应该拿钱办事，办不好也是他们的责任。再说，你都答应出庭做证了，已经尽了责任，别的事不需要理会了。"

祝盛西笑了："好，那就听你的。"

顾瑶满意了，这才看向徐烁，刚好捕捉到徐烁眼中流露出的一丝讥诮，他就坐在对面，气定神闲地瞅着他们，好像在看一出笑话。

顾瑶真是非常讨厌他那种眼神："徐律师，不知道我的话你听明白了没有？"

徐烁说："再明白不过了，顾小姐爱护自己的男朋友，不愿意他太劳累，这我非常能体谅。"

顾瑶眯起眼："不好意思，我想你搞错重点了，这个案子是你抢过来的，因为你要利用它出名，那么亲力亲为辛苦一点儿也是应该的，而不是像你这样总把麻烦推给别人。难道你的律师费也要分给我们吗？"

徐烁："哦，如果两位看得上，我可以分文不取都拿出来。"

顾瑶有些惊讶，但她很快就意识到不对。

只是还没等顾瑶开口，祝盛西便先说话了："真是很少见到像是徐律师这么大方的，我想冒昧地问一句，田芳委托您辩护的酬劳是……"

徐烁举起一根手指头："一块钱。"

顾瑶："……"

祝盛西轻笑出声："如果是为了出名，费用倒是其次了。"

徐烁："正是这个理。"

这时，顾瑶的手机响了。

顾瑶的注意力瞬间被转移，翻出来一看，是一个陌生号码，她站起来走到一边接起来，里面很快传来一个有些熟悉的声音。

"请问是顾瑶吗？我是张丽椿。"

顾瑶："张小姐，你找我有事？"

张丽椿："你那天的话，我想了很久，也很纠结，我想如果你有时间的话，能不能和你见一面……就当是一次心理辅导，我有很多想不明白的地方，想征求你的看法。"

顾瑶想也不想："好，我现在就有时间，要不我过去找你。"

"好，好……真是谢谢你，那我在家等你。"

顾瑶挂上电话，折回办公室，拿起自己的包，对祝盛西说："我要出去一趟，你谈完了不用等我，我会直接回家。"

徐烁和祝盛西都是一怔。

祝盛西站起身："出了什么事？"

顾瑶笑道："没有，是张丽椿约我做一次心理辅导，我去见见她，估计最快也要两三个小时吧。"

徐烁问："张丽椿想通了？"

"显然还没有，但她已经愿意迈出第一步，这是一件好事，兴许我去和她聊一聊，她会愿意出庭做证呢？"

顾瑶话落，又对祝盛西笑了一下，说："那我就先过去了，晚上见。"

祝盛西："好，我在家里等你。"

顾瑶很快就出门了，经过外间，看到小川正抱着笔记本电脑，他的手噼里啪啦地在上面敲着，脸色严肃。

顾瑶刚走上前，小川就下意识地用手遮挡："姐，你要走？"

顾瑶："嗯，我有事要先走。对了，我问你，你哥以前在江城住过？"

小川啊了一声："是啊，你不知道吗？"

"多久以前的事？"

"我也不记得了，好多年前了吧，不过他很早就离开了。"

同一时间办公室里，祝盛西坐回到沙发上，拿起茶壶给自己续了半杯茶，寒暄道："徐律师烹茶的手艺倒是不错，和我的秘书有得一比。"

徐烁揶揄道："这么说，我也有资格去'江城基因'应聘总裁秘书了？"

"哪里，我可请不动您这尊大佛，能有本事在这片土地上搅起风云，绝对不是一般的人物。不知道先前在哪里高就？"

"历城。"

"山清水秀，好地方。"

"比江城还差得远。"

"怎么会，江城鱼龙混杂，水也深。"

"就是因为鱼龙混杂，才有油水可捞啊，俗话说得好，水至清则无鱼。"

如此你来我往，祝盛西依然保持着微笑。

直到徐烁不经意地提道："我看祝先生这么年轻就撑起这么大的公司，能力超群，眼光也长远，真是由衷佩服。我听外面的人说，祝先生不仅年轻有为，还能在少年时遇到伯乐，有了'承文地产'顾总的鼎力相助，才有今天的成就。"

祝盛西："顾总的确帮我很多。"

徐烁仿佛只是随意发问："那不知道是出于爱屋及乌，因为你是顾小姐的男朋友呢，还是他慧眼识珠，特意选中你这样的人才当女婿？"

"我和顾瑶……"祝盛西刻意一顿，"上高中时就认识了，那时候我还不认识顾总。"

"哦，原来是青梅竹马啊。"

祝盛西："徐律师好像很好奇我们的私事？"

徐烁："不好意思，当律师的职业病，好奇心太重。"

另一边，顾瑶正在驱车赶往张丽椿家。

车子开到一半，电台里播放了一段新闻，大概是说连启运的妻子又一次在媒体面前哭诉，说他是被人害了，根本不是传言中那样有特殊癖好，把自己玩死了。

连启运的妻子还说，因为很多网友乱说乱写，给她和儿子造成很大困扰，儿子现在连学校都不敢去了，去了就会被同学们指指点点，谩骂耻笑，希望大家能给他们母子一个安静的空间，不要让舆论伤害到小孩子。

新闻播放完，顾瑶也将车子开到张丽椿住的楼下。

顾瑶上了楼，只敲了两下门，就听到屋里应道："是谁？"

"是我，顾瑶。"

门很快开了，张丽椿看到顾瑶，松了口气，很快把她请进门。

顾瑶觉得奇怪："张小姐你怎么了？"

张丽椿脸色很差："连启运的老婆找到我了。"

顾瑶一怔："她找你做什么？"

张丽椿犹豫了几秒，才说："她希望我能上庭做证，证明她老公不是变态，没有虐待过我，还让我告诉大家，原本她老公是要和她离婚和我在一起的，后来都是因为遇到了田芳，是田芳勾引她老公，还搞坏了他的身体……"

顾瑶顺着她话里的逻辑问："所以你是因为要躲开连启运老婆的骚扰才搬家的？"

张丽椿点了下头，随即又摇头："也不完全是，我原本就想等病治好了以后离开的，前阵子我去医院复查，医生说我已经痊愈了。我就想着先离开江城一段时间，换个环境……谁知道连启运在这时候出事了。"

显然，张丽椿并没有答应连启运妻子的要求，但他妻子怎么会想到要来找张丽椿呢？

顾瑶问："你和连启运的妻子一直都有联系？"

张丽椿下意识地躲避顾瑶的眼神，小声说道："其实我这半年来的生活费，还有治病的钱，都是他妻子出的。除了这些，她还给了我一笔钱，让我离开江城以后使用，但条件就是，她丈夫的那些事我要对外保密。"

顾瑶皱起眉。

张丽椿继续说："我辞去工作之后，一直没有收入来源，连启运的妻子怕丑事外露，就单方面找到我提出这些条件。我那时候也想不到会发生现在这么多事，加上手里缺钱，就答应了……谁知前几天你们找过我之后，控方律师那边也联系了连启运的妻子，说是官司有变，要补充新证据，还说辩方找到几个证人，对他们很不利，其中还有我的名字。连启运的妻子就跑来找我，说愿意再给我一笔钱，只要我帮连启运说几句话。我第一时间就拒绝了，她给我多少钱，我都不想说这种违心的话。再说，我要是按照她编好的说辞上了法庭，我就成了介入别人婚姻的第三者，可事实根本不是这样的，分明是连启运对我用强制手段，还录下视频威胁我，我才不得不和他维持关系，没想到……"

张丽椿哭了出来，坐在沙发上，情绪渐渐激动："那种人渣、畜生，真是死了活该，死了还不让人消停！浑蛋！"

顾瑶也不由得叹了口气，真是一笔糊涂账。

"张小姐，连启运妻子的要求你绝对不能答应，证人上庭做证，是要对自己的证言负责的。而且徐律师知道你和连启运之间的恩怨，他只要问你几个问题，你的证言就会不攻自破，法庭不会采纳。到时候控方败诉，连启运的妻子不会把钱给你，你还白惹了一身麻烦。还有，她出钱让你做伪证，这已经触犯了法律，你要想清楚啊。"

张丽椿茫然地点头："我知道，所以我没有答应她……可她总是拿她儿子来说事，说他们母子有多可怜，说他们要被逼疯了，让我帮帮他们。"

顾瑶刚要说话，就在这时，大门外突然响起一阵拍门声，声音很重，也很急促。

就听一个女人喊道："张丽椿，你在家吗？"

张丽椿下意识地将自己缩成一团，眼神无比惊慌。

顾瑶问："是连启运的妻子？"

张丽椿点了下头："如果我不理她，她会一直敲门，怎么办……"

顾瑶几乎是在一秒钟之内做了决定："你先进卧室去，关上门不要出来，这里我来处理。"

张丽椿大概是真没招儿了，不知道该怎么应对连启运的妻子，毕竟拿人手短，加上她的精神状态已经极端脆弱敏感，稍有点儿风吹草动都会摇摇欲坠，这时候顾瑶是她唯一能抓住的浮木，所以顾瑶一开口，张丽椿根本没有任何犹豫就进了卧室。

事实上顾瑶也不知道自己是怎么想的，她和连启运的妻子素未谋面，听张丽椿描述那应该是一个很难缠的女人，一般人遇到这种事的正常反应难道不是应该避之不及吗，她怎么还主动往上冲？

如果一定要找个理由出来，大概就是有那么一瞬间，顾瑶脑海中突然生出了一双手，那双手在无形中推了她一把，令她又往前进了一步。

对祝盛西妹妹的那本日记感到好奇，是最开始的鱼钩，到后来同情田芳，算是鱼饵，现在掺和进张丽椿的故事，就像看到一大群鱼向自己的鱼钩游过来一样。

眼下顾瑶已经想不了许多，她几乎是不假思索地从包里翻出手机，先点开自己的智能机里面的录音软件，随即又翻出老爷机，按下数字"1"。

她将两部手机重新放回包里，走到门口："来了。"

门开了，露出外面那个神色焦虑甚至可以说是急切的女人。

连启运的妻子瞬间愣住："你……你是……"

顾瑶："请问您找哪位？"

"哦……我找张丽椿。"

"她出去买东西了，要过一会儿才回来，你要不要进来等？"顾瑶开始抛钩子，"不过屋子里有点儿乱，这两天要搬家。"

连启运的妻子犹豫了两秒，她自然知道张丽椿是要搬家的，但她也不想站在门口等，便试探性地朝屋里迈了一步，同时问："请问她多久能回来？"

顾瑶："估计也就半个小时吧。"

顾瑶把人请进屋，指了一下沙发，然后从角落的纸箱子里拿出一瓶矿泉水，说："先坐下来等等吧，不好意思，只有矿泉水。"

连启运的妻子将水接过来："好，谢谢。"

顾瑶笑了一下，转而走到对面紧闭的卧室门旁，靠着墙，趁着她喝水的工夫默默打量这个女人。

连启运的妻子显然很注重打扮，无论是皮肤状态还是身材都是常年自律维护的，但她的精神状态不太好，脸上有疲色，五官线条有点儿往下垮，眼神涣散，眼白还带着红血丝，显然连日来没睡过几个整觉，疲态很明显。

而且她应该很渴，要不然就是用喝水的动作来缓解焦虑，打开瓶盖后一连喝了半瓶。

顾瑶又从箱子里拿出一瓶，放在茶几上。

连启运的妻子见了，脸上有些狼狈："不好意思，我来得太着急，实在是渴了。"

顾瑶："没关系，水有的是。哦对了，你找张丽椿有什么事吗？"

连启运的妻子下意识地回避顾瑶的目光，双手不自觉地用力，将塑料瓶握出了咯吱咯吱的声音："也没什么，就是一些私事……"

她转而问："那个，我还没有问您怎么称呼？"

"我姓顾，是张丽椿的朋友，也是她的心理咨询师。"

连启运的妻子瞬间愣住，一般人听到这个职业都会惊讶一下，更何况她显然没有料到张丽椿会把心理咨询师请回家。

顾瑶问："还没请问您的名字是……"

连启运的妻子说："哦，我叫……王小霞。"

顾瑶挑了下眉，却没接茬儿。

王小霞："那个，我没想到张丽椿还在看心理医生……"

顾瑶："我不是心理医生，是心理咨询师，这里面是有些区别的，不过不管是哪一种，都是从心理辅导入手，帮人舒缓精神上的压力。"

王小霞似乎对此有点儿好奇，又一连问了几个问题，比如治疗的疗程、进行的方式、如何收费，等等。

顾瑶逐一回答了，随即将电话写在纸上，递给她："如果王女士你对这方面感兴趣的话，可以随时和我联系。"

王小霞接过来看了一眼，眼神再度闪避："我只是随便问问，我也没什么需要咨询的。"

顾瑶解释道："其实每个人的心理都或多或少得过小感冒，只不过大部分人都忽略了这一块，觉得过一段时间就好，还有很多人认为这是很难以启齿的事，不好意思去接受心理咨询。就好像刚才我在来的路上，听到电台里一段广播，在广播里说话的女人，就我的专业判断，已经有了非常严重的心理问题，不仅焦虑而且躁郁。我想，她的问题应该已经持续了一段时间了，只不过导火索是她的丈夫近期出事。"

顾瑶刻意一顿，见王小霞的注意力被吸引过来，又说："我说的人或许王女士你也有印象，就是最近新闻里经常播的那位因服药过量身亡的高管家属。"

王小霞脸色倏地变了，她比刚才更加握紧手里的瓶子，已经没有水填充的瓶身发出一下下的抗议声。

隔了好一会儿，王小霞才声音颤抖地问："你为什么说她需要心理治疗，也许她只是一时情急。发生了这样的事，换作任何一个女人都不可能冷静，那些媒体铺天盖地地渲染消息，根本不会顾及当事人家属的感受。"

顾瑶笑道："媒体挖掘内幕消息，这原本就是他们的工作性质。不过站在我的角度，也很同情那位高管的家属，她也是为了保护自己的儿子才会出现在节目里，呼吁大家不要乱说乱写。毕竟这些消息会被网络永久地保存下来，将来孩子长大了，势必要背负那些流言蜚语，无论他走到哪里，别人都会说他父亲是出轨乱搞还把自己的命玩进去的渣男。"

顾瑶的语气很轻很淡，但用词却非常犀利，王小霞的身体抖了好几次，突然说："小孩子是无辜的。"

顾瑶跟着点了下头："小孩子的确是无辜的。不过如果我是那位女士，我绝对不会三番五次地出现在媒体面前博同情，因为她的出现非但不会让大家停止挖掘，反而还会激发民众们进一步的好奇心和窥私欲，探人隐私本来就是人性的一部分，怎么可能会因为她隔空几次喊话就被扼杀呢？"

这话似乎刺到了王小霞的某个死穴，她低着头沉默了很久，让人看不清她的表情。

顾瑶却注意到，她双脚脚跟离开地面，脚背紧紧绷着，双手将瓶子挤压到一个程度，忽然就不动了，然后闷声问道："那你觉得她应该怎么做？"

顾瑶等屋里的声音完全安静下来，才说："正视自己的问题，接受治疗，如果她真的是为自己的儿子好的话，她应该很清楚这样拖延下去对小孩子没有好处。"

王小霞再度沉默了。

她虽然维持着刚才的坐姿不动，但是从她细微动作里流露出的情绪却越发清晰，且带有攻击性。

这是一种投射效应，当一个人升起强烈的提防和敌意，这种情绪就会高频率地投射到旁边的人身上，空气中浮动的紧张和焦虑越发浓重，顾瑶明显感觉到整个气氛都开始变得异样，甚至于当王小霞轻轻抬起脸时，顾瑶清楚地看到她脸上的阴晴不定，五官还有些奇怪轻微的扭曲。

到了这一刻，顾瑶终于可以肯定，这个王小霞远比她想象的还要严重。

这时，王小霞突然开口了："很多人的问题都是被逼的，她身为一个母亲、一个妻子，要肩负家庭的责任，还要负责善后那个男人留下的烂摊子，她先想到的都是别人，根本没有时间考虑自己的问题。"

顾瑶说："如果她也这么想的话，这种典型的逃避心态对她的问题不会有什么帮助，或许简单的心理咨询已经帮不了她，可能还需要药物辅助。"

王小霞没说话，又把头低下去，好像在思考。

顾瑶接着说："我前阵子接触了一位患者，刚好让我联想到了那位高管的家属。"

王小霞问："他们很像吗……"

顾瑶："大概是因为都比较有责任心吧。我那个患者从小就生活在一个关系岌岌可危的家庭里，她的父母感情不睦，沟通的方式不是冷战就是吵架，典型的'丧偶式婚姻'，她为了让父母关系修复一直在做努力，比起父母来说，她更像是在扮演'大人'的角色，被迫成熟、理智，每当父母关系崩裂，她都要站出来当黏合剂。

"直到她的父母离婚，她的'大人面具'也因此破碎，她的心理支点突然没有依靠，她彷徨无助，即便后来长大了，从表面上看她是个成熟的人，可是她的心理一直是个脆弱的小孩子。后来她结婚生子，虽然一直在兢兢业业地经营婚姻，却对婚姻生活有着莫名的恐惧，无论是她的丈夫出轨，还是她的孩子不懂事、不听话，她都在想办法补救，努力为这个家庭肩负起责任，一直到……"

说到这里，顾瑶突然话音一顿。

王小霞正听到关键地方，故事突然断掉了，心里抓心挠肝的，恨不得立刻知道故事的结尾。

也因为这样的心态，王小霞抬起头，第一次直视顾瑶。

顾瑶唇角挂着微笑。

王小霞问："一直到什么？"

顾瑶："一直到她的丈夫离开她，她独自抚养儿子，悲剧也从这一刻开始。"

王小霞嘴唇抖动了一下："什么……悲剧……"

顾瑶却轻描淡写地说："她的儿子成了单亲家庭的小孩子，受到同学们的耻笑，加上他母亲一直念叨着，她为了他多么辛苦，他长大了一定要成才、要孝顺，这些压力无形地压在这个男孩儿身上。后来男孩儿到了青春期，学习跟不上，加上行为叛逆，令这个女人经常情绪崩溃，一旦抓住男孩儿不好好学习的证据，或是听到老师反映负面的消息，女人就会大发雷霆，指着男孩儿痛骂半天。而且这种痛骂一旦有了第一次，很快就成为习惯，男孩儿几乎每天都会被女人指着骂，女人趁这个机会发泄自己半辈子的委屈和怨气，男孩儿每天都在吸收这些负面情绪，学习越来越差，母子俩的关系也成了恶性循环。"

顾瑶又一次顿住了。

王小霞继续主动发问："然后呢？"

顾瑶："没有然后，目前故事就发生到这里。不过未来的'结果'，倒是可以预测一下。"

"你的预测是什么……"

"一个青春期的男孩儿长期受到母亲的责骂，结果只有三种可能：第一种可能是他会心理变态，并且要背负这种扭曲心理一辈子，直到他像他母亲一样，有一天也找到了一个发泄渠道，或许是用责骂的方式，又或许是干脆直接动手；第二种可能是他根本忍受不到成年后离开这个家，选择立刻结束这种折磨，于是他选择结束自己的生命；而第三种可能我想你也应该能猜到，这个男孩儿选择结束一直'伤害'他的母亲的生命。"

故事讲完了，屋里再度陷入沉默。

王小霞似乎受到了震动，无论是她的表情和肢体语言都很僵硬，她也很矛盾，她本能地拒绝相信顾瑶说的话，可是有另外一种声音却在悄悄告诉她，这是有可能的……悲剧就是这样延续的。

直到王小霞重新找回呼吸，她低哑着声音反驳道："这只是你的一个患者的故事，我不觉得和那个高管的家属有什么相似……"

顾瑶没有和她争辩这个话题，只是说："一个小孩子，他高兴的时候会笑，悲伤的时候会哭，受委屈了会把头低下去，被表扬了会骄傲地扬起下巴，被人欺负会找家长和老师控诉，被其他小孩子打了就会反击，这些都是人性最本能的反应。直到这个小孩子长大成人，他学会的第一件事就是忍受，遇到不公的事还要努力微笑，久而久之，那些负面情绪常年得不到发泄，就会憋在心里，像滚雪球一样越滚越大，吞噬自己，直到有一天被某种力量激发出来，变成可怕的攻击力。在我看来，那个高管的家属就属于这样的群体，她需要治疗和心理疏导，而不是像现在这样粉饰太平。"

顾瑶忽然话锋一转，又道："其实张丽椿和我提过，那个高管的家属这几天一直在频繁接触她，希望她上庭做证，证明那位高管是一个正常男人，没有任何特殊癖好，也没有嗑药的习惯，一切都是被告人的错。因为这件事，张丽椿的情绪受到很大困扰，所以她才找我做心理疏导，但是如果那位高管的家属仍旧持续不断地来骚扰她，再怎么疏导也没有用。"

一说到张丽椿的名字，王小霞的情绪忽然有了起伏，连呼吸都变得急促了："她找张丽椿出庭做证有什么错，张丽椿勾引了她的丈夫，拆散了她的家，张丽椿就应该赎罪！"

顾瑶："真是张丽椿勾引了那位高管吗？我还以为她是被逼的。"

"呵……谁会逼她！"

"听你的语气，好像对她有点儿意见。你不是张丽椿的朋友吗？"

王小霞连忙改口："哦，我的意思是说，这种事是你情我愿的吧，怎么会有人逼她。"

顾瑶笑了一下："是不是你情我愿，也只有两个当事人清楚，外人怎么知道呢？"

"我……我就是知道……那个高管的家属找她出庭，这事的来龙去脉我也知道得一清二楚，她有责任去给人家一个交代。"

"在法庭上是要讲真话的，张丽椿的证词会影响一个女人后半生的命运，如果她只是为了对那个高管的家属和儿子负责，就在法庭上撒谎，那么对那个被告人公平吗？"

王小霞一下子从沙发上站起身："是那个女人害死了他，她就应该去坐牢，她有什么资格要求公平！"

直到王小霞发泄完，喘着气惊醒，转而对上顾瑶冰冷的目光。

王小霞又想找补："我是说……"

顾瑶却将她打断了："如果你对来龙去脉知道得一清二楚，那你就应该知道，那个女人没有害死你丈夫，张丽椿和你丈夫更不是你情我愿的关系。你也不叫王小霞，如果我记得没错的话，连启运的妻子应该叫萧云霞。"

萧云霞瞬间愣住了。

屋里的气氛很快跌入冰点，直到卧室里忽然传来一阵手机铃声。

萧云霞有些惊慌的眼神也跟着变了，她注意到顾瑶下意识地挪到门前的动作，立刻冲上前，想要破门而入，同时喊道："张丽椿，你是不是在屋里，你出来，你给我出来！你拿了我的钱，你就必须要给我出庭做证，你去告诉那些人，你和连启运是自愿的，连启运他不是变态，小云不是变态的儿子！"

小云就是萧云霞和连启运的儿子。

顾瑶将萧云霞挡在门外，说："萧女士，你这样逼迫证人做证是没有意义的，就算上了法庭，她的证词也不成立。"

萧云霞："只要我不说，她不说，别人怎么知道我在逼她？"

顾瑶笑了："因为我会在法庭上说出事实。"

萧云霞一愣："你也要出庭？"

顾瑶只是说："萧女士，你的情绪很不稳定，现在请你离开，不要再来骚扰张丽椿，否则我一定会在法庭上说出整个事情经过，如果让外面那些媒体知道了你当人一套背人一套，还教唆证人做伪证，你说他们会怎么写这件事呢？"

"你……你敢！"

"如果你丈夫真的是被人害死的，法庭一定会给出一个公平的审判，你又何必此地无银呢？"

萧云霞瞬间词穷，她瞪着顾瑶，眼里透出凶狠。

顾瑶却将萧云霞推开一步："我劝你三思而后行，一时冲动做下蠢事，对你和小云都没有好处。"

一听到"小云"的名字，萧云霞似是一怔。

顾瑶继续道："张丽椿需要休息，现在请你离开。"

萧云霞走了好一会儿，张丽椿才战战兢兢地从屋里走出来，她的脸色惨白，早已经六神无主。

张丽椿一见到顾瑶，就抓住她的手臂，像是抓住救命稻草："怎么办，她好像很生气，以她的性格，是什么事情都做得出来的！"

顾瑶仔细回想着刚才的交涉，她无法劝说张丽椿放宽心，因为就刚才萧云霞的表现来看，真的很有可能会做出极端行为。

萧云霞一定会再来的。

顾瑶叹了一口气，说："把你的手机、病历本，以及所有你和连启运、萧云霞有关系的证据都拿上，尤其是关系本案的，跟我走。"

张丽椿："跟你走？"

顾瑶："这是你唯一的选择机会，你是要继续留在这个屋子里，方便萧云霞随时会找上门，还是跟我离开，换一个地方暂住几天呢？只要你在法庭上说出事实，萧云霞也拿你没办法，这里的东西可以找搬家公司来搬走，但首先是先保证自己的安全，不要等被她逼得精神崩溃。"

十五分钟后，张丽椿拿着东西和顾瑶离开了。

两人很快上车，顾瑶将包放在副驾驶座上，让张丽椿坐在后面，这才想起来包里还开着录音软件，以及她之前给徐烁拨过一通电话。

顾瑶把老爷机拿出来一看，电话仍在接通中。

她戴上耳机，问："你一直在听？"

老爷机那头先是传来一声低沉的叹息，随即说道："你以为自己在拍警匪片啊？"

顾瑶听到徐烁的声音，莫名松了口气，但她没理这茬儿，只是反问："你们谈得怎么样了？"

徐烁："就和你男朋友简单聊了一下上庭做证的程序，他需要准备的材料，需要发言的内容；提醒他一些自己主观上的认识，或是一些猜测性的证词，法庭是不会采纳的，就没必要说了；还有最好他的证词还有一些书面证据可以互相印证，那就最好不过了。"

徐烁有些漫不经心，忽然又说："不过你男朋友见多识广，这些事情不用我嘱咐，他也很清楚。"

这时，耳机里忽然响起汽车的喇叭声。

顾瑶问："你已经离开明烁了？"

徐烁轻嘲："你玩得这么大，我怎么都得过来看一眼啊……我快到张丽椿家了，如无意外，你们应该会迎面看到我。"

顾瑶有些意外，她是真的没想到徐烁竟然开车跑了一趟，可是也不知道该怎么形容："我看你才是警匪片看多了。"

徐烁不置可否："行了，我看见你的车了。"

顾瑶下意识地朝对面方向的路看去，就见到一辆另类的路虎迎面驶来。

然而就在这时，耳机里突然传来一声低喊："小心！"

顾瑶还没明白怎么回事，旁边的车道就突然追上来一辆红色的轿车，红色轿车超到前面，突然将车身打横。

顾瑶立刻脚踩刹车。

后座上的张丽椿也跟着发出尖叫。

车子的惯性瞬间往前涌，就差了几厘米，两车就要亲密接触了，可即便如此，顾瑶仍是遭到冲力的反弹，安全带勒得她胸口生疼，额头还在方向盘上撞了一下。

她只觉得眼前一阵阵发黑，太阳穴也是一阵眩晕。

与此同时，耳机里也传来徐烁的声音："顾瑶，顾瑶，你没事吧？"

顾瑶呻吟一声，抬眼看向前方的同时，说："我没事。"

红色轿车里下来一个人，正是萧云霞。

萧云霞手里拿着扳手，直奔顾瑶的车子。她来到驾驶座前，用力拍打着车窗，喊道："张丽椿，我知道你在里面，你别想躲我，你给我出来！"

车窗贴了膜，萧云霞看不到里面，顾瑶却把她的表情看得一清二楚。

顾瑶透过后视镜看了一眼吓得胆战心惊的张丽椿，说："别下车，别听她的，你先躲起来。"

不用顾瑶嘱咐，张丽椿已经缩到座椅旁边的空隙里，将自己蜷缩成一团。

看这情形，张丽椿应该不止一次受到过萧云霞的情绪发泄，恐怕张丽椿的精神问题有一半是来自萧云霞。

徐烁的路虎已经快速来到前面，车子刚停稳，他就推门下车，箭步来到萧云霞跟前。

顾瑶坐在车里，一直盯着外面的动静，也亲眼看到徐烁如何和萧云霞交涉。

徐烁的西装外套敞开着，脸上还架着墨镜，原本急促的脚步在来到萧云霞面前突然减速，脸上还跟着露出一抹气定神闲的笑容。

"不好意思，这位女士，像你这样把车横在马路当间儿，堵路、拦路的行为已经触犯了'道路交通安全法'。"

萧云霞原本很激动，又猝不及防有个身材高大穿着光鲜的男人跑出来多管闲事，下意识地便朝他喊道："关你什么事，你以为你是谁！"

徐烁从兜里拿出一张名片，在萧云霞眼前一晃，说："我是律师，看到您这样的行为，一个不小心职业病就犯了。"

萧云霞一愣，有几秒钟不知道该怎么办。

趁这个空隙，徐烁抬起一手将墨镜往下拉了拉，搁在鼻翼上，目光跟着落在萧云霞手中的扳手上，又煞有介事地挪动到顾瑶的车身上，转瞬露出一副"原来如此"的表情，浮夸至极。

"哦……原来这位女士，你是希望这辆车的车主下车才拦路的对吗？"

萧云霞自然不敢说是，还将扳手往身后藏了一下。

徐烁咧嘴一乐，阳光下露出一口白牙，还拿出手机对着身后红色轿车拍了一张，又对准顾瑶这辆车的车牌号拍了一张，又给萧云霞和她手上的"凶器"各拍一张。

在这个过程里，徐烁的嘴也没闲着，边拍边说："唉，我这个病啊一旦犯起来就是控制不住自己的手啊，你看，你看，它自己要取证……刚好，我免费给你一点儿法律意见，像是女士你刚才这种行为，已经属于非法拦截、扣留机动车辆，按照规定要处以十五日以下拘留。"

萧云霞下意识地躲避镜头："行了行了，你别拍了！"

徐烁停下动作："那么，女士你是决定把车开走吗，还是要站在这里等交警来处理？"

萧云霞咬了咬牙，又看向始终没有动静的顾瑶的车窗。

这条路比较偏僻，从刚才事发到现在，来往车辆还不到三辆，都已经利用旁边的车道离开。

萧云霞也是因为这里车少，附近没有摄像头，才会这么有恃无恐，谁知道半路杀出一个程咬金，多管闲事。

萧云霞瞪了徐烁一眼，转而走向自己的车，心里还是有点儿不服气，想着要是错过今天这个机会，以后都不知道去哪里找张丽椿。

萧云霞几乎是三步一回头，就在她已经快要走到自己的车前时，突然看到顾瑶不知道什么时候把车窗降下来了，而那个多管闲事的男人就低着头弯着腰，戳着一双大长腿，笑着正在和里面的人说话。

看那表情，一点儿都不像是路过管闲事儿的陌生人。

而且这个地段来往车辆本就稀少，怎么会刚好有个律师经过，刚好停车下来制止她？

刚才那个男人给她看过一眼名片，虽然只是一眼，可她好像看到了一个"徐"字。

等等……刘楚似乎和她提过，田芳方面多了一位姓徐的新律师。

思及此，萧云霞往回走了几步，进而听到那边徐烁的说话声。

"以后这种情况你还是不要出头了，你一个女人，手无缚鸡之力，她要是真跟你来狠的，你就得头破血流，我可不想在这个时候再接一个故意伤人罪，田芳的案子已经够让我头疼的了……"

"田芳"两个字一出，瞬间就刺激到萧云霞。

方才降下去的情绪又瞬间激发出来，她紧紧攥住手里的扳手，目露凶光，一时怒火中烧，恨不得撕碎了他！

要不是这个狗屁律师，要不是他，媒体也不会突然掉转风向，一直攻击连启运的变态癖好，令她和儿子小云经受那些指指点点！

想到这里，萧云霞举起扳手。

萧云霞的所有变化和动作，都被坐在车里的顾瑶看个清楚，但是碍于车内视线受阻，也是直到萧云霞已经逼到跟前才注意到。

顾瑶将手伸出车窗外，用力推向徐烁："小心！"

徐烁反应很快，余光瞄到一个人影，加上顾瑶提醒，长腿就势向后一让，将身体的要害躲开了萧云霞的攻击，然而手肘却被扳手打中。

就听咯噔一声，骨头生疼。

徐烁按住受伤的手肘，很快又躲开了第二下。

萧云霞就像疯了一样，拿着扳手朝他挥打了好几次，徐烁仗着人高马大，就着顾瑶的车绕了半圈，还刻意跑到车头的位置。

直到萧云霞又一次发了狂似的打下来，徐烁终于出手，抬手挡住萧云霞的攻击，握住她的手腕，就势抢走扳手，扔到一边。

萧云霞没了武器，就伸出指甲，拼命地去撕扯徐烁的衣服，非但揪住他不放，同时嘴里还喊着："你为什么要跟我们过不去，为什么，为什么，我们母子到底哪里招你了，啊？"

徐烁身上的衣服很快就被她抓破，连西装袖子都被拽开线，露出里面的白衬衫。

徐烁嘶了一声，感觉到萧云霞的指甲透过他的衬衫，在他的皮肤上留下抓痕，真是火辣辣地疼。

他终于忍无可忍，抓住萧云霞的双手，对这时从车里出来的顾瑶喊道："你别过来，这个女人疯了，报警！抓死老子了！"

顾瑶却直接走上前，趁着徐烁控制住萧云霞，一把握住萧云霞的后脖颈，另一手攥住萧云霞手腕上的脉搏。

不到三秒钟，萧云霞的攻击就被瓦解，她很快就体力不支，力量流失得很快，整个人还往地上滑去。

徐烁终于嘘了口气，一贯习惯要酷的男人头一次如此狼狈，却还是要努力管理表情。

"哎，你轻点儿，脖子那里可是气门，太用力要出事的！"

顾瑶睨了徐烁一眼："原来你知道啊，那你怎么不反抗，你这身肌肉是摆着看的？"

"你怎么知道我一身肌肉？"徐烁先嘀咕了一句，随即拨了拨有些凌乱的头发，将身上破碎的西装脱下来，扯开衬衫扣子和领带，说，"我哪儿能和女人动手，这要是遇到歹徒，你看我不弄死他。"

顾瑶冷笑着："你也就嘴上逞能。"

她扫了一眼徐烁身上皱皱巴巴的衬衫，又问："要不要去验伤？控方的家属赶在开庭前伤人，这算不算多一条证据？"

徐烁轻哼一声，将衬衫袖子撸到手肘上，说："要不是为了证据，我干吗一直让她追着打，你看，只有这个位置，才能让你和我两辆车的行车记录仪都拍得一清二楚，无论是正面还是侧面，构图绝对完美！"

顾瑶："……"

原来刚才他是为了这个才"抱头鼠窜"的，难怪了。

两人只顾着说话，顾瑶手上的力道也渐渐松了，她也怕用力太狠，伤到萧云霞的气门，这可就不好办了。

这时，徐烁已经撸好两只袖子，露出肌理分明，偏向古铜色的小臂，问她："对了，我看你手法挺利落的，又掐脉搏，又捏气门，你学过防身术？"

顾瑶："嗯，是学过。"

只是话刚出口，她自己就先愣住了。

怎么，她学过防身术吗？

这一年来一定没有，这一点她很肯定，那么就是失忆前学的了？她会脱口而出这件事，显然是潜意识做出的反应……但这件事从没有人和她说过啊。

顾瑶想得一时入了神。

徐烁问道："你怎么了？"

顾瑶有些愣怔地说："你刚才问我，我突然想到……"

可她根本来不及说完这句话，原本倒在地上的萧云霞已经恢复过来，还飞快地翻身起来，就势伸出双手用力推向顾瑶。

顾瑶猝不及防，毫无防备，被萧云霞推得摔倒在地。

徐烁立刻上前，但还是晚了一步，顾瑶的肩膀磕在地上，连头也在柏油路上碰了一下，幸好碰得不重。

萧云霞也趁机跑向自己的车，快速钻进去，将车开走。

徐烁快速来到顾瑶身边，用没受伤的手臂将她用力扶起，顾瑶皱着眉，一时觉得有些头晕，加上阳光照下来，正对着眼睛，令她睁不开眼。

猛地，她身体一轻，徐烁把她从地上扶起来，低沉且带着一丝担忧的嗓音在耳边响起："你怎么样？"

顾瑶睁开一道缝，看到近在咫尺的那张男性的面孔，他的眸色很深很黑，嘴唇抿着，因为天气太热，他的唇有些干裂，从下颌到下巴紧紧绷着，那线条一路连接着脖颈上的肌肉线条，延伸进敞开两颗扣子的衬衫口。

空气中弥漫着阳光的味道，顾瑶缓缓睁开眼，人渐渐清醒了。

一开口，才知道自己有多虚弱："我怎么了？"

徐烁的手臂就环在她的腰背上，见她没什么大碍，将她扶着坐起来："你刚才晕过去了，是不是撞到头了？先不要轻易挪动，如果撞得厉害，可能会脑震荡。"

顾瑶说："没那么脆弱，我只是碰了一下。不过刚才我好像……"

有那么一瞬间，她的脑海中好像出现了一些片段，一些画面，但是来得快去得也快，她根本没抓住确实的东西。

徐烁问："好像什么？"

顾瑶摇了一下头："没什么。"

话落，她就要站起身。

徐烁伸出一条手臂让她搭着，她下意识地就握住他的小臂，就着他的力道起来。

她手心冰凉，他身上温热，冰与热碰到一起，彼此都是一怔。

顾瑶站起来，说："萧云霞已经跑了，回头我把行车记录仪里的证据和我录的音都交给你，如果需要就作为证据呈上法庭。"

顾瑶折回车里，从手套箱里拿出一包湿纸巾，转而递给跟上来的徐烁。

"你的手臂受伤了，先用这个擦一下。"

徐烁紧皱的浓眉这才舒展，低头看了一眼，果然有两道血痕。

他接过湿纸巾，转而朝车里瞄了一眼："张丽椿呢？"

顾瑶飞快地打开后车门，里面早已空空如也，哪还有张丽椿的影子？

怎么回事，张丽椿什么时候走的？她为什么要走？

张丽椿的突然失踪，搞得顾瑶和徐烁有点儿措手不及，他们折返回去找过她，但和预想中的一样，张丽椿没有回家。

随后徐烁拿着顾瑶给他的录音回到办公室，调出行车记录仪查看当时的状况。

因为徐烁的车距离比较远，录下来的画面都是关于萧云霞的，张丽椿那里刚好是个死角，只隐约拍到顾瑶后座的车门打开了一下，有个人影下车了，车门又合上。

显然，张丽椿是自己开门走的，再说如果当时有第五个人在场带走张丽椿的话，张丽椿也不可能一点儿声都不吭。

因为张丽椿的消失，徐烁基本上已经放弃了找她出庭当证人的念头，毕竟当时她是清清楚楚地看到萧云霞是如何胡搅蛮缠的，她多半是因为怕上了法庭之后，控方败诉，萧云霞就会跟她没完。

而最主要的是，张丽椿拿过萧云霞的钱，在她一无所有且被病痛缠身的时候，唯有萧云霞按期给她的那些钱支撑着她。

这之后的几天，徐烁办完了所有出庭前需要做的准备，但他没有将顾瑶给他的录音和行车记录仪里面的视频提前递交法庭。

这几天里，江城的媒体也像炸了窝一样，一窝蜂地开始报道田芳的案子，也不知道媒体从哪里收到的风，得知此案有一个新律师接手，而且此人非但在江城籍籍无名，更加不是昭阳律师事务所的人。

全行业的人都在等着看笑话，这场官司基本上毫无胜算，媒体也在纷纷揣测，在这个节骨眼儿多聘请了一位新律师，难道是已经放弃了庭审，打算认罪？

萧云霞一如既往地进行哭诉策略，而且比之前更加卖力，这时又有消息爆出来，说"江城基因"的总裁祝盛西也在证人出席名单之内，但他并非帮控方做证，而是辩方。

这个消息一出，所有人都疯狂了，连启运是"江城基因"的主管啊，跟了祝盛西很多年，没有功劳也有苦劳，现在他人都不在了，"江城基因"怎么反咬一口，难道此事另有玄机？

更有甚者，新接手此案的律师竟然能说服祝盛西作为辩方证人，此人难道有些来头背景？

媒体上蹿下跳地挖着消息，时间也在狂奔，一转眼就到了开庭当日。

徐烁起了大早，特意穿上刚从意大利定做回来的西服，一路驱车来到法院门口。

徐烁迈开长腿下车时，老远就见到萧云霞在门口哭诉，各路媒体将她团团围住，待他拾级而上，萧云霞也刚好演到哭晕这一段。

就在这精彩的一瞬，徐烁顿住，脸上露出讥诮的笑容，紧接着就听到媒体中心有人喊道："看，是'江城基因'的人！"

原本围住萧云霞的媒体又一窝蜂地跑下台阶，很快将刚从车里出来的祝盛西堵在台阶下。

祝盛西的助手挡在前面，祝盛西表情很淡，透过人墙一抬眼，就看到楼梯上正朝这边看过来的徐烁。

徐烁一手插袋，一手抬到半空，算是打了个招呼。

与此同时，顾瑶的车也开到门口停下，她躲过媒体记者，却没有走向祝盛西，而是绕过车身，登上台阶。

这边，萧云霞刚哭了一半，最重要的话还没说出来呢，结果看客们一个个跑得无影无踪，萧云霞便只好撑着台阶想起身。

没想到这时有人扶了她一把。

萧云霞借着那人的力道站起来，说："谢谢。"

谁知下一秒，就听那人低声说："萧女士，那边就是'江城基因'的老板祝盛西，冤有头债有主，你要哭要喊，也得冲着正主儿吧？"

萧云霞这才看到来人正是徐烁。

萧云霞一把甩开徐烁的手，狠狠道："不用你假好心！"

随即她又看向人群那边，脚下有些犹豫，脸色也是游移不定，竟然没有一点儿应有的理直气壮。

徐烁在她耳边补了一句："咦，你好像不敢去讨债啊，为什么呢？"

萧云霞顿时有些骑虎难下，她瞪了徐烁一眼，终于冲了出去。

徐烁就站在那里眼瞅着萧云霞冲下台阶，扎进人堆。

萧云霞跑得太快，根本没看到这时经过的顾瑶，顾瑶也被她的冲力吓了一跳，直到萧云霞挤进去，她又看向台阶上正笑得露出一口白牙的徐烁。

顾瑶上前质问："你又挑事儿？！"

晨阳洒落，徐烁一身的神清气爽，迎着太阳升起的方向，微微眯眼看向人群，说："你男朋友被围堵了，你怎么不过去帮一把？"

"他的助理很能干，用不着我。"顾瑶回答完，又继续刚才的话题，"你这么挑拨萧云霞是什么用意？"

徐烁吸了吸腮帮子，扬着下巴示意顾瑶看过去，同时说："你觉不觉得哪里奇怪？"

顾瑶转头，看到萧云霞已经钻到中心，对着祝盛西开始哭诉，祝盛西的助理挡在两人中间，搀扶着萧云霞，好像正在宽慰她，而祝盛西已经笑容尽收。

顾瑶看得专注，不知道什么时候徐烁来到她身后，俯身低语："看，你男朋友变脸了。为什么呢，你就不好奇？就算萧云霞恳求他，他一个慈善企业家也不至于当众下面子吧，除非……"

顾瑶瞪向徐烁，徐烁也恰到好处地直起身，慢悠悠地落下一句："除非，萧云霞已经拿过安家费，答应了不找'江城基因'的麻烦，可她此举无疑是得一想二，引起祝盛西的不满。"

顾瑶问："你有证据吗？"

徐烁："你知道，当律师和当警察的有一个共同点，就是直觉即经验。有很多事永远都不会有证据，但谁有问题，心里是一门儿清。你是心理专家，你应该明白的。"

顾瑶："不好意思，我的经验和你的无端揣测没有任何可比性。"

"是吗，路遥知马力。"徐烁咧嘴一笑，"哦，我要准备开庭了，回头见。"

太阳渐渐升起，阳光照在法院门前的空地上，媒体守在这里焦灼等候，现场还有专家正在进行本案的案情分析。

法院大楼内，庭审已经开始，很快进入法庭调查阶段。

坐在被告席内的田芳，精神比前阵子好了许多，不似上一次庭审那般憔悴，眼里终于有了精神。

徐烁补交了新证据，里面还有一份在调查过程中询问田芳的新笔录，需要辩方律师当庭宣读。

笔录宣读完毕，很快就轮到控方刘楚发问。

刘楚："被告人田芳，这份笔录的内容和之前你在警局录的口供有很大出入，其中你提到了你的妹妹田恬，为什么你在警局录的口供里没有提到这一段？"

田芳："我妹妹有认知障碍，她的智商只有十三岁，我不希望她被牵扯进来，所以我没有在警局说出全部事实。其实我妹妹见过连启运，她还叫连启运姐夫，她以为我们会结婚，如果让她知道连启运是这种禽兽，她的姐姐为了生计一直被侮辱，她一定会很自责很难过。"

刘楚："你也是一名律师，你应当知道根据你的第一份口供，你很有可能会坐牢，你刚才的意思是宁愿坐牢也不希望田恬知道这件事？"

田芳："是。"

刘楚紧追不放："既然如此，为什么又翻供？"

田芳下意识地看向徐烁，然后说："因为我的辩护律师徐烁曾经替我去看过我妹妹，他还跟我转述了她的情况，我听到以后感到很后悔，田恬以为我一直在出差，她还不知道我已经被起诉，更不知道我这段时间是在看守所度过的。我也是在后来才想明白，要是我坐牢了，我妹妹该怎么办，她什么都不懂，将来会不会遇到连启运那样的男人……连启运说，那些变态都很喜欢我妹妹这样的无知少女，如果他们趁我坐牢的时候对我妹妹下手，她该怎么办，该怎么活下去！在这个世界上她只有我一个亲人，只有我能保护她……"

田芳说着就哭出声，她低着头，肩膀抖动着，情绪一时难以平复。

审判长这时出声，让田芳控制情绪。

田芳努力深呼吸，抹了把眼泪。

这一幕看在众人眼中，无疑是在心头戳了一把刀，尽管审判长、书记员等人经历过无数刑事审判，已经足以做到面不改色，但是人心都是肉长的，谁也不可能完全做到铁石心肠。

就连刘楚都皱起眉，但他不敢对田芳抱有同情，在他看来这可能是编造故事的伎俩，也许是那个徐烁教她的。

于是等田芳情绪平复后，刘楚又问："被告人田芳，当连启运威胁你时，你用手捂住了他的嘴，令他无法吐出那些药丸，是不是？"

田芳："是。"

刘楚："你还说药丸是连启运自己服下的，是不是？"

田芳："是。"

刘楚："你也知道他有先天性心脏病，你们还发生了四次性行为，是不是？"

田芳："是。"

刘楚："但是当连启运的身体出现不适时，你却没有停止捂住他嘴的动作，是因为你希望他死，是不是？"

田芳："不是！我只是想让他闭嘴！"

刘楚却说："审判长，关于被害人连启运的法医检验报告，请参见证据 B2，照片里可以清楚地看到被害人脸上有清晰的指痕和瘀伤，经证实和被告人田芳的手指完全吻合。另外证据 B1 是被害人的尸检死因证明，证实被害人是死于心脏衰竭，另外被害人的其他器官，比如肝脏和肾脏因为疲劳过度和服药过量也出现了衰竭的症状。除此以外，被害人还检查出有非淋菌性尿道炎。"

非淋菌性尿道炎是比较常见的性传染病之一，也就是此前所说连启运的暗疾，不过幸好这种病是可以治愈的。

等审判长看完证据，刘楚继续发问："被告人田芳，根据法医对你做的验伤报告，发现你也患有非淋菌性尿道炎和子宫颈炎症，是不是？"

田芳的声音又低了下去："是……"

刘楚："法医同样还在被害人连启运身上检测到同样的病症，是不是你将非淋菌性尿道炎传染给被害人的？"

田芳："我没有，是他传染给我的！"

刘楚："你们二人均患有非淋菌性尿道炎，治疗期间需要避免性行为，可你们没有遵照医嘱，是不是？"

田芳："是……"

刘楚："请解释一下原因。"

田芳有些哽咽："是连启运逼我的……"

刘楚："你在给警方的口供里亲口承认，你和被害人有特殊癖好，那么治疗期间继续发生性行为是不是也因为这种特殊癖好？"

田芳："不是，是连启运逼我的，有特殊癖好的人是他！不是我！"

刘楚却紧追不放："你明知道连启运有先天性心脏病，而且服食过量药物，还和你发生过四次性行为，你仍然选择用手捂住他的嘴，是为了要满足你的特殊癖好，是不是？"

田芳怒吼出声："不是，不是，我没有！"

徐烁也在此时开口："有异议，控方没有证据证明两者之间的关系，而且被告人田芳已经提供了新笔录。"

审判长："公诉人请注意发问方式，不能以强迫方式讯问，问题不要重复。"

刘楚点了下头："是，审判长。公诉人对被告人田芳的讯问暂时到此。"

审判长转而问徐烁："辩护人对被告人田芳是否发问？"

徐烁站起身："是。"

审判长："可以发问。"

徐烁下颌微收，面无表情地扫过刘楚，随即看向田芳："田芳，你妹妹田恬有认知障碍，除了你以外还有没有其他监护人或者亲人可以照顾她？"

田芳平复了一下情绪，摇头说："没有，爸妈去世后，我们姐妹就相依为命，其他亲戚都住在外省，爸妈生前就来往不多，爸妈去世后连我们的电话都不接，都觉得我们麻烦。"

徐烁："那么，这些年来你和田恬都是靠着你一个人的收入来维持生计的？能不能描述一下。"

田芳："我们的生活很辛苦，我读法律的时候一天只能吃一顿饭，还要出去做两份兼职，田恬说过要出去工作，但她试过几家快餐厅，不是被辞退就是被店长和店员们欺负，我很心疼她，就不再让她去工作，我还骗她说，我挣的钱够花。后来我大学毕业，好不容易被昭阳律师事务所聘用做律师助理，我回家的时间就更少了，没办法只好请了一位阿姨来帮我照顾田恬，我挣的钱不敢乱花，除了要经常熬夜加班以外，我还要出去应酬，我有过两次胃出血的经历，还有一次因为血糖不足和疲劳过度而晕倒，在医院打吊瓶，这些事我都没有让田恬知道。"

这些证词自然是在开庭前徐烁和田芳对过的，尽量简短，只拣重点来说，让庭上的所有人都听得明白，让他们明白田芳、田恬姐妹的生活有多艰难，尤其是当田芳还是一名律师的时候，光鲜的外表下却隐藏着这样的血与泪。

自然，田芳这样省吃俭用的性格必然会严格记下每一笔开支和收入，所有资料都已经作为证据呈上法庭。

徐烁："审判长，关于田芳所描述的拮据生活，关联证据请见 A1，那上面有过去六年田芳的银行账户来往收入，里面有她大学期间做兼职的收入所得，也有在昭阳律师事务所的工资表，还有她和田恬的日常开支。而证据 A2 里面的账单，是田芳在给田恬治疗认知障碍上的医疗费用，除此以外她们姐妹二人几乎没有个人冲动型消费支出，而且其中有长达两年的时间入不敷出，需要向朋友和银行借款。"

等审判长看完证据，徐烁继续发问："田芳，你就是在这种身负外债的情况下认识的连启运，是不是？"

田芳："是。"

徐烁："请简单陈述过程。"

田芳："我和连启运是在酒桌上认识的，他代表'江城基因'，我和其他几位同事代表昭阳律师事务所，他注意到我酒量不好，当晚替我挡了几杯酒，我觉得他人很好，就答应把电话留给他。连启运很快约我出来，几次约会之后对我提出交往要求，我同意了。但那时候我不知道他已婚。后来在一次约会之后，他对我提出性要求，我答应了。但我没想到，事后他却拿出视频给我看，说这些视频是我们爱的证明。

"我有些担心，但连启运保证不会把视频外传，直到我知道他已婚的事，他的妻子还找到我，说让我离开他。我就去找连启运理论，没想到连启运对我说，其实他只是想跟我玩玩，如果我愿意听话，他会给我很多钱，减轻我和田恬的生活负担，但前提是我要满足他的性需求。反过来如果我不听话，他就要把视频上传到网上……"

田芳的声音越说越小，到最后低下头，一点儿声都没了。

徐烁安静了两秒，说："尊敬的审判长，由于被告人田芳提到的视听资料涉及她和死者的个人隐私，被告人田芳有权申请回避。"

审判长点了下头，问："被告人田芳，你是否要对出庭人员申请回避。"

田芳："是。"

回避审理这件事此前在庭前会议上申报过，已经批准，所以没有耽误庭审时间，很快地，连同书记员在内的审判人员就陆续离开法庭。

庭上只剩下审判长、监控双方和田芳。

这时，徐烁开始播放视频，画面虽然有些模糊，却足以辨认出视频里男女的五官长相，男人是连启运，女人就是田芳。

而且两人的姿势并非正常性行为会采用的，田芳发出痛苦的声音，一直在求饶，嘴里还说着："不行，田恬不行，我求求你……"

连启运听了很生气，还从扔在床下的裤子上抽出一根皮带。

视频到这里被徐烁按停。

田芳的头已经低垂，法庭内气氛紧绷，审判长已经皱起眉头，刘楚的脸色也跟着沉下去。

田芳突然翻供一事，原本对刘楚来说是有空子可钻的，毕竟被告人翻供是常事，而且控方通常会在口供里找到矛盾点，再用事实证据将其推翻，这是一贯的打法。只要证据确实、充分，间接证据之间可以互相印证，没有互相矛盾和无法解释的疑问，就可以形成完整的证据链，那么被告人的供述就会不攻自破。

而且刘楚早已认定同样是律师出身的田芳，后来翻供的笔录一定是谎话连篇，何况刑事庭审当中，剑拔弩张的事经常发生，刘楚为了要让田芳露出马脚，推翻她的二次笔录，在提问时甚至不惜剑走偏锋，专门攻击她的死穴。

果然，田芳很激动，她被打乱了阵脚。

但奇怪的是，徐烁身为田芳的辩护人却始终很淡定，他坐在自己的位子上背脊笔直，脸上也没什么表情，更没有因为刘楚的发问过于犀利而流露出丝毫不满。

尤其是当刘楚和徐烁的目光有了一瞬交汇的时候，刘楚仿佛感受到来自这个年轻男人身上散发出来的笃定。

直到徐烁站起来发问，先是在外围晃悠，让田芳姐妹的辛苦生活像是一幅画卷一样钻进每个庭审人员的内心，然后又将连启运描述成一个乘虚而入的禽兽、魔鬼，利用田芳姐妹的脆弱无助而肆意逞凶。

尽管审判长和其他庭审人员没有流露出明显的同情，可刘楚心里仍觉得不妙，直到徐烁拿出一段视听资料。

这段视频有声有画，而且可以清晰地辨认出当事人是连启运和田芳，两人的肢体动作和语言根本不需要其他解释，就已经非常直观地告诉观看者，连启运是怎样一个人渣，田芳是如何被迫害……

面对一个接一个的争议，刘楚心里一咯噔，知道这个案子悬了。

田芳和连启运的视频播放完毕，刘楚很快质疑该证据没有经过核实，不能作为合法证据。

审判长宣布暂时休庭，进行庭外核实，认定该视听资料的合法性。

随后庭审继续，审判长、书记员等人回到法庭。

刘楚开始讯问："被告人田芳，在案发之前，你是否多次受到被害人连启运的暴力对待，就像在刚才那段视频里的内容一样？"

田芳的声音几不可闻："是。"

刘楚："所以你对被害人连启运怀恨在心，是不是？"

田芳沉默了。

刘楚继续发问："正是因为被害人曾经用暴力对待过你，所以你早就想杀死他以示报复，是不是？"

田芳："我没有！我没想过杀他！"

刘楚："于是你就在案发当日，给被害人灌药，你还用手捂住他的嘴，是不是？"

田芳："没有，我没有！"

徐烁："有异议！"

审判长："公诉人请注意发问方式。"

刘楚："是，审判长，我暂时没有问题了。"

尽管视听资料已经被法庭采纳，但是这段视频并非案发当日的视频录像，它虽然可以证明连启运有暴力倾向，却也等于直接证实了田芳的杀人动机。

只是刘楚虽然指出这一点，但徐烁却是不慌不忙，这段视听资料的双重效果他早就预料在内，只要证实田芳的犯罪行为动机，控方一定会抓住这一点不放。

很快地，就轮到徐烁发问："被告人田芳，刚才视频里提到你妹妹田恬，她和连启运是什么时候认识的？"

田芳一顿，说："大约半年前。"

徐烁："根据你的笔录，你说连启运提到要和你们姐妹一起发生性行为，这种意图他表达过几次？"

田芳："他提过两次，但我拒绝了。"

徐烁："然后就发生了刚才视频里的事？"

田芳："是，那天晚上他第一次用皮带抽打我，我受了伤，但他不让我去医院。"

徐烁："那之后连启运有没有试图接近田恬？"

田芳："有。但我阻止了他，我还把田恬送到别的地方，不让他找到。"

徐烁："那连启运是怎么做的？"

田芳："他又一次打我，比上次还要严重，我在床上躺了三天，我不敢告诉任何人，后来去了公司，同事们问我脸上的伤是怎么来的，我也不敢说，只能谎称是出了车祸。"

徐烁："所以在案发当晚，连启运又一次用皮带抽你，他还在四次性行为之后用田恬和视频来威胁你，是不是？"

田芳："是。"

徐烁："请简单描述一下。"

田芳："那时候我已经开始出血，我的身体很不舒服，我哭着求他，但连启运不管，他说还要再来一次，我告诉他如果再来一次，我会死，他就躺在床上，一边嚼着那些药丸一边威胁我说，如果我不跟他进行第五次，下一次就要让我们姐妹俩一起上，否则他不仅要把视频公布到网上，还会找朋友一起来，他还说他那些朋友看到田恬一定会很兴奋……"

徐烁："然后发生了什么事？"

田芳："我不想他再说下去，我很害怕，一想到我妹妹会像我一样被……我就无法忍受，于是我就冲上去捂住他的嘴，我想让他闭嘴！连启运伸出手要掐我的脖子，我更害怕了，我怕他再伤害我，伤害我妹妹……直到我发现他掐我的力气变小了，然后他就不动了……"

徐烁："你说他不动了，接下来你做了什么？"

田芳："我去探他的呼吸，发现没有气息，我很害怕，我立刻给他做了心脏复苏急救。但他还是没有反应。"

徐烁："就你刚才的描述，我们是否可以这样理解——在你和被害人连启运进行四次性行为之后，你意识到自己的身体出现问题，你感觉到生命受到威胁，这个时候连启运又一次用你的妹妹来威胁你，在言语上咄咄逼人，所以你才下意识地做出自卫反应，用手捂住连启运的嘴，你并没有想过要杀他，是不是？"

田芳："是……你们可以这么理解。"

刘楚突然出声："有异议！"

审判长跟着说："辩护人注意发问方式，不能以诱导方式讯问。"

徐烁："是，审判长。"

隔了一秒，徐烁又道："关于在案发当日，被告人田芳的生命受到威胁这一点，证据 C1 足以证明连启运对田芳实行的暴力行为，已经对她的人身安全造成严重侵害。除了表面被皮带鞭打所致的伤痕之外，被告人还有内出血症状，这些都是因为在迫不得已的情况下，被迫进行过度性行为和被他人用暴力虐待所导致。如果不是被告人即时做出自卫行动，她很有可能也会死于急性内脏器官衰竭。"

刘楚再一次发声："有异议，辩方的假性推理没有根据！"

审判长问道："辩护人，你是否有根据？"

徐烁："尊敬的审判长，我刚才提出的'假说'已经通过实验推理出结论，但是因为时间紧迫，直到昨天我们才从江城医科院法医系副主任程维手中拿到实验结果，请审判长允许我当庭播放这份新的视听资料。"

审判长很快就批准了新视听资料的播放，那是一段用电脑做出来的模拟视频，视频里的两个虚拟人物正在发生性行为。

前面四次性行为有三次是在客厅进行，以男方为主导，到了第四次，男方还采取危险姿势，视频里还非常清楚地用声画方式描述这种姿势的危害性，如果男方在进行时非常注重技巧，那么对女方健康无碍，但在这个过程里需要男方体力充沛。

然而连启运的身体已经处于极度疲惫，他根本没有多余的精力去控制自己的力量，所以就将自己的全部重量都压在田芳身上。

到这里，视频播放完毕，徐烁的陈述也告一段落。

刘楚早已按捺不住："有异议，辩护人的视听资料全凭想象，到底这种姿势是否有可能夺走被告人田芳的生命，视频内容无法做到确实、充分的印证。"

徐烁反问："那是不是说，非得我的当事人死于这样的危险行为，才能印证呢？"

话落，徐烁就对审判长说："审判长，这段视听资料是我方请江城医科院法医系副主任程维制作的，请允许程维副主任当庭解说。"

审判长："鉴于这段视听资料对定案有重大影响，允许证人出庭做证。"

程维很快来到法庭。

徐烁走的这步棋，事先没有和任何人说，就在顾瑶发现连启运和张丽椿的视频之后，徐烁已经第一时间找到程维。

程维这人从没有在公开场合露过面，他虽然是江城医科院的法医系副主任，也曾经为几件重大刑事案件提供过检验证明，可说到本人亲自上庭这还是第一次。

其实刘楚也曾经在过去的案子里和医科院法医系的其他专家打过交道，听闻过程维此人，知道他出身不高，相貌平平无奇，却智商惊人，平日里不怎么爱说话，但只要张嘴，但凡涉及专业上的意见，对方一定会哑口无言、心服口服。

只是刘楚完全想不到，从不出庭做证的程维，竟然会被徐烁这个初来乍到的小律师请来。

程维坐在证人席上，推了推鼻梁上的眼镜，开始接受辩护人徐烁的询问。

徐烁："请问证人，你能否解释一下这段视听资料的实验结果，并描述其原因。"

程维点了下头，很快指出这种姿势的危害性，比如它会导致女方心脏左右室、心内膜和外膜、肺部组织以及其他脏器产生淤血，最终会导致急性肺水肿和缺氧状态，具体表现为：下身出血、口吐白沫、四肢抽搐，甚至出现急性心肺功能衰竭等临终表现。

徐烁问："你的意思是不是说，被告人田芳在下体出血之后，如果被害人一意孤行继续这种姿势，那么被告人就会出现你刚才描述的临终表现？"

程维："可以这么说。"

徐烁："审判长，我暂时没有问题了。"

接下来很快轮到刘楚发问："请问证人，你模拟的这份视听资料，是不是百分之百肯定女方一定会死于这种姿势？"

程维："科学实验能证明一件事的概率，但做不到绝对证明，我模拟的最终实验结果是百分之九十七的可能。"

刘楚："刚才这段视听资料里提到，只要男方掌握技巧，就不会将其压死，是不是？"

程维："是。"

刘楚："那么为什么会得出高达百分之九十七的可能性？"

徐烁这时说道："有异议，同样的问题证人已经回答过，控方不应就同一个问题反复发问。"

审判长："公诉人请注意发问方式。"

刘楚有些不甘心："是，审判长。"

刘楚咬了咬牙，又问："证人，请问你的模拟视频能否证实，被害人连启运和被告人田芳在发生第四次性行为时，一定用了这种危险姿势。"

程维："我不可以证明。"

刘楚："也就是说，如果两人当时没有用这种姿势，就不会出现你推导的结果？"

程维："可以这么说，不过……"

刘楚很快将程维打断："证人，你只需要回答是或者不是。"

徐烁跟着开口："有异议，证人有权完整作答。"

审判长点了下头："公诉人请注意发问方式，证人可以继续回答。"

程维："当时被告人田芳下体已经有出血症状，这是内脏产生淤血所导致，需要尽快送医治疗。如果当日被害人不知节制，继续与被告人发生性行为，实验里百分之九十七的结果的确会有偏差。但是采取其他姿势，同样会激化被告人的内伤，这是不变的事实。"

也就是说，田芳的内伤已经造成，如果可以确凿这种伤害是在连启运的逼迫之下，那么正当防卫也就可以成立。

刘楚吸了口气，很想反驳，但话到嘴边却又咽了回去，最终只是说："审判长，我暂时没有问题了。"

程维的突然出现，令刘楚一方出现明显的实力悬殊。

刘楚心里万分焦灼，节奏被这个叫徐烁的名不见经传的小律师全盘打散，这还是十年来的头一次。

接下来必须要想办法证明这一切都不是出于"逼迫"。

也因如此，刘楚决定尽快传唤控方证人。

刘楚："审判长，由于本案案情错综复杂，我方也是到昨天为止，才联系到一位和本案有莫大关系的证人，这是她的资料证明，请审判长过目。"

审判长看资料时，刘楚开始陈述这位证人的重要性，正是昨天突然从顾瑶车上"消失"的张丽椿。

徐烁不动声色地垂下眼。

刘楚下意识地看了徐烁一眼，见他好像一点儿都不慌张，心里突然有些没底。

但刘楚转念一想，也许这个年轻人只是虚张声势，张丽椿绝对是控方最有利的一张牌，他就不信这一步也会被徐烁算计在内。

审判长看完资料，很快询问辩护方的意见。

徐烁抬起眼皮，说道："审判长，我方没有异议。"

审判长点了下头，允许证人张丽椿出庭做证。

张丽椿战战兢兢地走上证人席，一直低着头，不敢和四周的人有目光接触。

直到刘楚开始询问："张丽椿，请问你和被害人连启运是什么关系，请简单描述一下。"

张丽椿很快说起她和连启运的地下情，整个证词就和萧云霞授意的一样，总而言之就是她和连启运两情相悦，因为田芳的介入才令连启运离开她。

张丽椿甚至在控方的询问下，说是连启运亲口告诉她田芳有特殊癖好，尤其喜欢在发生性行为用暴力方式引导，还喜欢用一些特殊的姿势。

听到这里，田芳终于忍无可忍，喊道："你胡说，你为什么要污蔑我？"

审判长立刻制止田芳。

田芳脸色发白，无助地坐在那里，直到她对上徐烁的目光。

徐烁非常缓慢地朝她眨了一下眼，田芳的嘴唇动了动，竟然渐渐安定下来。

刘楚问："证人，你的意思是，连启运的特殊癖好和特殊性行为的姿势，都是在认识被告人田芳以后，由田芳要求他做的？"

张丽椿："是。"

刘楚："审判长，我暂时没有问题了。"

刘楚非常自信地回到位子上，这一回合他相信自己稳赢了。

现在已经有一位关键性证人出现，只要法庭采纳张丽椿的证词，那么就可以证明，在案发当日田芳和连启运之间发生的事，都是由田芳做要求和主导，连启运很可能只是配合她，没想到闹出了人命。

这样的事实推断也和田芳最初给警方的口供完全吻合，也就是说，田芳后来做的翻供笔录根本不可信。

然而，就在刘楚胸有成竹的时候，徐烁开始对张丽椿进行发问。

徐烁："证人张丽椿，你认不认识我？"

张丽椿一怔，她连头都不敢抬，就飞快地说："不认识。"

徐烁笑了一下："你都没有看清我的样子，就这么肯定不认识？"

张丽椿停顿一秒，匆匆抬了下头，又飞快地低下去："我不认识你。"

徐烁没有继续纠缠这个问题，转而又问："你认不认识被害人连启运的妻子萧云霞？"

张丽椿："认识。"

徐烁："那你认不认识一位叫顾瑶的心理咨询师？"

张丽椿又是一顿："不认识……"

刘楚这时反驳道："有异议，辩护人询问意图不明。"

审判长："请辩护人注意发问方式，尽快进入主题。"

"是，审判长。"徐烁应了一声，转而问张丽椿，"证人，请问昨天下午三点钟，你在什么地方，做些什么事？"

张丽椿说："我……我在自己家里，在收拾东西，准备搬家。"

徐烁："当时除了你，还有谁在场？"

张丽椿："只有我自己。"

徐烁安静了一秒，忽然说："你在撒谎。"

张丽椿："我没有，我真的在我自己家里！"

刘楚："有异议，辩护人这是在毫无根据地指控！"

审判长也跟着皱了下眉："辩护人，你到底想问什么？"

徐烁转而说道："审判长，我只是想证实这位证人的证言不可信，证人张丽椿不仅不诚实，谎话连篇，还在当庭签订保证书之后做伪证，编造事实，污蔑被告人田芳，所以证人张丽椿的证言不应被采纳。"

刘楚："反对，辩护人是在损害证人的人格尊严！"

审判长："辩护人，你有没有证据？"

徐烁："我有一段证人张丽椿本人的录音证据。在证人出庭之前，由于这段录音和本案没有直接关联，所以没有呈上法庭，但是现在证人出庭做伪证，我请审判长允许我当庭播放。"

审判长沉默了一秒："辩护人可以播放录音。"

徐烁很快拿出录音，将声音调到最大。

录音里很快出现两个女人的声音，正是顾瑶和萧云霞。

张丽椿的脸色唰地变了，她震惊无比地瞪着徐烁，眼前一阵阵发黑，她根本不知道当天顾瑶录了音。

但无论如何，这几句话都等于直接推翻了张丽椿刚才的证言，她的确污蔑了田芳。

审判长的眉头皱了起来，一边听录音一边扫向呆若木鸡的刘楚，显然对他找来的证人很不满。

到录音的后半段，顾瑶还对萧云霞进行了一次简单的心理辅导，萧云霞发现张丽椿就在屋里躲着，便高声呼喊让张丽椿做伪证，因为张丽椿拿了钱，就必须上法庭告诉所有人，连启运不是变态。

顾瑶制止萧云霞，萧云霞还说："只要我不说，她不说，别人怎么知道我在逼她？"

接下来就是顾瑶和萧云霞的对峙。

直到徐烁按停了录音，说道："审判长，基于证人张丽椿这段录音的内容和她刚才的证言完全相悖，足可以证明张丽椿不是一位诚实的证人。"

刘楚："有异议，这段录音的真实性还没有经过检验，不能直接拿来否定证人的证言。"

徐烁："那么，就请法庭采纳这段录音证据，等庭后评议时再做判断。"

审判长又扫了一眼刘楚，随即对张丽椿发问："证人张丽椿，刚才那段录音你认可吗？"

张丽椿将头低了下去，半晌不言语。

审判长又说："如果录音证实了真实性，你刚才的证言就是妨碍司法公正，需要负法律责任，这一点你明白吗？"

张丽椿身体一抖，终于抬起头："我……我明白……我刚才只是口误……

我……能不能重新说一遍？"

一听这话，刘楚在心里哀号一声，将头转开，不愿面对现实地闭上眼。

张丽椿很快就当庭翻供，但她的证言不再具备参考价值，不被作为本案定罪量刑的依据。

紧接着，徐烁就请求让证人祝盛西出庭。

祝盛西一身西装笔挺地来到证人席，田芳跟着抬起头，目光直勾勾地落在他身上。

这一幕被徐烁注意到，但他声色未动，走上前开始询问。

徐烁："证人，请你简单评价本案的被害人连启运。"

祝盛西眉目低敛，说道："在工作上，他曾经是一位非常出色的员工，他凭自己的努力坐上管理层的位子，这一点在'江城基因'是有目共睹。"

徐烁："你是说，他曾经是，也就是说，他后来不是？"

祝盛西："后来，我公司的人发现连启运有盗取商业机密卖给竞争对手的嫌疑，经过内部调查已经核实，所以在一个月前，我就让人事部出了一份解雇信给他，已经证实落实。"

刘楚这时说道："有异议，被害人连启运在工作上的表现和本案没有直接关联！"

审判长："辩护人请注意发问方式。"

徐烁："审判长，我很快就能证实被害人连启运在公司的表现和本案有直接关联，请允许我继续询问证人。"

审判长："辩护人要尽快进入重点。"

徐烁继续问道："证人，请问被害人连启运在'江城基因'任职期间，有没有牵扯进私人感情恩怨？"

祝盛西点了下头："有。"

徐烁："请你描述一下。"

祝盛西："据公司内部调查发现，连启运在职期间曾经性侵女下属张丽椿，还留下视频，后来被我公司的员工发现。另外，连启运还利用职务之便，用同样的方式和昭阳律师事务所的律师助理田芳发展出男女关系，这些都是我公司绝对不允许的。"

等祝盛西话落，徐烁将几张照片呈给审判长，并说道："尊敬的审判长，证人祝盛西提到的视听资料已经交给我方，不过因为涉及证人张丽椿的个人隐私，所以事先没有递交法庭。这是这段视听资料的书面报告，请过目。"

审判长皱着眉扫了一遍。

徐烁继续对祝盛西发问："证人，你刚才提到的连启运出卖商业机密，请问是怎样的商业机密？"

祝盛西吸了口气，双手缓缓在身前合拢："是一种基因药物配方。我公司最开始研发这种药物，是希望能帮助到更多的先天性心脏病患者，但是药物在后期研发阶段出现一些问题，我们内部评估过认为该药物在安全性上有隐患，不应投放市场，所以即便在此事上浪费了巨大的人力物力，还是要忍痛终止。然而，连启运却在此期间将研究配方私自复制，并且频繁接触竞争公司，有意将配方天价出售。甚至于，我公司还发现，连启运将应该销毁的药物样本私自留下，并且一直在自己服用。在本案的案发当日，警方在现场找到一些据说是从'江城基因'流出去的药渣，就是连启运私自扣下的样本。"

徐烁："也就是说，这些药物是被害人连启运从公司盗取的样本，被告人田芳是没机会事先拿到的，是不是？"

祝盛西："是。"

这样一来，就说明药是连启运自己带过去的，而且那是针对先天性心脏病的药，他带过去是准备自己吃的，绝不可能是田芳有动机要谋害他而提前准备。

徐烁又问道："你刚才说这种药有副作用，能否解释一下？"

祝盛西："在短期内它对先天性心脏病患者的确有帮助，但这种药存在很大隐患，会导致服药人群的精神过分亢奋，长此以往会令其他脏器出现衰竭，对身体造成损伤。"

徐烁："你所谓的精神过分亢奋，具体指的是什么？"

祝盛西："根据每个人自身情况不同表现也会不同，有的人会特别有精神，工作效率倍增，有的人会利用户外运动的方式来发泄突然多出来的精力，但事实上，这些都只是表面现象，一旦停止服药就会出现精神萎靡不振的现象。所以我公司很快就停止研发。"

徐烁："那么，就你判断，要发泄这些多余出来的精力，包不包括被害人连启运采用的频繁发生性行为这种方式呢？"

没等祝盛西回答，刘楚就阻止道："反对！辩护人的询问带有诱导性！"

审判长："辩护人请注意发问方式。"

徐烁："是，审判长，我暂时没有问题了。"

接下来轮到刘楚询问祝盛西，徐烁回到了位子上，淡漠的目光缓缓扫过一直有条不紊对答如流的祝盛西，转而又看向被告席上始终望向祝盛西的田芳。

徐烁没什么表情，但思路却在此时全盘打开。

这两个人一起出现在"Jeane 吧"的照片是板上钉钉的事，两人显然早有交集，但应该没有男女关系，很有可能只是某种利益牵扯。

但有趣的是，一个是"江城基因"的总裁，一个是昭阳律师事务所的小助理，一个在天，一个在地，无论是出身背景、学历或是现在的社会地位和人际关系，都没有丝毫联系，怎么就一起去酒吧了呢？

徐烁曾经想过两种可能：一种是祝盛西先去的酒吧，田芳是他的爱慕者，特意跟去进而借机搭讪；还有一种是两人在公事上有过一次交集，比如上过同一个酒桌，毕竟"江城基因"是昭阳的大客户，昭阳又一直利用女员工出卖色相捆绑客户，而后田芳接到上级的命令，要求她朝祝盛西下手。

这两种猜测，显然后者的可能性更大，但这里面也不排除田芳个人的爱慕倾向，毕竟她看向祝盛西的目光的确不同旁人。

直到刘楚结束询问，无比挫败地坐回到位子上。徐烁的目光才收了回来，波澜不惊地和刘楚对上一眼。

刘楚很愤怒，因为这场官司他已经输了，而且输得落花流水，这还是他从业以来头一次这么狼狈。

徐烁却扯了扯唇角，气定神闲地等刘楚发招。

接下来的环节就轮到侦查人员出庭做证的环节，但不管怎么问，最多也只能证明田芳的确有用手捂住连启运的嘴，令他不要把药吐出来。

可另一方面，田芳的身体也经过法医验证，确定她在案发当日有下体出血症状，身上也有多处鞭伤，而且她曾给被害人连启运做过心肺复苏，因为法医在连启运的尸体上检测到心脏附近有捶打和按压的痕迹。

关于这一点，徐烁也当庭讯问了田芳，田芳描述过她曾经在救援队学过医疗急救知识。

而她和连启运刚认识的时候，也曾经无意间提到这件事，被连启运留意到，还追问了几句。现在回想起来，连启运对她有意思恐怕也是从那时开始的。

紧接着，徐烁就当庭公布了一份调查数据，称男人在进行性行为时突发心脏病，死亡的概率是平日的四倍，而且只有八分之一的人可以幸存，而在其他时候病发，存活率高达二分之一。

另外，进行性行为时的心脏骤停到底会不会直接导致死亡，关键就要视伴侣呼救的时间，治疗每耽误一分钟生存概率就会降低百分之十。

当患者因为性行为病发时，大部分伴侣会因为羞涩而不敢叫人来帮忙，在没有他人帮助的情况下，这时候伴侣一个人帮助患者进行心脏复苏要花费平时两倍的时间，也就是八分二十四秒。

心脏基金会也曾建议那些有心脏病，或做过心脏手术的人，最好在恢复几周之后才进行性生活，而且在此之前不要喝酒或者吃太多食物。

但是连启运非但没有因为自身的病症而节制，甚至还在法医的尸检中发现，他在进行性行为之前曾经喝过两杯红酒，胃部也有大量不易消化的食物残留，更不要说他还服过祝盛西所说的那种会对身体脏器造成伤害和负担的药物样本。

也就是说，连启运种种行为都是在作死，是在变相地"自杀"。

直到最后一个辩方证人被传上法庭，到这里，刘楚几乎已经是一败涂地，他所有的希望都放在最后这个人身上，因为这是他在看过证人资料之后，认为最容易突破的一个。

这人不是别人，正是顾瑶。

顾瑶没有给本案的任何一位当事人做过长期的心理辅导，最多只是和田芳接触过几次，所以她的专业判断按理来说应该是最薄弱、最不具权威性的。

再者，心理学在法庭审判上也一直是一个难以界定的模糊地带，有很多学者认为心理学家的证言还没有达到科学依据的标准，也没有必要性，而且还会影响司法审判。

换句话说，如果今天顾瑶只是一个心理学者，她根本不会出现在法庭上，最多也就是和其他心理学家一样，就专家身份在网上发表几句"事后聪明"，然而她却先后和被告人田芳，以及证人张丽椿甚至是被害人家属萧云霞有过接触，她的证言才具备了一定的参考价值。

徐烁开始询问："请问证人，你是做什么工作的？"

顾瑶目光淡定："我是一名心理咨询师。"

徐烁："是不是就是我们理解的心理医生，给一些有心理问题的患者提供心理学上的帮助？"

顾瑶："可以这么理解。"

徐烁："那么你是否对本案的被告人田芳进行过相关辅导？"

顾瑶："进行过。"

徐烁："能否简单描述一下？"

顾瑶看了田芳一眼，说道："被告人田芳是一位心智坚强、抗压性很强的职业女性，有吃苦耐劳的美德，但是因为长期处在被压迫状态，也令她的心理压力超出了一般同龄女性。当一个人心理压力过重时，她内心深处最在乎的人和事，就会成为不可触碰的'心理黑洞禁区'，一旦有人触碰开关，就会激发她的防御机制，令她对抗攻击者。"

徐烁："那么根据你的分析，被告人田芳的'心理黑洞禁区'指的是什么？"

顾瑶："是她的妹妹田恬。"

徐烁："也就是说，田芳自身具备很强的抗压能力，但是如果有人伤害她的妹妹田恬，她就会变得奋不顾身，竭尽所能保护田恬，是不是？"

顾瑶："可以这么理解。"

徐烁："请问证人，除了田芳之外，你是否和控方的一位证人张丽椿有过接触？"

顾瑶："有，我给她做过心理辅导。"

徐烁："在你们进行心理辅导的时候，发生了什么事？"

顾瑶："被害人连启运的妻子萧云霞突然出现，希望和张丽椿谈判，她提出要给张丽椿一笔钱，让她在庭上做伪证。张丽椿非常排斥这件事，她的良心受到谴责，可她因为生活所迫，又不得不答应。"

徐烁："然后你做了什么事？"

顾瑶："我把对话录了下来，而且还将萧云霞和张丽椿隔离开，以心理咨询师的身份对萧云霞进行了一次快速的心理咨询。"

徐烁："请问你得出什么结论？"

顾瑶："就我的初步判断，萧云霞有很严重的心理问题，这和她的家庭背景、生活压力，以及丈夫连启运与其他女人发生的不正当性关系都有内在联系。

加上萧云霞自身的原因，她心里的压力长期得不到疏导，早就已经形成了独特的'心理黑洞禁区'，即她的家庭。一旦有人要触碰到她对家庭的保护网，她就会做出一些非常冲动的行为。"

徐烁："你所谓的冲动行为，能否描述一下？"

顾瑶："其实萧云霞就是我们在专业上说的'阴阳人'，对外她是好妻子好母亲，但在内心深处，她是个暴躁、易怒、焦虑的女人。一旦有人触碰到她围起来的心理高墙，她会变得无法控制自己。所以，当萧云霞得知张丽椿很有可能会在法庭上讲出事实的时候，萧云霞变得歇斯底里，还开车在路上拦截住我和张丽椿的去路，并且拿着扳手对我们进行威胁。"

刘楚立刻质疑："有异议，证人的证言与本案没有关系！"

审判长："辩护人，你到底想问什么？"

徐烁回答道："尊敬的审判长，证人的证言可以证明被害人连启运在生前曾经对多位女性的心理造成伤害，包括他的妻子萧云霞，他令她在高压之下做出一些过激行为，这也是为什么我的当事人田芳会在案发当日，向被害人做出激烈反抗。"

审判长："辩护人要尽快进入关键性问题。"

"是，审判长。"徐烁随即又问顾瑶，"证人，你刚才说萧云霞拿着扳手对你和张丽椿进行威胁，然后发生了什么事？"

顾瑶："我和张丽椿一直躲在车里没有出去，这时候徐律师你出现了，你制止了萧云霞，但萧云霞因为得知你是田芳的辩护人，开始对你进行攻击，这个过程全都被我的行车记录仪拍了下来。"

徐烁微微一笑，很快将行车记录仪里的视频呈上法庭，但碍于时间有限，且这段视听资料和被告人、被害人均无直接关系，所以只能留在庭后审核，幸而徐烁将这段视频里的几个关键性画面截图下来，做成书面证据呈交审判长。

审判长翻阅完书面证据，萧云霞在书面证据，即照片里的模样十分狰狞。

徐烁继续询问顾瑶："那么就你的专业判断，被害人连启运和他身边的这三个女人产生的这些悲剧，你会怎么形容呢？"

顾瑶："我会说，在整个事件里，连启运先后对这三位女性的心理健康造成严重创伤，这是成因，最终连启运因此失去了生命，这是结果。"

徐烁："那么我们是不是可以这样理解，如果连启运没有在案发当日对被告人田芳咄咄逼人，对她进行肉体和心理上的双重伤害和打击，田芳也不会为了保护自己和妹妹出手反击？"

只是徐烁刚问完，刘楚没等顾瑶回答，就提出异议。

徐烁很快说："审判长，我暂时没有问题了。"

很快就轮到刘楚发问。

刘楚吸了口气，决定逐一击破顾瑶的专业判断。

刘楚："证人，请问你做心理咨询师几年了？"

顾瑶："五年。"

刘楚："这五年来有多少患者经过你的治疗得到康复？"

顾瑶说："前来找我咨询心理问题且以一对一方式进行的患者有超过三百位，大部分患者都没有完成一整个疗程，少数患者的情况有实质性的转好，有将近三十位患者达到你所说的'康复'。"

刘楚："超过三百位患者，只有三十位康复，也就是十分之一的概率，请问这个数字在心理学业内是正常的吗？"

顾瑶："是正常的。"

刘楚："你刚才所说的一个疗程，大概是指多久？"

顾瑶："几个月到一年。"

刘楚："是不是在这个时间段内，患者需要定期和你进行心理咨询，你才能做出一个宏观、系统的判断？"

顾瑶："是。"

刘楚："那么，你只是见过被告人田芳和证人张丽椿几次，接触萧云霞一面，仅凭这样简单的接触，你的专业判断准确率到底有多高呢？"

顾瑶眯了下眼，说："心理学不是概率学，准确率不能用数字来衡量。就好像有位患者今天患了感冒，医生给他开药，他痊愈了，但医生却不能保证他永远都不会再感冒。而且正是因为那是一个小感冒，才容易被人忽略，有些患者认为只要挺几天就过去了，直到小感冒变成大感冒，进而导致肺炎，患者死于并发症。在这个过程里，医生是没有能力干预的。如果你问我仅凭一面之缘，是否能做出准确的专业判断，我不敢保证，但我可以明确地答复你，她们三人在心理上都有问题。"

刘楚："你刚才说这整个悲剧是连启运种下的因，那个果也落在他身上，这很像是佛法上的因果论。如果按照你刚才的说法，所有死者都在一个因果轮回当中，那么是不是就不需要有人为他们的死负法律责任了？"

徐烁："有异议，公诉人的问题不应带有诱导性。"

审判长："公诉人请注意你的发问方式。"

刘楚："是，审判长。"

谁知，顾瑶却说："我可以回答公诉人的问题，请审判长允许。"

审判长点了下头："证人可以作答。"

顾瑶收回目光，直视刘楚，随即说道："公诉人刚才的问题是想利用数字和概率来证明我的专业能力，你之所以会这样说，是因为你对心理学完全不了解，只是站在门外窥探门里，这一点我可以理解。"

刘楚一怔，全然没想到顾瑶会当庭给他一个软钉子。

顾瑶继续道："我也可以用通俗易懂的语言来回答你的问题——佛法上的因果论讲究的是善有善报，恶有恶报，但这个标准带有主观性，不容易分辨，所以你举这个例子并不恰当。其实心理学和佛法的因果论有本质区别，心理学只注重现实适应标准，比如被害人连启运从一位企业高管变成了现在的死者，我们与其说他是因为做了恶事咎由自取，倒不如说是他的做事方式有问题。

"在这件事情里，心理学不会探究'死亡'本身，而是探究'死亡'的主角本身。就好像我们做心理辅导，我们会问询患者的出身背景、成长环境等。这些经历会成为患者现如今性格形成的重要原因，也会对他的心理产生直接影响，但我们绝对不会因此判断，这位患者是咎由自取、自作自受。其实这个过程和我国的法律依据殊途同归，在审查制度里，你们也需要对犯人有一个从过去到现在的全面了解，而不是只管抓住犯罪嫌疑人，不问他的过去现在，不问事情经过就对他的行为下判断。"

刘楚的眉头皱了一下，没想到顾瑶会成为整个庭审里最难缠的一个。

刘楚："证人，按照你刚才的意思，你是不是认为在这个案子里没有人需要为被害人的死负法律责任？"

顾瑶说："我刚才说得很明白，这需要你们对犯罪嫌疑人有个全面判断，再依法判定。你不应该反过来问我。我只能站在心理学角度上回答你，连启运给三位女性造成心理创伤，这一点他有责任。即便他现在已经成为本案的被害人，可这并不代表他对三位女性造成的心理创伤就会不药而愈。当然，现在的法律无法判断一个人给另一个人造成心理创伤应该怎么判刑，所以连启运不会因此受到法律追究。"

顾瑶的意思很简单，她等于直接暗示了连启运给田芳在内的三个女人造成了心理创伤，却因为法律没有这方面的规定而逍遥法外。

这在法律上的确是一个很大的"空子"，人们会去追究实质性的伤害，因为有实据可循，那么没有实据可循的心理伤害呢？

就好像有精神病的人可能会被他人躲避、歧视，可是这些人是如何患上的精神病，却很少有人提出疑问。

刘楚熟读法律，自然能明白顾瑶的暗示，顾瑶这是等于直接在法庭上为田芳拉同情票了，他不由得一噎，但很快就重整旗鼓。

刘楚："证人，就你的分析判断，你是不是可以肯定，被害人连启运一定侵犯到被告人田芳的'心理黑洞禁区'，从而才令被告人将其杀害呢？"

徐烁很快说道："有异议，公诉人不应进行诱导性提问。"

审判长："公诉人，请注意你的发问方式。"

刘楚："是，审判长。我只是想证实证人的证言带有她个人的主观倾向。被告人田芳在案发当日的心情如何，她杀害被害人的行为是否掺杂主观故意因素，心理咨询师根本无法准确地进行判断。证人的证言不具备参考价值。"

也就是说，田芳当日心情起伏如何，是不是已经被逼迫到那个境地，除了她自己没有人可以替她发声。

可就在这时，顾瑶开口了："公诉人刚才的问题，我可以回答。"

庭上众人皆是一怔。

审判长再度确定："证人，你是否肯定能作答？"

顾瑶："我肯定。"

审判长："证人可以回答公诉人问题。"

顾瑶扯了下唇角，随即目光淡淡地扫向刘楚，不带一丝攻击性，说："其实这个案子的发生就已经回答了公诉人刚才的问题。站在心理学的角度来说，连启运对田芳造成的肉体、心理的双重伤害，到底会不会令田芳进行反抗，从而导致连启运死亡。这件事如果是在案发之前，我会回答你有可能会，也有可能不会。但是现在案件已经发生，现在公诉人却还用'假定'方式来质疑内部的关联性和可能性，就等于是在假设时光倒流，让我站在案发之前回答你。你这样询问，只是想误导我的判断。

"站在法律的角度上，连启运是本案的被害人，但是站在心理学的角度上，我会说田芳、张丽椿和萧云霞同样是被害人，只不过田芳肉体上的伤害可以痊愈，心理上的伤痛却会伴随一生。"

话音落下，顾瑶看向刘楚。

她不知道自己的发言对田芳的帮助有多大，但有一件事她非常肯定，如今法理、人情都站在田芳一边，就像徐烁一开始说的那样——田芳会没事。

（第一部完）

图书在版编目（CIP）数据

寄生谎言 / 余姗姗著 . -- 石家庄 ：花山文艺出版社，2023.5

ISBN 978-7-5511-6353-8

Ⅰ．①寄… Ⅱ．①余… Ⅲ．①长篇小说－中国－当代 Ⅳ．① I247.5

中国版本图书馆 CIP 数据核字（2022）第 208432 号

书　　名：寄生谎言
　　　　　Jisheng Huangyan
著　　者：余姗姗
责任编辑：温学蕾
责任校对：李　伟
美术编辑：王爱芹
装帧设计：程　语
版式设计：杏　子　刘珍珍
出版发行：花山文艺出版社（邮政编码：050061）
　　　　　（河北省石家庄市友谊北大街 330 号）
销售热线：0311-88643299/96/17/34
印　　刷：嘉业印刷（天津）有限公司
经　　销：新华书店
开　　本：700 毫米 ×980 毫米　1/16
印　　张：22.25
字　　数：363 千字
版　　次：2023 年 5 月第 1 版
　　　　　2023 年 5 月第 1 次印刷
书　　号：ISBN 978-7-5511-6353-8
定　　价：49.80 元